L'INVASION DES VAISSEAUX-RUCHES

DANS LA MÊME SÉRIE

1. *Opération* Astrée
2. *La Terre a peur*
3. *La Milice des mutants*
4. *Bases sur Vénus*
5. *Les vainqueurs de Véga*
6. *La forteresse des Six Lunes*
7. *La quête cosmique*
8. *Les glaces de Gol*
9. *Le traître de Tuglan*
10. *Le Maître des mutants*
11. *Le piège à pirates*
12. *L'empereur de New York*
13. *L'étoile en exil*
14. *Mutants en mission*
15. *L'offensive d'oubli*
16. *A l'assaut d'Arkonis*
17. *La menace des Moofs*
18. *La planète piégée*
19. *Les méduses de Moofar*
20. *Les grottes de Gom*
21. *La bataille de Bételgeuse*
22. *L'amiral d'Arkonis*
23. *Le sérum de survie*
24. *Le spectre du surmutant*
25. *Les exilés d'Elgir*
26. *L'invasion des Invisibles*
27. *Le poids du passé*
28. *La citadelle cachée*
29. *Les traquenards du temps*
30. *Délos a disparu*
31. *L'agonie d'Atlantis*
32. *La moisson de Myrtha VII*
33. *Les soleils de Siamed*
34. *L'errant de l'éternité*
35. *La revanche du Régent*
36. *Recrues pour le Régent*
37. *Le prix du pouvoir*
38. *La déroute des Droufs*
39. *Rhodan renie Rhodan*
40. *L'immortel et les Invisibles*
41. *Les Métamorphes de Moluk*
42. *L'arche des aïeux*
43. *Alerte aux Antis*
44. *Le caboteur cosmique*
45. *La flotte fantôme*
46. *Le barrage bleu*
47. *Le désert des décharnés*
48. *Opération « Okal »*
49. *L'homme aux deux visages*
50. *Les dieux oubliés*
51. *L'aventure akonide*
52. *Mannes éphémères*
53. *Complots arkonides*
54. *Opération dernière chance*
55. *Rencontres extragalactiques*
56. *La mort de Mécanica*
57. *Le captif du futur*
58. *La bataille de Panotol*
59. *Les astres noirs*
60. *Médiation protoplasmique*
61. *Opération surprise*
62. *Prisonnier du plasma*
63. *Le Monde-aux-Cent-Soleils*
64. *Le planétoïde hanté*
65. *Le combat des cent-soleils*
66. *Menaces sur les mutants*
67. *Le mirage de la montagne chantante*
68. *La valeur de la vie*
69. *Le fléau de la galaxie*

70. *Le miroir de molkex*
71. *Rébellion sur Euhja*
72. *La métamorphose du molkex*
73. *Le labyrinthe d'Eysal*
74. *Le piège de glace*
75. *Les sauveteurs sigans*
76. *La course contre la montre*
77. *L'effondrement d'un empire*
78. *L'offensive de crétinisation*
79. *La sylve sanguinaire*
80. *Guérilla sur Greendor*
81. *Pas de retour pour Rhodan*
82. *Les soldats stellaires*
83. *Mulots en mission*
84. *La fin de la fuite*
85. *Péril sur Plophos*
86. *Le déclin du dictateur*
87. *Arkonis assassiné*
88. *A l'assaut d'Andromède*
89. *Planète de pénitence*
90. *Les gardiens des galaxies*
91. *La guerre du gel*
92. *Héros de l'Horreur*
93. *Microcosme et Macrocosme*
94. *Les pyramides pourpres*
95. *Le triscaphe titanesque*
96. *Le péril surgi du passé*
97. *Téléporteurs dans les ténèbres*
98. *Les condamnés du Centre*
99. *La cinquième colonne*
100. *Les Coureurs d'ondes de Chrystal*
101. *Invasion interdite*
102. *L'armada akonide*
103. *Les astéroïdes d'Androbêta*
104. *Le satellite secret*
105. *La débâcle des Deux-Nez*
106. *Les sœurs stellaires*
107. *La ville vitrifiée*
108. *Le Monde des Marais*
109. *La sphère spatio-temporelle*
110. *La station de Saar Lun*
111. *Le messager des Maîtres*
112. *L'ingénieur intergalactique*
113. *La revanche des Régénérés*
114. *L'être d'Emeraude*
115. *Tempête sur Téfrod*
116. *Les mercenaires des Maîtres*
117. *Le robot qui rit*
118. *La machine de Multika*
119. *Le transmetteur temporel*
120. *Les temples de Tarak*
121. *L'agent atemporel*
122. *L'Émir et l'éternité*
123. *Les transmuteurs de Tanos*
124. *Le seigneur de Sadlor*
125. *Le sarcophage stellaire*
126. *La piste parapsychique*
127. *La facture des faussaires*
128. *Iago l'Innocente*
129. *Miras le Maléfique*
130. *Naufrage dans le néant*
131. *Le pacte de paix*
132. *L'escapade de l'Emir*
133. *Illusions interstellaires*
134. *La faillite de Faktor IV*
135. *Multidon la maudite*
136. *Terreur sur Tamanium*
137. *Le sacrifice suprême*
138. *Au cœur de la démesure*
139. *L'énigme de* Old Man
140. *Sur la piste des hypno-cristaux*
141. *Cristal-catastrophe*
142. *Sur le fil du rasoir*
143. *Remous dans les Nuages de Magellan*
144. *Des Perlians aux hommes-lions*
145. *Les partisans du Grand Nuage*
146. *Assaut sur Danger-I*
147. *Dans les grottes des Gurrads*

148. *Missions magellaniques*
149. *Le réveil d'un Titan*
150. *Transgressions temporelles*
151. *Dérive intergalactique*
152. *Poison pour une planète*
153. *Le sosie du Stellarque*
154. *De Néréide à Neptune*
155. *Offensive sur* Old Man
156. *Cités spatiales skovars*
157. *Le commandeur des oubliés*
158. *Holocauste halutien*
159. *Les labyrinthes de M 87*
160. *L'enlèvement de l'élu*
161. *La caste des chercheurs*
162. *Les insurgés du* Krest IV
163. *Projet paladin*
164. *Le repaire des Symbiotes*
165. *Uchronies akonides*
166. *Le karma de Khan*
167. *Les pirates de Parjar*
168. *Les cercueils de cristal*
169. *Les léviathans de Léthara*
170. *Le piège des Pelewons*
171. *Les Constructeurs du Centre*
172. *Le gouffre entre les galaxies*
173. *Traîtres en série*
174. *Le gardien de l'Intouchable*
175. *Le spectre du Sepulveda*
176. *Le secret de la pyramide*
177. *Sur les traces du passé*
178. *Le legs des Lémuriens*
179. *Odyssée pour des nefs perdues*
180. *Le poids des Invisibles*
181. *Pont entre les nuages*
182. *La base des Baramos*
183. *Les œufs de Baykalob*
184. *Les spectres verts*
185. *Des Bestians aux Ulebs*
186. *La tanière hors du temps*
187. *Ténèbres sur la Terre*
188. *L'humanité au crépuscule*
189. *La voie transtemporelle*
190. *L'ombre de Corello*
191. *Défi à l'antimatière*
192. *Mutants sans avenir*
193. *Les chronoclastes de Copernic*
194. *Le satellite anti-solaire*
195. *L'adieu aux Accalauries*
196. *Face au supermutant*
197. *La catalyse de l'instable*
198. *Énigmes du passé*
199. *Les ludions du temps*
200. *Les pièges de Gevonia*
201. *Rencontre avec Ovaron*
202. *Expédition sur Zeut*
203. *À l'aube de Lémuria*
204. *Un frère au-delà des siècles*
205. *Le ressuscité de Titan*
206. *Départ pour Gruelfin*
207. *Les conquérants de Takéra*
208. *Le retour d'un banni*
209. *Le vassal galactique*
210. *La ville et le rescapé*
211. *Au nom du Ganjo*
212. *Les Farrogs d'Erysgan*
213. *Apocalypse pour Takéra*
214. *L'offensive des Collecteurs*
215. *L'attaque des clans*
216. *Intelligence en perdition*
217. *Les manipulations de l'essaim*
218. *La conquête d'Exota-Alpha*
219. *La colère de Sandal Tolk*
220. *L'empire secret*
221. *Le mystère des conquérants jaunes*
222. *L'invasion des vaisseaux-ruches*

K.-H. SCHEER
et CLARK DARLTON

L'INVASION DES VAISSEAUX-RUCHES

PERRY RHODAN — 222

Fleuve Noir

Titres originaux :
PERRY RHODAN SILBERBAND N° 58 ***DIE GELBEN EROBERER***
Version révisée par Horst Hoffmann des épisodes originaux
DAS GROSSE STERBEN de William Voltz
SÖLDNER DER GALAXIS de H.G. Ewers
DIE INSEL DER GLÜCKLICHEN de Hans Kneifel

Série dirigée
par Jean-Michel Archaimbault

Traduit et adapté de l'allemand
par Jeanne-Marie Gaillard-Paquet

ISBN : 2-265-08248-1

CHRONOLOGIE GÉNÉRALE DE LA SÉRIE ET RÉSUMÉ DU CYCLE EN COURS « L'ESSAIM[1] »

Dates et événements

1971 : avec la fusée *Astrée*, Perry Rhodan se pose sur la Lune. Il y rencontre les Arkonides Thora et Krest, naufragés lors d'une expédition spatiale.

1972 : la supertechnologie arkonide permet la constitution de la Troisième Force et l'unification de l'Humanité terrestre.

1976 : l'être spirituel collectif qui règne sur la planète Délos accorde l'immortalité relative à Perry Rhodan et à ses plus proches compagnons.

1984 : de grandes puissances galactiques hostiles, les Arkonides, les Francs-Passeurs, les Arras et les Lourds, tentent de soumettre l'Humanité terrestre qui entame son expansion interstellaire.

2040 : l'Empire Solaire vient de naître ; il incarne désormais un facteur politique et économique de premier plan dans la Voie Lactée. L'Arkonide immortel Atlan, exilé sur Terre depuis près de dix mille ans, fait son apparition et devient l'un des proches de Perry Rhodan.

2326-2328 : des colonies terraniennes sont menacées par les Acridocères et les monstrueux Annélicères. Les humains entrent en conflit contre les Bleus qui dominent l'Est galactique.

1. Pour un résumé synthétique de chacun des sept cycles précédents, se reporter à l'Introduction du volume PERRY RHODAN n° 216 *Intelligence en Perdition*.

2400-2406 : Perry Rhodan découvre la Route des Transmetteurs qui relie la Voie Lactée à Andromède. Plusieurs tentatives d'invasion de la Galaxie, orchestrées depuis la Nébuleuse, sont déjouées de justesse. Portant la lutte en territoire ennemi, les Terraniens libèrent les peuples d'Andromède de la tyrannie des Maîtres Insulaires.

2435-2437 : la forteresse-robot géante *Old Man* menace la Voie Lactée ; les Bi-Conditionnés surgissent, à bord de leurs Dolans, pour punir l'Humanité d'avoir effectué des expérimentations temporelles. Perry Rhodan est expédié dans la très lointaine galaxie M 87. Après son retour, la victoire sur les Ulebs – encore appelés la *Première Puissance Fréquentielle* – sera chèrement acquise.

2909 : la Crise de la Seconde Genèse provoque la mort de presque tous les mutants de la Milice.

3430-3434 : presque un millénaire s'est écoulé ; l'Humanité, éparpillée dans la Galaxie, connaît de graves dissensions. Afin d'éviter une guerre fratricide, Perry Rhodan fait déphaser le Système Solaire de cinq minutes dans le futur. De nouvelles menaces, comme le Supermutant Ribald Corello, se font jour et seront vaincues – à l'exception du satellite tueur qui orbite à l'intérieur de la couronne du Soleil. Pour empêcher que l'astre ne se transforme en nova, Perry Rhodan doit effectuer plusieurs voyages dans un passé vieux de deux cent mille ans et y rencontre le Cappin Ovaron, qui s'avère le seul capable de neutraliser l'engin autrefois installé par ses frères de race.

3437 : depuis Gruelfin, la lointaine galaxie-patrie des Cappins, une invasion d'un genre inédit se prépare contre l'ensemble de la Voie Lactée. Perry Rhodan se lance vers cet univers-île inconnu dans une expédition d'envergure dont le but est double : d'une part, contrer le plan des envahisseurs ; d'autre part, rétablir le bon droit en faveur d'Ovaron, souverain légitime dont l'exil a duré deux cent mille ans. Là-bas, les Takérans ont imposé leur hégémonie par la violence et règnent par la répression. Sitôt arrivés, les Terraniens entament la lutte contre les maîtres de Gruelfin puis ils repèrent la trace des Ganjasis, qui s'était apparemment perdue. Elle aboutit à la galaxie naine Morshatzas, isolée du continuum standard dans une bulle hyperspatiale. Ovaron ne tarde pas à être confronté à la Mère Originelle, un cerveau-robot géant dont il avait jadis programmé la construction ainsi que la mission, et qui l'identifie comme l'authentique Ganjo. Alors que la puissance des Takérans est brisée à l'intérieur de Gruelfin, la Mère elle-même intervient dans la Voie Lactée pour faire échec à l'invasion et elle se sacrifie avec son armada de Collecteurs, entraînant la destruction de Pluton.

Action antérieure du cycle en cours

Fin juillet 3438 : une nouvelle panne frappe les convertisseurs hexadim du *Marco Polo* durant son vol de Gruelfin vers la Voie Lactée. Une fois de plus, le coupable est un membre d'équipage de l'ultracroiseur et il se présente comme un *Homo superior*, un type d'humain à l'intelligence très élevée et d'apparition récente. Son but est de retarder le retour de Perry Rhodan, incarnation même du dictateur, pour que ses deux millions de semblables aient le temps de ramener l'Humanité à un mode de vie non technologique, agraire et pacifique. Son complice coupe le navire de toute liaison avec Gruelfin. Suite aux défaillances de fonctionnement des convertisseurs hexadim, le *Marco Polo* subit une dilatation temporelle et n'atteint la périphérie de son objectif que début juin 3441…

C'est alors que surgit du néant une petite galaxie mobile d'à peine quarante mille étoiles, qui s'entoure d'un écran énergétique vert, accélère et file vers le Centre de la Voie Lactée tandis qu'un curieux engin en forme de raie abaisse la constante gravitationnelle au voisinage de l'ultracroiseur. L'altération induit une perte de concentration puis un abrutissement total chez la totalité des passagers, hormis les individus psychostabilisés, les mutants et les porteurs d'activateurs cellulaires qui parviennent à détruire la nef-manta et à inverser le processus. Peu après, le *Marco Polo* pénètre dans la Galaxie qui se révèle affectée en totalité par le phénomène. Sur Terre, depuis Empire-Alpha, nouveau cœur de l'Empire Solaire, quelques immunisés tentent de combattre le chaos qui règne partout, dans la Voie Lactée, depuis plus de six mois – tandis que les *Homo superior* profitent de la situation pour dérouler leurs plans…

Les habitants « crétinisés » de Sol III souffrent de famine, d'épidémies et la mortalité augmente. Des catastrophes climatiques consécutives à des sabotages se produisent, et des bandes de pillards commencent à semer la terreur. Après avoir réussi à calmer les *Homo superior*, Perry Rhodan se lance dans une expédition vers l'Essaim, la petite galaxie vagabonde, avec un croiseur qu'il baptise la *Bonne Espérance II* en souvenir des débuts de son histoire.

Tout d'abord, le vaisseau rallie Hidden World, première planète du soleil Rubis Oméga qui se situe dans un secteur déjà traversé par l'Essaim. Une petite colonie minière s'y consacre à la recherche d'eupholithe et à l'extraction d'une huile fossile très particulière. Ses membres n'ont pas échappé au fléau, à l'exception d'un prospecteur qui a été protégé par une chaîne d'eupholithe. Fin juillet 3441, une première victime de l'abrutissement est guérie grâce à cette substance : le géant halutien Icho Tolot.

Près de six mois plus tôt, Edmond Pontonac, ancien officier spécial de la Défense Solaire et ex-commandant militaire de Titan, a réussi à s'évader de Caudor II où il était détenu depuis environ trois ans avec son équipage, suite à sa mission diplomatique qui visait à solliciter l'aide des autres royaumes stellaires pour la Terre menacée par les Takérans. Lui seul a échappé à l'abrutissement provoqué par l'Essaim. Fin juillet 3441, son navire en route vers le Système de Sol s'associe à un convoi spatial de fortune et parvient à immobiliser une nef-manta, l'un de ces engins baptisés « Manipulateurs » et responsables de la crétinisation. À l'intérieur, Pontonac découvre une statue vaguement humanoïde représentant « l'Idole Jaune Y'Xanthymr, qui tue et pleure des pierres rouge*s* ». Le navire étranger se disloque dès que le Terranien essaie de le faire remorquer par une des unités du convoi. Recueilli à bord de l'*Intersolaire*, qui sillonne la Voie Lactée afin de prendre à son bord tous les immunisés, Pontonac fait projeter les films qu'il a pris dans la nef-manta, mais chaque spectateur y voit quelque chose de différent et le mystère s'épaissit encore... Peu après, le vaisseau amiral de Reginald Bull capte un message codé fort sibyllin : « Gardez-vous d'Y'Xanthomryr ! »

Il émane du propriétaire du yacht spatial *Anniok* qui, arraisonné par des Manipulateurs, a été entraîné au cœur même de l'Essaim jusqu'à une étrange zone sphérique entourée de soleils artificiels, au centre de laquelle plane une structure cubique. Intégré comme *sélecteur* à un être psycho-collectif qui sert d'émetteur-récepteur à l'Idole Jaune Y'Xanthomryr, le Terranien a appris que plusieurs peuples esclaves vivent dans l'Essaim. En se rebellant, il a réussi à forcer le collectif à envoyer le message, mais le conglomérat spirituel l'a ramené à l'obéissance puis définitivement dissous...

Sur Sol III, la capitale de l'Empire, Terrania, est de plus en plus menacée par les attaques répétées de redoutables bandes organisées. En août 3441, Serkano Staehmer, agent de l'O.M.U. opérant pour la Défense Solaire, infiltre l'une des bandes, tue son chef en duel et prend sa succession. Il entre en contact avec Grohaan Opinzom, un *Homo superior* rejeté par les siens et qui, s'il tenait sous contrôle hypnotique l'homme éliminé par Staehmer, ne peut rien contre ce dernier car il est psychostabilisé... Opinzom est un infirme condamné à vivre dans une chambre stérile, obscure et silencieuse à cause de l'hyper-réceptivité de ses organes sensoriels et de ses réactions allergiques à tout élément du milieu extérieur. Consternés par ses actes, ses semblables se liguent contre lui et il se suicide. Avec sa mort, un calme relatif s'installe dans la capitale de l'Empire Solaire.

Suivant l'Essaim dans sa course à travers la Voie Lactée, les passagers de la *Bonne Espérance II* assistent à l'expulsion d'un disque de vingt kilomètres de diamètre qu'abrite un écran protecteur hémisphérique. Deux Terraniens débarquent sur cette drôle de planète plate dont les habitants viennent de capturer et maltraitent un petit humanoïde au corps couvert d'écailles pourpres, soi-disant missionnaire de l'Idole Jaune Y'Xanthymona. Les visiteurs tentent de le libérer, sont faits prisonniers et conduits dans une immense forteresse dont le maître, une créature insectoïde, leur apprend que si le disque a été chassé hors de l'Essaim, c'est parce que sa population s'est révoltée contre la puissance dominante de la galaxie errante. Les deux Terraniens prennent la fuite juste avant que la plate-forme n'accélère et ne disparaisse.

Peu après, sur les traces d'un gros vaisseau cubique jailli à son tour de l'Essaim, Rhodan et ses compagnons s'approchent d'Exota-Alpha, une colonie quasi oubliée. L'astrocube s'y pose et des colonnes de Petits Pourpres en sortent, obéissant à un plan précis et n'hésitant pas à massacrer tous les habitants qu'ils rencontrent. Immunisé suite à un accident, le jeune Sandal Tolk voit ainsi périr tous les siens et se lance dans une action implacable de vengeance. Thamar ben Kassan, responsable du comptoir commercial terranien et seul à avoir conservé son intelligence car c'est un *Homo superior*, émet des S.O.S. que capte la *Bonne Espérance II*. Sitôt la nef cubique repartie vers l'Essaim, le croiseur atterrit sur Exota-Alpha et détruit les étranges constructions émettrices édifiées par les Pourpres. Sandal Tolk, qui a tout perdu, décide de s'en aller avec le Stellarque et ses hommes.

À la tête de cent quarante-sept immunisés, l'amiral Cadro Taï-Hun, de l'O.M.U., s'est lancé dans la recherche d'une planète idéale afin d'y rassembler tous ceux qui ont gardé la raison. Pour cela, il entreprend d'investir Quinto-Center et d'en faire le point de ralliement de tous les « Quêteurs de Paradis ». Le Q.G. de l'O.M.U. bascule dans le chaos, et même le rusé Roi Danton est incapable de concilier les partis en présence. C'est alors qu'intervient CheF, un Cheborparnien à la morphologie humano-caprine, avec le petit groupe d'immunisés qu'il a embarqués sur un cargo. Le prenant pour le Diable en personne, les crétinisés de Quinto-Center plongent dans la panique et le Sigan qui accompagne CheF en profite pour rétablir la situation. Les Quêteurs de Paradis sont finalement expulsés.

Début novembre 3441, plusieurs milliers de gros vaisseaux brusquement surgis de l'Essaim se mettent en route vers le Sud galactique. Trois Terraniens et le jeune Exotan Sandal Tolk précèdent l'un des navires et se posent sur Indice de

Rorvic, seconde planète du soleil Structure-Alpha, où ils découvrent de gigantesques astroports abandonnés laissant à penser que le conglomérat stellaire vagabond pourrait régulièrement traverser la Voie Lactée et que ses habitants y posséderaient d'importantes bases fixes. Pour quelle raison, c'est une autre histoire… Le commando est confronté à d'étranges robots, à des nains dotés de carapaces de tortue, trouve des dispositifs qui neutralisent l'influx abrutissant mais ne peut pousser davantage ses investigations car dès que l'unité étrangère s'approche, Rhodan rappelle ses hommes. Sandal Tolk, lui, choisit de rester sur Indice de Rorvic.

Peu après, rejoint par Atlan et par le Halutien Icho Tolot, il voit atterrir un énorme navire noir en forme de champignon, dont débarquent de bizarres créatures longilignes que le jeune Exotan baptise les « Installateurs de l'Essaim ». Au bout d'un temps d'observation, il laisse libre cours à sa fureur vengeresse, se lance avec ses alliés les robots à l'attaque des inconnus et, grâce à ses talents d'archer, fait dans leurs rangs un véritable massacre. Interrompus en pleine construction de sortes d'antennes géantes, les Installateurs survivants repartent avec la nef discoïdale dissimulée au sommet de leur vaisseau monstrueux qui, transformé en une tête d'Idole Jaune, est abandonné sur la planète. Ce que les fugitifs ignorent, c'est la présence à leurs côtés d'un passager clandestin, Sandal Tolk, déterminé à poursuivre sa vengeance jusqu'au cœur de la microgalaxie errante…

Mi-novembre, le mulot-castor L'Émir et le télépathe Fellmer Lloyd captent des S.O.S. de l'Immortel, menacé par les bouleversements dus à l'Essaim. La *Bonne-Espérance* rallie Délos II, le nouveau monde artificiel de l'être collectif qui nage en plein délire, et les Terraniens réparent son système de propulsion linéaire. Une fois dans l'entr'espace, l'Immortel, qui a repris possession de ses moyens, livre quelques révélations essentielles sur un passé vieux de plus de mille ans et oriente Rhodan vers le Monde-aux-Cent-Soleils des Bioposis qui, se situant hors de la zone d'influence de l'Essaim, pourra constituer le lieu propice à la mise au point d'une contre-offensive.

À la même époque, sur la planète Perle, Potschyben, immunisé et chef d'une base de l'Astromarine Solaire, assiste à l'atterrissage d'un vaisseau-champignon. Peu après, l'abrutissement s'estompe localement mais les *Homo superior*, eux, se mettent à décliner. Avec ses hommes et des colons, Potschyben lance plusieurs assauts contre le navire déserté par les Installateurs qui en ont tous débarqué. Cependant, la nef déploie de monstrueuses défenses et les humains, sous peine d'être massacrés, sont contraints de se replier sur un autre continent.

Sur Dessopato, la deuxième planète du soleil Heykla-Beru, le Stellarque de Sol a réussi à organiser la première conférence des immunisés. Le but est de former une nouvelle Alliance Galactique pour tenter de lutter contre l'Essaim. Mais un engin spatial en forme de disque apparaît soudain, semant la perturbation et le doute : ses passagers, des humanoïdes vêtus de noir, se présentent comme les émissaires d'un Empire Secret menacé par la microgalaxie errante. L'émersion subite de celle-ci, dont les vaisseaux-champignons avaient au préalable « marqué » le secteur, met fin à la conférence qui s'est hélas avérée plutôt stérile. Avant de repartir, les envoyés de l'Empire Secret, très sibyllins, conseillent à Perry Rhodan de chercher dans le passé la clef des énigmes du présent et de l'amas stellaire vagabond…

Pouvant maintenant suivre les orientations données par l'Immortel et la demande pressante de son gendre, le génial Geoffry Abel Waringer, le Stellarque lance une expédition vers le Monde-aux-Cent-Soleils, hors de la Voie Lactée. Là-bas, les scientifiques crétinisés seront libérés de l'influence néfaste et pourront travailler à l'élaboration d'une arme contre l'Essaim. Hélas, les Quêteurs de Paradis de l'amiral Cadro Taï-Hun ont déjà pris le pouvoir chez les Bioposis, coupant l'interaction entre Protoplasme Central et hyperimpotonique puis asservissant l'un et l'autre à leur volonté. Rhodan et ses compagnons délivrent les captifs de Suntown, la colonie terranienne, et rétablissent l'unité entre les deux organes centraux gouvernant les biorobots. Lorsque le vaisseau des Quêteurs prend la fuite, le Protoplasme le fait abattre sans tenir compte de l'avis plus pacifique du Stellarque.

Fin novembre 3441, en tant que passager clandestin à bord d'un navire discoïdal des Installateurs de l'Essaim, Sandal Tolk effectue une transition en simultané avec le conglomérat stellaire et réussit à s'introduire à l'intérieur de celui-ci. La nef s'écrase sur Vetrahoon, un véritable enfer volcanique où Tolk fraternise avec Tahonka-No, un être vaguement humanoïde en fuite et en rébellion contre les maîtres de la microgalaxie vagabonde. Échappant à leurs poursuivants, les deux frères d'armes assistent à l'atterrissage d'un énorme vaisseau-champignon dans lequel embarquent tous les Installateurs. Sandal et Tahonka-No restent seuls sur Vetrahoon, l'une des centrales énergétiques planétaires qui alimentent les divers peuples de l'Essaim…

Début 3442, le mulot-castor L'Émir tente de renouer le contact avec Harno, la sphère télévisuelle qui voyage à travers l'Espace et le Temps. Son périple astral lui fait rencontrer l'Idole Jaune Y'Xanthomryr, dont il apprend qu'une nouvelle planète de la Galaxie va bientôt être capturée par l'Essaim. Avec Ras Tschubaï, Alaska Saedelaere et l'Étrusien Toronar Kasom, l'Ilt va vivre en direct cette opération après laquelle un vrai miracle leur permet de fuir. Peu de temps plus tard, le mulot-castor entre en liaison télépathique avec Harno, prisonnier d'un monde artificiel et creux qu'il appelle le Cristal des Âmes Captives. Les quatre audacieux éclaireurs découvrent qu'il s'agit d'un émetteur et amplificateur psychique géant dans lequel les Conquérants Jaunes, *a priori* les maîtres de l'Essaim, rassemblent des mutants de diverses races. Au centre de l'étrange planète se dresse une statue géante de l'Idole Jaune Y'Xanthomryr, à laquelle Harno sert d'Œil de la Connaissance…

Détruisant l'imposante figure, un robot semi-organique qui contrôlait les mutants captifs, L'Émir libère la sphère télévisuelle puis, avec ses compagnons, se réfugie sur un monde de déserts et de montagnes qui sera bientôt expulsé hors de l'Essaim.

Fin février 3442, alors que les premiers arrière-plans

relatifs à la microgalaxie en maraude commencent à se dessiner sans que l'affaire n'en devienne plus claire pour autant, un nouveau facteur décisif se prépare à entrer en lice : l'étape suivante du processus de conquête orchestré par les maîtres de l'Essaim sera en effet L'INVASION DES VAISSEAUX-RUCHES…

CHAPITRE PREMIER

Février 3442, Terre

Après avoir flambé toute la nuit, les feux s'étaient transformés en braises incandescentes. Une odeur de fumée restait encore suspendue dans l'air. Les membres du comité de sauvetage, tous des immunisés, se déplaçaient comme des silhouettes fantomatiques à travers la brume qui se dissipait lentement. On commençait à percevoir des mots de passe lancés dans l'obscurité, le grincement de pièces métalliques qui se heurtaient les unes aux autres, et des chaussures qui crissaient dans le sable de la rive. Le clapotement incessant des vagues servait d'accompagnement sonore à toutes ces rumeurs.

Pontonac essaya de percer du regard le brouillard environnant. Debout sur le rivage, non loin de la vedette, il attendait que soient terminés les préparatifs en vue de l'opération imminente.

Il faisait froid ce matin-là, mais nul ne semblait y songer. Comme toujours, les membres du groupe étaient entièrement concentrés sur leur tâche.

Le comité de sauvetage avait été créé de toutes pièces par le colonel Edmond Pontonac en personne, quatre mois plus tôt, après son retour épique dans le Système de Sol avec une caravane de navires hétéroclites. Non seulement personne ne l'avait soutenu dans ses initiatives, mais il craignait même d'être cité en justice quand il devrait plus tard rendre des comptes. Néanmoins, il avait vaguement l'impression que Galbraith Deighton et Roi Danton étaient tout à fait au courant des buts poursuivis par son groupe d'immunisés car, jusqu'alors, aucune démarche n'avait été entreprise contre lui par les autorités d'Empire-Alpha.

Peut-être même Deighton et Danton nourrissaient-ils l'espoir que Pontonac réussirait là où on leur avait interdit à eux d'intervenir, à savoir : briser le pouvoir des *Homo superior* sur Terre ?

Mais le colonel avait aussi conscience que ses amis et lui auraient fort à faire avant d'atteindre leur but. Certes, le comité de sauvetage agissait partout où les *Homo superior* essayaient, envers et contre tout, de concrétiser leurs propres visions des choses. Jusqu'à présent, il avait réussi à préserver dix-sept complexes industriels et stations énergétiques d'un démantèlement total. Ces opérations, il est vrai, ne s'étaient pas réalisées sans provoquer d'incidents regrettables qui avaient coûté au total trois morts et plus d'une douzaine de blessés. Pontonac ne se berçait d'aucune illusion. Il savait qu'un jour viendrait où Perry Rhodan lui en demanderait la raison.

Il s'était d'ailleurs préparé à rencontrer le Stellarque. Contrairement à lui, Edmond n'était pas d'avis qu'il fût préférable de laisser libre cours aux exactions des *Homo superior.* À ses yeux, de toute évidence, ces Hommes Nouveaux étaient des ennemis de l'Humanité – quels que fussent les motifs qui les poussaient à agir.

Une silhouette se dessina à travers la brume. C'était Sogmonth. Son arrivée sur la passerelle de débarquement de la vedette interrompit le cours des réflexions du colonel. Cet individu trapu et renfermé qui ne riait jamais avait rejoint le comité depuis un mois. Il avait été autrefois major dans la Défense Solaire. C'était précisément pour cela que Pontonac l'avait choisi pour en faire son suppléant. Entre-temps, il avait regretté cette décision, car Sogmonth était obnubilé par une unique pensée : anéantir les *Homo superior.* Bien qu'il n'en parlât jamais, il avait dû vivre des expériences effroyables dans lesquelles les membres de cette race surgie de nulle part avaient sans doute été impliqués.

Sogmonth se rendit tout droit auprès du colonel. Pour pouvoir se diriger aussi aisément vers son but à travers l'épais brouillard, il devait posséder un sens de l'orientation particulièrement aiguisé.

À son approche, Pontonac se sentit pénétré d'une onde de haine et d'amertume telle qu'il regretta en cet instant l'instinct de para-empathie qui constituait chez lui une véritable faculté parapsychique.

— Je suis le dernier, déclara Sogmonth à sa manière brève et sèche. On peut apposer les scellées sur le bateau.

Pontonac le scruta du regard. Puis il saisit son appareil multifonctions et dressa l'écran protecteur autour de l'embarcation. La crique qu'ils avaient choisie se dissimulait à la vue. Cependant, on ne pouvait pas exclure qu'un groupe de pillards ne vienne s'y fourvoyer.

L'ancien major de la Défense Solaire avait déjà fait demi-tour et s'était éloigné en hâte. Manifestement, son esprit en perpétuelle agitation ne supportait pas de se maintenir très longtemps au même endroit. Il se dirigeait sans doute vers les robots qu'il était chargé de surveiller.

Pontonac se reprochait amèrement de lui avoir confié cette tâche, et il était bien décidé à revenir tôt ou tard sur cette décision car il pressentait un malheur.

— Tout est prêt ! lança une voix à travers la brume.

D'instinct, il ferma les yeux. Avant le début de chaque mission, il avait toujours les nerfs à fleur de peau. Il éprouvait alors une profonde nostalgie de leur base principale, établie dans l'Océan Indien, et aurait donné cher pour y retourner.

À côté de lui, le sable crissa. Alpher Creek l'avait rejoint. Le petit médecin toujours prêt à rendre service tripotait le ceinturon de sa combinaison.

— Comment s'appelle cette ville, Monsieur ? s'enquit-il.

— Laissez tomber ce « Monsieur » solennel, je vous en prie, répliqua Edmond sur un ton bourru. Elle s'appelle Gérone.

— Cinquante kilomètres ?

— Oui, confirma le colonel. D'après nos informations, quelques membres de la race nouvelle ont commencé à planter des pommes de terre dans les secteurs périphériques de cette cité. Toutes les usines de la région ont été démolies. Les travailleurs engagés par les *Homo superior* sont, semble-t-il, traités comme des esclaves.

Creek soupira.

— Avez-vous entre-temps pris contact avec le quartier général d'Empire-Alpha ?

— Non, répondit Edmond avec une certaine hésitation. Je ne vois pas pourquoi je le ferais. Danton et Deighton nous empêcheraient aussitôt de poursuivre notre dessein même si, au fond d'eux-mêmes, ils nous donnent peut-être raison.

— Je ne crois pas qu'à la longue, nous ayons une chance de mener à bien cette opération, déclara le petit médecin. Nous sommes trop peu nombreux. Il suffit aux *Homo superior* de nous ignorer.

Pontonac avait déjà réfléchi lui aussi à ce problème. Jusqu'alors, c'est à peine s'ils avaient rencontré de la résistance. Les *Homo superior* se repliaient presque toujours à chaque intervention du comité de sauvetage, de sorte que la plupart des offensives de cette équipe s'étaient plus ou moins heurtées au néant. Elles avaient uniquement servi à empêcher l'adversaire de s'attaquer provisoirement à d'importants complexes industriels.

Ces derniers temps, le comité de Pontonac avait également travaillé à tenter de briser les contacts entre les *Homo superior* et les groupes d'individus frappés d'abrutissement, car il était devenu évident que les soi-disant Hommes Nouveaux essayaient d'exploiter leurs congénères débiles pour accomplir les tâches les plus pénibles.

Certes, une chose était indéniable : les *Homo superior* apportaient la paix et l'ordre sur Terre.

Mais à quel prix !

S'ils réussissaient à réaliser leurs plans, des millions d'êtres humains le paieraient de leur vie. Comment les milliards d'individus vivant sur Terre pourraient-ils se nourrir exclusivement de l'agriculture et de l'élevage ? Telles étaient pourtant les chimères de ces illuminés.

Edmond dut faire un effort violent pour s'arracher à ses réflexions.

— Nous allons tenter d'établir à Gérone un quartier général pour l'Europe centrale et méridionale. Et c'est depuis là que nous lancerons nos opérations.

Alpher Creek, qui connaissait fort bien le colonel, savait combien il aimait l'ancienne base de l'Astromarine Solaire située dans l'Océan Indien. Il ne put s'empêcher de fixer son interlocuteur d'un regard sceptique.

— Pour combien de temps ?

Pontonac haussa les épaules.

— Comment puis-je le savoir ? Jusqu'à ce que l'Europe ait retrouvé des conditions de vie normales !

Pour Creek, c'était là une information plutôt vague.

— Nous ne pourrons constater tout ce qu'il reste encore à faire que lorsque nous arriverons dans les grandes villes, affirma-t-il sur le ton d'une prophétie. Et, en tout état de cause, cela dépassera ce que le comité à lui seul peut entreprendre. Nous n'aurons pas seulement à nous battre contre les *Homo superior*, mais aussi contre des bandes de vagabonds et de pillards, des criminels isolés et des abrutis affamés. C'est un peu beaucoup pour cent cinquante immunisés.

— Vous savez bien qu'il n'y a que les *Homo superior* qui nous intéressent, nous ! s'écria Sogmonth qui s'était approché d'eux sans bruit.

Creek sursauta.

— Néanmoins, il nous faut considérer le problème dans toute sa complexité.

— Non ! riposta le major exalté, bien planté sur le sol avec les jambes écartées. (Aux yeux de Creek, il évoquait d'une certaine manière une machine prête à foncer et à tout écraser sur son passage.) Le but du comité est de neutraliser ces esprits chimériques.

— C'est votre interprétation à vous ! s'immisça Pontonac. Moi, j'ai une autre formule : nous voulons endiguer l'ascendant croissant des *Homo superior*.

Sogmonth grinça des dents sans se gêner.

— Quelle est la différence ?

Puis il se sauva de nouveau en courant sur le sable, sans cesse en mouvement, apparemment sans destination fixe.

— Pourvu qu'il ne vous arrive rien, colonel ! remarqua Creek.

Pontonac le regarda d'un air interrogateur.

— Qu'est-ce qui vous fait dire ça ?

— Sogmonth prendrait votre succession…

Cette perspective lui arracha un sourire, même s'il se faisait du souci à propos de cet individu. Il décida de ne pas quitter son suppléant des yeux.

— Bon, et maintenant, nous allons partir ! ordonna-t-il.

Creek le suivit jusqu'à l'endroit du rassemblement. Les feux qui avaient brûlé durant toute la nuit étaient complètement éteints à présent. Les hommes portaient leurs spatiandres équipés de leurs unités dorsales.

Le colonel en désigna quatre pour demeurer dans la crique. À l'origine, il avait eu l'intention d'emmener tous les membres du comité à Gérone, mais sa prudence innée lui fit réviser cette décision.

— Nous allons rester en contact radio pour que vous puissiez nous avertir au cas où il surviendrait ici des difficultés, expliqua-t-il tout en enfilant sa tenue et en bouclant son ceinturon. Tous les autres m'accompagneront à Gérone. Nous ne savons pas exactement ce qui se trame là-bas, car nous ne pouvons pas faire confiance aux rapports dont nous disposons. C'est pourquoi nous ne lancerons l'offensive que lorsque nous saurons exactement à quoi nous attendre.

Il leva un bras.

— Je n'ai pas besoin de répéter que quiconque d'entre nous fera usage de son arme à la légère sera traduit devant le tribunal du comité. À défaut de lois propres, ce sont celles de l'Astromarine Solaire qui restent valables pour nous. J'espère de tout cœur que nous serons placés un jour ou l'autre sous l'autorité du haut commandement de notre flotte spatiale.

Terlam Pappon s'avança d'un pas. Cet homme de couleur était âgé de plus de cent cinquante ans et avait travaillé autrefois pour l'Organisation des Mondes Unis. Il jouissait d'une certaine popularité au sein du comité parce qu'il prétendait être un descendant de Nome Tschato, le légendaire commandant du croiseur *Lion*, qui avait réussi à retrouver

Perry Rhodan et ses proches alors qu'on les tenait pour morts. Pappon avait une allure encore relativement jeune et possédait une vitalité étonnante pour son âge.

— Ne faudrait-il pas envoyer auparavant une équipe de reconnaissance pour explorer la ville, Monsieur ?

— Non ! refusa catégoriquement Pontonac. Cela nous ferait perdre du temps. Nous ne prenons d'ailleurs absolument aucun risque si nous y allons tous par la voie des airs.

Pappon repoussa son casque plat vers la nuque, laissant ainsi apparaître ses cheveux blancs crépus.

— Après tout, c'est vous le chef !

— En effet, approuva le colonel. D'autres questions ?

— Je voudrais encore savoir une chose ! s'écria un homme assez jeune.

C'était Keilschen Marous, journaliste et radio de formation. Il avait jadis écrit des reportages sur les vols des *Explorateurs*. On se posait des questions sur les raisons de son immunité, mais Edmond supposait que celle-ci était tout simplement imputable à un événement survenu sur l'un des innombrables mondes qu'il avait visités. Malheureusement, il n'était plus possible d'en déterminer les circonstances, sinon on aurait peut-être pu préserver de cette épidémie un grand nombre d'êtres humains.

— Parlez ! le pria le colonel.

Keilschen Marous donna soudain l'impression d'être très embarrassé.

— J'ai de la famille à Barcelone, commença-t-il. Peut-être… peut-être pourrais-je profiter de cette occasion pour…

— Barcelone a été réduite en cendres ! l'interrompit brutalement Pontonac. Il y a peu de chance pour que vous retrouviez quelqu'un de vos proches.

Marous prit un air désespéré.

— Je pensais…

La physionomie accablée du jeune homme finit par attendrir le chef.

— Allons, c'est bon. Je vous accorde deux jours de congé. Venez vous présenter dès qu'ils seront écoulés.

Soulagé et ravi, Keilschen le remercia brièvement, puis s'envola aussitôt.

— Eh ! lui cria le colonel. Connaissez-vous au moins la direction que vous devez prendre ?

— Toujours suivre le long de la côte ! répondit l'autre en riant avant de s'évanouir, happé par le brouillard.

— Je suppose que c'est tout, maintenant ? conclut Pontonac. Alors, allons-y !

Ils activèrent leurs propulseurs dorsaux et se soulevèrent du sol.

— Et surtout, ne vous éparpillez pas trop ! recommanda-t-il encore.

Il se surprit à chercher Sogmonth du regard. Et aussitôt, furieux après lui-même, il se mordit les lèvres. Il n'avait toujours pas de véritable raison de se méfier de cet homme. Mais une décision s'imposait : une fois arrivé à Gérone, il ne devrait plus le quitter des yeux.

Peut-être eût-il été préférable, étant donné les circonstances présentes, de prendre contact avec Empire-Alpha ? Edmond hésitait encore…

*
* *

Lorsqu'il se réveilla, Holtogan Loga baignait dans la transpiration. Le primat des cinquante Premiers Orateurs sentit aussitôt qu'il n'était pas dans son état habituel. Non pas qu'il souffrît, mais il avait de la peine à mettre de l'ordre dans ses pensées.

Le guide des *Homo superior* se dressa sur son séant. Tout était silencieux dans la chambre. La vitre était à demi ouverte, le rideau se gonflait sous l'effet d'un courant d'air bienfaisant.

Selon son habitude, Holtogan Loga se mit à l'écoute de son corps, car il avait appris depuis longtemps à s'absorber en lui-même pour en interroger les réactions. Il se leva avec une lenteur calculée et se rendit près de la fenêtre. Le parc qu'il observait de sa chambre paraissait inchangé – et pourtant, il s'était passé quelque chose durant la nuit. Holtogan Loga avait l'impression qu'il avait subi une perte effroyable. Tout son être se mit à frissonner. Il avait peur !

Il se détourna brusquement de sa contemplation et fit quelques pas, tel un vieil homme aux cheveux blancs et aux articulations fines qui marchait légèrement courbé et traînait péniblement les pieds sur le plancher.

Ses pensées recommencèrent à s'embrouiller.

Il revint vers son lit et s'assit sur le bord où il demeura immobile un bon moment, les yeux fermés. Était-il possible qu'il couve une maladie, alors qu'il ne découvrait nulle part dans son corps la moindre trace d'une indisposition organique ?

S'agirait-il d'une affection psychique ? Est-ce que tout était normal chez lui sur ce plan-là ?

Derechef, il se leva lentement et alla à la porte. Après une brève hésitation, il l'ouvrit et pencha la tête dans le couloir.

— Kartisch ! appela-t-il à voix basse.

Un jeune homme le rejoignit en hâte.

Holtogan Loga cligna des yeux.

— Où est mon thé ? demanda-t-il.

Kartisch s'arrêta et balaya les environs d'un regard perplexe.

— Vous l'avez oublié ? insista le vieillard.

Une sorte de courant électrique le secoua soudain tout entier. Et voilà que revenait la même impression que quelques minutes plus tôt : il s'était passé quelque chose.

Ce fut seulement à ce moment-là qu'il se rendit compte que son assistant tremblait de la tête aux pieds.

— Je ne sais pas ce que j'ai ce matin, bredouilla Kartisch. J'ai bien peur d'être tombé malade.

Holtogan fit un petit geste du bras dénotant une certaine faiblesse.

— Allez donc me chercher mon thé maintenant, je vous prie.

Le jeune homme sortit à pas lents, et il le suivit des yeux. Était-ce un hasard si Kartisch était lui aussi troublé à ce point ? À moins que l'état de faiblesse dans lequel ils se trouvaient tous deux ne soit le signe annonciateur d'une maladie ?

Profondément inquiet, Loga regagna sa chambre. Après avoir ouvert tout grands les rideaux, il se pencha à la fenêtre. L'air frais lui fit du bien. En bas, dans le parc, deux lève-tôt arpentaient côte à côte, tout en discutant, l'une des allées couvertes de graviers. Tout paraissait parfaitement normal.

Holtogan passa la main dans sa toison blanche. Le meilleur moyen pour apprendre le plus vite possible ce qui était arrivé pendant la nuit était d'aller s'entretenir avec les autres. S'ils présentaient les mêmes symptômes que Kartisch et que lui-même, il serait indispensable d'examiner l'incident de plus près.

Un affreux soupçon naquit dans l'esprit du primat des cinquante Premiers Orateurs. Était-il possible que les ennemis des *Homo superior* aient semé des germes pathologiques dans ce quartier d'habitation ? Holtogan Loga pensa tout de suite à ce mystérieux comité de sauvetage qui, ces temps derniers, leur avait causé de plus en plus de difficultés. Mais il y avait aussi des bandes organisées qui menaient une véritable guerre contre les Hommes Nouveaux.

Kartisch revint avec le thé. Il avait l'air encore plus nerveux qu'auparavant.

— Dans la cuisine ! murmura-t-il, complètement bouleversé. Mantran et Orbi Nashcon n'avaient rien préparé. Ils se disputent.

Allons bon, là-bas aussi ! se dit Loga.

Il jeta sa cape sur ses épaules et quitta la chambre, suivi de son jeune domestique.

— Et votre thé, maître ?

— Je n'en ai plus besoin maintenant !

Le vieillard descendit l'escalier en courant. Il y avait longtemps qu'on avait débranché l'ascenseur de l'immeuble. Pour les membres de la race nouvelle, cet appareil faisait partie des funestes conquêtes de la technologie.

Personne encore n'occupait le bureau qui se trouvait à l'étage inférieur.

Holtogan s'aperçut que Kartisch ne l'avait pas lâché d'une semelle.

— Rassemblez tous les Orateurs qui séjournent dans cette maison ! lui ordonna-t-il. Les autres, je les convoquerai par télécom.

— Par télécom ? répéta le serviteur, sidéré.

— Les problèmes spéciaux nécessitent des mesures spéciales, souligna le maître. Cela ne signifie pas que nous soyons infidèles à nos principes !

Kartisch s'éloigna. Quelques instants seulement s'écoulèrent avant que Mon Armig arrivât dans le bureau. Il appartenait au groupe des Orateurs.

— Que se passe-t-il ? demanda-t-il. Ton assistant avait l'air plutôt agité, mais il n'a pas voulu me donner d'explications.

Holtogan Loga examinait attentivement le nouveau venu.

— Comment vas-tu ?

— Quoi ? (Armig ne put cacher sa perplexité.) Pourquoi cette question ? Je vais très bien, évidemment.

D'instinct, Holtogan Loga poussa un soupir de soulagement.

Ils ne sont donc pas tous touchés ! se dit-il, rassuré.

Mais son malaise ne tarda pas à refaire surface. Peut-être les autres seraient-ils frappés à leur tour un peu plus tard ?

Armig finit par remarquer que le primat n'était pas vraiment dans son assiette.

— Tu as mauvaise mine, commenta-t-il. Tu réfléchis trop.

— Non, c'est autre chose. Je suis malade.

— Malade ? s'exclama Armig avec un sourire. Je n'arrive pas à le croire !

Du bras, Loga fit un geste qui embrassait tout l'Univers.

— Je ne suis pas le seul concerné. Kartisch, mon assistant, manifeste lui aussi des symptômes pathologiques. Ainsi que deux hommes, à la cuisine. Il y en a certainement encore d'autres qui sont frappés. Il se pourrait que nous soyons menacés d'une épidémie.

C'en était trop pour Armig, qui perdit toute maîtrise de soi.

— Ce n'est pas vrai !

— Nous verrons bien !

Holtogan Loga jeta un coup d'œil vers la porte où venaient d'apparaître deux nouveaux Orateurs : Tarvus et Mandragan. Le premier paraissait normal, mais le visage de son compagnon était écarlate et inondé de transpiration. En outre, il semblait à bout de souffle.

Le chef baissa la tête.

— Il faut que nous tenions conseil, déclara-t-il aux autres. Il y a quelque chose qui ne tourne pas rond chez nous.

— Nous avions d'autres projets pour aujourd'hui, protesta Tarvus sans pouvoir cacher son impatience.

Pour un représentant de l'*Homo superior*, il avait une carrure et une musculature inhabituelles. Il faisait partie des Orateurs qui ne voyaient aucun inconvénient à se servir régulièrement d'un glisseur.

— Nous avons prévu de rassembler un groupe destiné à l'Australie. Jusqu'à présent, on n'a presque rien fait là-bas. Les réacteurs nucléaires de Sydney sont encore intacts. C'est surtout à eux que nous devons nous attaquer.

— Je crains que l'Australie ne doive attendre, répondit Loga tandis que d'autres membres entraient dans le bureau. Armig dirigera la discussion pendant que moi, de mon côté, je tenterai d'appeler tous les autres Orateurs par télécom. Il faut absolument que je sache si ces symptômes sont restés limités à notre secteur ou s'ils se sont généralisés partout.

Puis il sortit sans s'occuper des regards interrogateurs que lui jetaient les Orateurs présents.

Le vaste centralcom se trouvait au premier étage de l'immeuble. Autrefois, se rappela Holtogan Loga, le bâtiment avait été occupé par les employés de la Compagnie Générale Cosmique. Il avait été construit près de Puppet, une petite ville située sur la côte ouest des États-Unis de l'époque. Pour les membres de la race des *Homo superior*, c'était un quartier idéal parce qu'il n'y avait presque pas d'installations industrielles aux alentours. Les fonctionnaires qui travaillaient jadis dans cet immeuble étaient pour la plupart en déplacement et n'occupaient leurs bureaux qu'à des intervalles irréguliers.

Loga pénétra dans la salle des télécommunications. Affalé sur son siège, c'est à peine si Vanieoh tourna la tête à son arrivée. Le primat toussota.

— Comment allez-vous ?

Vanieoh ne faisait pas partie des Hommes Nouveaux. C'était une victime de la vague d'abrutissement qui possédait encore juste assez d'intelligence pour accomplir des travaux simples au service des *Homo superior*.

Sa fonction consistait à attendre devant l'hypercom. Dès qu'arrivait un message, Vanieoh devait avertir l'un des Orateurs.

— Comment allez-vous ? répéta Holtogan.

Le débile bâilla et arbora un sourire qui dévoila quelques dents abîmées. Il portait un costume de velours côtelé maintenu par des ficelles. Loga s'étonnait que ce détail lui saute aux yeux seulement à ce moment-là. Auparavant, il n'avait pour ainsi dire jamais fait attention à Vanieoh.

— Je vais bien, répondit le préposé à la garde de l'hypercom.

— J'ai besoin de l'appareil, déclara Holtogan Loga. Libérez-moi la place devant le pupitre de contrôle.

Au lieu d'obéir immédiatement, Vanieoh commença par se pencher en avant, comme s'il regardait attentivement les consoles de commande.

— Laissez-moi m'asseoir là ! lui ordonna Loga d'une voix impatiente.

Puis il vit l'abruti tendre un bras et caresser les touches de ses mains, jusqu'à ce qu'elles arrivent au niveau du commutateur principal où elles s'arrêtèrent. Vanieoh leva sur Loga un regard interrogateur.

Le maître en resta pétrifié sur place. L'abruti connaissait-il la touche d'activation de l'appareil ? Ou ses mouvements étaient-ils dus tout simplement au hasard ?

— Activez-le ! lui intima alors Holtogan sur un ton qui manquait plutôt d'assurance.

Perplexe, l'autre haussa les épaules puis se mit debout.

— Je ne comprends pas, dit-il.

Ce langage clair! s'étonna Loga. Jusqu'alors, Vanieoh s'était toujours exprimé comme un enfant !

Le vieillard aux cheveux blancs se secoua. Tout cela était vraiment ridicule. Il n'avait pas à perdre son sang-froid pour quelques incidents insignifiants !

— Maintenant, je désire rester seul, annonça-t-il sèchement. Partez !

Il suivit Vanieoh des yeux, le vit s'approcher de la porte et pousser sans hésiter la poignée vers le bas. Une fois de l'autre côté, il réussit également à la fermer sans aucun problème.

Ça n'a rien de surprenant! se dit le maître. Après tout, il utilisait assez souvent cette porte pour en comprendre le mécanisme. On aurait même pu dresser un animal pour l'ouvrir et la fermer.

Et pourtant, il croyait se rappeler qu'à peine quelques jours auparavant, Vanieoh avait encore eu des difficultés lorsque Loga l'avait chassé de la pièce.

Décidément, me voilà devenu hypersensible, songea-t-il.

Il se laissa choir sur le siège devant l'hypercom. Mais avant qu'il ait pu l'activer, un bourdonnement se fit entendre. Quelqu'un essayait d'entrer en liaison avec cette station.

Une ride profonde naquit sur le front du vieillard. Il se brancha sur réception et patienta. L'écran s'éclaircit. Holtogan Loga reconnut le visage d'Alliohyn Tankmeder, qui faisait également partie des cinquante Premiers Orateurs et était en activité à Bombay.

— Holtogan Loga ! s'écria son lointain collègue, manifestement soulagé. Comme je suis heureux de pouvoir te parler !

— Qu'y a-t-il donc ? interrogea Loga.

— Mon groupe me cause des difficultés ! lui expliqua Tankmeder sans prendre de gants. Nous nous étions attaqués à la centrale nucléaire d'Olgan. Cependant, la plupart travaillent en hésitant. Quelques-uns ont même purement et simplement refusé de faire quoi que ce soit.

Holtogan Loga ferma les yeux. Selon toute apparence, la situation était pire qu'il ne l'avait craint. La maladie surgissait partout, et même encore plus gravement dans d'autres villes qu'à Puppet.

— Essaie malgré tout de continuer ! ordonna-t-il au plaignant. Je voudrais convoquer une conférence des Orateurs au grand complet. C'est très important. Tout laisse à croire que nous sommes menacés par une épidémie mystérieuse.

Tankmeder secoua violemment la tête.

— J'ai fait examiner quelques-uns de mes collaborateurs par un médecin. Ils sont en parfaite santé !

— Oui, oui ! approuva le chef en acquiesçant d'un signe de tête. Le mieux à faire pour toi, c'est de nommer un remplaçant et de revenir ici le plus rapidement possible. Cela nous permettra d'en discuter. Maintenant, il faut que je mette les autres au courant.

Il interrompit brusquement la liaison, bien que Tankmeder semblât avoir encore quelque chose à dire.

Holtogan demeura pendant un certain temps à la même place sans bouger, comme s'il était étourdi, au point d'être à peine capable de mener une idée raisonnable jusqu'à son terme. Toutes les réflexions qui lui traversaient l'esprit s'embrouillaient ; elles se transformaient en pensées confuses et en schémas irrationnels.

En revanche, il était conscient d'une seule chose, et même avec une netteté douloureuse : la grave crise qui frappait les Hommes Nouveaux de façon tout à fait inopinée. Un élément imprévu menaçait l'hégémonie de l'*Homo superior*.

Le primat des cinquante Premiers Orateurs ne pouvait pas croire que le comité de sauvetage soit responsable de cette situation. L'organisation dirigée par un certain colonel Edmond Pontonac comprenait au grand maximum deux cents individus. Elle ne pouvait pas travailler dans toutes les parties du monde à la fois, contre les deux millions de membres que comptait, sur Terre, la race de l'*Homo superior*.

Loga perçut inconsciemment le bourdonnement de l'hypercom. Il se brancha à nouveau sur réception.

Cette fois, l'écran resta sombre, mais une voix agitée se fit entendre.

— Ici Parvantin ! Qui est à l'appareil ?

— Holtogan Loga !

— Le primat lui-même ? Quelle chance ! Nous sommes noyés sous les difficultés !

— Je suis au courant, l'interrompit son interlocuteur. Je vais émettre un appel général pour convoquer tous les Orateurs à Puppet. Il vaudrait mieux que tu nous rejoignes également, Parvantin !

— Que s'est-il passé au juste ? s'enquit ce dernier.

— Personne ne le sait exactement !

Mais l'esprit de Loga en était déjà aux opérations suivantes. On n'avait pas une minute à perdre. Aussi poussa-t-il un soupir de soulagement lorsque Parvantin interrompit la conversation de sa propre initiative.

Le chef envoya aussitôt un bref message sur le circuit général pour convoquer immédiatement tous les Orateurs à Puppet car il fallait rassembler toute l'équipe pour une réunion de la plus haute importance. Ce faisant, il remarqua combien lui était pénible le simple effort de formuler correctement ces quelques phrases.

Au moment où il quittait la section radio pour se faire remplacer par un assistant, ses genoux lui refusèrent soudain tout soutien. Il fut obligé de se cramponner à la porte. Son cœur battait à tout rompre. C'était à coup sûr une conséquence de tous ces soucis, mais il ne comprenait pas pourquoi il n'arrivait plus à contrôler son corps.

À l'extrémité du couloir se tenait Vanieoh, immobile près de la fenêtre, en contemplation devant le jardin.

Loga hésita. Allait-il le soumettre à un examen approfondi pour savoir enfin ce qui lui arrivait ? Y avait-il un rapport entre le comportement étrange du jeune débile et cette mystérieuse maladie qui frappait de nombreux membres de l'*Homo superior* ?

Le vieillard se remit en mouvement tout en restant à côté du mur pour pouvoir s'appuyer au cas où il serait frappé d'un nouvel accès de faiblesse.

Deux hommes dans la force de l'âge sortirent de l'un des bureaux en se disputant avec acharnement. C'était la première fois qu'Holtogan Loga assistait à une scène de ce genre. Sa consternation ne fit que croître.

Qu'arrivait-il à toute son équipe ?

Le primat des Orateurs gagna l'escalier et monta en s'agrippant à la rampe. Quelques marches suffirent pour qu'il soit à bout de souffle. Avec un effort de volonté, il arriva néanmoins à dominer son malaise et peu à peu, sentit s'éloigner le spectre de l'évanouissement. Il poussa un soupir de soulagement. À la réflexion, peut-être toute cette affaire n'avait-elle été qu'une crise passagère ?

Dès son entrée dans la pièce où les autres s'étaient entre-temps rassemblés, Loga perçut immédiatement l'inquiétude qui y régnait. Plusieurs hommes et femmes essayaient de parler en même temps. Mon Armig avait grimpé sur une table pour tenter de calmer l'assemblée agitée. Mais en vain.

Il découvrit Holtogan Loga et le fixa d'un air suppliant, comme s'il l'appelait au secours.

Le chef des *Homo superior* se rendit compte que quelques-unes des personnes présentes se trouvaient dans un état grave. Elles affichaient une excitation qui n'avait plus rien de naturel et s'invectivaient même les unes les autres. Heureusement, l'apparition du primat les ramena quelque peu à la raison.

Holtogan Loga pénétra dans le petit cercle ; il avait de la peine à se tenir droit sur ses jambes.

— Je suis consterné ! explosa-t-il. Consterné et furieux de la manière dont quelques-uns d'entre nous se comportent. Il n'y a absolument aucune raison qui justifie de perdre toute dignité !

Tous le scrutèrent du regard. L'autorité qu'il possédait était intacte. Le calme et le silence se rétablirent. Une femme âgée d'une quarantaine d'années, qui avait de grands cernes sombres sous les yeux, avança d'un pas et déclara d'une voix tremblante :

— Dites-nous ce qui est arrivé, maître ! Pourquoi beaucoup d'entre nous sont-ils tombés malades si brusquement ?

Armig descendit de son perchoir et s'approcha du vieillard aux cheveux blancs qui régnait sur les Hommes Nouveaux.

— Ils étaient comme fous ! lui raconta-t-il à voix basse. Je voudrais bien savoir ce qui leur a pris ! Si les choses ne s'arrangent pas rapidement, tous nos projets risquent de tomber à l'eau !

— Ces symptômes, expliqua Loga à voix basse lui aussi, se sont manifestés chez les membres de l'*Homo superior* dans le monde entier. Nous n'avons pas encore reçu de rapports en provenance des divers secteurs du cosmos, mais tout nous permet de supposer que nos amis habitant sur d'autres mondes ont également été frappés par ce phénomène mystérieux.

En entendant ces phrases terribles, Armig avait blêmi.

— Qu'est-ce que ça signifie ?

Au lieu de répondre, Holtogan Loga se tourna vers les autres.

— Il n'y a aucune raison de s'inquiéter. J'ai convoqué ici le groupe entier des Orateurs pour une conférence. Nous allons tenir conseil pour savoir ce qu'il y a lieu de faire. Jusqu'à présent, nous savons seulement que quelques-uns d'entre nous se trouvent dans un état de santé inexplicable. Peut-être s'agit-il du début d'une maladie ? Mais peut-être aussi de quelque chose d'autre ?

Il se rendit compte soudain qu'il était incapable de continuer à parler. Non pas parce que ses cordes vocales lui refusaient tout service. Il avait tout simplement l'impression que son cerveau cessait de fonctionner.

Il lui fallut un certain temps avant de pouvoir se ressaisir. Puis il scruta les visages graves de ses amis.

— Une crise se dessine, poursuivit-il. Nous devons tous, maintenant, être plus solidaires que jamais encore auparavant.

CHAPITRE II

Il régnait à l'intérieur d'Empire-Alpha une atmosphère d'activité trépidante, de nuit comme de jour. Le personnel du quartier général de la Défense Solaire sis à Terrania City, avait rarement l'occasion de se reposer. Depuis l'arrivée massive d'immunisés au cours des mois précédents, l'effectif avait atteint un millier d'hommes et de femmes. Les responsables avaient du travail par-dessus la tête pour maintenir l'approvisionnement en vivres de la population terrienne. Une des conditions primordiales à la bonne marche du système était avant tout le parfait fonctionnement de la Route des Conteneurs d'Olympe. En outre, il fallait lutter contre les bandes qui infestaient les lieux, afin d'empêcher les pillages des entrepôts de réserves. De nombreux immunisés avaient quitté Empire-Alpha pour se disséminer dans toutes les parties du monde afin de former de nouveaux groupes opérationnels bien organisés. Malheureusement, étant donné la multitude et l'ampleur des difficultés qui se présentaient à tout moment, ces noyaux de cellules d'un ordre nouveau n'avaient pas pu obtenir l'efficacité qu'on en avait attendue.

Il fallait mener une lutte sans merci contre le chaos total. Entre Empire-Alpha et l'*Homo superior* semblait s'être établie une sorte de cessez-le-feu. Or, ce n'était qu'une apparence. En réalité, chacun d'eux savait qu'il n'avait guère le temps de se soucier de l'autre groupe. Certes, les immunisés d'Empire-Alpha tentaient en permanence d'empêcher les Hommes Nouveaux de détruire les complexes industriels mais, aussi tenace qu'elle fût, cette résistance se limitait aux installations techniques essentielles. Il ne restait pas d'autre solution aux Terraniens d'Empire-Alpha que de laisser agir le clan des illuminés. À cela s'ajoutait encore le fait que les ordres lancés par Perry Rhodan étaient toujours aussi stricts en ce qui concernait la manière dont les immunisés devaient se comporter à l'égard de leurs adversaires.

Jusque dans les toutes dernières informations diffusées à ses troupes, le Stellarque avait encore une fois fait remarquer qu'il s'opposait à une solution armée dans le conflit avec les Hommes Nouveaux.

C'était à tout cela que Roi Danton ne pouvait s'empêcher de penser au moment où il quitta son petit bureau pour participer à une discussion avec les instances supérieures d'Empire-Alpha.

Quinze mois s'étaient écoulés depuis le déclenchement de la catastrophe. Au cours de cette période, l'aspect physique de l'ex-Libre-Navigant avait beaucoup changé. Sa physionomie ne respirait plus la fraîcheur de la jeunesse. Sa bouche et son nez étaient à présent entourés de rides profondes. Il avait également les yeux rouges et profondément enfoncés dans leurs orbites. C'étaient les traces d'une extrême fatigue, le prix à payer pour une vie plongée dans une concentration permanente. Son corps jadis mince paraissait à présent maigre, ce qui n'avait rien d'étonnant étant donné qu'il avait perdu plus de douze kilos en quelques mois.

Dans le couloir qui menait à la centrale, le fils du Stellarque monta dans un petit véhicule. Les membres du personnel qui passaient par là ne lui accordaient guère d'attention. Au quartier général d'Empire-Alpha, personne n'avait de temps à perdre en conversations superflues.

Danton vira dans un corridor plus large. Là, tout était étonnamment calme et silencieux au point que c'en était presque oppressant. *Un monde à l'écart de tout*, se dit-il. Il lui arrivait parfois de trouver injuste qu'un millier de personnes puissent vivre dans cette station sécurisée pendant que des milliards de Terriens étaient obligés de lutter pour leur vie à la surface de leur planète-patrie.

Soudain, un autre petit véhicule le rejoignit, piloté par le major Stableen. Celui-ci portait une casquette qui lui tombait très bas sur le front. Une énorme moustache lui couvrait presque entièrement la bouche. Il faisait équipe avec trois autres officiers pour commander les cellules d'immunisés travaillant partout dans le monde.

— Bonjour ! s'exclama Stableen.

— Est-ce donc le matin ? riposta Roi avec un sourire.

— Qu'en sais-je, moi ? renchérit le major en souriant lui aussi. C'est en tout cas le matin quelque part dans le monde. Et comme je viens de dormir quelques heures, pour moi aussi, c'est le cas !

Ils s'arrêtèrent à proximité de la centrale, juste en face de la salle de conférences. Deux robots dûment armés se tenaient à côté de l'entrée, mais ils n'étaient pas activés. Un homme vêtu d'une combinaison de l'Astromarine Solaire sortit du lieu de rassemblement.

Stableen fit un signe de tête à l'adresse de Danton.

— Voyez-moi ça ! Il reste encore quelques personnes qui soignent leur aspect physique. Ce type-là porte même un pantalon fraîchement repassé !

Un assistant de Deighton les attendait à la porte de la salle de conférences.

— La réunion a déjà commencé, dit-il aux nouveaux arrivants. Vous êtes les derniers !

Danton se contenta d'acquiescer d'un léger signe de tête. En compagnie de Stableen, il pénétra dans la vaste pièce qui pouvait facilement contenir deux cents personnes. Mais pour l'instant, seuls dix-sept hommes et quatre femmes s'y étaient réunies.

Galbraith Deighton, assis au bout de la longue table, fouillait dans des papiers. Il paraissait complètement perdu. Les écrans suspendus aux murs étaient branchés, ainsi que le circuit radio. Le plafond était constitué d'un matériau transparent, de sorte que l'on pouvait voir l'intérieur de la salle des machines située juste au-dessus. Les architectes de cette station n'avaient pas seulement favorisé le côté fonctionnel des installations ; ils avaient aussi voulu produire certains effets d'esthétique architecturale.

Cependant, aucune des personnes rassemblées pour cette

conférence exceptionnelle ne levait les yeux vers le plafond. Aucune ne songeait à contempler les formes bizarres des socles qui supportaient les machines implantées au-dessus des têtes. Il y avait bien longtemps que tous s'étaient habitués à ce spectacle, car il se passait rarement une journée sans que ne soit convoquée une réunion de ce genre.

Les murs étaient revêtus de brun et légèrement veinés, de sorte qu'ils donnaient l'impression d'être lambrissés. Des bas-reliefs en couleurs interrompaient çà et là la monotonie des surfaces planes.

Chaque siège était équipé d'un pupitre de commande comportant également un intercom.

Deighton releva les yeux. Le chef de la Défense, tout comme Danton, n'avait presque jamais le temps de prendre du repos. Ses traits étaient également marqués par des traces de fatigue permanente.

— Collins a présenté une motion, annonça-t-il sans le moindre préliminaire. À son avis, nous devrions nous mettre en rapport avec le fameux comité de sauvetage. Peut-être pourriez-vous nous expliquer vous-même le sens de votre proposition, Collins ?

Tous les regards se tournèrent vers l'interpellé. Storman Collins était un homme de taille moyenne doté d'un visage tout rond et de mains très fines. Il ne faisait pas partie, comme de nombreux autres, du personnel régulier d'Empire-Alpha, mais était en fonction à l'astroport de Terrania City.

Il se leva.

— Ces temps derniers, commença-t-il, nous avons de plus en plus souvent reçu des rapports relatifs à l'intervention de ce comité de sauvetage que nous avons évoqué à l'instant même. Entre-temps, nous avons appris que cette organisation opérait à partir d'une ancienne base de l'Astromarine Solaire établie dans l'Océan Indien. Cela ne peut signifier qu'une seule chose : les meneurs de ce groupe, au moins, sont d'anciens officiers de l'Astromarine.

— Où voulez-vous en venir au juste ? s'écria quelqu'un d'une voix impatiente. Ce que vous nous dites là, il y a longtemps que nous le savons tous !

— Les buts de ce comité de sauvetage semblent également être tout à fait clairs, poursuivit Collins sans se laisser troubler par cette interruption intempestive. Partout où se manifeste cette organisation, elle essaie de faire obstacle aux agissements des *Homo superior*, et il lui est même arrivé à plusieurs reprises de réussir. Nous savons aussi que ce comité dispose d'un solide équipement militaire et qu'il agit manifestement en contradiction avec les ordres de Perry Rhodan. Mais jusqu'à présent, nous ne nous sommes pas occupés de ce groupe. Nous le tolérons sans ouvrir la bouche parce que nous sommes conscients qu'il nous soulage beaucoup. Quant à moi, je ne suis pas du tout d'accord avec cette convention de mutisme complet.

— Je suis obligé de vous contrer ! s'insurgea Deighton. Il n'est pas question ici de convention délibérée, ni non plus de volonté de mutisme complet, comme vous dites. Le problème de ce fameux comité de sauvetage n'est pas encore suffisamment clair pour que nous nous sentions contraints de prendre la décision de le dissoudre, voilà tout.

Collins afficha un sourire nerveux.

— Jolie périphrase de votre part ! riposta-t-il en saisissant une feuille de papier sur la table. Je me suis donné la peine de recenser par écrit toutes les interventions de ce groupe. Mais il y a encore un nombre important de cas non répertoriés ! Après tout, nous autres d'Empire-Alpha, nous prenons des mesures contre toutes les bandes organisées. Cependant, en faisant montre de tolérance à l'égard de ce comité de sauvetage, nous légitimons une sorte d'entreprise concurrente qui pourrait plus tard nous contester le droit au pouvoir.

— Maybelle ! appela Deighton. Vous vouliez dire quelque chose ?

Une femme noire, assise en face de Danton, s'inclina légèrement. C'était une ancienne spécialiste de l'Organisation des Mondes Unis qui avait actuellement la haute main sur le secteur d'approvisionnement pour l'Asie. En comparaison des commandants des autres secteurs, elle avait la tâche relativement facile mais son travail était néanmoins très dur, pour ne pas dire même insurmontable.

— Je voulais demander à Storman ce qu'il considère

comme le plus important : pourchasser quelques solitaires ou tenter de subvenir aux besoins des victimes de la vague d'abrutissement ?

Collins frappa violemment la table du poing.

— Vous appelez ça quelques solitaires ? Je prétends, moi, qu'il s'agit d'un groupe extrêmement bien équipé. D'après mes recherches, il comprend au bas mot cent cinquante immunisés ! Autrement dit, des individus qui pourraient plutôt coopérer avec Empire-Alpha. Cela me prouve que les chefs de ce comité de sauvetage manipulent les esprits avec des slogans séduisants. Peut-être même promettent-ils plus qu'ils ne le devraient, étant donné les circonstances.

— Voyons, ce ne sont là que des conjectures ! protesta un homme d'un certain âge.

Collins jeta ses documents sur la table.

— Examinez donc vous-même tout ça et vous verrez s'il ne s'agit vraiment là que de conjectures !

— Mon secteur d'activité ne détachera personne pour aller s'occuper du comité de sauvetage, déclara Maybelle sur le ton de la plus grande détermination.

Le regard de Deighton se fixa sur Danton, comme pour l'encourager à formuler son avis.

— Tout laisse à penser que nous devrions en effet nous occuper de ce comité de sauvetage, donna à penser le chef de la Défense Solaire.

— En effet, affirma Roi à contrecœur.

Jusqu'alors, il avait toujours esquivé ce problème car le résoudre amènerait des ennuis supplémentaires. Danton dut s'avouer qu'il avait bien souvent sympathisé avec les activités de ce comité. Après tout, il fallait bien que quelqu'un finisse par montrer aux *Homo superior* que rien ne les autorisait à détruire impunément tout ce que les hommes avaient réussi à créer.

— Dans ces conditions, nous allons régler cette affaire à la manière habituelle, décida Deighton. Tous ceux qui sont d'accord pour que nous nous occupions du comité de sauvetage sont priés de voter.

Sur le tableau numérique placé devant Galbraith Deighton, le chiffre quatorze s'alluma.

— La majorité ! conclut-il, profondément surpris.

Danton refoula un juron. Il ne leur manquait plus que cela !

L'air satisfait, Storman Collins se rassit sur son siège. Quant à Maybelle, elle se leva et quitta la salle de conférences avec une ostensible désapprobation.

Comme nous sommes tous devenus irritables et agressifs ! se dit le fils de Rhodan, profondément désolé.

— Très bien ! conclut Deighton en écartant de lui quelques papiers. Roi et moi, nous allons prendre les mesures nécessaires et vous présenter sous peu les premiers résultats. Venons-en maintenant au…

— Un instant ! l'interrompit encore Collins. Je ne suis pas d'accord ! Que signifie ce « sous peu » ?

— Le plus rapidement possible, expliqua Galbraith d'un air maussade.

— Ça ne me suffit pas, c'est trop vague pour mon goût ! J'exige que vous nous présentiez le premier rapport dans six jours !

— Ma foi, fit sans conviction le chef de la Défense, d'accord pour dans six jours. (Puis il se tourna vers Danton.) Poursuivons maintenant, reprit-il. Je vais vous donner lecture des rapports que nous ont fait parvenir des cellules d'immunisés.

Avant qu'il ait pu commencer, son intercom se mit à bourdonner.

— Qu'y a-t-il encore ? demanda-t-il, furieux. Je ne voulais pas être dérangé !

— La centrale de détection vient de s'annoncer, Deighton ! déclara une voix tout à fait impersonnelle. Trois silhouettes mystérieuses se déplacent à la limite de l'écran protecteur d'Empire-Alpha.

— Trois ! répéta le président de séance sans pouvoir y croire. Et c'est pour ça que vous perturbez la conférence ?

— Il serait préférable que vous veniez nous rejoindre avec Danton pour voir par vous-mêmes ! insista la voix dans le haut-parleur.

À bout de nerfs, Galbraith perdit le peu de patience qui lui restait.

— Dites-moi enfin ce qui se passe là-haut !

— Il s'agit manifestement de trois abrutis. Ils ont un comportement curieux.

— Curieux ? (Cette fois, Deighton brancha son intercom pour parler avec le responsable de la section de détection.) Expliquez-vous un peu mieux, s'il vous plaît !

— Ils ne se conduisent pas comme on pourrait l'attendre de la part de débiles.

Il était clair que l'interlocuteur cherchait ses mots pour être le plus proche possible de la vérité. Il avait bien du mal à définir le comportement de ces inconnus.

— Nous arrivons ! décida Danton.

— Bon ! (Le chef de la Défense Solaire rassembla tous ses papiers en tas.) Knanmahl, à vous de mener la discussion pendant ce temps. Lisez tout haut les rapports des immunisés; je vous prie !

Les deux hommes qui étaient chargés de sauver la population terrestre frappée d'abrutissement quittèrent la salle de réunion. Une fois dehors, dans le couloir, Deighton s'arrêta et écarta une mèche de cheveux qui lui tombait sur le front.

— Il m'arrive parfois de vouloir tout envoyer promener pour aller me réfugier sur une planète solitaire…

— Allons donc ! Vous ? Vous seriez bien le dernier à faire ça !

— C'est juste, vous avez raison. Venez, Roi, allons voir ce qui brûle là-haut.

Ils se dirigèrent vers le puits antigrav le plus proche et montèrent jusqu'au premier niveau où se trouvait la centrale de détection. En général, rares étaient les abrutis qui se risquaient à faire un tour dans le domaine d'Empire-Alpha. Ils avaient peur des dômes scintillants et ne s'en approchaient jamais. De temps à autre apparaissaient quelques bandits à proximité, mais ils étaient suffisamment intelligents pour ne pas se risquer à une agression.

Il y avait déjà longtemps que tous les écrans protecteurs avaient été rétablis et qu'ils sauvegardaient tout le secteur du quartier général terranien.

Dans sa globalité, la zone qui entourait Empire-Alpha

donnait l'impression d'être morte bien qu'entre-temps, quelques quartiers de Terrania City eussent été repeuplés.

Roi entra sans enthousiasme aucun dans la centrale de détection. Il ne croyait pas recevoir des nouvelles sensationnelles. Les nouveaux venus furent accueillis par le major Abraham.

— Je suis désolé d'avoir fait interrompre la conférence, mais l'affaire m'a paru suffisamment importante pour justifier cette perturbation. (Il précéda les deux hommes à travers un dédale de positroniques et de pupitres de contrôle, jusqu'aux écrans de visualisation de l'observation extérieure.) Là ! s'écria-t-il en montrant du doigt l'un des moniteurs. Les voici tous les trois !

Danton aperçut un trio d'individus misérablement vêtus qui se tenaient à l'ouest du quartier général, à proximité du bouclier énergétique. Ils donnaient l'impression de réfléchir. Selon toute apparence, ils n'avaient pas peur.

Ils se remirent en marche le long de l'écran, à une distance de sécurité de plusieurs mètres.

— Ce ne sont peut-être pas des abrutis, lança Roi.

— Si ! riposta Abraham, sûr de lui.

Les trois intrus s'arrêtèrent une fois encore.

— Ils discutent ! constata Deighton.

— Leur indécision révèle que ce ne sont pas des immunisés, reprit le major tout en indiquant du doigt la longue rangée de sièges placés devant les pupitres de contrôle, qui étaient tous occupés. Nous sommes nombreux à les observer déjà depuis une heure. Ah !

Son cri avait de nouveau pour cause les trois curieux personnages qui, à présent, se tenaient devant une colonne plantée dans le sol.

— Une borne d'appel ! déclara Danton. Autrefois, tout le monde pouvait s'en servir.

— Ils essaient les contrôles, ajouta quelqu'un.

Un homme mince et de haute taille arriva d'un autre côté de la salle. Roi le connaissait déjà très bien. C'était Pellayron, l'unique galactopsychologue immunisé d'Empire-Alpha.

— J'ai convoqué Don Pellayron parce que je me suis dit que ceci l'intéresserait sans doute, expliqua Abraham, tout excité.

— C'est exact, confirma le nouveau venu.

Il s'appuya contre le revêtement d'une banque de données. Ses sourcils épais lui donnaient un air sombre, mais les pattes d'oies autour de ses yeux et son timbre très doux atténuaient cette impression. Il ponctuait ses paroles de gestes imperceptibles de la main droite.

— Alors, Doc, qu'en pensez-vous ? l'interrogea Danton.

— Ce sont sans aucun doute trois abrutis, répondit Pellayron. Voilà déjà vingt minutes environ que je les observe. Cependant, une chose me frappe chez eux : ils ont perdu la stupidité typique des débiles. Rien que le fait qu'ils s'intéressent à cette colonne d'appel en est déjà une preuve, même s'ils ne peuvent pas s'en servir.

Deighton prit une décision.

— Nous irons les chercher et les ramènerons ici pour essayer de comprendre ce qu'ils ont en tête.

— Autrement dit, nous allons les faire prisonniers, corrigea Abraham.

Son interlocuteur leva la main comme pour balayer l'objection.

— Appelez ça comme vous voulez !

Avec un sourire, le major brancha l'intercom pour donner les directives adéquates. Quelques instants s'écoulèrent et, déjà, les observateurs présents dans la centrale de détection virent une coupole aplatie s'ouvrir au niveau de la surface. Trois robots volants et un homme équipé d'un spatiandre apparurent. Ils traversèrent une brèche structurelle pratiquée dans l'écran protecteur et s'approchèrent des trois individus qui, à la vue des machines, tentèrent de prendre la fuite. Mais aussitôt, ils furent saisis par les faisceaux convergents de trois paralysateurs.

Roi les vit s'effondrer sur le sol, puis les engins s'approchèrent pour les relever. L'homme vêtu d'un spatiandre lança quelques ordres. Une dizaine de secondes plus tard, les trois robots portant les intrus inanimés s'envolèrent en direction du quartier général d'Empire-Alpha, suivis de l'immunisé.

Abraham désactiva le moniteur et consulta l'horloge.

— Occupez-vous de cette affaire, Pellayron ! ordonna

Deighton. Nous réintégrons immédiatement la salle de conférences. Appelez-nous dès les premiers résultats.

Le galactopsychologue s'éloigna en toute hâte.

— Je suis vraiment désolé de vous avoir dérangés, affirma encore une fois Abraham.

Galbraith fit signe à Roi.

— Imaginez un peu la situation si tous les hommes frappés d'abrutissement avaient perdu leur stupidité ! lui dit-il dès qu'ils furent arrivés dans le couloir.

— Je n'y crois pas, riposta le fils de Rhodan.

*
* *

Les visages blêmes des trois débiles formaient un contraste saisissant avec les cloisons recouvertes de velours de la salle de traitement. L'éclairage indirect dispensait juste assez de lumière pour permettre à Danton de se rendre compte que ses interlocuteurs étaient maigres et sales. Leurs regards fuyants trahissaient la peur qui les figeait.

Pellayron se tenait debout, le dos appuyé contre une armoire à médicaments. Inconsciemment, Roi remarqua que le galactopsychologue s'adossait toujours à quelque chose quand il n'était pas en mouvement.

— Deighton est resté là-haut, expliqua le fils du Stellarque. Il est encore en discussion avec le commandant au sujet de l'échelon trois du programme d'approvisionnement.

Bien qu'installés dans des fauteuils confortables, les prisonniers n'en avaient pas pour autant l'air particulièrement détendus. La salle de soins était située au niveau inférieur du quartier général d'Empire-Alpha, à proximité des pavillons réservés aux malades qui étaient occupés par des médecins immunisés et des médirobots.

Pellayron enfonça ses deux mains au plus profond des poches de sa blouse blanche.

— Je vous présente Necsmith, Fargoner et Chil-Anjon, expliqua-t-il à Danton. Ils ont subi un léger choc, mais sont néanmoins capables de répondre à vos questions.

L'ex-Libre-Navigant se sentait plutôt mal à l'aise. Il laissa s'écouler quelques minutes avant de faire enfin un pas en direction des hommes immobiles et muets.

— Comment allez-vous ?

Ils le regardèrent tous trois droit dans les yeux. *On croirait des animaux qui viennent d'être capturés*, se dit le fils de Rhodan. *Est-ce qu'ils comprennent seulement ce qui se passe ici ?*

— Personne ne vous veut du mal, déclara-t-il pour essayer de leur donner confiance. Nous voulons seulement savoir ce que vous faisiez là-haut.

— Nous… rien… rien de plus qu'un petit tour, bredouilla l'un d'eux.

Ce doit être Fargoner, supposa Roi.

— C'est Fargoner, intervint Pellayron, comme s'il avait deviné le cours des pensées de Danton. Fargoner le sculpteur est sans contredit le plus intelligent de nos amis. Toutefois, ces trois hommes ont un détail en commun : ils ne sont pas aussi stupides que les abrutis avec lesquels nous avons eu à faire jusqu'à ce jour. Cela ne signifie pas qu'ils aient recouvré leur intelligence d'origine. Mais au moins, chez eux, le voile de l'oubli s'est légèrement soulevé.

— Comment cela s'est-il produit ? s'enquit spontanément Danton.

— Si je pouvais le découvrir, nous serions débarrassés de nombre de nos soucis ! Peut-être en est-il à présent de même partout dans la Galaxie ?

Roi retint son souffle.

— Pensez-vous que ce soit possible ?

— Oui, affirma le galactopsychologue. J'ai beaucoup bavardé avec ces trois hommes. Tous ensemble, ils ont déclaré qu'ils se rendaient tout à fait compte que quelque chose ne tournait pas rond, et que c'était la raison pour laquelle ils étaient venus ici. Ils espéraient manifestement y trouver une explication à leur état, ainsi que du secours. C'est…

Il fut interrompu par la sonnerie de l'intercom et se sauva en courant dans la pièce voisine.

Roi lui emboîta le pas. Il le vit parler avec animation dans le microphone de l'appareil en s'appuyant contre la cloison, comme à son habitude.

— Oui, disait-il justement. Danton est ici. (Puis, se tournant vers celui-ci, il expliqua :) C'est Deighton ! Il a quelque chose d'urgent à vous communiquer.

— Roi ! s'exclama le chef de la Défense. Regardez bien autour de vous pour voir si vous vous trouvez dans une pièce assez haute, parce que vous allez faire un vrai bond au plafond ! Je viens de recevoir une information qui m'a appris l'identité du chef du comité de sauvetage !

— Arrêtez de me mettre sur le gril !

— Le colonel Edmond Pontonac !

Au lieu de sauter sur place, Danton émit un sifflement prolongé.

— Une chose encore, ajouta Galbraith Deighton. De nouvelles victimes de la vague d'abrutissement ont débarqué là-haut. Plus de soixante, cette fois-ci. D'après les dires d'Abraham, elles se comportent presque exactement de la même manière que nos trois hommes ici présents au moment où nous les avons rencontrés.

Au même instant, Pellayron, pourtant habitué aux manifestations de spontanéité et aux accès de joie, eut droit à la surprise de sa vie. Danton se précipita sur lui et se jeta dans ses bras.

— Vous avez entendu ? Ça les concerne tous ! Tous les crétinisés ont perdu leur stupidité !

Le galactopsychologue balaya la pièce du regard comme s'il cherchait quelque chose de précis, puis il recula de quelques pas vers le seuil de la porte contre laquelle il put enfin s'adosser.

— N'oubliez pas ce que je vous ai dit ! Cela ne signifie pas qu'ils ont été purgés de toute trace d'abrutissement !

Mais l'autre ne l'entendait même plus. Il était déjà dehors.

Les immunisés d'Empire-Alpha avaient enfin recouvré ce dont ils avaient besoin pour pouvoir continuer à lutter pour sauver l'Humanité : l'espoir !

CHAPITRE III

Assis sur une charrette, quatre membres de la race nouvelle observaient une centaine d'abrutis qui, pliés en deux sur un champ de maïs, arrachaient sans relâche les mauvaises herbes envahissantes. Devant le véhicule, un cheval remuait désespérément la queue pour chasser les mouches qui ne cessaient de le tourmenter.

Mais les arracheurs de mauvaises herbes, les hommes à l'intérieur du véhicule et le cheval n'étaient pas les seules créatures vivantes qui occupaient le champ de maïs.

À environ cent mètres de la charrette, six individus armés, blottis dans une dépression de terrain, observaient la scène et le décor. L'un d'eux était Edmond Pontonac, et l'autre Sogmonth.

Leurs quatre compagnons appartenaient également au comité de sauvetage. Derrière eux, un peu à l'écart parmi des chênes-lièges, quatre gros robots de combat attendaient.

Sogmonth leva la tête et risqua un œil au-dessus du bord de la combe.

— Les voilà ! dit-il d'une voix lourde de haine. Attaquons-les et libérons les gars qu'ils tiennent en esclavage !

Pontonac posa une main sur le dos de son second.

— Ici, c'est moi qui donne les ordres. Nous allons attendre encore un peu pour observer la scène. Je veux être absolument sûr que nous ne commettons pas de faute. En outre, nous nous contenterons de capturer les quatre Hommes Nouveaux et de les soumettre à un interrogatoire. Après quoi, nous les renverrons à leurs activités.

— Et que deviendront les esclaves ? voulut savoir son compagnon.

Pontonac secoua la tête d'un mouvement irrité.

— Ce ne sont pas des esclaves, Sogmonth. Ce sont des abrutis qui sont exploités par les *Homo superior.* Ceux-ci, d'ailleurs, pensent à coup sûr qu'ils leur rendent service en les employant de la sorte.

— Des types obligés de cultiver des champs de maïs et de pommes de terre à la main ne sont rien d'autre que des esclaves ! s'entêta Sogmonth.

La détermination sauvage de cet homme intransigeant fit perdre au colonel sa patience et son assurance. Pontonac, en sa qualité de chef du comité, voulait régler cette affaire à sa manière à lui, mais Sogmonth était un facteur beaucoup trop instable pour qu'il puisse être certain que tout se déroulerait comme il l'avait prévu lui-même.

Ils prolongèrent donc leurs observations. De temps à autre, l'un des quatre Hommes Nouveaux se levait dans le véhicule pour crier un ordre.

Soudain, Pontonac fit volte-face et regarda en direction de la cité lointaine. Pas plus que les autres villes, Gérone n'avait survécu à la catastrophe sans y laisser des plumes, bien que la majorité des citadins se fussent retirés à la campagne dès les premières attaques de la vague d'abrutissement. Gérone avait été le théâtre d'incendies et de pillages, et l'un des gros réacteurs nucléaires situés au sud de la ville avait explosé. Puis les *Homo superior* avaient débarqué pour démonter les dernières installations industrielles encore capables de fonctionner, et inciter les pauvres abrutis à cultiver des pommes de terre et du maïs dans les champs.

Le colonel savait qu'une antenne de cette compagnie de destruction organisée s'était établie à Gérone et qu'elle comptait une soixantaine d'Hommes Nouveaux. Sogmonth avait proposé de l'attaquer et de la raser, mais le colonel s'y était opposé farouchement.

— Pas un seul des quatre individus qui attendent là-bas sur la charrette ne doit nous échapper ! déclara Edmond d'une voix énergique à l'adresse de ses complices. Ils préviendraient leurs amis. Nous allons en finir rapidement avec tout ceci afin de pouvoir poursuivre notre action ailleurs.

(Il leva un bras.) Bon, nous filons avec nos propulseurs, en laissant ici les robots de combat pour le cas où nous serions attaqués.

Ses hommes avaient cerné le champ tout entier, ce qui excluait toute possibilité de fuite à ces quatre individus non désirés.

Le colonel leva de nouveau le bras.

— Allons-y ! ordonna-t-il.

Au moment où les membres du comité jaillirent de leur cachette, un curieux incident survint dans le champ de maïs. Comme sur une injonction inaudible, les abrutis cessèrent brusquement le travail.

— Halte ! s'écria aussitôt Pontonac. Retour à l'abri !

— Pourquoi donc ? protesta Sogmonth.

— Revenez ! insista le colonel d'une voix tranchante.

L'autre obéit à contrecœur.

— Nous allons attendre pour voir la tournure que prendront les événements, répondit le colonel une fois qu'ils furent tous les six à nouveau couchés côte à côte dans le creux du terrain. Il se passe ici quelque chose d'étrange…

Ils virent l'un des surveillants bondir du véhicule et s'approcher des abrutis qui s'étaient relevés.

— Alors, qu'est-ce vous fabriquez ? explosa l'*Homo superior*. Pourquoi restez-vous là sans rien faire ? Que signifient ces bavardages pendant le travail ? Il faut absolument que le champ tout entier soit nettoyé d'ici ce soir !

Les victimes de l'onde funeste s'étaient mises à discuter âprement par petits groupes. Edmond n'en croyait pas ses yeux. Jamais encore il n'avait observé un tel comportement de la part de ces pauvres types. Qu'est-ce que cela pouvait bien signifier ?

Puis les trois autres membres de la race nouvelle descendirent à leur tour du véhicule pour essayer de faire plier les ouvriers agricoles. Mais ceux-ci continuèrent à ignorer tous les ordres.

— On pourrait presque croire qu'ils ont brusquement recouvré la raison, remarqua Alpher Creek, qui faisait partie du contingent couché à l'abri dans la combe.

— C'est stupide ! dit Sogmonth. C'est à nous d'intervenir immédiatement !

Mais Pontonac ne réagit pas à cette suggestion. Bien au contraire, fasciné par cette scène insolite, il suivit des yeux six des crétinisés qui s'éloignaient des autres et se dirigeaient vers la lisière du champ.

Or, de par la nature même de leurs principes, on pouvait être certain que ni les Hommes Nouveaux ni les abrutis ne portaient sur eux d'appareils de communication ou de détection. Aussi Edmond n'hésita-t-il pas à activer son propre microémetteur de poignet.

— Allô ! Ici Pontonac ! annonça-t-il. Carpino, vous m'entendez ?

— Allô ! Ici Carpino ! Oui, Je vous entends parfaitement !

Le colonel savait que l'ancien lieutenant du *Druupboyden* se tenait caché avec cinq autres personnes à l'endroit vers lequel se dirigeaient les six travailleurs en fuite.

— Six ahuris s'avancent vers votre cachette ! expliqua Edmond. Je veux absolument savoir ce qu'ils mijotent !

— Que s'est-il donc passé au juste ? demanda Carpino. Qu'est-ce qui leur arrive, à ces malheureux ? Pourquoi se comportent-ils de cette façon aussi inattendue ?

— Nous l'ignorons encore, répondit son interlocuteur. Mais nous espérons bien en avoir le cœur net le plus rapidement possible !

Puis les six « grévistes » sortirent de son champ de visibilité. Pendant ce temps, les quatre *Homo superior* s'efforçaient toujours d'inciter les autres serfs à reprendre le travail. Sans aucun succès… Dès que les gardiens les approchaient de trop près, les abrutis les repoussaient. Au point que les premiers finirent par réaliser qu'ils n'arriveraient à rien. Sans insister, ils réintégrèrent leur véhicule.

Quant aux crétinisés, ils délibéraient toujours, certains même en gesticulant vivement avec les bras. Jamais auparavant, Edmond n'avait eu l'occasion d'observer une discussion aussi agitée impliquant des sujets débiles.

— Il traîne ici, à la lisière du camp, trois tracteurs qui n'ont certainement pas été utilisés depuis plus d'un an, expliqua Carpino. Tout laisse à penser que ce sont ces machines qui suscitent l'intérêt des rebelles.

Voilà une révélation qui était pour le colonel une nouvelle surprise de taille.

— Restez ici avec les autres ! ordonna-t-il à Alpher Creek. Sogmonth et moi allons jeter un coup d'œil sur ce qui se trame là-bas.

Visiblement à contrecœur, Sogmonth suivit le colonel car il n'osa tout de même pas s'opposer à lui.

Les deux hommes s'envolèrent à ras du sol de façon à demeurer invisibles depuis le champ de maïs. À leur gauche se dressaient quelques bâtiments en forme de coupoles, des silos datant de l'époque qui avait précédé la catastrophe. C'était également là qu'avait été établi le système central de contrôle de l'irrigation pour ce secteur, lequel avait tout de même été épargné par les *Homo superior*.

Pontonac et Sogmonth atteignirent la cachette où se dissimulaient Carpino et ses compagnons. Le jeune lieutenant était grand et fort, avec des cheveux blonds et un visage basané. Il avait attrapé, bien des années auparavant, le mal de Moywpersh et avait manifestement tardé à se soigner, car sa peau était sillonnée de profondes cicatrices.

Carpino fit un signe au colonel.

— Là-bas ! lui dit-il en indiquant du doigt une clairière parmi les chênes-lièges.

Pontonac se sentait envahi d'une étrange nervosité. Il devinait que des événements déterminants se dessinaient à l'horizon.

Les trois tracteurs dont avait parlé le lieutenant stationnaient au milieu des arbres. Personne, sans doute, n'y avait touché depuis le début de la catastrophe. Les tempêtes qui s'étaient déchaînées sur la Terre au cours des premiers mois qui avaient suivi étaient certainement responsables de l'état plus ou moins lamentable dans lequel ils se trouvaient.

Cependant, ce détail n'était pas d'un grand intérêt pour le moment. En revanche, ce qui impressionnait bien davantage le colonel, c'était le fait que les six abrutis qui entouraient les trois engins tenaient visiblement conseil pour savoir ce qu'ils pouvaient bien en faire.

Finalement, l'un d'entre eux s'avança et posa la main sur le revêtement du moteur de l'un des tracteurs, ce qui servit de signal à ses cinq compagnons. Ils grimpèrent tous dessus et commencèrent par examiner les parties extérieures. Puis ils manipulèrent les touches de commande. Même s'ils n'étaient apparemment pas capables de mettre en marche l'un de ces engins, ils essayèrent malgré tout.

— Ce ne sont plus des abrutis, constata Carpino. Les voilà qui s'intéressent tout d'un coup à ces machines alors qu'ils ne les ont même pas regardées au cours des derniers quinze mois écoulés.

— Néanmoins, ils n'ont pas récupéré leur intelligence initiale ! objecta Sogmonth. Sinon, ce serait un jeu pour eux d'en comprendre le fonctionnement.

— C'est exact ! l'approuva Pontonac. (Il s'agrippa à une branche pour continuer à observer ce qui se déroulait dans la clairière.) Il faut que nous sachions si ce phénomène est limité à cette zone ou se manifeste partout sur la Terre. C'est pourquoi nous allons interrompre cette opération et reprendre le chemin de la base.

Sogmonth grinça des dents sans se gêner.

— Je ne suis pas d'accord avec cette décision ! Nous sommes partis en mission pour saboter les plans de l'*Homo superior* en Europe. Il n'y a aucune raison que nous interrompions cette intervention avant de l'avoir menée à bien.

Une fois de plus, le colonel devina la haine dévorante de l'ancien major, exprimée par le timbre de sa voix. Il fit un effort violent sur lui-même pour garder son calme, car il ne pouvait pas se permettre de se disputer avec Sogmonth.

— La situation a changé entre-temps, déclara-t-il sans se départir de son flegme. Avant que nous ne sachions ce que signifie ce nouvel élément, il serait absurde de la part du comité de se lancer dans une autre opération de sauvetage.

— Là-dessus, je ne suis pas du tout de votre avis ! protesta avec véhémence Sogmonth. Il n'empêche, je suis curieux d'apprendre ce que vous mijotez à présent.

— Nous allons emmener avec nous deux ou trois abrutis dans notre base subaquatique, annonça le colonel. Une fois là-bas, nous les examinerons pour essayer de découvrir ce qui leur est arrivé.

— Et les *Homo superior* ?

Pontonac esquissa un geste du bras, comme pour lui faire comprendre que cette question était pour l'instant secondaire.

— Ça peut attendre.

L'expression de la physionomie de Sogmonth se modifia tout d'un coup. Edmond n'eut aucun mal à deviner le cours de ses pensées.

— Laissez-moi ici avec la moitié des hommes afin que je puisse terminer notre mission.

— Non ! refusa Edmond du tac au tac.

L'autre serra les poings.

— Vous n'êtes pas le seul à être responsable de ce projet, colonel ! Nous y travaillons en commun, que je sache ! Je vais demander aux membres du comité quels sont ceux qui veulent me suivre à l'avenir !

Le colonel ne pouvait pas s'opposer à cette démarche. Étant donné les principes sur lesquels il avait fondé la création du comité de sauvetage, Sogmonth avait le droit d'essayer de rassembler son propre groupe. Mais Edmond ne pouvait s'empêcher de songer avec amertume à la manière dont son second allait travailler. Cet homme taraudé par une haine dévorante et incompréhensible agirait avec la force des armes contre les Hommes Nouveaux et les supprimerait partout où il les rencontrerait.

Et c'était justement cela qu'il fallait à tout prix éviter. Non seulement parce que Sogmonth accomplirait ses crimes au nom du comité de sauvetage, mais aussi parce qu'il était brutal et impitoyable.

— Oui, renchérit l'ex-major pour donner plus de force à sa décision. C'est terminé, colonel, je ne veux plus collaborer avec vous !

Pontonac prit une décision rapide. Il saisit son radiant et le braqua sur le petit homme trapu.

— Sogmonth, je vous arrête !

L'autre blêmit.

— Vous ne pouvez pas m'arrêter, vous n'en avez pas le droit.

— Peu m'importe. Carpino, désarmez-le !

L'ancien lieutenant du *Druupboyden* saisit l'arme de poing que portait Sogmonth à son ceinturon.

Le réfractaire impuissant demeura là immobile, tête basse. Pour le moment, il n'était pas en mesure de tenter quoi que ce soit, mais Edmond avait pleinement conscience de s'être créé un ennemi implacable qui, à la première occasion, contre-attaquerait.

— Vous êtes responsable de lui, Carpino, dit-il au jeune astronaute. Surveillez-le bien. Vous devez vous attendre à ce qu'il cherche à s'évader.

— Il ne m'échappera pas, promit le lieutenant.

Avant que le colonel ait pu prendre d'autres dispositions, Alpher Creek s'annonça par minicom.

— Revenez vite ici, Pontonac ! s'écria le médecin. Il se passe de drôles de choses avec les quatre Hommes Nouveaux qui se trouvent sur le véhicule.

Le colonel adressa un signe de tête à Carpino et s'envola à la hâte en direction de la combe où Creek l'attendait avec les autres. Il jeta un coup d'œil sur la charrette. Assis sur les montants de bois, les quatre *Homo superior* regardaient le sol sans faire un mouvement.

— Voilà déjà plusieurs minutes qu'ils sont figés dans cette attitude, expliqua-t-il tout en les surveillant par-dessus les chênes-lièges. Où se trouve Sogmonth ?

— Je l'ai mis aux arrêts, répondit le colonel sur un ton catégorique.

Le médecin s'abstint de poser toute autre question, mais il eut l'air soulagé.

Pontonac observa la charrette. Il avait déjà entendu dire qu'un *Homo superior* était capable de méditer pendant des heures ; cependant, il ne croyait pas que les quatre types là-bas aient délibérément choisi ce moment-là pour s'adonner à une occupation de ce genre. Il devait certainement y avoir une autre explication à leur comportement.

— Tout laisse à penser qu'ils ne s'intéressent plus du tout aux abrutis, remarqua Pappon qui s'était également abrité dans la dépression de terrain.

— Euh… se contenta de marmonner Edmond.

Soudain, il sentit ses prothèses le démanger, mais ce n'était évidemment qu'une illusion. Chaque fois qu'il réfléchissait profondément, il avait l'impression d'avoir repris possession de ses propres jambes. Le phénomène était normal, il s'agissait tout simplement d'une réaction nerveuse.

Au bout d'une demi-heure, les quatre Hommes Nouveaux recommencèrent à s'agiter. Avec mille précautions, ils descendirent de leur véhicule sans échanger la moindre parole et s'éloignèrent à pied comme si, d'un accord tacite, ils suivaient le même but. D'ailleurs, ils donnaient tout à fait l'impression d'être complètement absents.

— Les voilà qui sortent du champ de maïs ! s'exclama Alpher.

— Nous allons les talonner discrètement ! décida Edmond. Creek, restez là et réunissez un petit groupe pour vous saisir de deux ou trois abrutis.

— Et vous, qu'allez-vous faire ? s'enquit Alpher.

Le colonel lui expliqua ses intentions, puis il quitta la combe avec les quatre hommes pour suivre les *Homo superior.* Vêtus de leurs longues pèlerines, les individus qui avaient été chargés de surveiller les travailleurs débiles dans le champ de maïs se déplaçaient avec une lenteur étudiée en direction de la ville. Edmond les soupçonnait de vouloir tout simplement réintégrer leur base.

Au bout d'un certain temps, les deux groupes atteignirent une route couverte d'un revêtement synthétique. Elle traversait le champ dans toute sa longueur.

Pappon attira l'attention du colonel sur un groupe de travailleurs qui se tenaient debout au bord de la route et discutaient avec entrain.

— Partout le même phénomène ! commenta Pontonac. J'aimerais bien savoir ce qui s'est produit.

— Nous trouverons peut-être une réponse en ville, suggéra Pappon.

Vue de cette distance, Gérone paraissait intacte. Mais Edmond savait que cette impression était trompeuse. Comme partout dans le monde, cette cité comptait elle aussi un grand lot de bâtiments détruits, de halles brûlées et de voies aériennes effondrées. En se fondant sur les rapports existants, il estimait que sa population actuelle ne dépassait pas dix mille habitants. Tous les autres s'étaient enfuis dans les petits villages de l'ancienne Catalogne où ils avaient notablement plus de chances de survie. Dans ce pays qui avait en d'autres temps été l'Espagne, il n'y avait qu'une cellule d'immunisés appartenant à Empire-Alpha. Elle s'était établie à Madrid, et ses membres avaient à lutter contre de grandes difficultés.

Ils ne pouvaient pas songer à avoir les moyens de s'occuper du destin des anciens habitants de Gérone.

La route décrivait une courbe. Parmi les chênes-lièges, Pontonac découvrit un petit site d'atterrissage occupé par deux glisseurs. Autrefois, c'était là que se posaient les engins de transport. Ces deux véhicules devaient sans doute être pilotés par des *Homo superior.* Quand il s'agissait de saisir quelques avantages, les Hommes Nouveaux n'hésitaient pas, à l'encontre de tous leurs principes, à exploiter les produits de cette technique que par ailleurs ils maudissaient.

Les quatre individus que suivait le groupe du colonel se dirigèrent vers le petit terrain d'atterrissage.

— Ce sont *leurs* glisseurs ! constata Weybpon, l'un des compagnons de Pontonac. S'ils démarrent avec eux, nous n'aurons plus aucune chance de les rattraper.

— Je suis surpris qu'ils ne nous aient pas encore repérés, remarqua un autre membre du comité.

Edmond laissa échapper un rire nerveux.

— Il y a longtemps qu'ils nous ont vus. Mais ils nous ignorent.

Les quelques heurts qui l'avaient déjà opposé aux *Homo superior* lui avaient appris que ses adversaires ne cherchaient pas à tout prix le combat. Jusqu'alors, ils s'étaient toujours retirés face aux immunisés du comité de sauvetage. Cette tactique s'était avérée efficace pour les Hommes Nouveaux, car leurs adversaires ne pouvaient pas être partout en même temps. Les premiers se retiraient calmement et attendaient que les seconds se lancent dans une nouvelle opération. Une fois le champ libre, les *Homo superior* revenaient à l'endroit initial et menaient tranquillement à bien leur mission qui, dans la majorité des cas, consistait à démonter des installations importantes et des complexes industriels.

Pontonac fut interrompu dans ses réflexions au moment où les quatre Hommes Nouveaux atteignirent les glisseurs qu'ils occupèrent aussitôt deux par deux.

— Les voilà qui s'enfuient ! s'écria le colonel sans cacher sa déception. Ils vont sans doute rejoindre leur quartier général en ville !

— Ils ont une drôle de façon de se déplacer, constata Pappon. On croirait presque qu'ils ont les bras et les jambes paralysés.

— Il y a en effet quelque chose qui cloche chez eux, confirma Edmond.

Il sursauta en entendant le propulseur de l'un des glisseurs se mettre à hurler.

— Ils sont devenus fous ? s'écria-t-il, hors de lui. Pourquoi n'utilisent-ils pas les projecteurs antigrav ?

Sans y rien comprendre, il vit l'un des engins se soulever brusquement du sol et filer à une vitesse beaucoup trop élevée pour un démarrage.

— Ils n'arrivent pas à le contrôler ! s'exclama à son tour Weybpon.

L'engin traversa la route à toute allure, puis il gagna de l'altitude et s'éloigna à fond de train. Enfin, après avoir décrit quelques courbes serrées, il redescendit sans raison apparente.

— Ils ont complètement perdu la tête ! dit Pappon, le souffle court.

Entre-temps, le second glisseur avait également appareillé. Il volait plus lentement mais en zigzag hasardeux, non sans frôler les cimes de quelques arbres au passage.

Edmond le suivait d'un regard tendu. Il pressentait qu'il allait être le témoin d'une catastrophe.

— Qu'est-ce que vous dites de ces manœuvres délirantes ? demanda Pappon d'une voix sourde.

Le chef secoua la tête. Il essayait en vain de distinguer un rapport entre la stupidité faiblissante des abrutis et la confusion croissante des *Homo superior*, tout en se rendant parfaitement compte qu'il n'assistait pas à un événement localisé. À voir la manière dont les choses évoluaient à présent dans l'Espagne d'antan, on devait bien penser qu'il en était de même partout dans le monde.

Et peut-être aussi sur toutes les planètes colonisées par des humains.

Ces événements donnaient-ils lieu à un espoir, ou étaient-ils les prémices d'un cataclysme encore pire que le précédent ?

L'explosion du premier engin arracha brutalement le colonel à ses réflexions. Suite à des impulsions de guidage incompréhensibles, la machine était tombée comme une pierre et s'était fracassée au sol. Un nuage de poussière marquait l'endroit de l'accident.

Le colonel se mit à trembler de tout son corps.

— C'est dingue ! lâcha Pappon, bouleversé.

Debout au milieu de la route, il ne pouvait détacher son regard de l'emplacement du drame.

— Vous croyez qu'il s'agit d'un suicide ? se hasarda l'un des membres du comité, Tuun Anoor.

Pontonac ne trouva pas de réponse à cette question. Il observait le deuxième engin qui tourbillonnait dans les airs, telle une feuille fanée.

Soudain, il prit une décision. Il activa son mini-émetteur de poignet et essaya de joindre par radio l'équipage du second glisseur. Peut-être parviendrait-il à aider les deux Hommes Nouveaux à recouvrer leurs esprits ?

Mais ses efforts s'avérèrent vains. Nul ne répondit à ses appels.

— Pappon ! ordonna-t-il. Filez vers le lieu de l'explosion, il y a peut-être là-bas quelqu'un qui a besoin de secours.

— *Là-bas ?* répéta le Noir d'un air perplexe. Il n'y a plus personne en vie, voyons !

— C'est bien possible, admit le colonel. Néanmoins, il vaut mieux s'en assurer.

Tandis que Pappon s'envolait, le deuxième glisseur fonça à ras des chênes-lièges, puis il s'empêtra dans les branches et un de ses flancs fut arraché. Un éclair jaillit à travers les arbres qui prirent feu instantanément.

— Au tour du deuxième… fut le simple commentaire de Weybpon, bouleversé lui aussi.

Il fallut à Edmond un bon moment pour récupérer son sang-froid. Il avait l'impression de se réveiller d'un cauchemar, mais les deux nuages de poussière lui prouvaient qu'il s'agissait bien d'une réalité tragique. Manifestement, les deux Hommes Nouveaux n'avaient plus été en mesure de piloter les glisseurs.

Or, c'était avec ces mêmes engins qu'ils étaient arrivés jusque-là et avaient exécuté un atterrissage parfait. Ils maîtrisaient alors parfaitement le mécanisme de pilotage. Auraient-ils perdu cette faculté en un temps aussi bref ? Ou avaient-ils effectivement cherché à se donner la mort ?

Une autre pensée surgit dans son esprit. Y aurait-il une corrélation entre les deux phénomènes, les *Homo superior* qui semblaient avoir perdu l'usage de leur esprit et les hommes normaux qui paraissaient au contraire avoir recouvré le leur ?

C'est complètement fou ! se dit Edmond.

Qu'allait-il faire à présent ?

— Venez ! cria-t-il aux autres. Nous allons examiner le site où le deuxième glisseur a explosé.

Ils s'envolèrent en direction de la forêt. Au-dessous d'eux, la route demeura déserte.

*
* *

Sur l'espace dégagé au milieu du vaste parc, deux cents *Homo superior* s'étaient rassemblés, parmi lesquels trente-trois faisaient partie des cinquante Premiers Orateurs. Il faisait nuit noire, mais un projecteur à faisceau plongeant qui planait au-dessus de l'endroit dispensait une clarté suffisante. Au centre se dressait un petit temple en pierre naturelle. Il avait été érigé quelques semaines après la catastrophe par les chefs immunisés de l'une des sectes qui, à l'époque, avaient proliféré en un temps record.

Les membres de ce groupe s'étaient dispersés depuis longtemps dans tous les coins du pays. Après avoir pris conscience de l'inutilité de leurs efforts, leurs gourous s'étaient tout simplement tournés vers d'autres occupations.

Le temple était constitué de quatre piliers placés exactement en carré, et coiffé d'un toit voûté hémisphérique. Le sol était lui aussi fait de pierres qui paraissaient avoir été assemblées à la va-vite.

Depuis le sommet du tertre sur lequel se dressait le sanctuaire, Holtogan Loga dominait toute la place. Il était déçu de voir le nombre restreint de membres de sa race qui avaient répondu à son appel. Mais après tout, étant donné les circonstances actuelles, on ne pouvait raisonnablement pas en attendre davantage. Le primat n'espérait d'ailleurs même plus voir arriver à Puppet les dix-huit Premiers Orateurs manquants. Quelques-uns d'entre eux étaient partis de chez eux sans avoir encore atteint leur destination.

L'étrange processus qui avait débuté deux jours plus tôt ne s'était pas interrompu jusqu'à présent. Partout dans le monde, des *Homo superior* étaient frappés de léthargie ou même d'hébétude. De graves erreurs avaient été commises, et l'organisation se désagrégeait.

Holtogan Loga lui-même devait se faire violence pour agir. Une voix intérieure essayait sans cesse de le persuader de ne plus rien tenter. Il avait pleinement conscience de l'absurdité de toute activité.

Il observa ses ouailles rassemblées sous ses yeux. Elles lui donnaient l'impression d'être plus ou moins apathiques. Quasiment personne ne parlait. Les hommes et les femmes se tenaient immobiles comme des statues dans le parc. De toute évidence, ils attendaient quelque chose.

Soudain, une vague d'amertume l'envahit et l'éveilla de

sa torpeur. Il se souvint alors qu'il n'avait pas absorbé la moindre nourriture de toute la journée. Manger et boire lui paraissaient superflus.

Il en était de même pour la majorité des Hommes Nouveaux. Partout dans le monde, il y avait des *Homo superior* qui restaient figés, les bras croisés, dans l'attente de ce qui allait survenir. Ceux qui étaient atteints par cette curieuse maladie étaient notablement en surnombre. Il semblait même n'y avoir guère d'immunisés à ce mal. Quelques-uns seulement avaient été frappés plus tard que les autres, mais chez eux, le passage de l'activité à l'apathie s'était révélé encore plus rapide.

Le primat des cinquante Premiers Orateurs avait appris entre-temps que, parmi les victimes de l'onde d'abrutissement, un processus inverse s'était déclenché. L'*Homo sapiens* s'éveillait de sa torpeur mentale et recommençait à s'intéresser à son environnement.

Parmi les Hommes Nouveaux, aucun ne pouvait expliquer la genèse de cette évolution. Mais une chose était certaine, il semblait que rien ne pourrait plus l'arrêter.

Mon Armig, qui se sentait encore relativement normal, s'approcha de Loga.

— Il n'en viendra sans doute pas davantage, constata-t-il. Le moment est venu pour toi de leur parler.

Le primat n'avait pas préparé d'homélie. Il n'en aurait plus été capable, et en outre, il n'était pas certain du tout que les autres comprendraient ses paroles.

— Les plus résistants d'entre nous, commença-t-il dans l'élocution hachée qui était devenue la sienne depuis les deux derniers jours, doivent essayer de faire quelque chose. Armig leur servira de guide. Il faut que nous rassemblions ceux qui sont encore en bonne santé afin qu'ils continuent à mener la lutte contre l'*Homo sapiens*. Il ne faut surtout pas que la civilisation des hommes normaux se recrée, sinon tout aura été inutile.

Ainsi poursuivit-il son discours, en disant tout simplement ce qui lui venait à l'esprit au moment de parler. La brise nocturne était glaciale, elle pénétrait à travers son vêtement léger, et il avait froid. Mais ce détail le laissait également indifférent. Il en avait pris son parti.

Ses auditeurs ne manifestaient guère de réaction. Rien ne laissait d'ailleurs supposer qu'ils l'avaient même écouté.

Pour terminer, Mon Armig, qui faisait encore preuve d'une certaine initiative, leva la main.

— Une catastrophe effroyable menace notre race ! s'écria-t-il. Il commence à être temps que nous entreprenions quelque chose. Tout s'est passé tellement vite que nous n'avons guère eu le temps d'agir jusqu'à maintenant. Néanmoins, nous n'avons pas le droit d'assister, les bras croisés, à la chute de notre peuple dans un état équivalent à celui de l'*Homo sapiens*. Nous sommes les héritiers de l'Humanité, il faut que nous accomplissions notre mission jusqu'au bout !

Loga l'écoutait, déconcerté, l'esprit confus. Pendant que Mon Armig parlait, il saisissait le sens de ses paroles mais les oubliait aussitôt.

Soudain, Armig se prit le visage à deux mains et se mit à sangloter. Ce geste désespéré toucha Holtogan Loga plus qu'il ne s'y attendait et réveilla son intérêt pour son ami.

— Qu'as-tu, Mon ?

— Tu ne comprendrais pas, murmura Armig d'un air déprimé.

L'esprit du primat se détourna aussitôt vers un autre sujet.

— Il faut que nous désignions de nouveaux membres pour remplacer ceux qui nous ont quittés.

— Est-ce tellement important ? riposta Mon d'une voix désespérée.

— Je ne sais pas !

Loga fixa le rayon lumineux du projecteur à faisceau plongeant, puis il baissa la tête. Pendant quelques secondes, il avait été tellement aveuglé qu'il n'y voyait plus rien.

Les deux cents Hommes Nouveaux rassemblés dans le parc entouraient le temple, dans l'expectative. Quelques-uns s'étaient couchés sur le sol glacé. Personne ne prenait d'initiative.

— Tout est inutile, gémit Armig sur le ton de l'amertume.

Si le secours ne nous vient pas de l'extérieur, nous sommes à jamais perdus.

Holtogan se souvint vaguement de l'émetteur radio qui se trouvait dans le bâtiment de la Compagnie Générale Cosmique. Peut-être pourrait-il appeler quelqu'un à leur secours par l'intermédiaire de cet appareil ? Il devait bien y avoir quelque part des membres de leur peuple qui avaient échappé à l'épidémie !

Pourtant, au cours des dernières heures, pas une seule information radio ne leur était parvenue. Armig, qui s'était donné beaucoup de mal pour tenter d'entrer en contact avec différentes stations extérieures, n'avait reçu aucune réponse. Le réseau informatif de l'*Homo superior*, qui ne s'étendait pas seulement sur Terre mais dans toute la Galaxie, ne fonctionnait plus. Selon toute apparence, il n'existait plus un seul de ses membres qui éprouvât encore le moindre intérêt à l'échange d'informations.

Ces événements étaient-ils en relation étroite avec les pressentiments qui, autrefois déjà, avaient souvent envahi Holtogan Loga ? Au cours de cauchemars affreux, il avait vécu des événements qu'il s'était empressé de bannir dans le domaine de l'imagination mais qui, désormais, menaçaient de devenir réalité.

De nouveau, les pensées du vieillard tombèrent dans la confusion la plus totale. Sans réfléchir à ce qu'il faisait, il se coucha à côté de son ami à même le sol de pierre.

— Lève-toi ! lui cria Mon, furibond. Tu n'as pas le droit de te laisser aller maintenant !

Il le saisit par les bras et le releva de force. Le primat n'opposa aucune résistance.

Armig jeta un coup d'œil sur le parc. Personne ne paraissait s'intéresser à ce qui se déroulait à l'intérieur du petit temple.

Ce fut l'instant que choisit le projecteur pour s'éteindre. De deux choses l'une : ou bien s'agissait-il d'une panne dans le dispositif, ou bien quelqu'un avait désactivé le générateur principal d'énergie dans le bâtiment de la C.G.C.

Il régnait un silence tellement profond autour d'eux qu'Armig percevait la respiration de son ami. Aucun des individus présents dans le parc ne profita de l'obscurité pour quitter sa place et rentrer dans l'immeuble.

Armig était persuadé que si personne ne s'occupait d'eux, tous les membres de l'assemblée resteraient là, sans bouger. Ils ne mangeraient rien, ne boiraient rien et se contenteraient de patienter bien tranquillement, les bras ballants ou allongés sans rien faire.

Comment tout cela allait-il se terminer ? Les *Homo superior* attendaient-ils tout simplement la mort ? Cette affreuse pensée lui coupait le souffle.

Quelque part à la lisière du parc, un projecteur manuel s'alluma. Soulagé, Mon regarda dans sa direction. Enfin, il y avait quelqu'un là-bas qui prenait une initiative !

Il lâcha Loga qui retomba par terre.

— Je reviens tout de suite !

Ces quelques mots lui parurent dénués de sens car il y avait gros à parier que Holtogan restait tout à fait indifférent à la présence ou à l'absence de son ami.

Armig dévala le tertre en courant. Le ciel nocturne était très clair, de sorte qu'il pouvait presque voir ses semblables comme en plein jour. La lueur qui avait jailli à la lisière du parc se déplaçait. Le visiteur était donc équipé d'un projecteur manuel.

Le cœur de Mon battait à tout rompre. Il allait enfin rencontrer quelqu'un qui n'était pas victime de cette effroyable léthargie. Dans sa hâte, il heurta un homme qui s'effondra sur le sol. Dans l'obscurité, Armig crut reconnaître Tankmeder, arrivé seulement la veille. Celui-ci demeura immobile à l'endroit de sa chute.

Du coup, Mon hésita un instant puis il se décida à poursuivre sa course. Tout ce qu'il aurait pu faire pour lui dans les conditions présentes eût été absurde et inutile. Seul un secours organisé pouvait être efficace pour sauver les *Homo superior* de leur situation effroyable.

Peut-être allait-il découvrir quelques personnes qui, tout comme lui, étaient encore relativement en bonne santé ?

Il n'avait plus que quelques pas à parcourir pour rejoindre le faisceau lumineux.

— Attends, cria-t-il. C'est moi, Mon Armig !

La lumière oscilla dans tous les sens et finit par l'aveugler. Il ne réussit pas à identifier son porteur.

— Je suis soulagé d'avoir trouvé quelqu'un qui soit encore valide, déclara-t-il. Nous allons tenir conseil pour voir ce que nous pouvons tenter pour sauver notre peuple.

Il s'écarta du cercle de clarté afin de recouvrer l'usage de ses yeux. Lorsqu'il distingua le visage de l'homme qui se tenait parmi les arbres avec son projecteur, le choc de la surprise faillit lui arracher un cri.

C'était Vanieoh.

CHAPITRE IV

Le glisseur planait au-dessus de la côte. De sa place devant le pupitre de commande, Roi Danton avait tout loisir d'observer la plage.

Ils étaient là ! Des milliers d'Hommes Nouveaux !

Tous debout, totalement immobiles, le visage tourné vers la haute mer et les yeux grands ouverts. Il y en avait jusque-là-haut, vers Urpsala-Moni, où les rochers abrupts les empêchaient de se rassembler.

Les informations qui venaient d'arriver au quartier général d'Empire-Alpha étaient donc bien exactes.

Danton fit un signe de tête au pilote.

— Descendez un peu, Armouac !

Puis il se tourna vers Don Pellayron qui se trouvait à bord en compagnie du docteur Webber.

— Que pensez-vous de tout ceci ?

Profondément enfoncé dans son fauteuil, le galactopsychologue avait étendu les jambes le plus loin possible. Il tenait ses paupières à demi fermées.

— C'est vraiment inexplicable. Ils me rappellent des lemmings même si, manifestement, ils ne sont pas venus jusqu'ici pour prendre la mer. Ils restent là sans bouger et se contentent de regarder la surface de l'eau. Leurs yeux sont fixes. À les voir ainsi, on pourrait croire qu'ils sont en transe.

— Il y en a plus de trois cent mille ! ajouta le docteur Webber.

Danton avait quitté Empire-Alpha pour se faire une idée personnelle des événements qui affectaient la Terre. Les rapports qui étaient arrivés à la centrale semblaient correspondre parfaitement à la réalité. Les anciennes victimes de la vague d'abrutissement paraissaient avoir recouvré une partie de leur intelligence. Certes, elles n'étaient pas encore en mesure de comprendre des processus complexes, d'exécuter des opérations d'ordre technique ou d'actionner des commandes complexes, mais elles s'intéressaient de nouveau à leur environnement. Et heureusement, cet intérêt ne se limitait pas à des problèmes de nourriture et de sécurité.

En revanche, l'évolution qui frappait les *Homo superior* était exactement contraire. Ces jours derniers, ils avaient soudain été privés de toute initiative. Partout, ils se tenaient debout ou couchés dans leurs anciens domaines d'intervention, comme s'ils avaient perdu toute volonté de vivre. Leur léthargie paraissait encore plus profonde que ne l'était autrefois celle des crétinisés. En fait, personne ne pouvait fournir d'explication précise sur l'évolution mentale à court terme des Hommes Nouveaux. Le docteur Webber affirmait que l'on devinait chez eux un abêtissement croissant, tandis que le cosmopsychologue prétendait qu'il s'agissait seulement d'une modification de la volonté.

De même qu'auparavant, la genèse de cette situation inédite restait très vague. Théoriquement, la responsabilité ne pouvait incomber qu'aux nouvelles manipulations pratiquées par les habitants de l'Essaim. Cependant, personne ne savait exactement à quelles expériences ces êtres mystérieux s'étaient livrés. Les informations venues du cosmos, et en particulier de la *Bonne Espérance II* et de l'*Intersolaire*, étaient plutôt maigres.

Lentement, le glisseur se laissait planer sans but au-dessus de la plage. Les individus qui offraient leurs pieds nus aux caresses des vagues ne prêtaient pas la moindre attention à cet engin insolite.

Armouac, le petit pilote à la toison d'ébène, serrait tellement les dents que les muscles de ses pommettes saillaient. Il n'arrivait pas à comprendre ce qui se passait là en bas. Pour lui, les *Homo superior* étaient des hommes et des femmes comme les autres. Le simple fait de voir des êtres humains dans cet état pitoyable l'affligeait profondément.

Soudain, Danton prit une décision.

— Atterrissez ! ordonna-t-il.

Pellayron leva la tête.

— Nous ferions mieux de les laisser en paix, protesta-t-il.

— En effet, approuva le docteur Webber. Ce n'est pas notre affaire. Qui sait ce qui se cache en réalité là derrière ? Il s'agit peut-être d'une sorte de passage au stade suivant. À mon avis, il n'est pas impossible que nous ayons bientôt à escompter de plus graves difficultés encore avec ces maudits illuminés.

Pointant un index vers le bas, Roi laissa fuser un rire plein d'amertume.

— Avec ces pauvres diables ? Vous ne pensez pas sérieusement ce que vous dites, Docteur !

Armouac posa le glisseur discoïdal sur un endroit dégagé qui avait servi autrefois de terrain de jeu pour les petits. Mais à présent, il n'y en avait plus un seul. Depuis la vague catastrophique d'abrutissement, quinze mois plus tôt, il était devenu de plus en plus rare de voir des gamins en train de jouer.

Les enfants ont toujours valeur de critère quand on cherche à déterminer le niveau de civilisation d'un peuple, se dit le fils du Stellarque.

Il ouvrit l'écoutille. Une bouffée fraîche d'air marin pénétra à l'intérieur du véhicule. Suivi de Pellayron, Roi sauta au-dehors et balaya son environnement des yeux. Le galactopsychologue examina également les alentours, de l'air de quelqu'un qui cherchait quelque chose de précis, puis il s'approcha d'une balançoire électrique pour pouvoir s'y adosser, selon son habitude. Le terrain de jeu était situé environ dix mètres plus haut que la plage et à une soixantaine de mètres d'elle. Quelques hôtels s'élevaient un peu plus loin sur le continent ; leurs fenêtres étaient cachées par des jalousies. Sur un seul balcon, Danton distingua deux hommes qui semblaient également observer le rivage.

— Quel coin désert ! s'exclama le docteur Webber qui venait de les rejoindre.

— Autrefois, c'était tout différent, expliqua Danton. Durant les mois d'été, tous les hôtels affichaient complet !

De la main, Pellayron poussa une balançoire vers le bas, puis lentement sur le côté. Elle se mit à grincer et le siège oscilla de-ci, de-là.

— Je crois bien que ces temps-là sont définitivement révolus…

Il avait prononcé cette phrase à voix basse de sorte que Roi, qui se dirigeait déjà vers la plage, ne l'entendit pas.

Le docteur Webber le suivait d'un regard interrogateur.

— Qu'est-ce qu'il mijote encore ?

— Venez, les appela le fils de Rhodan non sans une certaine impatience dans la voix. Nous allons essayer de voir si nous pouvons établir un contact.

Les trois hommes descendirent jusqu'au bord de la mer en pataugeant dans le sable fin et humide. Danton s'arrêta devant le premier individu qu'il rencontra, de taille moyenne et semblant âgé d'une soixantaine d'années. Mais il savait par expérience qu'en général, les membres de la race nouvelle paraissaient dix ou vingt ans plus vieux qu'ils n'étaient en réalité.

Toujours est-il que celui-là n'accorda pas la moindre attention au visiteur. Il avait les yeux bleus et un visage d'ascète. Ses mains, qu'il tenait pressées tout contre son corps, étaient sillonnées de veines épaisses.

— Je ne suis pas un *Homo superior*, pas plus que mes camarades, tenta de lui expliquer Danton. Nous sommes venus parce que nous nous intéressons à votre destin. Voulez-vous nous donner quelques renseignements ?

Ses paroles lui paraissaient peu appropriées, mais qu'est-ce qu'il aurait pu lui dire d'autre ?

Le vieillard n'eut aucune réaction. Il respirait très régulièrement, et toute son attention était fixée sur les vagues qui roulaient régulièrement sur la plage de sable blanc. C'était la seule chose qui semblait l'intéresser.

Danton se plaça devant lui et lui barra la vue sur le grand large. Les yeux de l'*Homo superior* restèrent fixes et grands ouverts comme s'il pouvait voir la mer à travers le corps de l'intrus.

— Je suis Roi Danton, poursuivit le fils du Stellarque avec

obstination. Mes deux compagnons et moi, nous aimerions parler avec vous.

Comme il ne recevait pas encore de réponse, il lui saisit un bras et le secoua.

— Vous feriez mieux de laisser tomber, conseilla Pellayron, mal à l'aise. On ne sait jamais comment des individus dans cet état peuvent réagir.

Soudain, l'étranger sembla s'éveiller de sa torpeur. Il tourna la tête et regarda les trois hommes. Sa physionomie n'exprimait ni surprise ni hostilité.

— Enfin ! s'exclama Roi. Vous me comprenez ?

— Oui, murmura l'autre.

La sonorité de sa voix trahissait une totale indifférence. Mentalement, cet individu avait l'air d'évoluer dans un tout autre monde.

— Il a peut-être quelque chose à nous apprendre ! Nous allons essayer de le sonder, décida encore Danton. Si besoin est, nous l'emmènerons avec nous au quartier général d'Empire-Alpha et lui ferons subir là-bas un interrogatoire.

*
**

Appuyé contre le bastingage de la vedette rapide, Edmond Pontonac attendait l'arrivée des différents groupes du comité de sauvetage. Leur bateau devait apporter également les équipements jusqu'à l'île où étaient garés les glisseurs de l'organisation. Les hommes qui n'avaient pas pu prendre place à bord rejoindraient le lieu de rassemblement en volant à l'aide des unités dorsales de leurs spatiandres de combat.

Les vagues frappaient la coque de la vedette et la faisaient légèrement tanguer.

Creek s'approcha à son tour de la rambarde.

— Keilschen Marous n'est pas encore rentré !

— Nous ne pouvons pas l'attendre plus longtemps, répliqua le colonel. Nous démarrerons dès que le dernier groupe aura déposé ses équipements.

Quatre lourds robots de combat grimpaient la passerelle

pour monter à bord. L'un des hommes les dirigea sous le pont et les désactiva.

L'émetteur de poignet d'Edmond se mit à bourdonner. Il le brancha aussitôt sur réception.

— Ici Carpino ! annonça une voix assez indistincte.

— Carpino ! s'écria Pontonac. Pour tout l'or du monde, où vous cachez-vous donc ?

Il y eut un bref silence pendant lequel seul le murmure des vagues était perceptible.

— Il s'est sauvé, Monsieur ! Il nous a roulés !

La physionomie du colonel se modifia instantanément. Quelques rides naquirent sur son front.

— De qui parlez-vous ?

— De Sogmonth ! s'écria l'autre, hors de lui. Il nous a échappé.

Creek, qui avait tout entendu, lâcha un juron. Il se pencha par-dessus le bastingage et cracha dans la mer.

— Il ne nous manquait plus que ça !

Pontonac était pétrifié de stupeur. Il n'arrivait pas à comprendre comment Carpino avait pu commettre une faute aussi grave. Il est vrai que Sogmonth était un rusé compère et qu'il connaissait toutes les astuces de la Défense Solaire.

— Je... je suis désolé ! bredouilla le fautif.

Au lieu de répondre, Pontonac débrancha son appareil. Il ferma les yeux durant un instant en essayant d'imaginer ce que pourrait tenter Sogmonth, seul et sans armes. Un homme comme lui ne resterait pas longtemps désarmé et solitaire. L'ancien major essaierait de rassembler le plus rapidement possible une bande, et il n'aurait aucune difficulté à se dénicher des complices.

Ensuite... Il était à craindre qu'il ne provoque un bain de sang parmi les membres de l'*Homo superior*.

— Qu'allez-vous faire maintenant ? s'enquit Alpher Creek, interrompant le cours des réflexions du colonel.

— Que proposeriez-vous ? riposta Pontonac en guise de réponse.

— Il faudrait que quelqu'un reparte pour s'occuper de lui !

Cette solution, Edmond y avait bien songé. Mais qui allait-il laisser en arrière ? Lequel, parmi ses gens, était de taille à se mesurer avec cet homme intrépide et sans scrupules ?

Quelques silhouettes s'approchaient en provenance de la rive.

— Ah ! Voilà Elschkin et son équipe ! s'écria Creek. Il ne manque plus que le groupe de Carpino.

Sans faire de commentaire, le colonel pivota sur lui-même. Il descendit sous le pont et entra dans la petite cambuse située près de la salle des machines. Comme il s'y attendait, il y découvrit Pappon occupé à préparer quelques sandwiches. Le vieux exhiba un large sourire.

— Je me suis dit que bon nombre de nos compagnons en auraient assez des aliments concentrés, Monsieur !

— Pappon, dit Pontonac, vous savez que je vous fais entièrement confiance, n'est-ce pas ?

Aussitôt, le vieil homme posa son couteau. Son visage recouvra tout son sérieux. Il s'appuya des deux mains sur la table et jeta sur le colonel un regard interrogateur.

— Sogmonth a disparu, annonça Edmond sans détour. Si nous n'y prenons pas garde, il va commettre des actions effroyables au nom du comité. Je voudrais vous demander de rester en Catalogne pour vous occuper de lui.

Le vieillard à la peau d'ébène s'essuya les mains sur son pantalon et contourna la table pour s'approcher du colonel.

— Je comprends ! (Il alla chercher son spatiandre dans une armoire et entreprit de l'enfiler aussitôt. Tout en mettant ses bottes, il posa une question.) Savez-vous pourquoi il voue une telle haine à tous les Hommes Nouveaux ?

— Non, répondit Pontonac.

— Sa femme et ses deux enfants, lui raconta Pappon, vivaient à proximité d'un réacteur nucléaire que les *Homo superior* ont fait exploser. Comme ils étaient tous les trois victimes de la vague d'abrutissement, ils ne se sont pas rendu compte du danger et ont été brûlés vifs. Sogmonth est arrivé une heure plus tard et n'a retrouvé que leurs cadavres.

— Comment avez-vous appris ça ?

— Je me trouvais un jour chez lui. Il s'est enivré, et il s'est mis à parler. Il a hurlé toute sa haine comme un fauve en fureur ! (Pappon saisit son casque plat et le posa sur sa tête.) Voyez-vous, colonel, nous savons fort peu de choses les uns sur les autres.

Au moment où le vieillard se préparait à quitter la cambuse, Pontonac le retint par le bras.

— Malgré tout, il faut que nous le neutralisions, insista-t-il. Il n'est pas question qu'on le laisse mener une campagne de vengeance.

Pappon dévoila sa dentition impeccable, mais il s'abstint de sourire.

— Je le débusquerai, finit-il par dire, sûr de lui. Il laissera derrière lui une piste qui ne pourra échapper à personne. Une piste de violence et de destruction…

Il glissa une arme dans son ceinturon et gravit les quelques marches qui donnaient accès au pont. Edmond le suivit des yeux. Une fois sur la rive, Pappon s'arracha au sol et s'envola, sans même jeter un coup d'œil en arrière. Creek, toujours accoudé au bastingage, se redressa et tourna le regard vers le chef du comité qui remontait lui aussi.

— C'est donc Pappon que vous avez choisi ?

Le colonel ne répondit pas. Il avait soudain l'impression qu'il ne maîtrisait plus les événements. Il se passait trop de choses qu'il n'avait pas prévues. Pour la première fois, il se rendit compte que son organisation n'avait plus d'avenir. Maintenant qu'une évolution se dessinait chez les abrutis et les Hommes Nouveaux, le comité de sauvetage était pratiquement devenu sans objet.

Pontonac regarda le groupe qui s'était rassemblé sur le pont. Il songeait aux paroles de Pappon.

En effet, ils ignoraient tout les uns des autres. Ils formaient un groupe hétéroclite dont les membres n'avaient qu'un seul but : endiguer l'activité funeste des *Homo superior.* On ne posait de questions à personne concernant son passé.

— Je crois que je vais repartir pour Terrania-City afin de prendre contact avec Galbraith Deighton et Roi Danton, déclara soudain le colonel d'un air aussi dégagé que possible.

Creek contempla l'ombre de son torse à la surface de l'eau.

— Cela sonnerait le glas du comité de sauvetage.

— C'est Sogmonth qui m'a ouvert les yeux. Personne n'a le droit de déterminer soi-même ce qui est bien et ce qui est mal. Et nous aussi, il faut que nous nous orientions d'après les lois.

— Voilà une déclaration qui ne m'est pas inconnue, commenta le médecin. Mais les lois anciennes n'ont plus cours. Du moins, dans notre situation actuelle. C'est la survie de l'Humanité qui est en jeu.

Pontonac avait cessé de l'écouter. Par la pensée, il avait déjà atteint le stade suivant de son projet. Il allait interroger les abrutis qu'ils avaient pris à bord, puis il s'envolerait pour Terrania-City avec le résultat de ses investigations.

Force lui était d'escompter qu'on le mettrait aux arrêts dès son arrivée au quartier général. En tant qu'officier de l'Astromarine Solaire, il n'aurait jamais dû s'arroger le droit d'agir de sa propre initiative.

Néanmoins, il n'avait pas l'intention de se justifier de quelque manière que ce soit, car en toute bonne foi, il s'était contenté de mener une opération qu'il avait considérée comme légitime. Peut-être le comité de sauvetage qu'il avait créé n'avait-il pas obtenu de résultats spectaculaires ; quoi qu'il en fût, le colonel pouvait prouver qu'il avait au moins empêché le démontage et la destruction de quelques stations énergétiques vitales.

Lorsque le groupe de Carpino arriva une demi-heure plus tard, Pontonac n'avait pas quitté sa place près du bastingage. L'ex-lieutenant était habité par un lourd sentiment de culpabilité. Il évita le regard de son chef, mais Edmond s'approcha de lui avec un regard apaisé.

— Que voulez-vous, on ne peut rien y changer, lui dit-il calmement. Pappon va s'occuper du fuyard.

Le jeune homme sursauta.

— Laissez-moi également participer aux recherches ! Je voudrais réparer mon erreur.

— Je me suis dit moi aussi que vous me feriez cette demande, répondit Edmond en secouant la tête. Rassurez-vous, il suffit que Pappon s'en charge !

Sur ces mots, il tourna le dos au lieutenant.

Carpino baissa la tête et s'éloigna.

— Rentrez la passerelle ! ordonna Pontonac. Nous prenons la mer !

***

Les vagues devenaient de plus en plus fortes. Danton vit l'un des Hommes Nouveaux qui, enfoncé dans l'eau jusqu'aux genoux, commençait à perdre l'équilibre. Il se laissa emporter par le ressac sans avoir fait le moindre effort pour échapper à la noyade, sous les regards totalement indifférents de ses compagnons.

Mais le docteur Webber avait aussitôt couru pour essayer de le sauver.

— Vous avez vu ça ? dit Roi à son interlocuteur aux yeux bleus et vides de toute expression. Pourquoi n'êtes-vous pas allé vous-même au secours de cet homme ? C'est pourtant l'un des vôtres, non ?

— Au secours ? répéta l'*Homo superior*. Pour quoi faire ?

— Pour vivre, tout simplement ! hurla le fils de Rhodan. Allez-vous attendre que les flots arrivent sur vous et vous entraînent tous, les uns après les autres ?

Il ne reçut pas de réponse. Sans perdre de temps à réfléchir, il prit son radiant polyvalent et, de deux tirs précis, paralysa l'individu debout devant lui tandis que Pellayron attrapait au vol le corps amolli.

— Tout va bien, Don ! dit Danton tout bas. Portez-le jusqu'au glisseur. Nous l'emmènerons avec nous au quartier général. Un hypno-interrogatoire nous permettra peut-être d'en tirer quelque chose d'intéressant !

Pellayron fit un grand geste du bras.

— Et les autres, que va-t-il leur arriver ? Allons-nous les abandonner à leur destin ?

Roi se demanda ce qu'il pouvait bien répondre à cette question. Que devaient-ils faire ? Et surtout, que *pouvaient-ils* faire ?

Ils étaient déjà submergés par leurs propres difficultés.

Plusieurs milliards de victimes de l'onde abrutissante à entretenir ! Les autorités d'Empire-Alpha n'avaient pas le temps de s'occuper en plus des problèmes internes de l'*Homo superior.*

D'un autre côté…

Il secoua la tête. Il ne savait vraiment pas quelle décision prendre. Cette situation dépassait ses moyens.

— Ce sont aussi des êtres humains, remarqua Pellayron. Tout comme vous et moi !

— Et alors ? s'exclama le fils du Stellarque. Qu'est-ce que vous voulez dire par là ? Que je suis responsable d'eux ?

— Chacun est responsable de son prochain, répliqua le galactopsychologue.

Puis il jeta l'*Homo superior* inanimé sur son épaule, comme si ce n'était qu'un frêle enfant, et s'en alla. À ce moment-là revint le docteur Webber, trempé et hors d'haleine.

— Vous avez vu ça, Monsieur ? dit-il sur le ton de l'incrédulité. Le gars se serait noyé si je ne l'avais pas rattrapé à temps. Il n'a même pas fait le moindre effort pour échapper aux vagues !

Roi se sentait de plus en plus désemparé. Le médecin avait l'air de deviner ce qui se passait en lui car il s'empressa de s'éloigner en direction du glisseur.

Un coup de vent venu de la haute mer secoua Danton et le sortit de sa torpeur momentanée. L'air avait un goût de sel.

Il fit demi-tour. Une fois arrivé près de l'engin, il aperçut Don Pellayron adossé contre l'encadrement de l'écoutille. Le psychologue indiqua du doigt l'intérieur du véhicule.

— Deighton nous appelle ! annonça-t-il. Un vaisseau messager en provenance du Monde-aux-Cent-Soleils vient de se poser à Empire-Alpha.

Ravi de cette diversion, Danton grimpa dans le glisseur. Armouac lui libéra la place devant les contrôles.

— Galbraith Deighton vous attend, Monsieur !

Roi remercia et s'installa dans le fauteuil. Il aperçut le visage du chef de la Défense sur l'écran ovale lumineux.

— Hum ! fit celui-ci en voyant le fils du Stellarque. Vous

avez l'air de quelqu'un qui vient de rencontrer son propre fantôme !

— C'est encore pire ! grommela Danton, évasif.

— Le docteur Ortschnyk, du Monde-aux-Cent-Soleils, est arrivé ici il y a une heure. Waringer lui a remis une sorte de liste de tout ce dont il a besoin pour ses expériences.

— Mais encore ? s'enquit son interlocuteur sans comprendre.

— Le savant et son équipe sont en train de mettre au point un appareil qui doit assurer l'immunité contre les rayons crétinisants. Pour ce faire, il lui manque encore des collaborateurs, cent mille hommes et femmes qu'il a désignés nominativement sur sa liste. Ils se trouvent quelque part dans la Galaxie et sont tous tombés sous les fourches caudines de la funeste vague. Il nous prie de les transporter sur le monde des Bioposis où aucune trace d'abrutissement ne s'est manifestée.

Danton fit un geste de la main pour exprimer son impatience.

— Nous n'avons pas de temps à perdre avec ça. Pour quoi faire, alors, Perry aurait-il créé le Commando de Recherche de l'Intelligence ?

— Ainsi, vous aussi êtes d'avis que je devrais envoyer le docteur Ortschnyk à Quinto-Center afin qu'il en discute avec les responsables du C.R.I. ?

Roi se contenta d'acquiescer d'un signe de tête.

Son interlocuteur dont, pour l'instant, il ne voyait que le haut du corps sur le moniteur, lui répondit par un signe de la main et interrompit la liaison.

Pellayron passa la tête dans le poste de pilotage pour aller aux nouvelles :

— C'était grave ?

Mais Roi l'ignora et partit rejoindre l'endroit où gisait l'*Homo superior* paralysé, sur une civière au fond de l'habitacle.

— On rentre ! ordonna Danton.

Il entendit quelqu'un pousser un soupir de soulagement. C'était Armouac. Le pilote paraissait ravi de pouvoir enfin échapper à la vision de cette plage. Pourtant, se dit Roi, c'était un spectacle pacifique. Trois cent mille individus debout dans le sable, les yeux fixés sur le large. En réalité, pour être franc, il fallait bien avouer que longer la mer faisait un curieux effet.

Un peu comme si l'on était dans un cimetière.

*
* *

La base du comité de sauvetage se trouvait au fond de l'océan Indien, enfouie sous trois vastes coupoles séparées, reliées par de larges conduits tubulaires. Deux des membres de l'organisation, qui y avaient travaillé autrefois, veillaient à ce qu'elle continue à rester en état de fonctionnement. C'étaient également eux qui avaient donné l'idée à Pontonac d'y établir son quartier général. Aucune des bandes qui sillonnaient la Terre ne possédait l'équipement suffisant pour pouvoir risquer de lancer une attaque contre cette station subaquatique. L'*Homo superior* s'était jusqu'alors concentré sur des objectifs de surface.

Ainsi installés au plus profond de la mer, le colonel et ses collaborateurs avaient tout loisir de préparer minutieusement chacune de leurs opérations. En outre, ils disposaient pour ce faire du potentiel militaire et technique de l'ancienne base de l'Astromarine Solaire.

Edmond ne pouvait s'empêcher de penser qu'il avait eu beaucoup de chance en ce qui concernait le quartier général de son comité.

En compagnie d'Alpher Creek et de Tom-Tom Aymel, un petit immunisé aux lèvres épaisses, le géant de près de deux mètres quitta le hangar sous-marin dans lequel avaient été remisés les deux glisseurs. Ils empruntèrent un puits antigrav pour gagner les salles supérieures.

Entre-temps, les abrutis capturés avaient été amenés dans un cabinet d'examen.

Walzcynik et Van Moisen, les deux hommes qui assuraient l'administration de la station, s'annoncèrent par intercom pour souhaiter la bienvenue aux nouveaux arrivants.

— Je n'ai pas de peine à imaginer votre curiosité, déclara

Pontonac dans le microphone. Mais pour le moment, j'ai encore des choses importantes qui m'attendent !

— Allez, ne faites pas de manières, Ponty ! s'écria Walzcynik. (Il pouvait se permettre une telle familiarité parce qu'il connaissait Edmond depuis de nombreuses années.) Envoyez-nous Creek pour qu'il puisse nous raconter ce qui se passe là-haut.

Le colonel jeta un coup d'œil interrogateur au médecin qui sourit avec bonhomie avant de disparaître dans un couloir équipé d'un tapis roulant.

Pontonac et Aymel se rendirent dans la salle d'examen. Les prisonniers avaient repris conscience. Ils balayaient leur nouvel environnement avec des regards craintifs. Étaient également présents deux médecins et un psychologue.

Tom-Tom Aymel considéra le colonel d'un air soucieux.

— Voilà près de trente-six heures que vous n'avez pas pris de repos, Monsieur. Je pense que vous pourriez vous accorder un bon sommeil réparateur avant de commencer les interrogatoires.

— Oui, confirma Brundner, l'un des médecins. Allez vous coucher et pendant ce temps-là, nous nous occuperons de vos protégés.

Edmond se sentait en effet au bord de l'épuisement. Néanmoins, il n'était pas du tout sûr de pouvoir se reposer pour de bon. Il avait trop de préoccupations en tête. Non seulement les modifications affectant l'état des hommes, à la surface, mais aussi son projet de rencontre avec Danton et Deighton. Il lui fallait réfléchir à tout cela et tout préparer minutieusement.

— Je vais prendre quelques cachets, annonça-t-il. Ça me permettra de tenir le coup encore un jour.

Le médecin ne semblait pas tout à fait de cet avis.

— Ces derniers temps, vous avez exagéré la consommation de produits stimulants. Je me vois dans l'obligation d'attirer votre attention sur les conséquences possibles.

Le colonel coupa court du revers de la main. Il trouvait tout à fait ridicule et déplacé que dans la situation présente, le médecin lui fasse prendre conscience de son propre état de santé. Après tout, il possédait une solide constitution !

Sans dire un mot, il attira une chaise à lui. Puis s'exclama avec une impatience non dissimulée :

— Si nous nous mettions enfin au travail ?

*
* *

Au cours de ces jours-là, partout sur la Terre et sur les planètes de l'Empire Solaire, les hommes normaux s'éveillèrent de leur abrutissement passager. Certes, ils ne recouvrèrent pas leur intelligence originelle mais au moins, ils perdirent la stupidité dans laquelle ils avaient vécu les mois précédents et commencèrent à s'intéresser de nouveau à leur environnement. Sans être encore en mesure de comprendre des processus technologiques complexes ou d'actionner des commandes sur des installations techniques, au moins, ils essayaient.

En revanche, ces demi-guérisons eurent parfois des conséquences funestes. Les ex-crétinisés avaient senti naître en eux une véritable fièvre d'expérimentation, et ils s'y adonnèrent avec un zèle inlassable. C'est ainsi que de graves accidents se multiplièrent sur la Terre, au cours desquels quelques représentants de l'*Homo superior* perdirent la vie.

Cependant, il ne tarda pas à s'avérer que leur état mental devenait vite stationnaire et que les individus affectés demeuraient au stade de l'amélioration qu'ils avaient atteint deux jours auparavant. Il n'empêche que ce revirement apporta un grand soulagement aux sections d'immunisés d'Empire-Alpha. Les difficultés d'approvisionnement purent être en partie résolues, parce qu'on arrivait maintenant à inciter les personnes libérées de leur léthargie totale à coopérer et qu'on pouvait les initier à toutes sortes de travaux faciles.

Toutefois, cette mystérieuse transformation n'atteignait que les êtres humains et les *Homo superior*.

Aucun changement ne se manifesta chez les autres peuples de la Voie Lactée qui avaient été également frappés par cette vague effroyable dans toute son ampleur. Les scientifiques immunisés multiplièrent les recherches et les hypothèses pour tenter de trouver la source de cette évolution ou d'en expliquer la genèse, mais aucun d'entre eux ne parvint à fournir une théorie convaincante.

Tandis que les abrutis arrachaient progressivement le voile de l'oubli, les *Homo superior* tombaient à leur tour dans un état voisin de la léthargie. Partout où il y avait des Hommes Nouveaux, l'activité cessait. Au bout de quelques jours déjà, il s'était avéré qu'ils seraient condamnés à périr s'ils n'arrivaient pas à se libérer de cette emprise. Sur la Terre, des bandes de vagabonds et de pillards ne tardèrent pas à remarquer le phénomène et à comprendre le parti que l'on pouvait en tirer. Des brigands s'attaquèrent aux quartiers occupés par les nouveaux malades et les dévalisèrent. Personne ne leur opposait la moindre résistance. Les malheureuses victimes assistaient avec une indifférence totale au dépouillement de leurs biens et de leurs réserves.

Autre symptôme de la nouvelle dégénérescence mentale : celle-ci se manifestait également par une immobilité incurable et un regard figé. Mis à part quelques exceptions, sans doute les individus qui avaient dû être moins profondément touchés, tous les *Homo superior* se trouvaient en état de transe. Ils perdaient tout intérêt à leur environnement et ne pensaient même plus à manger et à boire.

Les effets inattendus de cette épidémie entraînaient également des discussions parmi les scientifiques immunisés qui se disputaient en vain à propos de leur signification.

Certains prétendaient qu'il s'agissait là d'un stade de transition vers une nouvelle phase de développement, d'où les Hommes Nouveaux sortiraient avec un regain d'intelligence et de transcendance, une fois franchi ce passage intermédiaire ; d'autres, par contre, affirmaient que c'était le commencement de la fin.

Les conditions de vie sur la Terre et sur toutes les planètes colonisées par des hommes se métamorphosèrent en l'espace de quelques jours seulement. Personne ne pouvait prévoir ce qui allait encore se produire. Les observateurs, et en premier lieu les rares immunisés, n'avaient aucun moyen d'intervenir.

Ils se contentèrent d'attendre. Chacun pressentait qu'il se préparait quelque chose de déterminant.

*
* *

Holtogan Loga émergea de son sommeil et ouvrit les yeux. Le plafond clair au-dessus de sa tête lui parut flou. Comme il avait des difficultés à respirer, il demeura tranquillement couché, en tentant de concentrer son esprit sur quelque chose de précis. En vain. Il se sentait totalement apathique.

Toutefois, une pensée torturante ne cessait de revenir et de s'imprégner en lui.

Qu'est-il arrivé à mon peuple ?

Loga avait conscience du fait que presque tous les *Homo superior* étaient plongés dans un état analogue au sien. Les quelques rares exceptions n'allaient pas tarder à être frappées à leur tour. C'était un processus irrévocable dont on ne pouvait envisager la fin.

Il se demanda qui l'avait porté jusqu'à sa chambre et mis au lit. Tout était parfaitement silencieux dans la maison. Le gazouillement des oiseaux du parc parvenait à ses oreilles par la fenêtre grande ouverte.

Une peur affreuse s'insinuait dans l'âme du primat des cinquante Premiers Orateurs. Il commençait à craindre de se trouver absolument seul dans le bâtiment gigantesque de la Compagnie Générale Cosmique. Et si tous les autres étaient partis en l'abandonnant à son sort ?

Néanmoins, il demeura immobile sur sa couche, beaucoup trop fourbu pour faire le moindre mouvement.

En outre, il n'avait ni faim ni soif. Tous les besoins de son corps semblaient avoir disparu d'un seul coup. Il n'avait d'ailleurs même pas la possibilité de réfléchir à ce phénomène, car son esprit était également frappé par cette apathie généralisée.

Quand il lui arrivait de songer à ses amis, il se sentait envahi par une tristesse infinie. Il se rappelait vaguement leurs grands desseins : une Terre pacifiée, libérée de toute technologie pernicieuse. Une planète paradisiaque, dans les jardins de laquelle les membres de l'*Homo superior* se promèneraient en donnant naissance à des idées nouvelles.

Un monde dépourvu de tout souci et de toute misère.

Cet objectif se réaliserait-il ?

Une rumeur se fit entendre du côté de la porte. Holtogan ne tourna même pas la tête pour voir qui venait d'entrer. Ce détail ne l'intéressait pas.

Une ombre tomba sur son lit.

— Mon Armig, murmura-t-il en identifiant le visiteur inattendu.

— Je suis ravi de constater que tu me reconnais encore, déclara celui-ci. Ce qui n'a pas été le cas la nuit dernière. Tu étais plongé dans une profonde torpeur.

— Oui, répondit Loga.

Il ne savait pas ce qu'il aurait dû dire, il ne lui vint aucune idée à l'esprit. Il se rendait compte que son ami et lui appartenaient à deux mondes différents. Lui, Holtogan Loga, se trouvait déjà dans celui de la mort, dans un long couloir à sens unique.

— Ça devient de pire en pire, lui expliqua son ami. Beaucoup d'entre nous sont déjà tombés malades. Les organes commencent à régresser. Tout laisse à penser que le processus de division cellulaire s'est arrêté dans les corps des sujets atteints.

Loga essaya de comprendre le sens des nouvelles que lui apportait Armig. Mais en vain. Il se sentait au plus mal. Brusquement, il souhaita au fond de lui-même que son ami s'en aille. Il ne voulait plus écouter davantage ce qu'il racontait, car il percevait inconsciemment que Mon Armig lui parlait d'une catastrophe.

— Les premiers symptômes de la dégénérescence physique se manifestent par un assèchement de l'épiderme, poursuivit Armig comme s'il éprouvait un plaisir cruel à décrire les moindres détails. À présent, je suis presque certain qu'il s'agit d'une épidémie.

Le mot « épidémie » déclencha une série d'associations dans l'esprit du primat, mais il n'était pas en mesure de saisir les tenants et les aboutissants.

Armig s'assit à son chevet et jeta un coup d'œil par la fenêtre grande ouverte.

— L'*Homo superior* est voué à sa perte.

Cette simple phrase avait un relent de condamnation à mort.

Holtogan sentit son cœur se serrer. Les ultimes vestiges de sa volonté de vivre, cachés dans les régions les plus reculées de son esprit, remontèrent à la surface.

Il se redressa d'un mouvement brusque.

Et eut une quinte de toux.

Son corps était secoué dans tous les sens, ses yeux lui sortaient des orbites. Il se cramponna d'une main au bras de son ami.

— Qu'est-ce que tu viens de dire ? demanda-t-il dans un murmure.

— C'est la fin ! répondit Armig d'une voix sans timbre. Notre race n'a plus de futur.

Le malade retomba sur sa couche. Il respirait avec peine.

— Il ne nous reste plus qu'une seule chance. Appeler l'*Homo sapiens* à notre secours.

Le regard du vieil homme couché au fond de son lit se troubla.

— Il faut absolument que tu te ressaisisses, Holtogan Loga ! s'écria Armig d'une voix forte. Il est important que tu établisses la liaison avec Empire-Alpha. On te connaît là-bas. Si c'est toi qui parles avec ces hommes, on nous enverra de l'aide.

Loga se rendait compte que son ami venait de lui dire quelque chose de tout à fait dément.

Armig prit un papier dans sa poche et l'étala devant les yeux du Maître.

— J'ai rédigé un texte. Nous allons maintenant nous rendre ensemble au centralcom et nous essaierons d'obtenir la liaison avec le quartier général terranien. Il te suffira de lire ces quelques lignes, c'est tout.

— Lire… répéta Holtogan, fatigué à en mourir.

— Tu es encore capable de lire, n'est-ce pas ?

— Je ne sais pas, répliqua le vieux.

Il jeta un bref regard sur la feuille. Les lettres dansaient devant ses yeux. Il déchiffra certains mots un à un, mais l'ensemble n'avait aucun sens cohérent.

Armig le saisit par les épaules et le força à mettre pied à terre.

— Il faut faire ça tout de suite ! Avant qu'il ne soit trop tard ! Des milliers d'Hommes Nouveaux sont déjà morts au cours de ces dernières heures.

Le primat fit un vague geste de la main.

— Un rêve… balbutia-t-il à grand-peine.

Soutenu par son ami, il sortit de sa chambre en vacillant. Le couloir lui parut d'une longueur insurmontable. Ils passèrent devant des portes ouvertes. Dans l'une des salles, des femmes et des hommes étaient couchés par terre, les yeux grands ouverts, des yeux qui avaient perdu tout leur éclat.

Holtogan Loga ne resta pas tout à fait insensible à la désolation qui s'était répandue partout.

L'exode… L'adieu au paradis planifié.

— Partout dans le monde, les membres de l'*Homo sapiens* commencent à s'extraire de l'état d'abrutissement dans lequel ils étaient plongés, lui expliqua Armig, au bord du désespoir. Plus nous sommes frappés de léthargie, plus nos adversaires se libèrent des chaînes de la stupidité qui les enserraient.

Pour le malade, ces paroles n'étaient qu'une succession de sons qui allaient *crescendo* puis *decrescendo* et auxquels il était incapable de donner une signification.

Comme par miracle, ils finirent par arriver quelques minutes plus tard dans la station radio.

— Je crains que ça ne commence à me prendre, moi aussi, déclara Armig tout en aidant le vieil homme épuisé à s'installer dans le fauteuil face à l'hypercom. (Puis il essuya son front ruisselant de sueur.) Je vais établir la liaison, et ensuite nous parlerons dans le microphone. Toi, tu vas lire le texte, et moi, je me charge de tout le reste.

Il saisit une fois de plus Loga par les épaules et le secoua.

— Écoute-moi, à la fin !

Le vieux se mit à sangloter comme un gosse.

— Tu vas lire le texte ! cria Mon Armig. Tu vas le lire, pour toi et pour ton peuple, c'est compris ?

La tête de Holtogan tomba sur les touches de contrôle. Tout son corps se mit à trembler.

Armig le tira par-derrière pour le redresser et lui glissa la feuille de papier dans les mains.

— Allez, dit-il d'une voix impitoyable. Lis !

CHAPITRE V

Un troupeau de cailles jaillit des buissons et s'envola à ras des champs.

Sogmonth le traître s'arrêta et fixa son regard sur la maison campagnarde, entièrement de plain-pied, qu'il observait déjà depuis deux heures. Sa main serra un peu plus fort le sabre rouillé qu'il avait découvert à l'intérieur d'un immeuble de Gérone.

Cette demeure qu'il épiait abritait un quartier de l'*Homo superior*, ainsi que le lui avait révélé un document appartenant au comité de sauvetage. Il espérait que ses occupants n'avaient pas été effrayés par l'envol des oiseaux.

Sogmonth attendait, caché parmi des arbustes bas à proximité de la fontaine, dans l'espoir qu'à un moment ou à un autre, quelqu'un sortirait du bâtiment pour venir chercher de l'eau. Le réseau d'alimentation en eau de Gérone et de ses environs étant tombé en panne à cause des nombreuses explosions qui avaient suivi la catastrophe, les fontaines, initialement construites dans le but d'agrémenter les jardins, avaient recouvré de l'importance.

Le ciel était couvert de nuages plombés qui couraient à toute allure. L'homme frissonnait. Il avait passé les deux derniers jours presque exclusivement à l'air libre. Ses yeux étaient profondément enfoncés dans les orbites et les poils de sa barbe noircissaient son visage.

Néanmoins, il ne quittait pas du regard la porte d'entrée de la maison. Il n'avait jusqu'alors remarqué ni bruits ni mouvements et commençait sérieusement à craindre qu'elle ne soit plus habitée. Son plan, qui consistait à tuer d'un coup de sabre tous les *Homo superior* qui se rendraient à la fontaine pour renouveler leurs réserves d'eau, risquait de devenir caduc.

Au bout d'un certain temps, il décida de se glisser plus près afin de vérifier ce qui se tramait à l'intérieur. Il n'était pas impossible que tous les membres de cette compagnie honnie se soient retirés de ce secteur.

Plié en deux, le traître s'approcha en se coulant entre les buissons. De temps en temps, il s'arrêtait pour observer la maison, mais il en fut pour ses frais car il ne se passait rien. C'était le calme complet. Cependant, il voulait à tout prix éviter d'être repéré prématurément par quelqu'un qui irait aussitôt mettre les autres en garde.

Personne ne l'empêcherait de mener sa vengeance jusqu'à son terme.

Il atteignit une remise située derrière le bâtiment principal et qui, selon toute apparence, avait été construite quelques mois auparavant seulement avec des planches brutes. Elle devait sans doute servir à entreposer le fourrage pour le bétail. Partout où les *Homo superior* géraient une exploitation agricole, on y trouvait des bœufs et des chevaux.

Sogmonth découvrit une échelle qu'il posa contre le mur extérieur de la remise. Il voulait pénétrer à l'intérieur de la ferme à partir du toit de cette cabane. Toutes ces maisons possédaient un patio, et il espérait pouvoir y jeter un coup d'œil depuis le toit. C'était peut-être là que se tenait l'ennemi.

Il savait par expérience que les membres de l'*Homo superior* ne possédaient pas de grandes qualités de combattants. S'ils n'étaient pas trop nombreux à être rassemblés là, il arriverait à les attaquer par surprise et à les tuer.

Les planches de la remise craquèrent lorsqu'il rampa prudemment sur elles. Il sursauta et s'arrêta aussitôt. Mais tout demeura en l'état, plongé dans le plus grand silence. Sa déception ne fit que croître. Il semblait effectivement que la maison fût vide.

D'un bond, il gagna le toit de la ferme proprement dite. Le bâtiment était constitué de deux tours d'angle et de quatre ailes d'habitation agencées en quadrilatère. L'ensemble entourait comme prévu un patio, dont les arbres grimpaient jusqu'au toit.

Sogmonth se glissa jusqu'au bord intérieur de la charpente et plongea le regard dans le jardin clos. Il était couvert d'immondices. La fontaine ne fonctionnait pas. De l'autre côté, il découvrit un matelas renversé, percé de trous d'où s'échappait son rembourrage.

Les fenêtres étaient en majeure partie brisées, et quelques jalousies parasolaires arrachées à leurs supports pendaient lamentablement. Tout donnait à penser que la maison avait reçu la visite d'une bande de brigands et avait été entièrement pillée.

Du coup, le tueur perdit une partie de son assurance. S'était-il trompé ? Est-ce que par hasard le quartier général de l'*Homo superior* se trouvait dans un autre secteur ?

Il lui fallait absolument en avoir le cœur net.

Sans la moindre hésitation, il se laissa glisser du bord du toit et se raccrocha à une colonne envahie par du lierre. Avec mille précautions pour ne pas se faire repérer, il posa les pieds sur le sol de pierre polie. Un léger claquement le fit sursauter. Il serra encore davantage son sabre dans sa main et balaya les alentours d'un regard inquisiteur. De nouveau, le même claquement. Le visiteur inopiné poussa un soupir de soulagement. Quelque part, le vent faisait battre une fenêtre ouverte contre le châssis.

L'aventurier recula jusqu'au mur du quartier d'habitation et se faufila tout le long jusqu'à la première fenêtre. Avec une prudence de Sioux, il jeta un coup d'œil à l'intérieur d'une pièce plongée dans une demi-obscurité. Tout ce qu'il put voir se limita à quelques éléments de mobilier renversés et à un tapis soigneusement roulé dans lequel quelqu'un avait glissé une fleur de tournesol séchée. Aux murs, il découvrit quelques endroits plus clairs où avaient été jadis suspendus des tableaux.

Toujours courbé, il gagna la fenêtre suivante qui donnait sur une cuisine totalement abandonnée. Malgré son équipement anachronique, elle possédait un grand four à programmation positronique, prouvant que les anciens habitants avaient su apprécier les bienfaits de la technologie. Le tableau de contrôle du four avait été fracassé, ce que l'on pouvait mettre sur le compte de l'activité des *Homo superior*. Au centre de la pièce gisait sur le carrelage un sac crevé, d'où s'échappaient des grains de maïs. Sogmonth avait l'impression que l'on venait seulement de l'apporter là.

Il poursuivit son exploration jusqu'à la fenêtre d'après, qui était cassée. Le traître profita de l'occasion pour pénétrer dans la pièce. Toujours dans la pénombre, l'ancien officier de la Défense Solaire distingua des rayonnages sur les murs ainsi que, devant eux, des livres et des enregistrements musicaux sur cristal mémoriel qui jonchaient le sol. La porte conduisant à la pièce attenante ou dans un couloir était entrouverte.

Il s'immobilisa sur place et tendit l'oreille. Tout était calme et silencieux. Puis il reprit sa randonnée, escalada prudemment des tas d'objets gisant par terre pour aboutir enfin dans un vestibule au sol couvert de tapis, qui divisait le bâtiment en deux ailes différentes.

À partir de là, il réussit à faire à petits pas prudents le tour des chambres. Peu à peu, sa concentration se relâcha car il était à peu près sûr qu'il était le seul et unique être vivant à l'intérieur de cette maison.

C'est alors qu'il perçut une plainte légère.

Il se redressa de toute sa hauteur et tendit de nouveau l'oreille. Elle provenait d'une des pièces qui se trouvaient en face de lui.

Quelqu'un gémissait doucement.

À moins que ce ne soit le vent qui bruissait à travers la fenêtre brisée ?

Non ! se dit-il. Il pouvait faire confiance à son sens de l'ouïe. Il y avait peut-être quelque part un malade qui avait été abandonné là par les autres et appelait à l'aide ? Ou un dormeur qui gémissait dans son sommeil ?

Du coup, Sogmonth avait recouvré toute sa détermination. Il tendit son sabre à bout de bras et poursuivit son chemin. Le tapis épais étouffait le bruit de ses pas.

Une nouvelle plainte provenait de la chambre légèrement en biais devant lui, dont la porte n'était pas fermée.

Il se glissa dans l'entrebâillement et perçut alors une respiration irrégulière. Il y avait au moins une personne dans cette pièce sombre.

Il s'arrêta sur le seuil, bien campé sur ses jambes écartées. Quelle que soit l'identité de l'individu qui séjournait là, il n'avait certainement pas la moindre idée de la présence de l'intrus.

Sogmonth était bien décidé à exploiter l'avantage de la surprise.

Il poussa la porte de la pointe de sa botte et sauta d'un bond dans la chambre.

*
**

Il fallut à Galbraith Deighton un certain temps pour réaliser que l'homme dont le visage amaigri se dessinait sur l'écran de visualisation était Holtogan Loga. Bouleversé, il se tourna vers Collins qui l'avait accompagné au centralcom.

— C'est le primat des cinquante Premiers Orateurs ! Avertissez Danton de cet appel. Qu'il vienne le plus rapidement possible nous rejoindre ici !

Collins se pencha sur le premier terminal intercom disponible afin de joindre Roi, tandis que Deighton se concentrait sur la physionomie de son interlocuteur. Il lui trouva une ressemblance impressionnante avec un masque de cire. Les yeux profondément enfoncés dans les orbites brillaient d'un éclat fébrile. Les cheveux paraissaient gras et sales, et les lèvres tombantes indiquaient un état de faiblesse alarmant. Le chef de la Défense Solaire se rendit compte qu'il avait devant lui une épave humaine.

Il était probable que Loga, de son côté, pouvait le voir également. Mais il ne prononça pas un mot et ne fit même pas un geste pour signaler que la liaison avait été établie.

— Holtogan Loga ! s'écria Deighton, plein de compassion. Que vous est-il arrivé ?

Oubliés, les conflits avec l'*Homo superior*. À cet instant-là,

Galbraith ne voyait en lui qu'un malade ayant un besoin urgent de secours. Alors que c'était cet homme lui-même qui avait parlé le premier d'une frontière évidente entre l'*Homo sapiens* et l'*Homo superior* ! C'étaient ses ordres qui avaient conduit à la destruction ou au démantèlement de douzaines de stations vitales partout sur la Terre ! Loga était l'individu que les responsables d'Empire-Alpha soupçonnaient de vouloir précipiter en secret le déclin de l'Humanité.

Holtogan baissa la tête. Il se mit à remuer les lèvres.

— L'appel que je vous lance doit empêcher que notre race aille à sa ruine, déclama-t-il d'une voix monocorde.

Deighton devina que cet homme à l'aspect de vieillard lisait un texte sur papier. Tout laissait à penser qu'il ne comprenait pas lui-même le sens des paroles qu'il prononçait.

— Vous serez surpris que ce soit justement nous qui nous adressions à vous, poursuivit le malade. Mais nous n'avons pas d'autre choix. Nous vous en conjurons ! Faites quelque chose pour empêcher la décadence inéluctable des *Homo superior* qui ne sont plus en mesure de s'assumer eux-mêmes. Nous devons…

Soudain, la voix lui manqua. Il s'affaissa en avant. Un autre homme apparut aussitôt pour le soutenir.

Celui-ci regarda Deighton droit dans les yeux. Il avait l'air relativement normal.

— Je suis Mon Armig, se présenta-t-il.

— Vous faites partie des cinquante Premiers Orateurs, n'est-ce pas ? se rappela Galbraith.

Puis son attention se détourna du moniteur car Danton venait d'entrer dans le centralcom et s'approchait de lui.

— Roi Danton ! s'écria Armig. Répétez-lui ce que vient de vous dire Holtogan Loga !

Deighton regarda l'écran de visualisation d'un air pensif. Armig se tenait derrière le vieillard, qui ne s'était pas redressé et n'avait manifestement aucune idée de ce qui se jouait autour de lui.

À moins que… se demanda le chef de la Défense, toujours vigilant et méfiant. *Et si tout cela n'était qu'un bluff de grande envergure ?*

Inconsciemment, il secoua la tête. Personne ne pouvait imaginer une chose pareille. Loga n'était plus qu'une épave, cela ne faisait pas de doute.

Galbraith rapporta à Roi le message transmis par le malheureux primat.

— Entre-temps, expliqua Danton, nous avons essayé d'interroger l'*Homo superior* que nous avons ramené. Hélas, cela ne nous a pas appris grand-chose d'intéressant. Cependant, l'aspect physique du prisonnier confirme les paroles du maître : on peut presque suivre des yeux la décrépitude de son corps.

— Je suis l'un des seuls à être encore actif, expliqua Armig d'une voix où perçait un profond désespoir. Mais je n'en suis pas heureux pour autant puisque me voilà condamné à assister, à la fois conscient et impuissant, à la dégénérescence de mon peuple !

Danton et Deighton échangèrent un coup d'œil. Ils étaient l'un et l'autre totalement décontenancés.

— Il y a environ deux millions d'exemplaires d'Hommes Nouveaux ! finit par dire Collins à son tour. Je n'ai pas la moindre idée de ce que nous pouvons faire pour les secourir, d'autant plus que nous n'arrivons même pas à réaliser l'ensemble des tâches que nous nous sommes imposées. Le moindre retrait de collaborateurs au profit de votre groupe pourrait aggraver radicalement la situation des victimes de l'onde funeste sur la Terre. En outre, ajouta-t-il non sans amertume, pas un seul *Homo superior* n'a jusqu'à présent songé à nous venir en aide ! Bien au contraire : ils ne nous ont causé que d'énormes difficultés et ils ont tout fait pour saboter notre œuvre de restructuration.

Danton releva les yeux vers le moniteur lumineux.

— Vous avez entendu ce que vient de dire Collins. Il y a gros à parier que tous les immunisés d'Empire-Alpha pensent comme lui. Il est probable qu'ils se garderaient bien de faire le moindre effort pour voler au secours d'un Homme Nouveau !

La physionomie d'Armig demeura impassible, mais Danton n'avait pas de mal à imaginer les sentiments qui devaient se déchaîner dans l'esprit de son interlocuteur.

— Vous vous méprenez sur notre compte, finit par répliquer Mon. Nous ne venons pas à vous en tant que pécheurs repentants. Nous continuons à croire que nous avons agi correctement. La Terre et l'Humanité ne peuvent espérer survivre que si toute technologie est abolie et si les hommes reviennent à une vie naturelle.

— Vous n'avez vraiment pas besoin de répéter ces sornettes, riposta Deighton. Nous les connaissons par cœur !

— Si nous nous adressons à vous, c'est parce que vous êtes notre dernière chance, expliqua Armig en quelques mots. Nous voulons tout tenter pour empêcher le naufrage définitif de notre peuple.

Roi se cala contre le dossier de son fauteuil.

— Tout cela est votre idée à vous, n'est-ce pas ? devina-t-il.

— À ma place, chacun d'entre nous aurait agi de même, affirma Mon Armig. Malheureusement, Loga n'est plus en mesure de mener des négociations avec vous !

— Il faut que je consulte mes amis, déclara Danton.

Son interlocuteur secoua la tête.

— Le moindre retard signifierait notre perte. Il faut que vous nous aidiez ! (Puis il hésita un instant avant de poursuivre à mi-voix :) Je me doute bien que cette aide ne sera pas gratuite ! À vous de déterminer son prix !

Une chose était évidente aux yeux de Roi : Armig lui proposait la soumission totale des *Homo superior*. La suspension de toutes leurs velléités de destruction. Le retour à l'exclusivité. Et il savait très bien qu'il pouvait se fier aux paroles d'Armig.

Néanmoins, il ne voyait aucun moyen de secourir les Hommes Nouveaux. Techniquement parlant, c'était impossible. Que pouvaient-ils faire ? Dissoudre les cellules d'immunisés qu'ils avaient eu tant de peine à créer ? Renvoyer ceux qui travaillaient au quartier général ?

Comment pouvait-on espérer secourir en un temps record deux millions d'hommes et de femmes, dans la situation actuelle ?

— Nous ne pouvons prendre aucune décision avant d'avoir tenu conseil ! affirma finalement Danton.

Et d'un geste énergique, il débrancha l'hypercom. Avant que l'image d'Armig ne s'éteignît totalement sur l'écran, il eut encore le temps de distinguer la déception immense, le désespoir total qui commençaient à envahir la physionomie de son interlocuteur.

Roi pivota sur lui-même. Et son regard rencontra celui d'un homme qui n'était autre qu'un *Homo sapiens*.

Le commandant Collins.

Qui arborait un masque dur et impitoyable.

— Que je sois pendu si je remue ne serait-ce que le petit doigt pour cette clique ! s'exclama l'officier.

*
* *

Mon Armig transporta le primat inanimé jusque dans ses appartements et le déposa sur son lit. Tout était silencieux dans la maison. Il savait que ses amis étaient couchés dans les différentes chambres, dans l'attente du dénouement final. Certains étaient probablement déjà morts.

Il se força à bannir tout sentiment de son esprit. C'était pour le moment le seul moyen de ne pas sombrer dans la folie.

Une fois encore, il jeta un coup d'œil sur Holtogan Loga qui gisait là comme s'il dormait d'un sommeil artificiel. Puis il se dirigea vers la sortie. Avant d'avoir atteint la porte, il entendit soudain le malade appeler :

— Armig !

Le Premier Orateur s'immobilisa et regarda le maître de son peuple. Celui-ci leva un bras. Il paraissait avoir l'esprit tout à fait clair.

— Approche-toi !

Aussitôt, il revint au chevet de son ami. Il émanait quelque chose d'étrange du visage de Holtogan, une force contenue et la foi inébranlable en ce qu'il avait fait dans sa vie. Peut-être, se dit Mon tristement, avait-il fallu cette nouvelle catastrophe pour qu'il puisse mieux comprendre son chef. Car c'était vraiment à cet instant-là qu'il réalisait pleinement la valeur morale de ce personnage hors du commun.

— Ils ont refusé, n'est-ce pas ?

Simple constatation, exprimée sans le moindre regret.

— Ils veulent tenir conseil, répondit évasivement Armig.

Le vieillard couché dans son lit arbora un sourire. Il avait compris. Il ne paraissait ni en colère ni déçu.

— Pour le moment, Mon Armig, j'ai l'esprit parfaitement lucide, ajouta-t-il, bientôt interrompu par une quinte de toux qui le secoua pendant un long moment. Ce sont peut-être les dernières minutes qu'il me reste à vivre avec des idées cohérentes.

— Tu ne devrais pas dire une chose pareille, lui reprocha Armig sans conviction.

Loga écarquilla les yeux.

— Notre race va vers sa ruine, prédit-il. Je reconnais maintenant la nature de cette impression de malaise qui ne m'avait jamais quitté depuis ma jeunesse. C'était un pressentiment, mais je n'ai pas eu le courage de regarder la vérité en face.

— La vérité ! lança son ami comme s'il vomissait le mot. Qui donc passe son temps à courir après la vérité en ce monde ?

— Quel dommage que tu sois aussi amer ! (Loga s'assit sur sa couche et pressa les mains contre sa poitrine.) Je nous vois à présent tels que nous sommes réellement. Mon cher ami, ce que je vais te dire va te paraître affreux, mais je pense que nous ne sommes rien d'autre que les sujets d'une expérimentation entreprise par une nature capricieuse, un test pour sauver l'Humanité des conséquences de l'Essaim.

— Qu'est-ce que tu me racontes là ? s'écria Armig, bouleversé. C'est de la folie !

— C'est la vérité, et j'espère que chacun de nous la saisira avant de mourir.

— Cela signifierait que cet Essaim serait un phénomène naturel ? Un mystère récurrent auquel l'évolution essaie de s'adapter ?

— Voilà, tu as tout compris, confirma Loga. Peut-être

que l'expérimentation réussira la prochaine fois que l'Essaim devra parcourir de nouveau notre Galaxie ? Pas avant des millénaires, sans doute !

Armig enfouit son visage dans ses mains. Le primat avait perdu la raison, car ce qu'il affirmait là était inimaginable.

— Moi qui ne suis pas un nihiliste, reprit-il, je suis décidé à lutter. Personne n'a le droit d'abandonner la partie. Si les hommes normaux nous aident, nous aurons peut-être une chance de nous en sortir. Bien entendu, nous ne pourrons pas tous être sauvés, mais si quelques milliers d'entre nous survivent, ou même seulement quelques centaines, notre race ne périra pas.

Holtogan Loga se recoucha. Il semblait complètement exténué.

— Ce n'est pas nous qui décidons si nous allons continuer à exister ou non, ajouta-t-il encore, d'une voix tellement affaiblie qu'Armig avait de la peine à le comprendre.

Puis il ferma les yeux. Sa poitrine se souleva et s'abaissa au rythme irrégulier de sa respiration.

Mon Armig sortit de la chambre en courant, et ne s'arrêta qu'une fois dans le grand corridor. Il se trouvait soudain à l'étroit dans cette maison. Il avait l'impression que les cloisons se rapprochaient comme si elles voulaient l'écraser. Malgré ce poids qui se répartissait sur son corps tout entier, il resta figé sur place.

— Écoutez-moi ! cria-t-il à la ronde. Écoutez-moi tous ! Sortez de vos chambres et luttez ! Défendez-vous contre le dénouement fatal !

L'écho répercuta sa voix dans les nombreux couloirs et les pièces de l'ancien bâtiment de la Compagnie Générale Cosmique.

Armig ne bougea pas. Il attendait.

Au bout d'un moment arriva Vanieoh. Son regard se promena le long des cloisons, d'un air très intéressé.

Aucun des Hommes Nouveaux ne répondit à l'appel.

*
**

Il découvrit un couple. Un homme et une femme couchés à même le sol, le visage tourné vers le plafond. Les yeux grands ouverts, ils fixaient Sogmonth d'un regard dépourvu de surprise et de crainte. Ils se tenaient par la main.

Un couple ! se dit celui-ci. Une femme *Homo superior* et un homme *Homo superior.*

— Je savais bien que je finirais pas dénicher quelques-uns d'entre vous ! s'exclama le visiteur insolite.

Sa propre voix l'effraya. Il brandit son sabre et se dirigea vers les deux Hommes Nouveaux, sans provoquer la moindre réaction de leur part. Du reste, ils ne faisaient par mine de vouloir se défendre, de quelque manière que ce soit. Ils ne semblaient pas davantage songer à prendre la fuite.

— Vous ne m'échapperez pas ! cria encore le tueur en levant son bras portant l'arme.

Soudain, il perçut un gémissement.

Il sursauta. Dans un coin de la chambre étaient blottis trois enfants, deux fillettes et un petit garçon. Ils paraissaient tous trois plongés dans le même état apathique que les deux adultes.

— Ah ! s'exclama Sogmonth. C'est parfait ! Toute la famille d'un seul coup. Une famille tout entière ! (Il ne pouvait plus s'empêcher de crier.) Une famille !

Jusqu'à ce que sa voix ne lui obéisse plus. Alors, il jeta le sabre par terre et se mit à sangloter sans retenue.

Il ignorait combien de temps s'était écoulé lorsque, soudain, une rumeur se fit entendre dans le couloir. Aussitôt, un homme apparut sur le seuil. Pappon, le vieillard à la peau d'ébène. Un coup d'œil lui suffit pour saisir le sens de la scène.

— Venez ! lui dit-il d'une voix calme. Je vous ramène.

Sogmonth se laissa entraîner sans la moindre résistance.

— Je n'ai pas pu les tuer, murmura-t-il lorsqu'ils se retrouvèrent dehors. Les parents, peut-être ? Mais ensuite, les petits. Non, c'était au-dessus de mes forces.

Le vieux Pappon se gratta la nuque.

— Ce ne sont que des hommes, mon pauvre. Vous êtes prêt ?

Le major répondit d'un signe de tête par l'affirmative.

Ça a été très facile ! songea Pappon. *Plus facile que je ne l'avais pensé.*

Pontonac serait ravi de voir revenir Sogmonth dans le sein du comité.

Un Sogmonth dont les actions n'étaient plus déterminées par une haine inextinguible serait irremplaçable pour le comité de sauvetage.

***

Les deux hommes qui vinrent cueillir Edmond Pontonac à la sortie de la brèche structurelle faisaient une impression agréable. Ils ne cachèrent pas leur sympathie pour les idées du comité de sauvetage. Pontonac s'attendait à rencontrer partout cette sympathie, mais cela ne le rendait pas particulièrement heureux. La popularité n'était en aucune manière la preuve qu'on agissait correctement.

Il savait que les personnes qu'il allait retrouver le jugeraient précisément sur ses actes.

— Je suis le colonel Edmond Pontonac ! déclara le chef du comité de sauvetage en exhibant sa vieille carte d'identité. Tenez, prenez-la !

L'un des deux hommes leva la main pour montrer que c'était inutile.

— Nous savons fort bien qui vous êtes, Monsieur. On vous attend déjà à la centrale du quartier général d'Empire-Alpha. Mon camarade Artus Omeniahn et moi-même allons vous y conduire. Je m'appelle Calliük. Sergent Calliük, Monsieur.

— Hum ! fit Pontonac. Nous vivons une époque où les titres sont peu recherchés. Nous devons tous nous serrer les coudes.

Calliük sourit. Il avait un visage large et une physionomie bienveillante, ainsi que des petits yeux sombres.

— Nous avons beaucoup entendu parler de vous, avoua-t-il.

— Oui, approuva Edmond avec sa placidité coutumière. Cela ne m'étonne pas du tout.

Omeniahn fit un grand geste du bras comme s'il enveloppait le monde entier.

— Que faites-vous au juste là-bas dehors ?

Là-bas dehors… Il devait parler de l'Univers, à l'exception d'Empire-Alpha, se dit Edmond. La jungle de béton et d'acier dans laquelle il était toujours dangereux de pénétrer. Et encore maintenant, quinze mois après la catastrophe. Celui qui venait de « là-bas dehors » était forcément, pour les membres du personnel du quartier général, une créature exotique.

— Je préférerais ne pas en parler, déclara le colonel qui, brusquement, ne se sentait plus très à l'aise dans sa peau.

Il commençait déjà à regretter sa décision. Peut-être aurait-il mieux fait de ne pas se livrer.

Calliük et Omeniahn semblaient deviner que l'homme qu'ils étaient venus chercher n'était pas particulièrement loquace. Les deux immunisés se retranchèrent eux aussi dans un silence prudent.

Derrière le bouclier protecteur, une voiture les attendait, dans laquelle Pontonac prit place. Tandis qu'ils roulaient vers le centre sur une route surélevée, Calliük posa une question anodine.

— Ce n'est certainement pas la première fois que vous venez ici, n'est-ce pas ?

— Non, en effet, répondit Pontonac. Autrefois, je suis déjà entré deux ou trois fois dans cette centrale.

Autrefois ! répéta-t-il en pensée. C'était désormais le seul mot correct pour désigner l'époque d'avant la catastrophe. Alors que quinze mois seulement s'étaient écoulés depuis que l'Humanité avait été frappée par cette monstrueuse épidémie !

La voiture s'arrêta non loin d'un transmetteur.

— Il n'est pas en activité ! expliqua Calliük. Mais là-bas, sous la coupole, se trouve un puits antigrav que nous allons emprunter.

Non sans une certaine curiosité, le colonel jeta un coup d'œil circulaire autour de lui en se demandant combien de temps il lui faudrait attendre avant de revenir à la surface.

À l'un des niveaux inférieurs, il fut accueilli par une femme à la peau noire qui, d'un geste du bras, renvoya les deux guides qui avaient accompagné le visiteur.

— Je m'appelle Maybelle, dit-elle en le scrutant d'un air inquisiteur. En général, les hommes sourient quand ils entendent mon nom.

— Vraiment ? fit Edmond sans cacher son indifférence. Je trouve qu'il vous va bien.

— Je suis le commandant de la base, lui expliqua-t-elle. Nous allons nous retrouver tous dans la salle de conférences. Danton et Deighton seront également présents.

Pontonac ne put s'empêcher d'être surpris en constatant combien l'ambiance ici paraissait peu conventionnelle. On l'invitait sans aucune façon à participer à une réunion au sommet. Peut-être s'était-il attendu inconsciemment à ce qu'on lui accorde davantage d'attention, bien qu'il ne fût pas homme à aimer outre mesure être le point de mire d'une assemblée.

Cette conférence se tenait-elle à cause de lui ?

Il observa la femme. Elle n'était pas particulièrement jolie mais avait l'air sympathique.

— Me donnerez-vous quelques explications si je vous le demande ?

— Non ! répondit-elle du tac au tac. Vous devez prendre patience.

Ils s'avancèrent de concert sur une bande transporteuse.

— Vous attisez ma curiosité, avoua Edmond.

— Comment cela ?

— Par votre silence. Et par votre physionomie mystérieuse.

Elle le toisa du regard.

— Est-ce qu'on perd plus lentement le sens de l'humour là-haut que dans Empire-Alpha ?

Son interlocuteur attendit un surplus d'explication.

— Je veux dire, ajouta-t-elle avec un sourire, qu'ici sous terre, personne n'a plus de temps à perdre en plaisanteries faciles.

À l'extrémité du couloir, ils se heurtèrent à un officier nerveux qui ne cessait de jurer.

— Voici Abraham ! lui présenta Maybelle. Le mieux que vous ayez à faire, c'est de l'ignorer, sinon vous risquez de devenir aussi fou que lui en quelques jours.

— Maybelle ! s'exclama l'homme excité d'un air plaintif.

Il fit un signe à l'un de ses assistants. Un miniglisseur antigrav arriva en planant dans leur direction.

— On va nous conduire directement à la salle de conférences, déclara encore Maybelle.

***

Avant le début de la réunion des commandants de secteurs, Maybelle fit entrer Pontonac dans un salon voisin de la salle proprement dite, où l'attendaient Danton et Deighton. Les trois hommes, qui se connaissaient depuis longtemps, se saluèrent cordialement. Puis Roi passa immédiatement au vif du sujet.

— J'admets volontiers que vous et votre comité de sauvegarde nous avez souvent aidés, Edmond. Néanmoins, toutes les opérations que vous avez entreprises tombaient sous le coup de la loi.

On voyait bien que l'homme doté de deux jambes et d'un bras artificiels était nerveux. Il se passa la langue sur les lèvres.

— J'en suis tout à fait conscient et je ne me déroberai pas à ma responsabilité.

— Nous n'avons pas l'intention de vous juger, déclara Galbraith Deighton. Nous n'en avons ni le temps ni l'envie. (Puis, jetant un coup d'œil à Roi, il ajouta :) Cependant, il y a peu de chance pour que Perry Rhodan ne donne pas suite à cette affaire.

Le colonel acquiesça d'un signe de tête, l'air renfrogné.

— Vous connaissez la situation actuelle, poursuivit le chef de la Défense Solaire. Il est devenu totalement inutile que le comité de sauvetage continue à poursuivre ses activités de lutte contre l'*Homo superior*, car les Hommes Nouveaux sont menacés de disparition. Ils sont tombés dans l'apathie la plus totale. Il n'y a plus aucun membre de cette race qui s'occupe encore des abrutis dans le sens où l'entend leur peuple, ou qui parte en raid de destructions antitechnologiques.

— Ce phénomène inédit est plutôt énigmatique, ajouta Danton. Cependant, nous essayons encore de nous adapter à cette situation. J'ai appris que votre comité se compose de cent cinquante immunisés.

— En effet, approuva le colonel. Ils sont actuellement plus ou moins au chômage. (Un silence plana, interrompu bientôt par Edmond lui-même qui émit un léger sifflement.) Je n'ai pas de peine à imaginer que l'on pourrait bien avoir besoin de cent cinquante immunisés supplémentaires à Empire-Alpha.

— En effet, confirma Deighton. Cela nous serait plus nécessaire que tout autre chose, car nous n'avons pas assez de personnel capable de nous aider dans notre lourde tâche.

— Mes gens attendent les ordres dans notre quartier général. Aucun d'entre eux ne se déroberait à une nouvelle mission.

— C'est parfait, conclut Danton. Nous avons un projet particulier pour eux.

Puis, d'un geste, il invita son visiteur à le suivre.

— Accompagnez-moi dans la salle voisine. Les commandants tremblent certainement déjà d'impatience à la pensée de faire votre connaissance.

*
* *

Danton se tenait debout à l'extrémité de la table. Il indiqua du doigt à Edmond Pontonac le siège qui lui était réservé.

— Bon. À vous, Storman Collins, annonça-t-il non sans ironie. J'espère que nous avons ainsi cédé à vos exigences. Nous avons donc devant nous le colonel Edmond Pontonac, chef et fondateur du comité de sauvetage. Il est prêt à répondre à toutes vos questions.

Quelques-uns, parmi les commandants de secteurs, éclatèrent de rire. À leur avis, ce vantard de Collins avait bien mérité cette petite leçon.

Cependant, celui-ci ne se frappait pas le moins du monde pour si peu. Il fut suffisamment intelligent pour se montrer cette fois conciliant.

— Le comité de sauvetage n'a plus aucune signification à présent, commença-t-il d'une voix ferme. Il ne restera bientôt plus un seul représentant de l'*Homo superior.* C'est pourquoi le comité cessera lui aussi d'exister.

Cette argumentation était parfaitement logique. En voyant les hochements de tête des commandants, Danton se rendit compte que l'on approuvait Collins. Pour les immunisés, le sujet « comité de sauvetage » était clos. À Empire-Alpha, on pouvait donc passer directement à l'ordre du jour.

Edmond se rendit compte que l'intérêt suscité au début de la séance par sa présence diminuait rapidement. Ces gens étaient beaucoup trop préoccupés pour pouvoir se concentrer exclusivement sur lui. Néanmoins, pour Danton et Deighton, le sujet n'était pas encore épuisé.

— Vous avez sous les yeux un rapport concernant une conversation hypercom que Galbraith et moi avons eue avec deux représentants éminents de l'*Homo superior* en présence de Storman Collins. Entre-temps, vous avez pu lire ce rapport et vous savez ce que les Hommes Nouveaux sollicitent de notre part.

Une certaine agitation se dessina autour de la table.

— Vous ne manquez pas d'air, vous, au moins ! s'écria Stableen, hors de lui. Espérez-vous vraiment que nous allons leur apporter notre aide ?

Danton leva les bras pour calmer l'inquiétude naissante.

— Je sais très bien ce que vous pensez tous à ce sujet. Il n'empêche que nous n'avons pas le droit de laisser périr les *Homo superior* !

Du coup, le silence revint dans la salle de conférences.

— Nous avons réfléchi à fond à ce que nous pouvons faire pour eux, ajouta Roi.

Deighton se leva.

— Mesdames et Messieurs, contrairement à nos coutumes habituelles, Roi Danton et moi avons, dans ce cas précis, pris nous-mêmes la décision. Il existe une organisation qui, à partir de maintenant, sera chargée du sauvetage des Hommes Nouveaux.

Tous les yeux convergèrent vers le Premier Émo-Mécanicien.

— Autrement dit, conclut-il, le comité de sauvetage d'Edmond Pontonac !

*
* *

Comme tout cela est curieux... se dit Edmond tout en remontant vers la surface par le puits antigrav.

Il était arrivé à Empire-Alpha avec l'étiquette d'adversaire acharné des *Homo superior*, et voilà qu'il quittait la centrale des immunisés en tant que sauveteur de ces mêmes Hommes Nouveaux, encore qu'il fût un peu tôt pour savoir s'il mériterait ou non cette appellation.

À partir de cette minute même, le nom « comité de sauvetage » avait pris une connotation toute différente. Il ne s'agissait plus de protéger les victimes de la vague d'abrutissement et les complexes techniques des agressions lancées par les *Homo superior*, mais de préserver l'ancien adversaire de l'éradication totale.

— Croyez-vous que vous obtiendrez l'adhésion de vos hommes à cette nouvelle tâche ? s'enquit Maybelle qui accompagnait Pontonac dans le puits antigrav.

À cette question directe, le colonel ne pouvait répondre. Une chose était certaine : la majorité des membres de son organisation élèverait des protestations véhémentes. Il était également possible que nombre d'entre eux se retirent du comité. Néanmoins, le colonel, qui avait reçu les pleins pouvoirs de Danton et de Deighton, espérait posséder suffisamment d'influence pour arriver à convaincre de nombreux partisans de rester à ses côtés. Il avait un argument qui était plus solide que n'importe quel autre : en acceptant ce travail de sauvetage en faveur des *Homo superior*, le comité pouvait réparer au moins une partie des infractions à la loi dont il s'était rendu coupable. En cas de débats ultérieurs, ce témoignage aurait du poids.

— En tout état de cause, je vous souhaite bonne chance,

lui dit Maybelle au moment de prendre congé après l'avoir déposé à la surface, à proximité d'un vaste astroport. Votre pilote vous attend déjà. Il va vous ramener à votre base.

— Je sais que la mission que l'on vient de me confier est pratiquement irréalisable, déclara encore le colonel. Quoi qu'il en soit, je tenterai tout pour obtenir un résultat positif.

— Je crains que cela ne dépende pas de vous tout seul, prophétisa Maybelle.

CHAPITRE VI

À Detroit, l'entrepôt médical de l'Astromarine Solaire ouvrait ses portes pour la première fois depuis quinze mois.

Pontonac qui, en compagnie d'Alpher Creek, de Sogmonth et de Pappon, veillait dans la tour de contrôle du petit astroport à ce que l'activation des robots se passe sans difficulté aucune, avait mis sur pied en l'espace de quelques heures seulement un programme de secours immédiat. L'état des Hommes Nouveaux avait continué à s'aggraver. Les *Homo superior* refusaient toute ingestion de nourriture. La plupart d'entre eux avaient déjà été frappés par des altérations organiques graves ; ils mouraient par milliers.

Des perles de sueur inondaient le front du colonel.

— Votre circulation sanguine s'est désorganisée, constata Creek sans ambages. Vous avez besoin de dormir.

— C'est bon, se défendit Pontonac. Il faut commencer par mettre en marche nos auxiliaires mécaniques.

Depuis la tour de contrôle, les hommes purent observer les milliers de médirobots nouvellement programmés qui quittaient en rangs serrés les halles de l'entrepôt médical. Nombre d'entre eux étaient porteurs de cœurs-poumons artificiels.

De ces machines, Pontonac espérait tirer un secours déterminant. Toutes celles qui étaient déjà programmées furent embarquées dans des glisseurs aériens parés à cet effet et envoyées sur toute la surface de la Terre.

Le grand combat du colonel Pontonac contre la décadence des *Homo superior* venait de commencer. Après son retour à la base du comité, plus de soixante membres avaient abandonné l'organisation. Rien, aucun argument n'avait pu les inciter à participer au sauvetage des Hommes Nouveaux. Edmond s'était d'emblée abstenu de faire le moindre reproche aux renégats. Comment aurait-il pu exiger de quiconque de considérer soudain comme des amis les adversaires de la veille ?

D'énormes engins de transport appareillaient et atterrissaient sans cesse sur l'astroport. Le colonel se rendait parfaitement compte qu'il n'y avait pas assez de robots pour secourir tous les Hommes Nouveaux, c'est pourquoi il voulait mobiliser les machines là où se trouvaient les anciens quartiers généraux de la Compagnie Générale Cosmique.

Danton et Deighton l'avaient nanti de tous les pleins pouvoirs possibles et imaginables. Les membres du comité qui étaient restés fidèles à leur chef et fondateur s'étaient également répartis dans tous les coins et recoins de la planète patrie pour soutenir le travail des robots. Cependant, Edmond craignait que quatre-vingt-quatre volontaires ne soient pas en mesure de sauver la vie de deux millions de malades.

Le grand homme soupirait à la pensée de cette mission pratiquement impossible qu'il avait accepté de remplir.

Creek consulta son chronographe.

— Tout se déroule selon le plan établi, constata-t-il. Comme nous demeurerons ici au moins cinq heures, vous pouvez aller vous reposer un peu.

Aussi forte que fût pour Pontonac la tentation de se laisser convaincre, il se secoua.

— C'est impossible. Sogmonth, avec l'aide des techniciens de la station, va veiller à ce qu'il ne survienne aucun incident. Pendant ce temps-là, nous allons filer vers Puppet où se trouvent la plupart des cinquante Premiers Orateurs de l'*Homo superior.*

Creek, Pappon et Pontonac quittèrent ensemble la tour de contrôle et grimpèrent dans un glisseur garé à la lisière de l'astrodrome. Tout près d'eux, un véhicule de transport bondé de médirobots appareillait justement.

Edmond jeta un coup d'œil vers la tour de contrôle. Il crut distinguer une silhouette solitaire derrière les cloisons transparentes de la coupole supérieure : Sogmonth, qui restait désormais tout seul pour surveiller les départs des robots.

Le regard d'Edmond n'avait pas échappé au vieux Pappon.

— Toujours aussi méfiant ?

— Je ne sais pas, avoua le colonel. Je crains de ne jamais arriver à le comprendre tout à fait. Malgré sa volte-face, il me donne toujours le frisson.

— Il est redevenu normal, affirma Creek. Vous ne devriez pas commencer à vous faire du souci pour chacun. Après tout, le comité de sauvetage n'est pas constitué uniquement de tarés !

— Vous avez raison, reconnut le colonel, légèrement confus. J'en viens presque à croire que je suis seul pour tout arranger moi-même, mais ce n'est peut-être que le symptôme d'une lassitude passagère.

Entre-temps, Pappon avait fait décoller le glisseur. Ils survolèrent la cité à basse altitude avant de s'éloigner. Dans les rues, la circulation était pratiquement nulle. Bien que les abrutis aient surmonté leur léthargie, ils continuaient à être incapables de se servir de machines. Dans certains secteurs de la ville, néanmoins, les travaux de déblaiement étaient en cours. Un jour viendrait peut-être où les cités terrestres offriraient de nouveau l'image d'antan.

Le pilote fit prendre de l'altitude à son engin qui fonça vers la côte, à destination de Puppet.

*
* *

Trois hommes et une femme avaient rendu l'âme au cours des dernières heures. Armig était heureux que Vanieoh n'eût pas encore quitté l'ancien bâtiment de la Compagnie. Il l'aidait à transporter les cadavres dans le parc où ils les enterreraient tous deux ensemble. Armig exécutait ce travail avec un acharnement extrême. Il craignait qu'il y eût bientôt tellement de dépouilles que Vanieoh et lui ne puissent plus venir à bout de leurs travaux d'inhumation. En outre, force était à Mon de le reconnaître, il se sentait de moins en moins bien. La maladie suivait chez lui un cours différent de celui des autres ; au bout du compte, hélas, il finirait par mourir de la même manière que les Hommes Nouveaux que l'on venait d'inhumer.

Holtogan Loga, lui, était encore en vie, mais il restait couché dans son lit, sans manger et sans boire, et ne reconnaissait même plus son ami Mon.

Armig enfonça la pelle dans la terre molle et s'appuya sur le manche.

— Tu peux faire encore tout plein de trous, dit-il à son assistant, nous en aurons besoin.

Et le demi-abruti qui, manifestement, paraissait ravi de pouvoir accomplir un travail facile et utile, continua à creuser.

Armig revint vers la maison et s'assit sur un banc, près de l'entrée.

Il était totalement décontenancé. Au cours des dernières heures écoulées, il avait souvent souhaité une fin rapide.

Soudain, il entendit un bruit au-dessus de sa tête. Il leva les yeux et découvrit un gros glisseur de transport. Après avoir tourné à plusieurs reprises autour du parc, la machine vint se poser sur la clairière, à proximité du petit temple.

Mon se leva pour aller voir de près ce que cela signifiait.

Sur le chemin, il découvrit six lourds médirobots qui s'avançaient à sa rencontre.

Aussitôt s'éveilla en lui son antipathie innée contre la technique. Il se cacha derrière un arbre tout en sachant parfaitement à quel point c'était ridicule de sa part.

Les machines marchaient droit sur le bâtiment. Armig réalisa qu'elles venaient pour soigner les malades enfermés dans la station de la C.G.C. Allons, Danton et Deighton s'étaient donc décidés à leur envoyer du secours !

Il finit par sortir de sa cachette et suivit les robots à une certaine distance, par mesure de sécurité.

Entre-temps, Vanieoh avait lâché sa pelle, ce qui n'avait pas échappé à Armig, et il observait d'un regard fasciné les six robots en marche. Ce spectacle devait sans doute éveiller certaines images dans son esprit.

Mon vit les machines pénétrer à l'intérieur de l'immeuble. Après avoir hésité un bref instant, il les suivit. Elles se dispersèrent dans les chambres qui abritaient des malades, établirent des diagnostics et s'occupèrent plus spécialement des femmes et des hommes qui étaient le plus gravement atteints.

Armig jeta un coup d'œil par l'entrebâillement de la porte d'une pièce dans laquelle travaillait l'un des robots. Celui-ci commença par pratiquer la respiration artificielle. Comme son appareil possédait trois raccordements différents, il pouvait traiter simultanément trois patients. Et en même temps, il s'affairait à l'alimentation artificielle des malades.

Armig sentit monter en lui une nausée. Le spectacle de ces appareils métalliques brillants le dégoûtait. Il éprouva même un choc désagréable en voyant l'aiguille à injection du médirobot pénétrer dans les veines des malades.

Au point qu'il ne put s'empêcher de pousser un léger gémissement.

Jusqu'à présent, ses amis et lui avaient tout fait pour détruire les machines et les instruments comme ceux-ci. Et voilà qu'il était obligé de regarder des automates manipuler et soigner des membres de l'*Homo superior* !

Il ferma les yeux. Pris d'une sensation de vertige, il dut s'adosser en hâte au mur, puis il fit encore quelques pas en vacillant et finit par s'effondrer lourdement sur le plancher.

C'est ainsi que le découvrit Vanieoh quelques minutes plus tard, en entrant à son tour dans la maison par pure curiosité. Il voulait examiner le travail exécuté par ces étranges machines. Mais dès qu'il vit l'homme inconscient effondré sur le sol, il se pencha vers lui.

— Mon Armig ! appela-t-il en le secouant aux épaules. Revenez à vous !

Aucune réaction de la part de l'*Homo superior*…

Le demi-abruti entendit soudain un cliquetis. À travers la porte entrouverte, il jeta un coup d'œil dans la chambre la plus proche où les robots étaient au travail.

— Venez ici ! leur cria-t-il. Il y a encore un malade dans le couloir !

Un senseur de diagnostic en forme de tentacule rampa dans le corridor, toucha Armig à la tête et aux mains puis se retira aussitôt. La machine avait constaté que, dans cette maison, il ne manquait pas de malades qui nécessitaient un traitement plus urgent que celui-là.

Vanieoh se demanda ce qu'il pouvait faire pour le Premier Orateur. Peut-être après tout, vaudrait-il mieux pour lui-même qu'il sorte tout de suite de la maison ? Mais un sentiment de solidarité envers Armig l'empêcha de réaliser son projet de fuite. Il s'accroupit par terre, au chevet de Mon.

De vagues rumeurs en provenance des pièces voisines lui prouvèrent que les robots s'occupaient des autres malades sans perdre de temps.

Il arrivait parfois que l'un d'entre eux quitte une chambre pour en gagner une autre.

Les Hommes Nouveaux se laissaient soigner dans l'apathie la plus totale, sans qu'il soit possible de parvenir à des résultats positifs vraiment dignes de ce nom.

Au bout d'un certain temps, Armig reprit conscience. Il gémit et se frotta la tête. Vanieoh l'aida à se relever.

— Les robots sont dans toute la maison, lui dit l'assistant. Ils soignent les malades.

Du coup, Mon Armig recouvra la mémoire. Il s'appuya contre le mur.

— C'est répugnant, déclara-t-il avec peine. Ils palpent mes amis et les retournent dans tous les sens. Je ne peux pas voir ça !

— Mais ils soignent ceux qui en ont besoin ! objecta Vanieoh sans comprendre la réaction de son chef.

Armig savait bien qu'il était inutile de discuter avec ce demi-abruti, incapable de saisir la portée de ses arguments.

C'est alors qu'un cri résonna à ses oreilles, en provenance de l'étage supérieur.

— Holtogan Loga ! s'exclama l'*Homo superior*, déjà inquiet. Il faut que j'aille voir ce qui lui est arrivé.

Il escalada les marches quatre à quatre, péniblement suivi par Vanieoh.

Lorsque ces deux hommes si différents pénétrèrent dans la chambre du primat des cinquante Premiers Orateurs, ils le virent aux prises avec un auxiliaire médical métallique qui voulait à tout prix le soigner. La machine n'eut évidemment aucun mal à repousser le malade dans ses oreillers. Sous l'effort qu'il avait fourni, Loga avait les yeux qui lui sortaient des orbites. Il se mit à tousser et à perdre haleine.

— Va-t'en ! ne cessait-il de crier. Va-t'en !

Cependant, le robot le recouchait inlassablement, et il entreprit de l'examiner selon les règles de sa programmation.

Armig se jeta sur l'automate comme un fou en essayant de l'écarter, mais lui aussi fut repoussé. Du regard, il chercha une arme avec laquelle il pourrait attaquer le robot. Toutefois, lorsqu'il prit réellement conscience de ce qu'il faisait, il resta brusquement tranquille.

— Vanieoh ! intima-t-il, au comble de l'énervement. Il faut chasser cette ferraille d'ici ! Au lieu de soigner Loga, il va le tuer ! Loga ne pourra jamais supporter d'être traité par un robot !

— Dois-je aller chercher une arme ? proposa l'autre.

Cette présence d'esprit inattendue de la part d'un demi-abruti ne laissa pas de surprendre son interlocuteur.

— Tu sais donc où tu peux en trouver une ?

— Bien sûr ! déclara Vanieoh avec une belle assurance.

Même s'il ne s'était jamais occupé de ce genre de choses, Mon approuva d'un signe de tête. Lorsque l'autre eut disparu de la chambre, le Premier Orateur concentra à nouveau toute son attention sur le maître et le robot.

Loga avait abandonné toute velléité de défense. Il était couché sur son lit, tel un cadavre. Des tuyaux transparents lui sortaient des narines, et des électrodes étaient fixées sur son crâne. Armig ne put s'empêcher de vomir en voyant une aiguille à injection pénétrer dans le bras maigre du malade.

Vanieoh revint dans la chambre quelques instants plus tard, un radiant polyvalent en main.

— Tu sais t'en servir ? s'enquit-il en fixant Mon d'un regard incertain.

Puis il se mit à pianoter sur les touches.

— Arrête ! lui cria le Premier Orateur. Je vais t'expliquer le fonctionnement de cette arme, et ensuite tu pourras liquider ce maudit robot.

— Le robot ? répéta Vanieoh, incrédule. Pourquoi devrais-je le liquider puisqu'il soigne ce vieillard ?

Armig lui arracha le radiant des mains. Alors que tout son être se hérissait contre cela, il le mit en joue et le braqua sur la machine.

— À votre place, je ne ferais pas ça ! dit à l'instant même une voix calme depuis le seuil de la chambre. Vous ne voyez pas que le robot est en train d'essayer de sauver ce malade de la mort ?

*
* *

Edmond Pontonac s'approcha de Mon Armig et lui arracha le radiant des mains. L'*Homo superior* n'opposa plus aucune résistance. Sans s'occuper le moins du monde de son environnement, le médirobot poursuivit son traitement.

— Vous êtes bien Mon Armig, n'est-ce pas ? l'interrogea le colonel, et sur la réponse affirmative de son interlocuteur, il ajouta : Roi Danton et Galbraith Deighton m'ont parlé de vous. Vous êtes une exception étonnante parmi les *Homo superior*. Je vous propose de vous soumettre à un examen médical approfondi. Cela nous permettra peut-être de découvrir la raison de votre immunité et d'en faire profiter les autres.

— Je me vois dans l'obligation de vous décevoir, répliqua Mon à mi-voix. Chez moi, le processus a déjà commencé, mais il est seulement plus lent.

Pontonac adressa un signe de tête aux deux hommes qui se tenaient sur le pas de la porte.

— Occupez-vous de celui-ci. Peut-être qu'un examen approfondi pourra malgré tout nous apporter des éclaircissements utiles ?

— Je suis médecin, déclara en s'approchant l'un des compagnons du colonel. Je m'appelle Alpher Creek, et voici Pappon, qui nous sert d'infirmière.

Il saisit Armig par le bras et l'emmena hors de la chambre.

— J'espère que vous ne voyez pas d'inconvénients à ce que je vous examine, moi ?

— Ma foi… murmura Armig, résigné. Mais veillez bien à ce qu'aucun robot ne me touche !

— Ce sera inévitable.

— Dans ce cas, dit Mon en se raidissant, je ne me laisserai pas examiner.

— Je crois que nous sommes mieux placés que vous pour savoir ce qui est bon pour vous et pour vos amis.

Sans autre forme de procès, Creek saisit son paralysateur et, d'un seul tir précis, il neutralisa momentanément l'*Homo superior.* Puis il le transporta ailleurs avec l'aide de son « infirmière ».

Entre-temps, Edmond Pontonac avait reconnu le patient immobile dans son lit. Holtogan Loga ! Il eut un sursaut d'effroi en voyant à quel point le malheureux était marqué par la maladie.

Voilà donc son principal ennemi, celui qu'il avait toujours espéré rencontrer à l'époque où il luttait encore, avec le comité de sauvetage, contre les desseins et les opérations des Hommes Nouveaux !

Il regretta de croiser son chemin dans des circonstances aussi tragiques. Il aurait préféré s'opposer à lui en tant qu'adversaires de force égale. Ce demi-mort était sans doute incapable de prononcer ne fût-ce qu'une parole.

Sans un mot, Edmond suivit des yeux le médecin mécanique qui s'était mis immédiatement au travail. Holtogan Loga ne manifestait plus la moindre réaction.

— Est-ce qu'il va guérir ? s'enquit Vanieoh d'une voix hésitante.

Le demi-abruti avait du mal à comprendre le sens de toute cette agitation et les raisons qui la provoquaient.

Pontonac sursauta.

— Qui êtes-vous ?

— Vanieoh !

Le colonel ne fut pas long à remarquer qu'il s'adressait à une victime de l'onde fatale. À l'instar de tous les non immunisés, celui-ci avait perdu son apathie au cours des derniers jours écoulés et montrait de nouveau un certain intérêt pour son environnement.

— Pourquoi sont-ils tous malades ? voulut encore savoir Vanieoh. Ils m'ont toujours donné à manger et ont toujours été très gentils avec moi.

— Oui, comme avec un petit chien, renchérit Pontonac d'une voix amère.

Il se retourna vers Holtogan Loga dont les joues creuses commençaient déjà à reprendre un peu de couleur.

— Le voilà qui apparemment recouvre ses esprits, dit le colonel. Le traitement semble être efficace.

Il renvoya le robot dans le corridor pour éviter que le vieillard n'ait un choc en revenant à lui. La machine obéit et attendit à l'écart, mais sans avoir débarrassé le corps de l'*Homo superior* de tous ses tuyaux.

Au bout d'un certain temps, Loga ouvrit les yeux et chercha du regard le monstre de métal. Une expression de soulagement infini détendit sa physionomie en constatant qu'il avait disparu. Puis il découvrit les tuyaux et fit mine de les arracher.

Pontonac l'en empêcha en lui maintenant les bras.

— Restez tranquille, Holtogan Loga ! le conjura-t-il. Nous ne cherchons qu'à vous secourir.

Le primat des Premiers Orateurs le scruta longuement et le reconnut.

— Pontonac ! murmura-t-il.

— Vous savez qui je suis ? demanda Edmond, surpris.

— Le comité de sauvetage ! (La voix n'était plus qu'un souffle.) Que venez-vous faire ici ?

— Nous avons modifié nos plans d'action, expliqua le colonel. Si nous continuons à être le comité de sauvetage, nos interventions ont maintenant pour but de sauver tous les *Homo superior*.

— Vous mentez !

Cette accusation calme et froide fut un rude choc pour Edmond, mais il ne protesta pas.

— Vous vous servez de nous comme de sujets expérimentaux, n'est-ce pas ? affirma Loga dont l'esprit semblait avoir recouvré toute sa lucidité. Eh bien, vous n'apprendrez rien sur nous !

— Oh ! Nous en savons déjà beaucoup ! riposta le colonel.

Holgotan ferma les yeux pour montrer qu'il n'était pas disposé à poursuivre cette conversation avec ce visiteur qu'il détestait presque autant que les robots.

— Il va mourir ? demanda naïvement Vanieoh.

— Je ne sais pas ! répondit le colonel à haute voix pour que le vieillard puisse l'entendre. Cela dépendra aussi de lui et de sa volonté de survivre. Peut-être que les Hommes Nouveaux se sont condamnés eux-mêmes ?

Vanieoh cligna des yeux sans comprendre. Ces paroles dépassaient son entendement.

— À présent, nous allons le laisser tout seul pour qu'il puisse se reposer, décida l'ancien officier de l'Astromarine Solaire.

Ils sortirent de la chambre. La machine demeura dans le couloir pour observer les malades. Loga ne fit plus la moindre tentative pour arracher les tuyaux posés par l'auxiliaire mécanique.

Deux étages plus bas, Pontonac et Vanieoh se heurtèrent à Pappon dont le visage naturellement sombre trahissait l'abattement profond.

— Ils sont tous en train de mourir, Monsieur ! Malgré les traitements !

— Hum ! fit simplement Edmond, que cette nouvelle ne surprenait pas tellement. Où en est Alpher Creek avec Mon Armig ?

— Je ne crois pas non plus qu'il obtiendra un résultat positif, répondit Pappon. Creek ne semble pas avoir lui-même beaucoup d'espoir. Il est auprès d'Armig avec deux médirobots. Peut-être découvrira-t-il en fin de compte quelque chose…

Edmond entra dans une chambre déserte. Il était au bout de ses forces. Peu importait ce qui surviendrait, il fallait absolument qu'il s'accorde quelques heures de repos.

Deux ou trois minutes lui suffirent pour qu'il s'endorme d'un sommeil profond.

— Restez auprès de lui ! ordonna Pappon à Vanieoh. Et appelez-moi si quelque chose ne va pas.

Fier de la responsabilité qu'on venait de lui confier, le demi-abruti s'assit en tailleur par terre, au chevet de son protégé, et il épia consciencieusement le souffle du dormeur.

À plusieurs reprises, Pontonac gémit dans son sommeil ou battit des bras autour de lui, sous le regard préoccupé de son surveillant.

— Le pauvre, songea celui-ci. Il doit être vraiment très fatigué !

*
* *

Au bout de deux jours déjà, il s'avéra que la mission de sauvetage confiée à Edmond Pontonac serait irréalisable. Partout sur la Terre, les Hommes Nouveaux décédaient par milliers. Ni les médirobots avec leurs équipements dernier cri, ni les praticiens mobilisés par le colonel ne pouvaient y changer quoi que ce soit.

Ce qui avait commencé par une léthargie de plus en plus accusée tournait rapidement au dépérissement physique. Les organes des malades s'altéraient et les cellules de leurs organismes épuisés cessaient toute activité.

Même si les machines s'entêtaient à les alimenter artificiellement, le nombre des *Homo superior* qui abandonnaient toute résistance ne faisait qu'augmenter. De jeunes individus se métamorphosaient en quelques jours en vieillards avant de rendre l'âme. Les robots avaient beau injecter des médicaments substantiels dans les tissus des patients avec des pistolets spéciaux à haute pression, ils n'obtenaient aucun résultat.

Ils utilisaient pourtant les moyens et les méthodes les plus modernes de la technologie thérapeutique, mais sans succès.

Les membres du comité restés fidèles à Pontonac travaillaient jour et nuit avec une opiniâtreté muette. Les anciens adversaires acharnés de l'*Homo superior* se dépensaient jusqu'à l'épuisement total.

Même l'alimentation directe du noyau des cellules n'apportait aucune amélioration à l'état des malades. Les Hommes Nouveaux continuaient à mourir.

À Puppet, où Edmond Pontonac avait établi son quartier général provisoire, arriva une information en provenance de celui d'Empire-Alpha. C'était une théorie tout d'abord mise au point par des scientifiques, puis confirmée par les sections encore opérationnelles du cerveau géant Nathan établi sur la Lune.

Les spécialistes affirmaient que l'apparition soudaine des *Homo superior*, et leur disparition tout aussi brutale, étaient des phénomènes naturels qui se répétaient à des intervalles temporels d'amplitude imprévisible. Quelques-uns d'entre eux se montraient plus concrets et parlaient d'un million d'années. En outre, à leur avis, il y avait un rapport direct entre les vaisseaux manipulateurs, les fameux Manips, en provenance de l'Essaim, et l'apparition de l'*Homo superior*. On supposait que les premières nefs-mantas avaient surgi subrepticement dans la Galaxie une cinquantaine d'années déjà auparavant. Comme il s'était avéré par la suite que pas un des Hommes Nouveaux n'avait dépassé cet âge, malgré leur aspect plus vieux, cette hypothèse semblait se confirmer.

L'*Homo superior* avait eu sa période faste lorsque la constante gravitationnelle avait été abaissée de huit cent cinquante-deux mégakalups, une phase qui avait duré quinze mois.

Après quoi, la décadence avait commencé.

Le colonel, qui reçut lui-même l'information, ne put rien en tirer de concret. Les théories étaient inutiles. Elles n'aidaient en aucune manière les malheureux.

Aussi rédigea-t-il de son côté un bulletin d'information adressé à Empire-Alpha, que l'on pouvait résumer ainsi :

« Ils seront bientôt délivrés de leurs souffrances. Le combat est irrémédiablement perdu ».

*
* *

Un bruit sourd arracha le colonel Pontonac à son assoupissement. Il se redressa sur son lit et jeta un regard irrité autour de lui.

À quelques pas de lui, Pappon, complètement épuisé,

dormait à poings fermés dans un fauteuil et ronflait comme un bienheureux.

Edmond entendit des pas et des bruits dans le corridor. Il repoussa les couvertures, puis alla à la porte qu'il ouvrit d'un geste brutal et faillit du même coup se heurter à Alpher Creek. Le médecin tremblait de tout son corps.

Le colonel comprit qu'il s'était passé quelque chose de grave.

— Armig s'est enfui ! bredouilla-t-il avec bien du mal. Avant que nous n'ayons pu le retenir, il a sauté par la fenêtre. (Creek baissa la tête.) Je ne suis pas encore allé voir ce qu'il est advenu de lui. Je ne peux pas…

Edmond fut obligé d'avaler sa salive à plusieurs reprises. Il fallait justement que ce soit Armig qui, étant donné sa constitution, avait formé le fondement même de leur faible espoir !

Il pivota sur lui-même et gagna la fenêtre. En se penchant, il aperçut en bas dans la cour un corps recroquevillé sur le sol. C'était lui, Mon Armig. Il ne faisait pas le moindre mouvement. Un robot arriva par le portail principal et se mit immédiatement à l'examiner.

— Alors ? s'enquit Creek d'une voix hésitante.

Pontonac secoua la tête en signe dénué de toute équivoque.

— Cette fois, c'est définitivement fichu, gémit le médecin qui avait l'air complètement déprimé. Où pourrions-nous agir à présent ?

Le bruit finit par réveiller Pappon, mais il s'abstint de poser la moindre question. Il semblait avoir pressenti un malheur.

Sans un mot, Edmond quitta la chambre et descendit dans la cour. Lorsqu'il arriva sur les lieux, le robot avait terminé son travail. Mon Armig était mort.

Vanieoh apparut à son tour, se lamentant à haute voix.

— Va-t'en ! lui ordonna rudement le colonel. Tu nous casses les oreilles !

Creek finit par arriver dans la cour, suivi de Pappon. Les trois hommes entourèrent le cadavre. Personne ne parlait.

Ils savaient tous ce que signifiait la mort de cet exemplaire unique et spécial d'*Homo superior.*

Sur les deux cents Hommes Nouveaux à peine qu'ils avaient trouvés à leur arrivée à Puppet, seuls dix-sept étaient encore de ce monde et, chose curieuse, Holtogan Loga en faisait partie. Bien que sa déchéance physique fût déjà très avancée, il vivait toujours. Inconsciemment, il devait continuer à posséder une volonté de vivre inimaginable. Il avait à son chevet un médirobot qui ne le quittait pas et s'occupait sans cesse de lui.

Le colonel se ressaisit.

— La mort d'Armig sonne le glas des activités du comité de sauvetage, déclara-t-il. Chacun d'entre nous peut maintenant faire ce qu'il veut. Cependant, je vous prie tous de vous tenir à la disposition des autorités du quartier général d'Empire-Alpha.

— Cela ressemble bien au texte d'un message radio qui pourrait être diffusé à tous les membres du comité, suggéra Pappon.

— En effet, mon ami, confirma Pontonac. Voulez-vous vous en charger, s'il vous plaît ?

***

Danton et Deighton avaient rassemblé les rapports établis par le comité de sauvetage, ainsi que les clichés holographiques collectés un peu partout. Les deux hommes se muraient dans le silence. Aussi grand que fût leur soulagement à la pensée de l'amélioration de l'état de santé de tous les gens qui avaient été victimes de la vague d'abrutissement, les membres du personnel d'Empire-Alpha ne souffraient que davantage de la catastrophe qui frappait à présent les *Homo superior.*

Malgré tous les antagonismes, la plupart des hommes et des femmes ressentaient douloureusement le fait que les autres, au bout du compte, étaient également des êtres humains et qu'ils avaient été tout simplement impliqués dans un phénomène mystérieux à l'issue fatale.

Lorsque Roi Danton entra dans la centrale, Deighton tenait en main le texte des derniers messages radio du colonel Pontonac.

— Il va être temps d'envoyer le vaisseau-courrier rejoindre la *Bonne Espérance II* et l'*Intersolaire*, déclara le fils du Stellarque. Il faudra également informer Quinto-Center et les autres bases importantes.

Le chef de la Défense Solaire leva les yeux de ses papiers.

— Vous allez sans doute leur expédier également tous les rapports du comité de sauvetage, Roi ?

Danton acquiesça d'un signe de tête. Il fallait en effet mettre son père et Bully au courant de ce qui s'était passé sur Terre pendant leur absence.

Deighton replia ensemble les feuillets et le texte du message radio, puis les tendit à Danton.

— Le colonel Pontonac a dissous son comité et conseillé à ses membres de travailler désormais pour Empire-Alpha.

— Cela ne le sauvera pas d'un procès, commenta Roi d'un air de regret.

— Je ne crois pas qu'il cherchera à échapper à ses responsabilités, répliqua Galbraith. Mais pour l'instant, nous avons vraiment autre chose à faire que de traduire un homme comme Edmond Pontonac devant un tribunal !

Le fils de Rhodan se dit qu'il y avait toute chance pour que l'on n'en vienne jamais à une telle conclusion. Il s'écoulerait sans doute des décennies avant que toutes les traces de ce cataclysme soient effacées. Et encore, seulement dans le cas où l'Essaim cesserait de déployer de nouvelles activités. Malheureusement, Danton considérait cette éventualité comme totalement exclue. Au contraire, il pressentait d'autres complications pour le futur.

— Voilà qui devrait clore le chapitre *Homo superior*, résuma Deighton. Il y a à coup sûr suffisamment de gens qui considèrent la catastrophe subie par cette race éphémère comme un heureux épilogue pour eux-mêmes.

— Peut-être n'avons-nous plus de critères pour évaluer de tels événements, répondit Roi. L'horreur a gagné une nouvelle dimension depuis l'entrée de l'Essaim dans notre Galaxie.

Nous nous replions inconsciemment sur nous-mêmes face à ces phénomènes. Et nous ne faisons que nous endurcir grâce à l'indifférence.

— Comment pourrions-nous survivre, sinon ?

*
* *

Edmond Pontonac se tenait debout parmi les arbres du parc. Il pleuvait à torrents. Un temps qui convenait parfaitement aux drames qui secouaient la Terre, songeait le colonel. Il n'attachait aucune importance au fait qu'il était peu à peu transpercé par la pluie. Au contraire, cette averse glacée le dégrisait et lui permettait de recouvrer un esprit clair. Les autres s'étaient réfugiés dans le bâtiment de la Compagnie Générale Cosmique.

Une heure auparavant, trois Hommes Nouveaux supplémentaires étaient morts. À présent, seul vivait encore Holtogan Loga. *Ou, pour être plus précis, l'esprit de cet homme vit toujours !* se corrigea mentalement le colonel. Car il était impossible que son corps continue à fonctionner. Il ne pouvait plus y avoir de vie dans un organisme réduit à l'état de déchéance totale.

Le colonel laissa ses pensées errer à leur gré. Il songeait également à l'avenir.

Qu'allait-il faire maintenant ? Réintégrer l'Astromarine Solaire, qui avait bien besoin d'immunisés ?

Il n'en savait encore rien.

Une silhouette se dirigeait vers lui sous l'averse. C'était le vieux Pappon. Des gouttes d'eau scintillaient dans sa majestueuse toison de cheveux blancs et crépus.

— Loga est encore une fois revenu à lui ! annonça-t-il.

Pontonac se contenta d'approuver d'un signe de tête. Il s'y était quasiment attendu.

Les deux hommes regagnèrent ensemble la maison et laissèrent une trace humide sur chacune des marches de l'escalier. Ils trouvèrent les six médirobots au garde-à-vous dans le couloir du premier étage.

Eux non plus n'avaient plus rien à faire.

En entrant dans la chambre du primat des cinquante Premiers Orateurs, le colonel se heurta à Creek et à Vanieoh. Le médecin cligna de l'œil à son adresse.

— C'est bientôt la fin.

Pontonac s'approcha du lit de l'agonisant. Loga leva les yeux vers lui. Son regard clair indiquait qu'il avait tous ses esprits.

Les trois autres sortirent sans attendre d'en être priés. Edmond ne fit pas un geste pour les retenir.

Il demeura seul avec le grand chef et sans doute le dernier représentant de l'*Homo superior*.

— Pouvez-vous imaginer que je continue à croire que nous avons agi correctement ? demanda Holtogan Loga sans préambule, d'une voix faible mais très distincte.

— Oui, bien sûr, affirma Pontonac sans hésiter.

Il se sentait désemparé. Aurait-il pu donner une autre réponse à un tel personnage en un tel moment ?

— Nous avons péri, poursuivit le moribond. Mais notre idée fera son chemin, tant qu'il y aura des hommes.

Ils échangèrent un long regard. Deux êtres d'exception qui, quelques jours auparavant encore, étaient des ennemis acharnés… Et voilà qu'en cet instant, ils avaient atteint tous deux une sphère située au-delà des sentiments tels que la haine et l'hostilité.

— Un jour viendra où l'*Homo superior* renaîtra, reprit Loga sur un ton vibrant de conviction. Et il ne périra plus !

Il parlait d'une voix tellement pleine d'espoir que Pontonac avait presque tendance à le croire. Soudain, Holtogan Loga arbora un sourire.

— Je vous fais mes adieux, murmura-t-il. Non pas pour toujours, mais seulement pour un certain temps.

Puis il referma les yeux et tout son corps se détendit.

Il fallut encore plusieurs minutes au colonel Edmond Pontonac pour réaliser que le primat des cinquante Premiers Orateurs avait cessé de vivre.

Il rappela les autres. Creek avait le devoir de constater le décès, ce qui fut une pure formalité.

— Je voudrais l'inhumer dans le parc, déclara Vanieoh.

Le colonel adressa un signe de tête aux deux autres membres du comité de sauvetage.

— Nous allons regrouper les robots, puis nous partirons aussitôt après.

Une heure s'était écoulée depuis le départ des trois immunisés lorsque Vanieoh sortit à son tour dans le parc. Il portait sur l'épaule le dernier *Homo superior* qui ne pesait pas plus lourd qu'un enfant.

À proximité de la clairière, juste derrière un arbre majestueux, le demi-abruti creusa un trou. Il y déposa Holtogan Loga, le recouvrit de terre et aplanit minutieusement la sépulture avec sa pelle.

Puis il s'assit là, près de la tombe, et y demeura immobile pendant deux heures, sous la pluie battante.

Enfin, il se releva et reprit le chemin de Puppet où, sous la conduite de plusieurs immunisés, des équipes de crétinisés avaient commencé à débarrasser les rues de la petite ville des débris qui les encombraient.

CHAPITRE VII

Aggrès, il y a fort longtemps...

Tadchor suivait sur les moniteurs le déroulement de l'attaque lancée contre l'avant-poste kuaturien d'Ilkete. Les sondes volantes lui transmettaient images et sons directement dans sa centrale de commandement.

La première phase de l'assaut surprise avait été un succès complet. Aucun membre de la base ne s'était attendu à cette confrontation avec la nouvelle arme secrète de l'Empire Sashani. Les « sans cervelle » avaient été catalogués par leurs ennemis pour ce qu'ils étaient, d'après la manière dont ils se présentaient : à savoir, des réfugiés en provenance de la ville en ruine de Prulathurn occupée par les troupes des Sashanis, réduits à la misère absolue et cherchant désespérément du secours.

Tadchor vit les soldats adverses escorter les « sans cervelle » et les conduire jusqu'aux entrées fortifiées de l'avant-poste. Dès qu'ils eurent tous disparu derrière les portails, le scientifique consacra toute son attention au rédacteur des informations.

Les derniers rapports émanant du quartier général n'offraient guère de différences avec les messages quotidiens qui leur parvenaient depuis plusieurs semaines : combats acharnés pour la possession de l'île de Dideron, bataille aérienne au-dessus de la mer de Grodonos, bombardement des villes ennemies et représailles hostiles sur leurs propres cités.

Porzos, son assistant, entra dans la centrale et Tadchor fit aussitôt demi-tour pour l'accueillir.

— Alors, Porzos, comment se sont déroulés les tests avec notre ubalayen ? s'enquit-il sans perdre une seconde.

Le nouveau venu détourna les yeux des écrans de visualisation.

— Jusqu'à présent, ils sont satisfaisants, Tadchor. Néanmoins, il faudra encore attendre quelques jours avant que les séries d'épreuves soient terminées, pour savoir si on pourra sans scrupules mobiliser cette arme.

— J'espère qu'on nous accordera ce délai, répliqua Tadchor. Les Kuaturiens essaient depuis un certain temps de nous pousser à une bataille décisive. S'ils y réussissent – autrement dit, s'ils remportent la victoire –, nous serons obligés de le mettre en service immédiatement, sans procéder à des expérimentations supplémentaires.

Porzos écarta les doigts en geste de défense.

— Je le déconseillerais formellement ! Nous devons encore calculer les conséquences que pourrait entraîner la mise en service de l'ubalayen.

Tadchor jeta sur son assistant un regard irrité.

— Les conséquences ! répéta-t-il sur un ton méprisant. Il n'y a qu'une chose qui soit importante pour nous, c'est la reconquête de l'idole Galango.

— Nous n'avons pas besoin de la reconquérir, protesta Porzos. Elle se trouve sur l'île de Dideron qui, jusqu'à présent, n'a jamais pu être prise ni par nos troupes ni par celles de l'Empire Kuaturien. Les dispositifs de protection de Galango fonctionnent trop bien ! (Il se mit à rire.) Ce que je considère comme une grande chance pour la civilisation de Sidir.

Le visage de Tadchor vira à l'écarlate.

— Vous parlez comme un traître, Porzos ! Premièrement, vous privez l'idole Galango de son titre, et deuxièmement, elle n'appartient qu'à nous, les Sashanis, la seule et unique véritable civilisation existant sur Sidir. C'est ce que l'on peut encore lire dans le testament de nos ancêtres qui, eux, étaient originaires de l'Empire Divin d'Arkh'Noon.

Porzos s'assit devant un pupitre de contrôle pour mieux examiner son supérieur hiérarchique. Grand et maigre, avec sa peau blanche et ses longs cheveux de neige, il était la réplique exacte des ancêtres tels qu'ils étaient décrits dans les livres de la déesse D'Bor. Du reste, ils avaient tous pour origine ces mêmes ancêtres. Cependant, la majorité des habitants de Sidir étaient des individus trapus à la peau brune et aux cheveux noirs comme l'ébène. De l'avis de Porzos, les descendants des premiers indigènes de ce monde s'étaient métamorphosés sous l'effet des conditions de leur environnement. Mais c'était là une hypothèse qu'il ne fallait surtout pas avancer à haute voix parce qu'elle était considérée comme un blasphème, une violation des principes de vérité prônés par le culte de Galango.

Si Porzos se risquait de temps à autre à en parler ouvertement, il ne le faisait qu'en face de Tadchor car bien que défendant ces principes sacrés de vérité, le scientifique n'avait rien d'un fanatique, même s'il lui arrivait parfois d'en avoir l'air.

— Si vous voulez m'en croire, reprit Porzos d'un air pensif, le dieu Galango a abandonné sa fonction depuis longtemps. Il devait régner autrefois sur Sidir, mais depuis plus de vingt ans déjà, il a cessé de donner des ordres. La bataille qui se déchaîne autour de l'île de Dideron est devenue tout aussi absurde que la guerre dans son ensemble.

Tadchor poussa un profond soupir.

— Vous allez finir par vous retrouver devant le Tribunal de la Netteté si vous continuez à professer des points de vue aussi hérétiques, Porzos. Ce qui vous arrivera alors, je n'ai vraiment pas besoin de le préciser, n'est-ce pas ? Nous, les Sashanis, sommes les seuls à être les descendants légitimes d'Arkh'Noon. Nous ne pourrons remplir le legs de nos aïeux qu'après avoir démantelé l'Empire Kuaturien.

— Les Kuaturiens présentent la chose de façon exactement inverse. Je crains que les uns et les autres aient également tort. Cette guerre détruit le testament des ancêtres qui, selon la théorie d'Isola, ne viennent pas de ton « Empire Divin » mais d'une autre planète.

— Isola a été exécuté, déclara Tadchor sur un ton moralisateur. (Puis il baissa la voix.) Je connais sa théorie. Selon elle, nos ancêtres sont arrivés d'un vaste empire stellaire avec pour mission d'établir ici, sur Sidir, une civilisation annexe, et plus tard… (Il s'interrompit et leva la main.) Nous y sommes ! Nos troupes lancent l'attaque contre Ilkete. Les « sans cervelle » ont accompli leur devoir. Ils ont émis le signal convenu.

Sur différents moniteurs, il vit démarrer les chars de combat des troupes qui attendaient devant Ilkete, suivis des fantassins vêtus de leurs armures d'acier et transportant leurs canons photoniques mobiles. Ils traversèrent sans encombre le territoire neutre complètement défoncé par les explosions et brûlé par les rayons thermiques, atteignirent le premier secteur protégé de l'avant-poste adverse et…

Tadchor sursauta lorsque l'écran énergétique se dressa en vacillant au-dessus d'Ilkete. Quelque chose avait sans doute cloché, car les « sans cervelle » auraient déjà dû avoir terminé leur mission depuis longtemps.

Les chars de combat sashanis freinèrent brusquement. Quelques-uns, pourtant, ne réussirent pas à s'arrêter à temps et se jetèrent dans l'écran protecteur où ils s'enflammèrent aussitôt. Les autres bombardèrent le bouclier énergétique de leurs canons tout en reculant lentement. Mais celui-ci réussit encore à se maintenir, comme il l'avait toujours fait jusqu'à présent.

Soudain, des trous s'ouvrirent dans le sol derrière les troupes d'assaut. Des tubes d'acier s'élevèrent et des milliers de petits corps métalliques brillants en jaillirent pour se répandre à l'air libre.

Des robots !

Tadchor pressa quelques touches de contrôle. Les troupes d'assaut sashanies firent demi-tour et se jetèrent sur les nouveaux ennemis. Un combat farouche se déchaîna ; avancées et reculs se succédèrent de part et d'autre – jusqu'à ce que l'écran énergétique s'éteignît au-dessus d'Ilkete et que se déploient les coupoles d'artillerie.

En très peu de temps, les assaillants sashanis furent mis en déroute et décimés. Les survivants essayèrent d'avancer au milieu des colonnes de robots pour aller s'abriter quelque part. Il ne fallut pas longtemps pour que le personnel de la base passe à la contre-offensive et s'élance contre l'avant-poste sashani de Troast.

— Troast est dégarni de ses effectifs, soupira Tadchor. Nous voici exactement dans la situation où nous voulions réduire Ilkete. Il n'y a qu'une solution pour éviter le désastre définitif : mobiliser l'ubalayen.

Et aussitôt, il tendit la main vers un levier.

— Non ! s'écria Porzos. Pas l'ubalayen ! Il causerait aux Kuaturiens une défaite tellement effroyable que...

— C'est aussi le but de son engagement ! insista Tadchor d'une voix maussade. Qu'ils se rendent enfin compte qu'ils ne pourront jamais gagner la guerre !

Et il actionna le levier fatal.

Puis il leva les yeux vers un autre moniteur. L'ubalayen, un robot géant constitué d'un acier particulièrement résistant et doté d'un cerveau autarcique, se déplaçait dans son puits d'engagement.

Tadchor arbora un sourire triomphant lorsque l'engin quitta le conduit et avança de sa démarche assourdissante vers les rangs des ferrailles ennemies. Les canons photoniques du colosse d'acier vomissaient la destruction. Contre eux, les engins adverses n'avaient aucune chance, car l'ubalayen dressait devant lui un bouclier de champs de force qui repoussait sans peine les faibles rayons de lumière cohérente des petites machines de combat kuaturiennes.

À l'intérieur de la base d'Ilkete, on prit très vite conscience du danger. Le feu des coupoles radiantes fut dirigé contre le robot géant. C'était exactement ce qu'attendait Tadchor. Il actionna un second levier.

Extérieurement parlant, rien ne changea, avec toutefois cette réserve que les canons d'Ilkete cessèrent leurs tirs au bout de très peu de temps. Tadchor en déduisit que l'hystérisateur de l'ubalayen, de construction toute récente, opérait exactement comme prévu.

La suite des événements ne tarda pas à leur en fournir la preuve déterminante. Les portails du bunker d'entrée d'Ilkete s'ouvrirent et un flux ininterrompu de soldats kuaturiens jaillit à l'air libre. La plupart d'entre eux étaient désarmés et donnaient l'impression d'être un troupeau de mikasses qui se sauvaient aveuglément à toute allure, poussés par une panique démente.

Insensible à tous scrupules éthiques, l'ubalayen faisait feu dans cette masse de soldats ennemis qui couraient en tous sens et sans but, et il ne s'arrêta que lorsqu'il n'y eut plus aucun mouvement sur le terrain…

Tadchor annonça la victoire au quartier général et reçut des félicitations enthousiastes. On lui ordonna de mettre le plus grand nombre possible d'ubalayens en chantier et de les placer à la disposition du commandement suprême.

Cependant, avant que le scientifique n'ait eu le temps de tout préparer en vue de l'exécution rapide de cet ordre, toutes les stations d'information furent bloquées par un appel d'alerte et par le hurlement des sirènes d'alarme. Les centrales de surveillance aérienne établies partout firent savoir que d'énormes quantités de missiles s'approchaient du territoire sashani. D'après leur trajectoire, ils avaient été expédiés depuis l'Empire Kuaturien.

Tadchor chercha Porzos des yeux, mais son assistant s'était retiré. En toute hâte, le scientifique réorienta l'ubalayen sur la base vaincue, puis il se prépara à prendre l'ascenseur pour descendre dans les abris souterrains avant que les premiers projectiles ne tombent.

Un message en provenance du centre de surveillance aérienne le plus proche l'incita cependant à ne pas se précipiter. Il annonçait que quelques-uns des missiles ennemis avaient explosé dans la stratosphère. Peu après, on sonna l'alerte aux rayonnements. Tous les engins kuaturiens, sans exception, avaient détoné dans la stratosphère. Partout, des nuages lumineux dérivaient au-dessus du secteur sashani. Il émanait d'eux un flux radiatif puissant qui mettait toute vie en danger.

Puis Tadchor apprit par d'autres messages que des missiles sashanis avaient également été lancés pour exterminer la population kuaturienne par leurs flux radioactifs, et c'est alors seulement qu'il comprit que les pressentiments pessimistes de Porzos étaient devenus réalité.

Le succès éclatant de l'ubalayen avait provoqué la panique chez l'adversaire, et la hantise de la défaite l'avait incité à lancer tout son potentiel de bombes à radiations dures. Cette décision à elle seule signifiait un suicide, car les nuages mortels évolueraient durant plusieurs siècles autour de la planète tout entière et détruiraient toute vie autour d'eux. Quant aux tirs des charges létales par les Sashanis eux-mêmes, ils étaient en réalité une mesure de représailles totalement superflue ; elle ne contribuerait qu'à précipiter l'œuvre de mort totale.

Tadchor avait pleinement conscience de sa responsabilité. Néanmoins, il ne se résignait pas à abandonner son œuvre.

Depuis longtemps déjà, en ce qui le concernait personnellement, il avait pris toutes les mesures pour survivre à une éventuelle catastrophe et pouvoir par la suite tenter de rassembler les rescapés, ou plutôt leurs descendants, afin de poser les bases d'une nouvelle civilisation.

Il emprunta donc l'ascenseur pour descendre au plus profond de l'abri de l'avant-poste où se trouvait déjà l'ubalayen. Après avoir ordonné au robot géant d'attendre devant le quartier secret et de monter la garde, il ouvrit la porte de son laboratoire.

Avec un sourire, il examina les appareils qu'il avait construits par un travail acharné de plusieurs années. Personne, en dehors de lui, ne connaissait leur véritable signification.

Enfin, Tadchor, le génial scientifique, entreprit de se dévêtir avant de s'installer dans son cylindre de survie…

Au dehors, un cataclysme à l'échelle planétaire faisait rage. Bien plus tard, la fureur des énergies déchaînées s'apaisa peu à peu. Puis plusieurs siècles s'écoulèrent…

CHAPITRE VIII

Fin février 3442, l'Essaim

Le son de la flûte vibra par-dessus la cime des arbres au feuillage exubérant sur lequel d'innombrables gouttes d'eau réfléchissaient les rayons du soleil, créant ainsi un véritable océan scintillant de diamants. Un arc-en-ciel offrait sa courbe élégante au-dessus de ce paysage, tel un majestueux portail.

Le flûtiste était assis sur le point le plus élevé d'une construction à moitié démolie qui se dressait dans une clairière, parmi d'autres bâtiments dans le même état. Des troncs d'arbres et un sol défoncé révélaient que l'éclaircie n'existait pas depuis longtemps.

L'homme à la flûte de bois portait uniquement un pantalon vert tilleul et de courtes bottes grises. Son torse nu et bronzé luisait de transpiration. Au pied de l'édifice en ruine se tenaient des milliers et des milliers d'étranges créatures. La majeure partie d'entre elles était vêtue d'accoutrements bigarrés ; certaines, même, étaient totalement nues, de sorte que leur morphologie s'offrait sans réserve au regard de l'observateur.

Une morphologie qui n'avait rien à voir avec des formes humanoïdes.

Ces êtres bizarres mesuraient en moyenne deux mètres quarante, possédaient un exosquelette de chitine noir et rouge ainsi que huit membres attachés au thorax par groupes de quatre. La partie supérieure du corps, fortement développée, avait la forme d'un tonneau tandis que les deux sections inférieures – l'abdomen et le bas-ventre –, séparées par de fortes strictions, portaient chacune deux membres.

Les têtes de ces créatures, très plates, étaient dotées d'une paire de gros yeux à facettes dans lesquels les rayons du soleil créaient des scintillements irisés.

La plupart de ces êtres étonnants se tenaient assis sur leurs jambes postérieures qui étaient pourvues de plusieurs articulations. Le thorax incliné en arrière et le regard levé vers le ciel, ils s'appuyaient sur leurs quatre membres antérieurs, longs et robustes. Deux paires d'antennes, animées d'une légère vibration, se dressaient au-dessus de leurs têtes.

*
**

Récit du capitaine Hyks Vantolier

Mis à part la mélodie de ma flûte, il régnait ici un calme absolu. Moi, capitaine Hyks Vantolier, cosmozoologiste à bord du vaisseau terranien spécial d'exploration *EX-6633*, j'étais arrivé depuis une heure dans cette clairière pour examiner les constructions datant d'une civilisation très ancienne et exhumées dans des temps plus heureux. Il y avait tellement de choses que nous ignorions ! Mais l'averse de midi n'avait pas encore fini de déverser sa manne lorsque le site de fouilles avait soudain été envahi par des milliers de ces indigènes qui, à présent, écoutaient avec dévotion les mélodies de ma flûte.

Les Plostas, comme s'appelaient les gens d'ici, étaient les descendants doués d'intelligence d'une espèce d'insectes de grande taille. D'après ce que j'avais pu apprendre jusqu'à présent, ils n'auraient sans doute pas été capables d'établir une civilisation si un événement déterminant n'était pas survenu, il y a trois ou quatre mille ans, qui avait entraîné chez eux une profonde modification génétique.

Pendant de nombreux siècles, la surface de la planète Aggrès avait dû être bombardée de rayonnements d'une intensité à peine imaginable. Cet effroyable phénomène avait manifestement été le résultat d'un conflit démentiel au cours duquel les descendants d'anciens colons arkonides s'étaient anéantis eux-mêmes, entraînant avec eux l'effondrement de leur brillante civilisation.

Les Plostas, produits d'une guerre de destruction suicidaire et, par là même, de la folie humaine, étaient devenus des êtres pour lesquels la vie de l'individu ne signifiait guère plus que rien. Leur seule raison de vivre – outre le maintien de l'espèce – était de se battre, et c'était également le motif de ma présence sur ce monde.

L'Empire Solaire n'aurait sans doute jamais eu vent de l'existence de ce peuple si, quelques décennies auparavant, des milliers de ces créatures n'étaient pas entrées en scène, en tant que mercenaires, au service du dictateur Dabrifa et de la Coalition de Carsual. Elles s'étaient particulièrement distinguées au cours d'offensives téméraires contre certaines planètes où l'Empire Solaire avait établi ses bases et contre des mondes colonisés indépendants. Bien que ne possédant pas de civilisation technologique autonome, elles comprenaient très vite – et elles avaient assimilé en particulier le maniement des armes de destruction ultramodernes et les services que leur utilisation pouvait rendre. Là où elles étaient apparues, leurs irruptions intrépides et leurs ravages impitoyables avaient vite répandu l'effroi et la panique.

Les Plostas ignoraient l'hésitation et la pitié, et nombre de nos cosmopsychologues leur déniaient absolument toute trace de sentiment.

J'aurais pu leur prouver le contraire, car ces créatures hardies et sauvages écoutaient déjà depuis près de vingt minutes le son de ma flûte sans faire le moindre bruit, après avoir, il est vrai, essayé de me tuer au début.

Je n'avais donc pas d'autre solution que de continuer à les ensorceler avec ma musique. Si je reposais mon instrument, je devais escompter qu'elles se jetteraient aussitôt sur moi. Aussi continuais-je à jouer toutes les mélodies qui avaient été transmises de génération en génération chez moi, dans mon pays d'origine, les Andes terriennes, et dont la source devait remonter à l'époque des Incas, comme me l'avait enseigné ma grand-mère.

Pendant que je les tenais sous mon charme, les événements

qui s'étaient déroulés depuis mon arrivée sur Aggrès repassaient clairement devant les yeux de mon esprit...

Depuis la première entrée en scène des troupes plostasiennes de mercenaires, la Défense Solaire avait organisé des recherches fébriles sur leur origine. Tant que des dirigeants dépourvus de tous scrupules étaient prêts à enrôler ces créatures agressives, elles représenteraient un danger pour tous les peuples pacifiques de la Galaxie.

Quelques semaines avant le début de l'événement sur lequel je reviendrai plus tard, on avait enfin réussi à déterminer les coordonnées galactiques de la planète-patrie des Plostas. Selon les principes de base de l'Empire Solaire, on s'était abstenu de dépêcher une flotte de combat afin d'écarter le danger d'une manière aussi radicale qu'inhumaine. Bien au contraire, la commission de sécurité de Terrania avait chargé un commando d'exploration de cette mission.

Le Maréchal d'État Reginald Bull m'avait convoqué dans son bureau avec mon supérieur hiérarchique, le major Mincos Polata. Il nous avait l'un et l'autre relevés de nos fonctions d'anciens commandants d'unités de liaison en patrouille dans l'Est galactique et nous avait confié la mission d'embarquer sur le vaisseau spécial *EX-6633*, de l'équiper en conséquence et de rassembler, avec l'aide de la positronique du personnel, un effectif présentant toutes les conditions nécessaires à la recherche pacifique d'un peuple agressif.

L'*EX-6633* avait déjà été utilisé à plusieurs reprises pour des opérations de ce genre. Construit sur le modèle d'un croiseur lourd, il disposait de tous les appareils et instruments nécessaires à la protection défensive de ses passagers. Pour le cas où des navires spatiaux appartenant à d'autres civilisations et dotés d'un armement lourd devraient mettre obstacle à nos travaux de recherche pacifique, on avait également prévu une forte puissance offensive. Mais les prescriptions concernant son engagement étaient très strictes, de sorte que tout usage abusif était exclu.

Le major Polata avait engagé un équipage de quatre cents personnes au total, des scientifiques féminins et masculins de la flotte d'exploration. Non seulement chacun d'eux possédait deux spécialisations mais encore, comme il était fréquent au sein de cette flotte, tous connaissaient les arcanes des tâches cosmonautiques et militaires propres aux unités de cet important tonnage.

Nous avons appareillé à la mi-novembre 3440 et pénétré sans difficulté dans le système du petit soleil jaune que le major Polata avait baptisé, suivant en cela l'ancienne coutume, EX-Polata. Cet astre n'était escorté que de trois planètes. La deuxième était recensée dans les documents de la Défense Solaire sous le nom d'Aggrès.

Le commandant avait amené l'*EX-6633* en orbite autour d'Aggrès et établi la liaison hypercom avec les habitants de la planète. Nous avions immédiatement obtenu les premières informations sur les structures politiques des Plostas par le « Poste Central de Coordination des Glorieuses Tribus », qui avait répondu à notre appel. Un Plosta du nom de Id Zirroh Par nous avait souhaité la bienvenue dans un intergalacte à peu près compréhensible résultant, il est vrai, de la conversion opérée par nos transcodeurs fréquentiels à partir d'un langage inaudible pour nous.

En effet, les Plostas étaient des créatures dont le registre se situait dans le domaine des ultrasons. Cependant, leur vocabulaire correspondait assez bien au nôtre, d'après les expériences que nous avions déjà pu faire dans nos rapports avec les représentants d'autres peuples humanoïdes.

Id Zirroh Par nous avait accordé sans hésitation l'autorisation d'atterrir. Il nous avait aussitôt fait envoyer un rayon tracteur grâce auquel nous nous étions posés dans une plaine au milieu d'immenses bâtiments de pierre, dispersés un peu partout et dont la forme évoquait les termitières terriennes, mis à part le fait qu'ils avaient une hauteur moyenne de cinq cents mètres.

Peu après l'atterrissage, nous avions eu droit à un spectacle impressionnant. Des dizaines de milliers de créatures ailées avaient jailli d'innombrables ouvertures pratiquées au flanc des constructions de pierre. Elles avaient pris de la hauteur et s'étaient ensuite groupées en gros essaims au-dessus de notre vaisseau. Au début, nous n'avions pas compris le but de cette manœuvre, jusqu'à ce que ces nuées se scindent brusquement en deux armées qui s'étaient mises à tirer l'une sur l'autre avec toutes les armes radiantes possibles et imaginables.

Il va de soi que ce spectacle nous avait emplis d'effroi et de malaise, car nous avions pensé assister là à un massacre réciproque. Mais ensuite, il s'était avéré que les armées plostasiennes ne s'étaient livrées qu'à un simulacre de combat pour nous impressionner. Il n'y avait eu aucune victime et, une heure plus tard, les essaims étaient revenus vers notre vaisseau puis l'avaient entouré.

Après ce combat fictif, une délégation des tribus indigènes était montée à bord sous la direction d'Id Zirroh Par. Les membres de cette délégation nous avaient souhaité la bienvenue et avaient tout de suite manifesté un grand intérêt pour les installations techniques de notre *Explorateur* spécial. Puis ils nous avaient invités à visiter leurs « citadelles claniques » – oui, ils avaient effectivement employé ce terme.

*
* *

Il est clair que nous avons accepté cette invitation.

C'était vraiment l'occasion dont nous avions besoin et que nous n'aurions jamais osé espérer de prime abord.

C'est alors que nous avons fait connaissance avec la manière de vivre de nos hôtes, dans tous ses détails. Comme nous l'avions déjà appris en consultant les documents prêtés par la Défense Solaire, il s'agissait de descendants d'insectoïdes intelligents. Nous ignorions par contre que la grande majorité des Plostas étaient de sexe féminin et que seul celuici fournissait les guerriers.

La raison de cette spécificité était d'ordre biologique. Dans ces clans, chaque génération ne donnait le jour qu'à un seul mâle, lequel se développait jusqu'à atteindre une taille qui était environ huit fois supérieure à celle des femelles. Il n'avait qu'une seule tâche à remplir : féconder les œufs des femelles. Dans le logis du mâle, toujours situé à l'étage inférieur de la citadelle clanique, régnaient de constantes allées et venues. Exception faite de l'accomplissement de leur devoir de procréateurs chargés du maintien de l'espèce, les mâles devaient aussi se gaver d'aliments nourrissants et de première qualité, se faire nettoyer et soigner pour que leurs forces ne s'affaiblissent pas trop vite ou qu'ils ne risquent pas de mourir avant la naissance et la maturité sexuelle du mâle suivant, ce qui aurait signifié l'effondrement inéluctable de la tribu.

Comme les femelles ne pondaient qu'une fois par an, et pendant une durée très limitée, jusqu'à trois cents œufs, elles avaient le temps d'assumer également toutes les tâches qui se présentaient. Elles agrandissaient le logis tribal, exécutaient des travaux d'amélioration et de réparation et soignaient les troupeaux de ghools, des créatures larvoïdes pesant plusieurs quintaux qui servaient de nourriture aux Plostas, en plus d'une espèce de champignons.

Nous avons dû, il est vrai, constater que très souvent, les citadelles claniques se trouvaient dans un état lamentable. Presque partout apparaissaient des signes de délabrement. En revanche, les stocks abondants d'appareils techniques chez les Plostas offraient un contraste saisissant avec l'état de dégradation de leurs résidences.

Nous avons très vite compris qu'il ne s'agissait là que d'un contraste apparent. En effet, ces deux facteurs – négligence croissante et accumulation de richesses – étaient en interdépendance directe. Obsédés par la guerre, les Plostas se faisaient engager en nombre toujours plus important comme mercenaires par des dirigeants irresponsables. Certes, ceux qui revenaient rapportaient des appareils modernes issus des civilisations à technologie avancée en échange de leurs services martiaux mais, pendant leur absence, ils ne pouvaient pas subvenir aux travaux d'entretien. En outre, il n'en survivait chaque fois que quarante pour cent environ, ce qui provoquait une diminution de la population. Ils auraient pu remédier à cette situation en utilisant ces fameux équipements techniques, qui auraient servi de compensation à leurs absences, mais les Plostas ne s'intéressaient qu'aux armes qu'ils rapportaient, et pas le moins du monde aux machines qui pourraient les décharger des travaux matériels. C'est à peine s'ils utilisaient leurs réacteurs nucléaires pour alimenter les habitations en courant électrique et en chauffage.

Malheureusement, nous n'avons pas eu le temps, même avec beaucoup de diplomatie, d'attirer leur attention sur le danger qui menaçait la survie de leur civilisation. En effet, lorsqu'ils avaient réalisé que nous n'avions pas l'intention d'engager des mercenaires parmi eux, ils avaient adopté à notre égard un comportement hostile, de sorte qu'il était devenu impossible de poursuivre nos visites dans leurs citadelles claniques.

Puis, un jour, ils avaient concentré des forces considérables et lourdement armées autour de notre navire et menacé de passer à l'attaque si nous ne quittions pas immédiatement leur planète. Et ils avaient repoussé catégoriquement toute tentative de nouvelles négociations de notre part.

Il ne nous serait plus resté d'autre solution que de nous soumettre à leurs exigences, car nous n'avions pas le droit – étant donné nos principes de base – de nous engager dans une lutte armée, puisque nous nous trouvions sur le territoire souverain d'un peuple étranger.

Mais voilà qu'était survenu un événement auquel jamais personne n'aurait pu songer ! L'équipage de l'*Explorateur* avait été brusquement frappé d'abrutissement, à l'exception du major Polata et de moi-même. Pareillement avaient été atteints de ce même mal les spécialistes responsables du protoplasme synthétique couplé aux positroniques de bord de sorte que, réduits aux manœuvres manuelles, nous n'aurions pu appareiller qu'avec l'équipage tout entier des centrales principales et secondaires. Deux hommes seuls n'en auraient pas été capables, étant donné la panne des cerveaux à composante organique.

Les premiers jours qui avaient suivi cette vague d'abrutissement avaient été à coup sûr les pires de toute mon existence. Le major Polata et moi n'avions pas seulement à nous occuper de quatre cents hommes et femmes complètement retombés en enfance, mais aussi à faire comprendre aux Plostas qui, eux, n'avaient pas été frappés par ce rayonnement terrible et n'avaient donc rien perdu de leur intelligence, que nous ne pouvions songer à faire décoller notre vaisseau spatial dans les conditions présentes.

Nous avons alors traversé des jours difficiles avant que ces insectoïdes aient enfin accepté de nous croire, et plus tard, beaucoup plus tard, sont venues s'y ajouter des heures encore plus dures !

En effet, environ un an après notre atterrissage sur Aggrès, un gigantesque vaisseau spatial en forme de champignon a fait son apparition. Après qu'il s'est posé sur ce monde, son équipage s'est plongé dans une activité aussi mystérieuse que menaçante. Nous nous sommes prudemment tenus à l'écart de lui et n'avons d'ailleurs pas été le moins du monde importunés par ces intrus mais les Plostas, furieux, les ont attaqués – conformément à leur mentalité – et ont subi défaite sur défaite.

Entre-temps, le major Polata et moi avons terminé les travaux de fouilles commencés depuis longtemps et découvert les vestiges d'une civilisation dont les représentants ont dû être des humanoïdes pareils à nous. Tout laisse à penser qu'il s'agissait de descendants de colons arkonides.

Voilà pourquoi je suis maintenant assis sur les pierres d'un bâtiment à moitié en ruine, en train de jouer de la flûte pour apaiser les instincts combatifs des Plostas.

*
* *

Un grondement sourd couvrit les envolées mélodieuses de ma flûte et fit sursauter mes auditeurs. Loin vers l'ouest, là où commençait la savane sur laquelle s'était posé l'*EX-6633*, des décharges énergétiques clignotaient, en même temps que des nuages de fumée montaient dans le ciel.

Une vague d'agitation courut parmi les créatures insectiformes rassemblées autour de moi. Au début, seules quelques-unes d'entre elles étendirent leurs ailes repliées et s'élevèrent dans les airs, puis leur nombre augmenta peu à peu. En l'espace de quelques minutes, je me retrouvai seul avec mon instrument.

Je glissai la flûte dans mon ceinturon et me levai. Je n'avais pas de peine à imaginer ce qui s'était passé, tout simplement parce que ces derniers temps, la même chose s'était produite à plusieurs reprises. Une tribu plostasienne, excitée par la présence du vaisseau-champignon, était repassée une nouvelle fois à l'attaque – et, une nouvelle fois, avait été battue au prix de pertes effroyables.

Pendant que je réfléchissais encore pour savoir si j'allais reprendre l'exploration des ruines que nous étions en train de fouiller ou revenir à bord du navire avec mon glisseur, je découvris juste au-dessus du plafond végétal de la jungle un point scintillant qui se rapprochait de moi à toute allure. Quelques minutes plus tard, une silhouette vêtue d'un spatiandre de combat terranien survola la lisière de la clairière et se posa auprès de moi.

Le personnage repoussa son casque rond et je découvris le large visage aux pores dilatés de Mincos Polata.

— Les Plostas sont incorrigibles ! déclara le major, hors de lui. Ils ont encore attaqué le vaisseau géant et ont été repoussés, puis décimés par un feu massif d'armes énergétiques lourdes.

Je fermai les yeux. Et aussitôt, je sentis affluer de nouveau les souvenirs dans mon subconscient, et mes pensées se figèrent. Devant les yeux de mon esprit apparut la silhouette du vaisseau-champignon...

La nuit était tombée lorsque le navire gigantesque avait atterri sur la savane, mais les appareils infrarouges et les détecteurs énergétiques de l'*EX-6633* avaient affiché une image très nette sur les écrans de visualisation.

Sidérés, le major Polata et moi avions longuement observé cette représentation d'un véritable monstre volant. Les indicateurs donnaient une hauteur de cinq mille mètres. Le « chapeau » du champignon avait une forme presque hémisphérique et sa section mesurait sept mille mètres de diamètre. C'était lui qui abritait les blocs-propulsion, puisque c'était de lui que jaillissaient les flux d'impulsions lumineuses. Le « chapeau » surmontait un socle d'acier en forme d'entonnoir qui s'évasait depuis la base inférieure de l'hémisphère où il atteignait un diamètre de deux mille mètres.

Nous avions renoncé à activer les boucliers protecteurs de

notre navire ou à mobiliser nos armes offensives, bien que la positronique de tir soit restée en parfait état de fonctionnement.

Pétrifiés sur place, nous avions contemplé cet engin monstrueux. Ses blocs-propulsion déclenchaient un véritable ouragan qui faisait vaciller les citadelles claniques des Plostas. Le sol sur lequel s'était posé le vaisseau-champignon avait été calciné en un éclair et transformé en un magma liquéfié et incandescent.

Les indigènes avaient manifesté une certaine réserve dans leur comportement. Ils pensaient peut-être qu'enfin, quelqu'un venait d'atterrir chez eux pour engager de nouveaux mercenaires, puisque leur planète n'avait plus reçu de visite dans ce sens depuis plusieurs mois…

La voix de Mincos Polata vint interrompre le cours de mes réminiscences.

— Pendant que vous vous abandonnez à vos pensées, capitaine Vantolier, je vais poursuivre l'examen de la construction sur laquelle vous êtes juché.

Confus, je balayai les alentours du regard.

Le commandant répéta sa phrase, puis ajouta :

— L'équipage de notre vaisseau a eu tout ce dont il avait besoin et, d'après mon expérience, les activités du champignon géant se limitent à se défendre des Plostas. Vous pouvez donc encore donner tranquillement libre cours à vos rêves un bon moment, pendant que j'essaie de percer les mystères du passé de ce monde.

— Que reste-t-il donc encore à percer ? ripostai-je sans remarquer que je me contredisais moi-même car, en réalité, j'étais venu ici pour chercher des renseignements concernant précisément les témoignages de l'histoire enfermée dans ces ruines.

Le major s'abstint de répondre à ma question stupide. Il activa son propulseur dorsal et disparut de mon champ de visibilité.

Je m'installai confortablement sur la plaque de plastobéton, striée de fissures, toujours sous le charme de mes souvenirs. J'avais déjà remarqué jadis que des impressions émotionnelles fortes pouvaient me conduire à des retours en arrière visionnaires, et que cette expérience se produisait toujours quand un événement réveillait ma mémoire. Or, ce phénomène n'avait jamais atteint une aussi forte intensité qu'ici, sur cette planète appelée Aggrès. Et lorsqu'il me tombait dessus, j'étais rarement en mesure de m'en détacher.

Je m'adossai à une pierre, le regard fixé au loin dans la jungle, mais je ne percevais déjà plus la réalité. Mon esprit était reparti à l'époque qui avait suivi l'atterrissage du vaisseau-champignon...

Des dizaines de milliers de Plostas avaient jailli de leurs citadelles et encerclé l'engin en formant un anneau très large. Avec le temps, le rocher liquéfié et la terre s'étaient lentement figés. Les tuyères des blocs-propulsion continuaient encore à rougeoyer ; le matériau qui les constituait se refroidissait en craquant.

Le nombre des Plostas qui affluaient n'avait cessé d'augmenter. J'avais songé aux moments pénibles que nous avions traversés avant de parvenir à convaincre ces insectoïdes qu'à part le major Polata et moi, tous les membres de notre équipage avaient été brusquement frappés d'abrutissement. Étant donné que les Plostas avaient conservé intact leur niveau d'intelligence, il était tout à fait compréhensible qu'ils soient sceptiques. Polata et moi avions attribué leur immunité – si l'on pouvait accorder ce terme à leur état – à une mutation profonde de leurs cerveaux.

Leurs doutes n'avaient commencé à fléchir que lorsque nous leur avions concédé l'autorisation d'envoyer un commando d'examen à bord de l'*EX-6633*, pour tester eux-mêmes nos malheureux idiots. À cela s'ajoutait également le fait que, d'une part, aucun autre vaisseau étranger n'était venu se poser chez eux pour engager des mercenaires et que, de l'autre, leur station de surveillance hypercom captait sans interruption, tout comme nous d'ailleurs, les innombrables appels de détresse lancés par les autres peuples de la Voie Lactée, d'où il ressortait que la vague de crétinisation avait frappé presque toute vie intelligente au sein de la Galaxie.

Malgré ces circonstances aggravantes et les difficultés

que nous rencontrions avec nos propres abrutis, Polata et moi avions essayé de rechercher les causes de l'offensive brutale de ce mal terrible. Nous avions remarqué que la constante de champ gravitationnel s'était abaissée très précisément de huit cent cinquante-deux mégakalups. Comme la nouvelle valeur atteinte demeurait invariable, nous l'avions naturellement mise en relation avec la crétinisation générale. Mais il nous manquait encore l'ultime preuve de l'exactitude de cette hypothèse.

Mes pensées revinrent à l'époque qui avait suivi l'atterrissage du vaisseau-champignon…

Des heures s'étaient écoulées sans que l'équipage du monstre ne se soit annoncé, ni par hypercom, ni par quelque autre manière. Las d'attendre, les Plostas avaient fini par manifester une agitation de plus en plus forte.

Soudain, sans que rien n'ait pu le laisser prévoir, huit grands porches en arceau s'étaient ouverts dans la paroi du pied du champignon. Une vive lumière en tombait et se réfléchissait sur le magma refroidi et vitrifié. Polata et moi avions instinctivement retenu notre souffle en voyant affluer de sous ces arches des milliers de personnages inconnus. Ils possédaient des corps cylindriques d'environ deux mètres cinquante de hauteur moyenne. Huit moignons de jambes surgissaient de la section inférieure plate du tronc, sur lesquels ces étranges créatures se déplaçaient avec une agilité étonnante.

Il s'était d'ailleurs avéré que le nombre huit jouait un rôle important chez ces nouveaux arrivants. Dans la partie supérieure en forme de coupole de leur corps, qui était sans doute la tête, se trouvaient huit petits yeux à facettes. Au-dessous de cette demi-sphère émergeaient huit moignons de bras qui se séparaient à leurs extrémités en deux tentacules chacun. Ces tentacules, à leur tour, se divisaient chacun en huit minces protubérances qui ressemblaient à des doigts.

Les étrangers étaient presque entièrement enveloppés dans des combinaisons jaune ocre constituées d'un matériau analogue à du cuir et qui, à des intervalles irréguliers, présentaient des trous de dix centimètres en moyenne. À travers ces trous – et sur leurs têtes non couvertes –, nous avions pu nous rendre compte que l'épiderme de ces êtres était de couleur brun noir et également semblable à du cuir.

Ils ne s'étaient occupés ni de notre *EX-6633* qui, il est vrai, se trouvait à environ quatre-vingts kilomètres de leur site d'atterrissage, ni des Plostas qui les observaient sans bouger. En revanche, ils s'étaient livrés avec un zèle surprenant à des travaux mystérieux. À voir leur détermination, nous avions compris que ces curieuses créatures n'avaient pas pu être victimes de la nouvelle vague d'abrutissement. Mais les êtres insectiformes en avaient eux aussi pris conscience. Ils avaient donc attendu avec une impatience encore plus grande un appel ou un message de leur part qui, le croyaient-ils, leur aurait fourni l'occasion tant désirée de se mettre en très grand nombre au service d'une armée étrangère.

Cependant, les nouveaux venus n'avaient pas pris la moindre disposition dans ce sens. Ils avaient tout simplement continué à travailler comme s'ils avaient été seuls sur ce monde, totalement indifférents à la présence des dizaines de milliers d'autres créatures qui les regardaient faire. Peu à peu, nous avions réalisé que le but de cette activité trépidante consistait à remodeler l'aspect de leur vaisseau qui se métamorphosait progressivement en un artéfact encore plus étrange. De nouvelles installations avaient été ajoutées en permanence. Sous le chapeau du champignon était apparue une sorte de portrait qui avait immédiatement évoqué, dans nos esprits, les images des idoles tirées des religions anciennes de l'Humanité terrienne. On commençait à y discerner un vague visage sur lequel, au bout d'un certain temps, étaient nées huit ouvertures rondes et rougeoyantes comme si elles avaient été incandescentes.

Cette vision offrait un aspect fantomatique, impression qui n'avait pas changé le lendemain matin, au lever du jour. Les microphones directionnels du vaisseau explorateur étaient en permanence orientés vers le site d'atterrissage du navire-champignon. Nous avions donc pu entendre les étrangers discuter sans interruption. Malheureusement, nos petits translateurs ne permettaient pas de traduire ni de comprendre leur langage, et les plus gros étaient tombés en panne.

La seule chose que Polata et moi avions réussi à percevoir, sans pouvoir néanmoins en saisir le sens, était un appel sans cesse renouvelé qui ressemblait au mot « Y'Xanthomonary ».

Comme nous l'avions craint, les Plostas avaient fini par perdre patience. Ils avaient resserré leur encerclement. Les premiers essaims s'étaient élevés et approchés du champignon transformé.

Alors, brusquement, s'étaient formées dans la paroi du « chapeau » du champignon d'innombrables ouvertures d'où avaient jailli vers le ciel des faisceaux aveuglants de rayonnements. Un grand nombre des créatures insectiformes qui s'étaient envolées avaient péri carbonisées.

Cette agression inattendue avait été pour les autres le signal de la déclaration de guerre. Elles étaient arrivées sur les lieux avec des chars aériens de fabrication arkonide tombés en désuétude et des plates-formes d'artillerie en provenance des stocks des armées de Dabrifa. Les spatiandres de combat arkonides dont elles étaient vêtues sortaient également des rebuts d'autres puissances militaires. Durant les premières minutes, leurs agressions rageuses avaient déclenché un chaos indescriptible parmi les êtres cylindriques. Nombre d'entre eux avaient péri sous le feu des Plostas ; les autres s'étaient repliés en hâte à bord de leur vaisseau.

Puis était arrivée la contre-attaque, sous une forme que ni Polata ni moi n'avions encore jamais eu l'occasion d'observer. Des espèces de larmes énergétiques rouge foncé avaient jailli des « yeux divins » incandescents. On avait vraiment l'impression que ces pleurs incoercibles avaient été provoqués par l'agression sauvage des indigènes. Mais ensuite, ce torrent de « larmes » avait brusquement pris de la vitesse pour foncer dans les rangs des agresseurs où il avait explosé avec la violence de petites bombes nucléaires.

Cependant, les Plostas ne s'étaient laissés ni déconcerter ni intimider par les pertes effroyables qu'ils avaient subies. Tous les rescapés s'étaient de nouveau jetés sur le vaisseau-champignon, en faisant feu sans interruption de toutes les armes dont ils disposaient.

Ils avaient donné l'assaut et combattu jusqu'à l'anéantissement total des troupes par les faisceaux énergétiques qui les cinglaient sans la moindre pitié. Peu après, les créatures cylindriques avaient repris leur étrange activité, comme s'il n'y avait pas eu entre-temps le moindre incident.

Au cours des mois suivants, les clans des Plostas avaient manifesté une retenue remarquable. Visiblement, ils avaient montré qu'ils étaient eux aussi tout à fait capables d'apprécier objectivement une situation militaire. Néanmoins, leurs instincts agressifs avaient de temps à autre repris le dessus. À des intervalles irréguliers, des tribus isolées avaient tenté de donner l'assaut au navire-champignon au cours d'attaques surprise. Mais elles avaient toutes échoué au prix de pertes sévères pour les autochtones.

Le major Polata et moi avions adopté dès le début un comportement réservé, tout en nous occupant de nos abrutis et en multipliant les calculs pour essayer de découvrir ce que venait au juste faire cet étonnant vaisseau sur Aggrès.

Ce n'était que tout récemment que nous avions obtenu les premières indications utiles à ce sujet. Quelques heures après que les créatures cylindriques eurent interrompu leurs travaux, nous avions relevé l'apparition étrange d'un rayonnement quintidimensionnel. La source en était manifestement la nef-champignon. Et un peu plus tard, nos senseurs avaient constaté que la valeur de la constante quintidimensionnelle de champ gravitationnel de nos appareils s'était élevée de très exactement cent trente-deux virgule six mille cinq cent quatre-vingt-trois millikalups.

À partir de là, nous avions commencé à réfléchir fiévreusement à ce que nous pouvions entreprendre contre ces étrangers qui s'étaient posés sur ce monde. Mais les « larmes » mortelles de l'» idole » nous avaient mis en garde. Nous ne devions pas lancer l'attaque avant que notre navire ne soit de nouveau en état de fonctionner.

Ce qui n'était pas pour le lendemain…

*
* *

Mon esprit se détacha peu à peu des images du passé pour reprendre pied dans le présent.

Lorsque je jetai un coup d'œil vers l'ouest, je constatai que les flambeaux de la bataille étaient éteints. Avec une prudence de Sioux, je descendis des ruines et me tournai vers l'entrée qui avait été dégagée. Mon projecteur portatif était toujours là où je l'avais posé lorsque les gardes me serraient de près. Je le branchai et dirigeai le faisceau lumineux jaunâtre vers la galerie légèrement en pente, derrière l'ouverture.

J'entendis soudain des bruits sourds venus je ne savais d'où. Ce devait être Polata. À vrai dire, dans notre situation aléatoire, on pouvait vraiment considérer comme une absurdité de notre part de nous intéresser encore à la recherche d'une civilisation disparue depuis des temps immémoriaux. Mais en fin de compte, cela s'était avéré le meilleur moyen sans doute de maintenir notre santé mentale sur laquelle pesait un si lourd fardeau.

Je suivis la pente de la galerie. Partout, le plafond fissuré était étayé par de minces barres de plastométal qui provenaient des réserves de l'*Explorateur*, vestiges de nos premières incursions sur le site. Au bout de quelques minutes, je me heurtai au major. À l'aide d'un désintégrateur, il avait dégagé une autre brèche. La pièce ainsi ouverte ressemblait à une vaste salle et le plafond légèrement voûté avait tenu le coup jusqu'à maintenant, bien qu'il fût sillonné d'une foule de petites lézardes.

Par contre, l'équipement était en majeure partie plutôt délabré. Sur les murs, je découvris néanmoins les restes d'épaisses plaques vitrées parmi des fragments de cadres métalliques rouillés. La plupart étaient tombées sur le sol et s'étaient brisées lorsque les cadres s'étaient détachés, mais elles avaient de toute évidence résisté suffisamment longtemps pour retarder le processus de désagrégation des pièces installées derrière elles. À l'aide d'un capteur spécial, le major Polata fouillait parmi les composants électroniques qui pendaient à des fils métalliques non rouillés mais dépourvus de matériau d'isolation. En entendant le bruit de mes pas, il se tourna vers moi.

— Il semblerait que nous soyons en présence de vestiges d'une installation de moniteurs dont les écrans de visualisation fonctionnaient encore selon l'ancien système holographique des Arkonides.

Je m'approchai de lui et confirmai cette hypothèse avancée par le commandant.

— Une installation de moniteurs... répétai-je d'un air songeur. Elle aurait aussi bien pu servir pour la surveillance de l'environnement que pour l'observation d'autres salles de ce bâtiment.

Puis je découvris dans la cloison une ouverture quadrangulaire aux bords effrités, au-dessous de laquelle se trouvait un petit tas de rouille. Je m'en approchai, m'appuyai d'une main au mur tandis que, de l'autre, j'éclairai la brèche avec ma lampe de poche.

— C'est un puits, déclarai-je, non sans surprise. (Puis, en voyant Polata me rejoindre, j'ajoutai :) Regardez ces espèces de rayures de couleur brune sur les parois du conduit. Ce pourraient être les traces de glissières dans lesquelles se déplaçait une cabine d'ascenseur... Je crois que nous venons de faire une découverte importante, major ! Si nous descendons dans ce puits avec des appareils antigrav, nous réaliserons sans doute que jusqu'à maintenant, nous n'avions exploré que la petite partie supérieure en forme de tour d'une construction beaucoup plus vaste.

Mincos Polata passa les mains dans sa tignasse blonde et sourit.

— Je suis ravi que vous soyez arrivé exactement à la même conclusion que moi lorsque j'ai vu ce conduit pour la première fois, capitaine Vantolier. Je propose que vous retourniez jusqu'au glisseur pour revêtir votre spatiandre de combat, puis que vous reveniez pour que nous...

Il s'interrompit, car le bourdonnement spécial de son microcom de poignet lança soudain le signal d'appel caractéristique. Grande fut notre surprise car, à part nous deux, il n'y avait pas un seul immunisé sur ce monde maudit. Qui, dans ces conditions, pouvait nous parler sur notre fréquence standard ?

Il s'écoula quelques secondes avant que le major se soit suffisamment remis de son émotion pour pouvoir brancher l'appareil.

— Ici le major Polata ! se présenta-t-il. Qui m'appelle ?

— Qu'est-ce que c'est que ça ? clama quelqu'un comme s'il se parlait à lui-même. Un machin qui est capable de parler, Ossuti ! Tu as entendu ?

Polata et moi échangeâmes un rapide coup d'œil.

Ossuti Wangemu était le chef de la section de détection de notre *Explorateur*, du moins avant d'avoir été frappé par la vague d'abrutissement. Pour autant que nous le sachions, il se trouvait à bord du vaisseau, enfermé dans sa cabine, comme tous les autres membres d'équipage. Comme il jouissait d'une chambre pour lui tout seul, il fallait bien que quelqu'un lui ait rendu visite.

Et d'après les paroles de cet interlocuteur, il n'était pas difficile de se rendre compte qu'il ne comprenait pas très bien la fonction d'un micro-émetteur intercom.

— Ce n'est pas un machin qui parle, expliqua lentement mon collègue. C'est moi, le major Mincos Polata qui vous parle sur mon microcom de poignet. Comment vous appelez-vous ?

Il y eut un moment de silence. On ne percevait qu'un souffle laborieux, puis la même voix que précédemment reprit :

— Ce n'est pas possible. Le major Mincos Polata… Ce nom me rappelle quelqu'un. Un homme… Mais comment un homme peut-il se glisser dans cette petite boîte ? Ossuti, tu peux m'expliquer ça ?

On entendit alors quelques chuchotements, puis une voix de basse très grave résonna dans le haut-parleur.

— Ici Ossuti ! Je crois que c'est un appareil avec lequel on peut parler à d'autres personnes, même quand elles sont très éloignées. Mais il y a beaucoup de choses que je ne comprends pas. Il y a un certain temps, lorsque je me suis réveillé comme d'un cauchemar, je me suis trouvé enfermé dans une chambre contenant d'étranges objets. Depuis, j'ai réussi à me libérer. Qui parle, là-bas ?

— Le major Polata, le commandant de l'*EX-6633*, répondit Mincos en se faisant violence pour garder son calme. Vous êtes Ossuti Wangemu, le chef de la détection de notre vaisseau d'exploration. Je vous en prie, ne touchez pas à d'autres appareils avant que je sois revenu auprès de vous ! J'arrive le plus vite possible. Terminé !

Il abaissa la main vers la touche d'arrêt du minicom, puis finit par se décider à garder la liaison ouverte. Sans que nous ayons éprouvé le besoin d'échanger des explications, Polata et moi repartîmes en courant dans la galerie. Nous éteignîmes nos projecteurs, les déposâmes près de l'entrée et rejoignîmes en courant notre glisseur.

À toute allure, nous regagnâmes notre vaisseau. Toujours sans échanger une parole, mais nos pensées suivaient à coup sûr le même cours.

Lorsque nous avions quitté l'*Explorateur*, aucun de nos abrutis n'était encore capable de sortir tout seul de sa cabine, pas plus que d'imaginer le fonctionnement et la destination des appareils techniques. Encore moins de désigner un émetteur radio comme quelque chose avec lequel on pouvait parler à d'autres personnes, même sur des distances très éloignées.

C'était pourtant ce qui venait de se produire !

Mincos Polata ne freina qu'en arrivant tout près du navire. Puis il posa sans douceur le glisseur dans le sas du hangar grand ouvert. Nous sautâmes à bas du véhicule et nous nous jetâmes dans le puits antigrav le plus proche afin de regagner au plus vite le pont où se trouvaient les quartiers de l'équipage.

Lorsque nous pénétrâmes dans la coursive extérieure, nous aperçûmes une cabine dont la porte était béante. C'était celle d'Ossuti Wangemu. Une fois passé le premier virage, nous vîmes un deuxième panneau ouvert. Comme, normalement, les portes des chambres se refermaient automatiquement derrière la personne qui venait de les franchir, il avait bien fallu que quelqu'un active le mécanisme de déverrouillage.

Avant que nous ayons atteint l'entrée, deux hommes sortirent de la cabine et firent quelques pas dans la coursive. L'un d'eux était Ossuti Wangemu et l'autre Nosartes Alcante, le magasinier, un individu d'un certain âge doté d'un certain embonpoint et dont la profession principale était la cosmosociologie.

Ils nous regardèrent avec d'étranges expressions de physionomie. Je notai cependant que leurs yeux avaient recouvré une sorte d'éclat depuis que nous les avions quittés.

Polata et moi avançâmes plus lentement et nous arrêtâmes une fois arrivés tout près des deux hommes. Je remarquai que mon camarade arborait un sourire un peu forcé quand il déclara d'une voix sans timbre :

— Je suis le major Mincos Polata, au cas où vous ne m'auriez pas reconnu, et mon compagnon est le capitaine Hyks Vantolier. Comment vous sentez-vous ?

Nosartes Alcante eut un petit sourire timide, ce qui, autrefois, n'avait jamais été dans ses habitudes, du moins avant l'épidémie.

— Je crois que je vais bien, répondit-il non sans une certaine hésitation, puis il réfléchit un instant avant d'ajouter : J'ai l'impression d'avoir fait un horrible cauchemar et de n'être pas encore tout à fait réveillé. Quand je cherche à réfléchir, j'éprouve une douleur sourde ici.

De l'index, il montrait sa tête.

— C'était quelque chose de bien pire qu'un mauvais cauchemar ! lui expliqua le major. Mais maintenant, tout va redevenir normal, professeur Alcante.

Le visage brun sombre d'Ossuti Wangemu se stria soudain d'innombrables petites rides qui trahissaient un grand effort de réflexion.

— Notre… esprit était… bloqué, n'est-ce pas ? demanda-t-il, toujours en hésitant lui aussi. Je me rappelle vaguement ce laps de temps mais peu à peu, il me remonte toujours plus de souvenirs d'avant cette chose à la mémoire. Nous avons appareillé avec un vaisseau spatial qui a navigué au milieu des étoiles. La notion d'Empire Solaire rôde elle aussi dans mon esprit ; cependant, je n'arrive pas encore à la fixer à la place qui lui échoit.

Mincos Polata poussa un profond soupir de soulagement. Il pensait sans doute la même chose que moi, à savoir que le pire était passé et que nos abrutis allaient émerger progressivement de leur état infantile.

— Nous nous trouvons toujours à bord de notre vaisseau spatial, déclara-t-il. Et l'Empire Solaire est notre patrie. Nous sommes partis… (Il évita intentionnellement d'utiliser des termes qui risquaient encore de troubler les malades en bonne voie de guérison.) … pour un monde inconnu afin de rendre visite à des créatures vivantes qui… (Il chercha ses mots.) … qui sont différentes de nous. C'est une fois que nous sommes arrivés ici que les facultés intellectuelles des membres d'équipage se sont brusquement affaiblies – à l'exception de celles du capitaine Vantolier et de moi-même. Il a fallu que nous vous enfermions dans vos quartiers pour que vous ne vous amusiez pas avec des appareils dont les fonctions… euh… dont vous ne compreniez plus le mode d'emploi et que vous risquiez par conséquent d'abîmer.

Ossuti Wangemu passa les doigts dans sa barbe noire. Nous n'avions pas encore eu le temps de raser nos collègues abrutis !

— Ainsi, nous sommes dans un vaisseau spatial, reprit-il lentement. Est-ce que je me trompe si je vous dis que nous ne sommes pas seuls ici ?

— Non, le rassura Polata, vous avez tout à fait raison. Nous sommes en tout quatre cents, sans compter le capitaine Vantolier et moi.

— Dans ce cas, nous devons nous occuper de voir comment se portent les autres, compléta Wangemu. S'ils commencent juste à s'éveiller lentement de… l'état d'abrutissement dans lequel nous avons été plongés, ils ont probablement besoin de secours, eux aussi.

Mincos Polata sourit, visiblement soulagé.

— Je suis très heureux que cette proposition vienne de vous, capitaine Wangemu. Nous allons en effet immédiatement nous occuper de nos camarades.

Puis il se tourna vers Nosartes Alcante avant d'ajouter :

— Voulez-vous s'il vous plaît nous aider dans cette tâche, Professeur ?

— Bien sûr, très volontiers. Je ne saisis par encore tout à

fait le sens de ce que vous dites, mais je suis prêt à vous aider dans la mesure du possible.

— Dans ce cas, ne perdons plus de temps, déclara Polata. Nous irons de cabine en cabine pour parler avec les occupants et les encourager à récupérer leurs moyens psychiques et leur moral.

Ces derniers mots m'étant spécialement destinés, j'approuvai d'un signe de tête.

— Cependant, nous devrions également veiller à ce que personne ne quitte ses quartiers pour le moment, major. Du moins pas dans le stade où chacun se trouve encore.

— C'est l'évidence même, approuva Polata en riant. Sinon, On court le risque que l'un d'entre eux s'amuse à presser une touche de tir ! Vous vous rendez compte des conséquences qui en résulteraient ?

CHAPITRE IX

Récit de Perry Rhodan

— Quelle image fantastique, n'est-ce pas, Perry ?

Je tournai la tête. Entièrement absorbé par la contemplation de l'Essaim, je n'avais même pas remarqué l'arrivée d'Atlan.

— Pour ceux qui peuvent l'observer à une bonne distance de sécurité, certainement ! répliqua-je. Mais pas pour les créatures dont les planètes-patries seront englouties par lui dans peu de temps !

Mon ami arkonide acquiesça d'un signe de tête et prit place dans l'un des fauteuils de la coupole d'observation.

Quant à moi, je me plongeai de nouveau dans la contemplation du conglomérat stellaire ou, pour être plus précis, du bouclier énergétique constitué par des milliers d'énormes objets qui, de loin, ressemblaient à des bulles de savon moirées. Il enveloppait complètement le phénomène et ne permettait que des visions imprécises.

La *Bonne Espérance II* volait à trois semaines-lumière devant la « tête » de l'Essaim, à une allure qui correspondait exactement à celle de la galaxie naine, à savoir la moitié de la vitesse luminique.

À cette distance réduite, la partie frontale de l'amas mobile se présentait à l'œil humain sous la forme d'une muraille scintillante et irisée qui, apparemment, séparait l'Univers en deux moitiés. À ce moment-là, cette zone arrondie de l'Essaim mesurait environ huit cent vingt années-lumière de diamètre. Cette valeur augmentait ou diminuait de temps à autre mais dans notre champ de visibilité, l'impression restait toujours la même, celle d'une superficie et d'une grandeur infinies.

Je fis pivoter mon siège pour maintenir le plus possible mon regard dans l'axe de vol. Les étoiles de notre Galaxie avaient l'air étrangement déformées, résultat de notre célérité propre qui était assez élevée. Comme un effet de dilatation mesurable apparaissait déjà à cinquante pour cent de la vitesse luminique, il était évident que nous ne pouvions pas espérer voler ainsi pendant des semaines en avant de l'Essaim. L'accélération relative du cours du temps sur les planètes de notre galaxie serait demeurée dans des limites raisonnables, mais elle aurait eu pour conséquence que nous ne pourrions plus opérer en économisant suffisamment nos ressources.

Lorsque l'intercom bourdonna, je branchai l'appareil en pressant une touche sur le clavier intégré à l'accoudoir de mon siège. Sur l'écran de visualisation apparut le symbole de notre centralcom, et la voix de Joak Cascal se fit entendre.

— Message hypercom du maréchal solaire Tifflor, sur l'*Intersolaire*, Monsieur. Dois-je vous le relayer ?

— Je vous en prie.

Aussitôt, le moniteur s'éclaira, affichant le visage familier de Julian. Il n'avait rien perdu de sa jeunesse, mais sa voix trahissait l'épuisement physique dans lequel l'avait plongé le lourd fardeau psychique qu'il avait porté durant toute l'année précédente.

— Hello, Tiff ! le saluai-je. Renoncez donc aux formules de politesse et dites-moi vite ce que vous avez sur le cœur.

Le maréchal sourit.

— Conformément aux instructions, j'ai envoyé une équipe de reconnaissance dans l'axe de vol de l'Essaim, Monsieur. Les chaloupes de l'*Intersolaire* croisent en permanence dans le secteur. Jusqu'à présent, nous avons pu enregistrer quatre-vingt-deux systèmes stellaires qui s'étalent à une distance allant de quatre heures-lumière à onze années-lumière de la tête du conglomérat. Un de ces systèmes, composé d'une géante bleue accompagnée d'une naine rouge et d'une planète, entrera en contact avec l'écran cristallin dans exactement trois heures, cinquante-neuf minutes et douze secondes.

— La planète n'est pas habitée, je suppose ?

— C'est un monde mort, Monsieur. Désirez-vous que je vous en relaie les coordonnées ?

— Volontiers, merci. Passez-les directement à la centrale de commandement, Tiff ! Je vais donner l'ordre à Senco Ahrat de faire approcher l'ultracroiseur de ce système.

Après que nous eûmes mis fin à ce dialogue, Atlan regarda de mon côté.

— Tu as l'intention d'observer l'événement de près, Perry ?

— Avant tout, suffisamment près pour pouvoir procéder à des mesures d'ordre physique, répondis-je. Nous ne rassemblerons jamais assez d'informations !

J'établis alors une liaison intercom avec le premier officier astrogateur de mon navire. Senco Ahrat me confirma la bonne réception des coordonnées du système en question.

— Il se trouve à cent soixante-quatre années-lumière de nous, Monsieur, ajouta-t-il. Nous avons donc encore bien le temps. Quand devrai-je engager la manœuvre linéaire ?

— De manière à ce qu'il nous reste environ une demi-heure avant d'entrer dans la zone de recouvrement total de l'écran cristallin à une distance de dix heures-lumière, lui ordonnai-je.

À peine avais-je interrompu la communication que l'appareil se mit de nouveau à bourdonner. Cette fois-ci, le moniteur afficha d'emblée le visage de Cascal.

— Appel hypercom d'un certain major Custosa, Monsieur. Il a envoyé le code convenu entre vous et votre fils, et voudrait obtenir les données de position de la *Bonne Espérance II*.

— Fournissez-les-lui et demandez-lui de ma part de se hâter. Nous ne nous attarderons plus très longtemps par ici. Terminé.

— Manifestement un message de Mike, remarqua Atlan. Je suis curieux d'apprendre ce qu'il va nous transmettre en guise d'informations.

— Nous ne tarderons pas à le savoir, répondis-je en me levant de mon siège. Ce ne sont certainement pas de bonnes nouvelles ! Pourvu que les *Homo superior* n'aient pas recommencé à semer le trouble !

Je me rendis à la centrale de commandement, suivi de mon ami. Quelques minutes seulement après notre arrivée, le mulot-castor se matérialisa près de moi.

— On attend un courrier ? s'enquit-il.

Je me contentai de lui accorder un sourire.

L'Émir arbora sa fameuse incisive.

— Bon, d'accord, avoua-t-il. J'ai épié quelqu'un, mais pas toi, Perry. Seulement l'assistant de Cascal. Je suis curieux de savoir ce qu'il y a de nouveau.

— Moi aussi, répliquai-je. Comment va Harno ?

La sphère transtemporelle vivante, retenue prisonnière à l'intérieur de l'Essaim, avait été libérée par un commando d'intervention composé de l'Ilt, Ras Tschubaï, Alaska Saedelaere et Toronar Kasom.

La dent agressive du mulot-castor disparut aussitôt.

— Mal. Il n'absorbe que peu d'énergie, bien qu'il en ait besoin de grandes quantités pour reprendre des forces. L'aventure dans le Cristal des Âmes Captives l'a littéralement épuisé.

— Cela vous aurait presque coûté la vie, à vous tous ! ajoutai-je en guise de commentaire.

Devant nos yeux, un écran de visualisation s'éclaira, affichant le visage d'Alaska Saedelaere, couvert comme toujours de son masque.

— Ici la détection ! Une *Gazelle* en approche de la *Bonne-Espérance II* ! Identifiée comme étant une chaloupe de liaison de Roi Danton, Monsieur.

Je le remerciai de l'information. Un quart d'heure plus tard, l'aviso se plaça près de nous à la suite d'une manœuvre d'ajustement, apponta et, peu après, un homme trapu aux cheveux d'ébène et vêtu d'un spatiandre entra dans la centrale.

Je m'étais levé pour l'attendre.

— Major Custosa, Monsieur, se présenta-t-il avec un visage souriant. Je vous apporte du matériel d'information qui m'a été transmis par Roi Danton.

Il me tendit un coffret cylindrique que je pris en main et passai aussitôt à Fellmer Lloyd qui se tenait à mes côtés.

— Connaissez-vous le contenu de ces informations, major ? lui demandai-je.

— Oui, Monsieur.

— Bien, dans ce cas, expliquez-nous en quelques phrases brèves ce dont il s'agit.

Le major Custosa respira un bon coup avant de se lancer dans son rapport.

— Sur Terre, les hommes ont récupéré une partie de leur intelligence d'origine. Ils ne sont plus totalement idiots et manifestent un vif intérêt pour tout ce qui se produit autour d'eux, y compris pour ce qui est en relation avec la technologie.

Tous les astronautes présents dans la centrale tendaient l'oreille. Et soudain, ils se mirent tous à parler en même temps. Je levai le bras et attendis que le calme fût revenu, après quoi, je posai encore une question :

— Cela concerne-t-il tous les êtres humains vivant sur la Terre ?

Custosa approuva d'un signe de tête.

— Oui, Monsieur. Néanmoins, il ne s'agit pas d'une guérison complète. Tout au plus d'une rupture avec l'état de stupidité qui était arrivé à son paroxysme. Pour le moment, il semblerait que seule la réceptivité mentale ait commencé à reprendre ses fonctions. Olympe annonce un phénomène analogue. Nous avons également reçu des messages en provenance d'autres planètes colonisées par des hommes. Là-bas aussi, le même processus est en marche.

— Voilà effectivement une nouvelle qui permet d'avoir de l'espoir pour le futur !

— Mais ce n'est que la moitié de l'information, Monsieur, compléta le major Custosa d'un air soucieux. L'*Homo superior*, lui, est à l'agonie.

— Vous dites ? demandai-je, au comble de l'horreur.

— L'*Homo superior* est à l'agonie, répéta Custosa. Cela a commencé par un brusque état de nervosité marqué chez les membres de cette race nouvelle qui s'est rendue coupable d'actions malheureuses, puis leur intelligence s'est mise à faiblir rapidement. Ils sont tombés dans une sorte d'hébétude. Ensuite, ce sont leurs corps qui ont commencé à manifester des signes de dégradation. Nous avons tout tenté pour les secourir, mais rien n'a pu empêcher cette vague de décrépitude de gagner du terrain. Les cellules de leurs organismes ont purement et simplement cessé tout travail. Divers scientifiques voient un rapport entre la première apparition de l'*Homo superior*, son extinction brutale et l'Essaim.

J'étais bouleversé. S'il est vrai que j'avais toujours considéré l'apparition de l'Homme Nouveau comme une phase de l'évolution naturelle, quoiqu'erronée et dangereuse, force était de constater que les individus eux-mêmes n'en portaient aucune responsabilité. Jamais je n'avais souhaité leur mort.

Senco Ahrat toussota.

— Il faudrait engager la manœuvre linéaire dans vingt minutes, Monsieur, si nous voulons encore arriver à temps.

Je scrutai l'émo-astronaute d'un regard scandalisé. Comment pouvait-il songer à une manœuvre linéaire devant une telle information ? Mais en observant la physionomie d'Ahrat, je me corrigeai aussitôt. Cet homme n'était pas moins bouleversé que nous tous. Il avait seulement réalisé plus vite que cela ne devait pas nous faire oublier le devoir qui nous incombait de recueillir le maximum d'éléments concernant l'Essaim, afin de découvrir à temps comment nous pourrions protéger l'Humanité de cette menace épouvantable.

— Exécutez la manœuvre linéaire comme prévu, lui ordonnai-je alors.

Puis je m'adressai de nouveau au messager.

— Vous avez sans doute besoin d'un repos bien mérité, major. Je vais vous faire attribuer une cabine et veillerai à ce que votre aviso soit révisé durant votre halte sur la *Bonne-Espérance*.

Custosa hocha la tête.

— Je vous en remercie, Monsieur, mais j'ai reçu l'ordre de faire immédiatement demi-tour dès que je vous aurai transmis les messages. Roi Danton a besoin de tous les hommes et de tous les vaisseaux.

Il m'était évidemment impossible de le contredire. Après lui avoir exprimé ma reconnaissance et confié une information pour Mike, je pris congé de lui. Quelques minutes plus tard, sa *Gazelle* fut éjectée, puis elle accéléra et s'éloigna de la *Bonne Espérance II*.

Avant même qu'elle n'ait disparu dans la zone de libration, Senco Ahrat fit monter les blocs-propulsion de notre navire à haut régime, et ce fut au tour de la *Bonne Espérance* de prendre de la vitesse.

Les observations imminentes qui nous attendaient nous firent momentanément négliger les nouvelles que nous avait relayées le major Custosa. J'allais cependant avoir tout loisir, plus tard, d'étudier à fond ces informations.

Il s'agissait à présent de suivre une évolution qui menaçait aussi le Système de Sol si nous n'arrivions pas à trouver à temps le moyen de retenir l'Essaim.

Un Essaim de la taille d'une galaxie naine… !

*
* *

Récit du capitaine Vantolier

Huit jours s'étaient écoulés depuis les premiers signes de rémission de l'abrutissement des hommes. Néanmoins, les espérances que je partageais avec Polata ne s'étaient pas réalisées. Certes, l'équipage de l'*EX-6633* avait « émergé » de la profonde stupidité dans laquelle il avait été plongé pendant des mois, mais il en était resté à un niveau d'intelligence nettement inférieur à ce qu'il était à l'origine.

Je me calai contre le dossier de mon fauteuil, le regard fixé sur le calendrier électronique suspendu au-dessus du panneau blindé d'accès dans la cabine.

Cinq mars 3442…

Combien de temps allions-nous encore moisir sur cette planète ? Jour après jour, nous avions entrepris d'éduquer de nouveaux groupes de malades mentaux pour leur donner des informations, répondre à d'innombrables questions et essayer de les familiariser au maniement d'appareils techniques.

Ils assimilaient toutes les leçons avec avidité, apprenaient vite – mais seulement dans des proportions limitées. Ils ne saisissaient quasiment rien de ce qui relevait de la science appliquée, même la plus simple.

Je me demandais s'il était vraiment opportun d'enseigner à ces malheureux individus, hommes et femmes, la manière de se servir des équipements habituels. Bien sûr, entre-temps, la plupart d'entre eux étaient redevenus capables d'utiliser l'intercom et de se commander eux-mêmes leurs menus sur les claviers automatiques. Néanmoins, ils n'arrivaient pas à comprendre qu'il serait dangereux de les laisser errer à leur guise à travers le navire. Nous leur avions accordé une totale liberté de mouvement sur le pont réservé à l'équipage mais, par mesure de précaution, interdit l'utilisation des puits antigrav et des escaliers de secours.

Soudain, l'intercom se mit à bourdonner. Je me relevai aussitôt et activai l'appareil au moyen de la touche de mon accoudoir. Le buste d'un homme aux cheveux roux et aux muscles plutôt développés s'afficha sur le moniteur. C'était Davidov Selchenin, cosmopsychologue et ethnologue.

— Bonjour, professeur Selchenin ! le saluai-je aimablement.

Il me décocha un coup d'œil furieux.

— Je voudrais enfin quitter ce vaisseau, capitaine Vantolier ! Ce que vous vous permettez avec nous est franchement indigne ! Je veux pouvoir de temps en temps respirer l'air frais d'une planète au lieu de cette saleté régénérée répandue par les climatiseurs !

Je secouai la tête.

— Ce que vous qualifiez de « saleté régénérée », Professeur, est tout simplement l'atmosphère de la planète Aggrès que nous aspirons et que nous distribuons ensuite à bord. Nous n'allons tout de même pas puiser dans nos stocks quand nous avons à notre disposition tout l'air naturel que nous voulons !

— Je ne vous crois pas, riposta Selchenin. C'est à peine si je peux encore respirer et ma peau me démange horriblement. J'ai besoin de l'air naturel d'une planète, voilà !

J'étouffai un soupir.

Manifestement, le scientifique s'était tellement obstiné dans l'idée fausse qu'il se faisait de l'atmosphère régnant à bord que c'en était déjà devenu une névrose. Je repensai à l'époque où Davidov Selchenin était encore en pleine possession de son quotient intellectuel normal. C'était alors un homme que rien ne pouvait bouleverser, un dur capable de tempêter, mais avec un cœur d'or.

Et qu'était-il devenu maintenant ? Un malheureux paquet de nerfs jamais content…

— C'est évidemment un autre problème, Professeur, dis-je pour essayer de l'apaiser. Je vais aller vous rendre visite pour en discuter avec vous. D'accord ?

— Oui. Venez tout de suite, n'est-ce pas ?

— Bien sûr !

Voilà où on en était. Tous ces individus enfermés dans le navire souffraient de leur isolement. Il ne se passait pas d'heure sans qu'éclate une crise d'hystérie. Et le major et moi n'étions que deux immunisés en face de tous ces pauvres gens.

***

Récit de Perry Rhodan

La *Bonne Espérance II* réémergea dans le continuum normal à exactement dix années-lumière du soleil double, et accéléra aussitôt jusqu'à atteindre la moitié de la vitesse luminique.

Pendant un bref instant, la distance entre nous et la tête de l'Essaim diminua, puis nous nous retrouvâmes relativement immobiles l'un près de l'autre. Nos senseurs se mirent à fonctionner et relayèrent aussitôt les nouvelles données aux petites positroniques mémorielles pour qu'elles puissent être analysées plus tard.

Les deux étoiles, la rouge et la bleue, dérivaient de concert avec leur unique planète en direction du nord, le long de l'écran cristallin de la tête de l'Essaim qui se rapprochait irrésistiblement. Les forces gravitationnelles qui agissaient sur elles en provenance de la galaxie naine, ou plus précisément les distorsions provoquées par sa masse dans le champ gravitationnel de la Voie Lactée, modifiaient progressivement leurs composantes orbitales communes et les forçaient à décrire une courbe légère en direction du bouclier formé de bulles énergétiques.

Toutefois, ce phénomène n'était pas perceptible à l'œil nu, mais les senseurs fournissaient sans équivoque ces résultats. Nous arrivâmes à remarquer que même les orbites internes des composantes de ce système stellaire subissaient cette influence. La distance séparant les deux soleils augmentait, tandis que la planète était entièrement attirée par la gravitation de la géante bleue.

— Je suis heureux qu'il n'y ait pas de vie sur ce monde, Perry, remarqua Atlan, qui occupait le siège voisin du mien. Tout laisse à penser que d'ici quelques semaines, il se précipitera dans le soleil bleu.

— Les maîtres de l'Essaim vont sans doute empêcher cela dès que le système sera à l'intérieur de leur écran protecteur, s'immisça L'Émir. La précision avec laquelle ils jonglent avec les astres et les planètes est vraiment ahurissante !

Lorsque, derrière nous, le plancher se mit à trembler sous une démarche à la lourdeur retentissante, le mulot-castor pivota sur lui-même et hurla en faisant semblant d'être furieux :

— Encore une fois ce Halutien avec son idiote de chaîne ! Est-ce que tu ne pourrais pas rester là où je ne suis pas, Icho ?

Tolot se contenta de rire. Une fois de plus, j'eus l'impression que mes tympans ne résisteraient pas aux puissantes ondes sonores qu'il produisait.

— Tu n'as qu'à te téléporter dans une autre section du navire si tu as si peu le sens de ce qui est beau, L'Émir !

— Me téléporter ! se hérissa littéralement le petit. Comment puis-je me téléporter quand tu es à proximité avec ta chaîne de désabrutissement, espèce de lourdaud galactique ?

— Je t'en prie, modère ton langage ! dis-je au mulot-castor sur un ton réprobateur.

L'Ilt sourit et fit un clin d'œil à Tolot.

— Viens auprès de moi, héros de Haluta aux yeux flamboyants. Tu m'as certainement apporté une belle carotte bien rouge, hein ?

— Malheureusement, je n'ai pas réussi à dégotter la moindre carotte, L'Émir, répondit Icho Tolot. Mais en échange, j'ai quelque chose qui s'en rapproche.

Et il extirpa un radis noir de la poche de sa combinaison.

Le mulot-castor faillit s'étrangler de rage, car les radis noirs ne faisaient pas du tout partie de ses mets de prédilection. Mais avant qu'il ait pu lancer une nouvelle batterie de gros mots, le Halutien fit disparaître le radis et exhiba en échange une botte de jeunes carottes bien fraîches. Le petit refoula aussitôt sa fureur et retrouva sa bonne humeur.

La colère qu'il avait manifestée à l'encontre de la chaîne de Tolot était évidemment un faux-semblant, car il savait parfaitement que sans les pierres lumineuses de Hidden World, le Halutien serait lui aussi resté victime de la vague funeste. Le rayonnement de l'eupholite opérait sur Icho Tolot une sorte de stabilisation mentale et faisait donc de lui un immunisé. En outre, il avait un autre effet : à proximité immédiate de la chaîne, on ne pouvait utiliser aucune force parapsychique, ni télépathie, ni télékinésie, ni téléportation, pas plus que tout ce qui relevait des facultés propres aux mutants.

Après ce petit intermède, je fixai de nouveau toute mon attention sur le système du soleil double. La paroi de cristaux scintillants des boucliers protecteurs enchevêtrés les uns dans les autres s'était encore rapprochée. Elle allait certainement se recouvrir d'ici quelques minutes. Les senseurs indiquaient que de violentes éruptions affectaient la surface de la géante bleue. Des protubérances s'étendant sur plusieurs millions de kilomètres jaillissaient dans le cosmos. En revanche, sa petite compagne rouge ne manifestait pas le moindre changement.

Mentro Kosum, notre second officier émotionaute, procéda à quelques réglages sur les convertisseurs de mesures. Peu après, un écran de visualisation s'éclaira et afficha une reconstitution électronique en trois dimensions des valeurs établies par les hypertraqueurs. Tous les effets de distorsion étaient filtrés, de sorte que nous pouvions voir très nettement les deux soleils, leur planète et l'écran cristallin comme si nous en étions seulement éloignés de quelques minutes-lumière.

Peu de temps après, une anfractuosité naquit dans le bouclier cristallin. Les bords s'étirèrent vers l'avant, passèrent devant les astres jumeaux et se refermèrent ensuite progressivement. C'était d'ailleurs ce phénomène qui avait valu au bouclier la désignation d'« écran élastique ».

Une fois de plus, un système stellaire avait été incorporé à l'Essaim.

Avant que l'écran énergétique ne se soit entièrement refermé, Alaska Saedelaere appela depuis la centrale de détection pour annoncer que des mouvements se faisaient jour à un endroit situé à quinze années-lumière du champ cristallin.

— On a l'impression que d'innombrables vaisseaux spatiaux se rassemblent juste derrière l'écran, déclara-t-il.

Je le priai de suivre attentivement cet événement et de me signaler immédiatement le moindre changement perceptible.

Personne ne prononça le moindre mot à ce sujet, bien que toutes les personnes présentes se soient fait des idées à propos de cet incident.

Cinq minutes plus tard, Saedelaere se manifesta à nouveau.

— Le bouclier énergétique s'ouvre à l'endroit en question, annonça-t-il d'une voix excitée. Monsieur, nos hypertraqueurs viennent juste de signaler les premiers navires qui quittent l'Essaim.

Je me levai pour me rendre dans la centrale de détection voisine afin de suivre directement cette affaire. Atlan m'accompagna.

Nous vîmes alors la réalité reproduite électroniquement. Le champ cristallin s'était ouvert sur une distance de quatorze minutes-lumière. Des points lumineux verts signalaient les vaisseaux qui se trouvaient déjà à l'extérieur de l'écran. Sur le moniteur d'analyse apparurent des images de synthèse reproduisant les types d'unités repérés jusqu'alors. Il y en avait tellement de modèles différents que le moniteur ne tarda pas à être trop exigu pour les afficher tous.

Entre-temps, le compteur s'était mis en marche. Le nombre des navires qui étaient déjà partis avait dépassé le millier et ne faisait que croître.

Cinq minutes encore s'écoulèrent, puis le grand écran électronique s'éteignit automatiquement. Brusquement, il ne montrait plus qu'un seul modèle de vaisseau, tandis qu'une voix synthétique annonçait que huit cents engins de ce type avaient quitté l'Essaim.

— Des ruches ! chuchota Atlan.

Je lui lançai un regard interrogateur.

L'Arkonide se mit à rire bêtement.

— Je te prie de m'excuser, Perry. J'ai oublié que pour toi, les ruches ne sont que des cages plastifiées multicolores et entièrement climatisées, qui sont montées sur des plates-formes antigrav. En réalité, je ne voulais pas parler de ruches, mais de corbeilles à miel. Autrefois, vos ancêtres utilisaient effectivement des corbeilles tressées pour abriter les producteurs de miel domestiqués. Ces corbeilles avaient la même forme que les types de navires affichés sur l'écran.

Je fronçai les sourcils et tournai de nouveau toute mon attention vers le moniteur électronique. Le type de vaisseau en question avait la forme d'une coupole allongée dans le sens de la hauteur. Des flèches et des symboles lumineux indiquaient que les blocs-propulsion principaux de ces « corbeilles à miel » se trouvaient à leur base, plate et circulaire, et qu'elles naviguaient avec le côté bombé en avant.

— L'écran cristallin se referme, annonça Alaska Saedelaere. Six mille unités au total ont quitté l'Essaim, dont huit cents du type corbeille à miel. Elles volent à soixante pour cent de la vitesse luminique et sont manifestement encore en cours de formation.

Je me levai derechef.

— Nous allons voir cela de près avant que cette escadre ne soit prête à disparaître dans l'espace linéaire. Ce sont d'ailleurs surtout les corbeilles à miel qui m'intéressent.

Je donnai par hypercom des directives dans ce sens à Senco Ahrat, puis revins avec Atlan à la centrale de commandement. La *Bonne Espérance II* accéléra, plongea dans la zone de libration et réémergea quinze années-lumière plus loin dans le continuum einsteinien.

Alors que la tête de l'Essaim semblait immobile, relativement à nous s'entend, nous vîmes devant nous l'escadre composée de six mille unités. Elle s'éloignait sur l'axe de la trajectoire adoptée jusqu'alors par le conglomérat stellaire, et continua à accélérer.

Senco Ahrat me jeta un coup d'œil interrogateur. J'acquiesçai d'un simple mouvement de tête.

L'émotionaute accéléra de nouveau, et la *Bonne Espérance II* s'éloigna derechef de l'Essaim pour partir à la poursuite de l'escadre. Lorsque je me rendis compte qu'étant donné les valeurs élevées d'accélération de notre navire, nous allions rattraper les étrangers dans une demi-heure, je me rendis dans le centralcom.

Aussitôt, j'établis une liaison hypercom avec l'*Intersolaire*.

Julian Tifflor me regarda avec un grand sourire, du haut du moniteur.

— J'ai suivi des yeux votre manœuvre, Monsieur, déclara-t-il. Ainsi que l'éjection des six mille unités. Où allons-nous nous rencontrer ?

Je lui rendis son sourire.

— À une demi-minute-lumière du flanc nord-ouest de l'escadre… Dans dix minutes.

— Nous serons ponctuels au rendez-vous, assura Tifflor.

J'appelai Senco Ahrat et lui demandai de gagner le secteur en question par une brève plongée dans l'entr'espace.

Et pour terminer, je contactai le major Bossa Cova par le circuit intercom général. L'ancien armateur olympique qui nous avait rejoints à titre provisoire avait commencé par s'opposer de toutes ses forces à accepter un grade auquel il n'avait pas droit, mais j'avais réussi à le convaincre qu'il ne s'agissait là que d'une formalité limitée à la période pendant laquelle nous allions collaborer de près, et l'argument avait obtenu son accord. Il ne tarda pas à se présenter devant moi.

Je me rendis avec lui à la centrale de commandement.

— Major Cova, lui dis-je alors, j'ai une mission spéciale à vous confier.

CHAPITRE X

Récit du major Bossa Cova

Le Stellarque m'avait désigné pour remplir une mission spéciale que je devais effectuer avec le concours de L'Émir, si jamais l'événement qu'il pressentait devenait réalité.

Une fois terminés tous les préparatifs nécessaires à cette intervention, le mulot-castor et moi revînmes dans la centrale. Je constatai immédiatement qu'à la suite d'une brève manœuvre linéaire, nous avions rejoint les six mille unités éjectées de l'Essaim et que nous nous trouvions actuellement à proximité immédiate du flanc gauche de l'escadre, côté nord-ouest si l'on s'orientait d'après le plan de l'écliptique galactique.

L'Ilt ne cessait de s'agiter dans le fauteuil-contour qui ne correspondait pas du tout à sa petite taille.

— Qu'est-ce qui t'arrive ? lui demandai-je. Une abeille se serait-elle nichée dans ton pantalon, par hasard ?

En véritable soupe-au-lait qu'il avait toujours été, il souffla bruyamment de fureur.

— Tiens ! Une abeille, justement ! Est-ce que tu sais comment Atlan les appelle, ces navires en forme de coupoles, Bossa ?

Je fis semblant de l'ignorer et me contentai de secouer la tête.

— Des corbeilles à miel volantes, m'expliqua L'Émir. Comme si des abeilles pourraient vivre dans des corbeilles !

Le Lord-Amiral Atlan nous jeta un coup d'œil, toussota et finit par expliquer :

— Autrefois, les abeilles vivaient effectivement dans des corbeilles, du moins sur la Terre, et auparavant encore, elles s'abritaient dans des arbres au tronc creux.

— Va donc raconter tes fables à mon arrière-grand-père ! riposta le petit sur un ton méprisant. La Terre et les arbres creux ! Des têtes creuses, oui, il y en a assez là-bas, mais des arbres au tronc creux ! Toujours est-il que moi, je n'en ai jamais vu.

L'Arkonide se mit à rire et fit demi-tour.

Quant au mulot-castor, il eut tôt fait d'oublier ce grave débat et fixa bientôt toute son attention sur l'agrandissement de l'un des vaisseaux-ruches affiché sur l'écran de visualisation.

Décidément, le pauvre Ilt avait dû se lever du mauvais pied ce matin-là. Car il ne put s'empêcher de poursuivre la litanie de ses remarques acerbes.

— Je voudrais bien savoir pourquoi ces gars-là, dans leurs ruches, éprouvent le besoin d'éclairer la coque extérieure de leurs vaisseaux ! Est-ce que par hasard, ils cherchent à prouver par là qu'ils possèdent des stocks d'énergie supérieurs aux nôtres ?

Je scrutai à fond l'image de ce fameux navire. Il brillait en effet de toutes les couleurs du spectre, mais je ne croyais pourtant pas que cette lumière résultait d'une consommation quelconque d'énergie.

Je demandai à la positronique de me fournir les données transmises jusqu'alors et les lus à voix basse à l'attention de L'Émir.

— La coque des vaisseaux du type « corbeille à miel » est divisée en facettes hexagonales, juxtaposées les unes aux autres pour se fondre et former la surface d'un gigantesque cristal qui présente un pouvoir de réflexion très élevé. L'éclairage de ces navires provient donc de l'effet conjugué de la réflexion et de la réfraction de la lumière stellaire…

— Ce n'est pas mon avis, me contredit le mulot-castor. Il n'existe rien qui puisse refléter suffisamment fort la clarté d'étoiles situées à de nombreuses années-lumière de distance pour que la coque d'un navire brille comme un projecteur !

Avant que j'aie pu lui donner la réplique, Perry Rhodan

apparut sur le seuil de séparation entre la passerelle et le centralcom.

— Je vous prie de m'écouter tous attentivement ! s'écria-t-il. J'ai pris une décision en accord avec le maréchal solaire Tifflor, dont l'*Intersolaire* se trouve à seulement vingt secondes-lumière de nous, et je l'ai prié de faire éjecter ses chaloupes, avec pour mission de se rapprocher au maximum de l'escadre et d'en tester les réactions. Si celle-ci ne manifeste pas d'hostilité ouverte, nous nous en approcherons également.

Puis il alla s'asseoir à côté de Senco Ahrat et lui parla à voix basse.

Au même moment, L'Émir se pencha vers moi d'un air mystérieux.

— Si tu savais comme j'ai envie de me téléporter à bord de l'une de ces corbeilles à miel ! Est-ce que tu accepterais de m'accompagner, Bossa ? me demanda-t-il sur un ton suppliant.

Les sourcils froncés, je jetai un coup d'œil sur mon petit camarade. Certes, j'avais eu le temps d'apprendre à le connaître depuis que nous nous étions rencontrés pour la première fois sur *la Bonne Espérance II*, mais je me laissais toujours surprendre par ses propositions impulsives et inattendues.

— Tu sais très bien que nous avons reçu des ordres stricts, répliquai-je. Aussi n'est-il pas question de téléportation pour le moment.

— Des ordres stricts ! s'exclama le mulot-castor sur un ton plein de mépris. Les ordres sont là pour être ignorés, voyons ! Depuis quand es-tu devenu un exécutant aussi docile ?

— Depuis que je me suis placé volontairement sous l'autorité de Perry Rhodan. Quand on accepte quelque chose, on s'y tient. À propos, je me rappelle avoir entendu dire que toi aussi, pendant les opérations, tu t'étais soumis librement à son autorité !

— Par amitié, Bossa. Une amitié vieille comme le monde !

— Peu importe la raison. Il n'y a que le fait qui soit capital !

Le petit émit un léger sifflement et indiqua du doigt les indicateurs des senseurs.

— Les six mille unités continuent à accélérer. Comme si elles avaient l'intention de percer le mur du jardin d'Einstein.

J'exhalai un discret soupir.

L'Ilt avait une manière à lui de minimiser les notions scientifiques au point qu'on avait parfois l'impression d'avoir un enfant en face de soi. Alors que ses connaissances en la matière dépassaient de loin les miennes !

— Nous pourrions quintupler notre vitesse si nous le voulions, déclara Senco Ahrat. Manifestement, nos blocs-propulsion sont supérieurs à ceux de ces étrangers.

Perry Rhodan se contenta de me lancer un regard, auquel je répondis par un sourire et un signe approbateur de la tête. J'étais toujours aussi surpris chaque fois que je constatais comme il fallait peu de mots pour se faire comprendre de ce Terranien. Dans certains cas, j'avais même l'impression qu'il suggérait ses propres pensées à son interlocuteur.

L'écran de visualisation de l'intercom qui se trouvait en face du Stellarque s'éclaira. Je reconnus aussitôt le visage de Joak Cascal.

— Le maréchal solaire vient d'annoncer que ses chaloupes étaient arrivées à une distance d'une seconde-lumière et demie de l'escadre. Il n'y a pas eu la moindre réaction hostile jusqu'à présent.

— Merci, dit Rhodan avant de se tourner vers le commandant du navire. Mettez, s'il vous plaît, le cap sur un point à trois secondes-lumière pour l'instant.

L'émotionaute approuva en silence.

Peu après, la *Bonne Espérance II* obliqua de quelques degrés à tribord et accéléra de toute sa puissance. L'escadre se rapprocha. On ne pouvait pas voir sur l'écran panoramique les cinq mille deux cents unités de constructions diverses ; en revanche, la brillance des vaisseaux-ruches augmenta notablement. Nous avions l'impression de voler vers un nuage de gaz lumineux. Mais peu à peu, plus nous réduisions l'allure, plus l'image se diluait en d'innombrables points lumineux.

Puis la *Bonne Espérance* vira encore une fois pour se placer parallèlement à l'escadre, à une vitesse de quatre-vingt-cinq pour cent de celle de la lumière. Comme nous nous étions ajustés à la sienne, nous restions au même niveau.

— Nous ferions mieux de dresser nos écrans protecteurs, Rhodanos ! tonna la voix d'Icho Tolot depuis le fond de la salle. S'ils nous attaquent à l'improviste, nous sommes perdus et à cette allure ajustée, quatre-vingt dix-neuf pour cent de la vitesse luminique ne pourraient même pas nous protéger des salves radiantes !

— Tu as raison, Tolotos, concéda le Stellarque. Mais il faut d'abord que je sache où les chaloupes de l'*Intersolaire* en sont de leur mission. (Il brancha l'intercom en liaison avec le centralcom.) Cascal, je vous prie, demandez au maréchal solaire Tifflor ce que ses chaloupes ont observé entre-temps !

Joak Cascal confirma la bonne réception du message, et rappela une demi-minute plus tard.

— Quinze unités du type corvette se sont avancées à travers l'escadre à quatre-vingt-seize pour cent de la vitesse de la lumière, tandis que les autres se replient lentement.

Rhodan ne put s'empêcher de siffloter entre ses dents.

— Tiff ne manque pas d'audace, murmura-t-il comme pour lui tout seul.

— Pas tellement ! jeta Cascal avec un sourire. Les chaloupes volent à neuf pour cent plus près du seuil luminique que les nefs de l'escadre, ce qui rend impossible une visée précise.

Perry approuva d'un signe de tête avant de compléter :

— Pour les quinze audacieux, non, mais pour nous, si !

Il se pencha en avant et pressa les touches commandant les trois écrans protecteurs différents de la *Bonne Espérance II*. Le bouclier énergétique normal, celui à surcharge de haute énergie et le champ paratronique se dressèrent dans un vacillement général.

Sur les moniteurs de la galerie panoramique, les points lumineux des navires-ruches pâlirent. Par contre, à l'endroit où devaient se trouver les autres unités de l'escadre, d'innombrables taches éblouissantes scintillaient.

Au même instant, un orage énergétique d'une ampleur

effroyable se déchaîna dans les écrans protecteurs de notre vaisseau, qui fut violemment secoué ; les sirènes d'alarme se mirent à hurler, et les signaux d'avertissement flamboyèrent sur tous les panneaux de contrôle.

Senco Ahrat réagit à la vitesse de l'éclair. La *Bonne Espérance* accéléra au maximum de ses capacités.

L'Émir et moi, nous n'attendîmes pas ce qui allait se passer. À présent, le moment était venu d'agir. Après que le Halutien, qui avait été initié, eut quitté à toute allure le poste central, je saisis le bras du mulot-castor.

Celui-ci se téléporta aussitôt.

Nous nous rematérialisâmes dans la cabine de pilotage d'une *Gazelle* parée à appareiller, prîmes place devant le pupitre de commande et pressâmes les touches déclenchant le départ.

Le panneau du hangar se démasqua sous nos yeux, puis l'aviso fut catapulté dans le cosmos et j'activai les blocs-propulsion.

Devant nous, les éclairs lumineux se succédaient partout sans interruption, et derrière nous, la *Bonne Espérance II* réussit à s'échapper de l'enfer de feu de l'ennemi.

Pour nous deux, la mission avait commencé.

***

Comme nous ne tardâmes pas à désactiver les blocs-propulsion, nous échappâmes aux détecteurs adverses. Étant donné la vitesse que nous avions pour ainsi dire héritée de l'ultracroiseur, nous étions un peu plus rapides que l'escadre. Mais peu à peu, elle rattrapa néanmoins son retard.

— Ils continuent à accélérer, constata L'Émir après avoir jeté un coup d'œil sur les contrôles. Dans quinze secondes environ, nous allons devoir également forcer l'allure si nous ne voulons pas rester en arrière.

— Eh bien, nous allons accélérer, voilà tout, ripostai-je simplement.

Le mulot-castor me lança un regard inquisiteur. Je lui souris.

— Non, petit, rassure-toi, j'ai une peur bleue. Mais ce que nous osons faire, nous le faisons pour l'Humanité tout entière, et elle est certainement plus importante que nous.

— Et plus importante que n'importe quel ordre ! compléta l'Ilt sur un ton énigmatique.

Si nous réactivions nos blocs-propulsion à une telle proximité des unités de l'Essaim, cela n'échapperait certainement pas aux appareils de détection ennemis. Non seulement nous nous trouverions alors en grand danger, mais cela nous forcerait sans doute à mettre un terme à notre mission.

Alors que si nous nous glissions parmi les vaisseaux-ruches, notre signature énergétique serait certainement couverte par les puissantes émissions radiatives des navires ennemis. En outre, perdus au milieu de l'escadre, nous pourrions obtenir des résultats de mesures encore plus précis qu'à l'extérieur.

Restait une question : comment parvenir à pénétrer à l'intérieur des rangs étrangers sans nous trahir en activant nos blocs-propulsion ?

Lorsque l'idée salvatrice me vint enfin, je ne pus m'empêcher d'éclater de rire. L'Émir fixa sur moi un regard soupçonneux.

— Cette fois, les derniers boulons de ton cerveau se sont dévissés ou quoi ? s'enquit-il.

Sa façon de voir les choses pouvait vraiment décontenancer n'importe lequel de ses interlocuteurs.

Au lieu de répondre à cette question digne du mulot-castor, j'activai les pompes de compression de notre grand réservoir d'eau et j'attendis que la pression intérieure soit montée jusqu'à cinquante atmosphères. Puis, par l'intermédiaire d'une télécommande, j'ouvris les bouches des conduites d'aspiration extérieure situées à bâbord.

— Qu'est-ce que tu fabriques ? grogna L'Émir. Est-ce que par hasard tu as l'intention d'arroser le cosmos ?

Il regarda l'indicateur de trajectoire et écarquilla les yeux.

— Tu as rejeté de l'eau pour changer notre cap ? demanda-t-il encore, incrédule. Et ça, à une vitesse voisine de celle de la lumière ?

— Comme tu vois, ça fonctionne très bien, ripostai-je. Certes, la poussée est minimale, comparée à celle de nos blocs-propulsion, mais elle nous place tout de même sur une trajectoire qui mène progressivement vers la formation adverse. Et surtout, les détecteurs d'énergie des étrangers ne peuvent pas réagir à l'eau.

Le mulot-castor faillit s'étrangler avec sa salive.

— Par toutes les comètes et les météores ! Quand je raconterai ça à Perry ! s'exclama-t-il en ricanant. Transformer un aviso en un missile hydropropulsé ! C'est vraiment le comble !

Il se gratta la nuque.

— Non, après tout, ce n'est pas tellement aberrant. Je parie que le chef aurait eu la même idée démentielle s'il s'était trouvé à bord de cette *Gazelle* !

Plutôt que de réagir, je concentrai de nouveau toute mon attention sur les senseurs. Entre-temps, nos adversaires avaient atteint la même allure que nous. Cependant, au lieu de continuer à accélérer, comme je m'y attendais, les unités désactivèrent brusquement leurs systèmes propulsifs.

L'Émir balaya les fréquences radio pour trouver celle de l'adversaire, mais il n'obtint aucune liaison hypercom. En revanche, une voix faible devint perceptible. Elle s'exprimait en intergalacte.

L'Ilt augmenta le volume du haut-parleur et le son finit par emplir la cabine de pilotage du vaisseau discoïdal.

— … sommes sortis au sud-est de la formation ennemie sans qu'on ait tiré sur nous. (Il ne pouvait s'agir que d'un hypermessage envoyé par le détachement de corvettes de l'*Intersolaire* qui avait traversé en vol l'armada des six mille unités.) Après cela, cinq cents vaisseaux se sont détachés du groupe pour nous prendre en chasse. Ils ont alors coupé leur accélération, sans doute pour attendre les navires qui nous poursuivent.

— Ici Tifflor ! retentit la voix du maréchal solaire. Repliez-vous sans combattre ! Votre mission est terminée. L'*Intersolaire* attend à une heure-lumière de la tête de l'escadre. Terminé.

— Dommage que nous ne possédions pas quelques milliers de grosses unités dotées d'équipages sains d'esprit, dis-je en guise de commentaire. Avec l'infériorité technique des vaisseaux de l'Essaim, nous devrions pouvoir provoquer une sacrée confusion !

— Tu voudrais conseiller de lancer une attaque massive, Bossa ?

Je secouai la tête.

— Non, petit, seulement des manœuvres perturbatrices bien calculées. Nous serions déjà contents si nous pouvions forcer le conglomérat stellaire à modifier le cap qu'il a adopté jusqu'à présent. Cela devrait nous suffire. Mais à quoi bon ce genre de réflexions ? Nous ne serions même pas en mesure d'équiper sommairement cent croiseurs !

L'Émir se prépara à dire encore quelque chose puis il garda finalement le silence car au même moment, ce fut à notre tour de pénétrer au sein de la formation adverse. Des vaisseaux-ruches lumineux glissaient de tous les côtés. Les caractéristiques relevées indiquaient que chaque unité mesurait huit mille mètres de longueur et quatre mille de diamètre dans sa section arrière légèrement arrondie. Nos détecteurs révélaient chez elles une forte activité énergétique intérieure.

— L'occasion est plus favorable que jamais encore, murmura mon petit compagnon. D'étranges et innombrables impulsions mentales jaillissent de ces corbeilles à miel. Déconcertantes, mais pas hostiles. Qu'est-ce que Perry trouverait à redire à un petit saut de reconnaissance ?

Je me mis à réfléchir.

L'occasion était effectivement favorable. Si nous réussissions à explorer directement l'intérieur d'une de ces curieuses unités, nous rassemblerions à coup sûr de précieuses informations.

Un seul point me faisait hésiter.

— Il faudrait que nous abandonnions l'aviso, déclarai-je. Cela signifie que tu devras immédiatement nous ramener ici dès que la formation adverse recommencera à accélérer.

— Pas si je saute seul.

— Ce serait trop dangereux, L'Émir. Nous ne savons pas

ce qui t'attend à bord de ce vaisseau. Il y a peut-être des dangers dont même un multimutant comme toi ne viendra pas à bout. Quoi qu'il en soit, une chose est certaine, nous nous téléporterons ensemble !

— Je crois que j'ai trouvé une solution, reprit le mulot-castor. Il suffit que nous programmions le pilotage automatique de manière à ce qu'il se désactive quand les navires accéléreront.

— Et s'ils plongent dans l'espace linéaire ?

— Notre *Gazelle* sera tout aussi capable de les suivre si nous établissons une interconnexion entre le traqueur linéaire et le pilotage automatique.

Cette idée me fascina, et j'écartai aussitôt tous mes scrupules. Pendant que L'Émir réglait l'interconnexion, je m'occupai du pilotage automatique. Désormais, l'aviso suivrait l'escadre adverse jusqu'à ce que nous désactivions la séquence du programme spécial. Bien entendu, il pouvait malgré tout survenir des complications qui aggraveraient la poursuite, ou même la rendraient impossible, mais ni le mulot-castor ni moi ne voulions plus reculer à présent.

L'Ilt arbora son incisive. Nous refermâmes nos casques, puis je pris le bras du petit téléporteur…

La dématérialisation et la rematérialisation s'effectuèrent pratiquement au même instant. Alors que nous étions encore dans la cabine de pilotage de notre chaloupe, nous surgîmes dans une coursive étroite et basse. À quelques millimètres près seulement, mon casque arrondi aurait touché le plafond lumineux rouge.

— Hum ! Il règne ici une bonne atmosphère oxygénée, constata le mulot-castor en repoussant aussitôt le sien sur la nuque.

Je l'imitai, car cela nous permettait de communiquer directement.

Pendant un moment, nous restâmes là immobiles, épiant les multiples rumeurs qui parvenaient jusqu'à nous, le ronronnement de puissants réacteurs énergétiques, le bourdonnement de champs directionnels, divers sons sourds et indéfinissables et le bruit d'innombrables pas. En plus, nous percevions également sans cesse des bruissements et des sifflements.

L'Émir ouvrit la bouche. Son incisive apparut dans toute sa splendeur.

— Les Petits Pourpres silencieux, zézaya-t-il tout bas. Je les reconnais à leurs schémas mentaux caractéristiques !

Je savais ce qu'il voulait dire en parlant de « Petits Pourpres silencieux ». Il s'agissait de membres d'un peuple d'esclaves qui accomplissaient toutes sortes de travaux pour le compte des maîtres de l'Essaim. Ils avaient, paraît-il, des us et coutumes plutôt répugnants et ne possédaient pour ainsi dire aucun instinct de conservation.

Ma main droite s'ouvrit contre ma volonté. Télékinésie. Quelque chose de froid et de dur se pressa dans ma paume. J'y jetai un coup d'œil et aperçus un objet de forme presque ovoïde, fait d'un matériau indéfinissable, qui se terminait en pointe d'un côté et possédait au-dessous un court tuyau. De nombreux petits trous étaient creusés dans toute sa surface.

J'interrogeai L'Émir du regard.

— Qu'est-ce que c'est que ce truc, et à quoi peut-il me servir ?

Il arbora un sourire conspirateur.

— C'est une ocarina, Bossa. Je l'ai empruntée à la collection d'instruments d'Arnulf Jensen.

Je restai interdit.

Le docteur Arnulf Jensen était un immunisé, médecin à bord de la *Bonne Espérance II*. Il possédait une riche collection d'instruments de musique datant de l'ère précosmique et dont il n'avait jamais voulu se séparer.

— Très bien. Ainsi, tu la lui as « empruntée » ? Mais moi, qu'est-ce que je vais en faire ?

— T'en servir, bien sûr. Je t'ai entendu une fois jouer de ton saxophone. C'était très beau ! Ces deux instruments se ressemblent : il suffit de souffler au bon endroit en bouchant les bons trous au bon moment.

Je ne pus m'empêcher d'éclater de rire.

— À t'en croire, L'Émir, tout paraît tellement simple ! Pourquoi n'en joues-tu pas toi-même ?

— Parce que l'anche heurte sans cesse mon incisive. On peut dire qu'aujourd'hui, tu es particulièrement dur de la feuille ! Allons, essaie un peu de jouer de l'ocarina. Pour éviter que les Petits Pourpres ne nous tordent le cou, il faut que tu les calmes avec de la musique.

C'était bien ce que je m'étais dit après m'être rappelé que cette spécialité des Pourpres avait déjà été évoquée une fois dans un rapport.

Je portai donc l'anche à la bouche et soufflai. Mes doigts glissèrent sur les trous. Pendant quelques minutes, les coulisses sonores du vaisseau s'enrichirent d'affreuses dissonances, mais je ne tardai pas à comprendre ce qu'on pouvait tirer de l'ocarina. Je jouai le « Chant du Petit Soleil Rouge », un des airs préférés des Libres-Navigants.

L'Émir applaudit avec enthousiasme.

— Tu vois, c'est bien ce que je te disais ! Il suffit de souffler au bon endroit et de boucher les bons trous au bon moment !

— Tu as raison… comme toujours ! déclarai-je non sans ironie, en guise de commentaire. Et maintenant, allons faire un petit tour du propriétaire. Je ne suis pas venu ici uniquement pour jouer de l'ocarina.

— Tiens-la fermement, murmura l'Ilt en saisissant ma main libre.

Nous nous dématérialisâmes et nous retrouvâmes dans un autre secteur du navire-ruche.

Des créatures d'environ un mètre cinquante et à la peau purpurine passèrent en hâte devant nous. Soudain, ils donnèrent l'impression de sentir que des étrangers étaient apparus. Ils s'arrêtèrent brusquement et nous fixèrent de leurs gros yeux.

— Joue ! me chuchota le mulot-castor à l'oreille.

Je levai mon instrument et entonnai le « Chant du garçon qui rêve de voler parmi les étoiles ». Les Petits Pourpres s'agitèrent et manifestèrent une certaine inquiétude. Ils étaient vêtus avec parcimonie, de sorte que nous pouvions voir nettement leur épiderme qui, à vrai dire, n'était pas une peau au sens habituel du terme mais une surface couverte de nombreuses plaquettes cornées de couleur rouge qui se chevauchaient. Quand ces créatures bougeaient, on distinguait sous la corne le jeu de leurs muscles puissants. Sur leurs crânes ronds et brillants poussaient de longues tresses de cheveux de teintes variées. Chacune de leurs mains possédait sept doigts armés d'ongles durs et longs qui avaient l'air d'être autant de poignards tranchants.

Les Pourpres s'avancèrent à pas lents vers nous. De toute évidence, ils étaient fascinés par le jeu de l'ocarina. Par contre, moi, je ne me sentais pas du tout à l'aise dans ma peau. Ces esclaves d'un peuple de seigneurs et de conquérants inconnus avaient une tâche précise à remplir, comme le prouvait la hâte que nous avions observée dans leurs déplacements avant qu'ils ne nous aient découverts. S'ils négligeaient leur travail pendant un temps assez long, cela finirait par éveiller des soupçons.

Soudain, les Petits Pourpres tressaillirent. Ils s'immobilisèrent et murmurèrent quelque chose qui ressemblait à « Y'Xanthymona ». Puis ils firent volte-face et s'éloignèrent en toute hâte.

— Joue moins fort ! murmura le mulot-castor en me tirant par le bras et en suivant les étrangers.

Nous aboutîmes dans une halle traversée par dix-huit bandes transporteuses en activité. Elles étaient bondées de récipients à la brillance argentée que les esclaves soulevaient et emportaient ailleurs. D'autres Pourpres revenaient sans interruption, les bras chargés de récipients qui étaient manifestement vides et qu'ils déposaient sur les tapis roulants. Ils ne cessaient de jeter les yeux sur nous mais ne s'arrêtaient plus pour écouter la musique.

Le mulot-castor m'entraîna plus loin. Bientôt, nous nous heurtâmes à une paroi métallique, verticale et rectangulaire, qui était constituée d'un nombre infini de tubes hexagonaux. Des Petits Pourpres grimpaient à toute allure sur des échelons et des passerelles et en descendaient tout aussi vite. Je les vis s'arrêter devant chacune des embouchures de tubes et pulvériser dans les ouvertures le contenu de leurs récipients à l'aide de tuyaux flexibles à l'extrémité en forme d'entonnoir. Il s'agissait d'une émulsion blanchâtre.

— Des rayons de miel ! souffla L'Émir, tout excité. Ces tubes hexagonaux ne sont rien d'autres que de gros rayons de miel !

C'est à peine si je l'entendis, car j'étais fasciné par ce qui s'agitait dans les rayons inférieurs que je pouvais distinguer. Je clignai des yeux car leurs occupants – au cas où, d'ailleurs, il s'agissait bien de créatures vivantes – émettaient une vive lueur jaune ocre qui m'aveuglait.

Lorsque je vis l'Ilt replacer son casque devant sa figure, je l'imitai aussitôt. Le filtre automatique atténuait la clarté violente. Néanmoins, je ne distinguai plus qu'un bouillonnement informe de couleur ocre. La masse se solidifiait chaque fois qu'un Pourpre pulvérisait la pâte blanchâtre dans les tubes.

— Les récipients contiennent à coup sûr une émulsion nourrissante, murmurai-je. Est-ce que tu arrives à distinguer l'aspect physique des créatures que l'on alimente de cette manière, L'Émir ?

Le petit soupira.

— Malheureusement, non. Et si je tentais d'attirer un de ces rayons à la lumière par télékinésie ?

— À ta place, je m'en abstiendrais, répondis-je.

— De toute façon, on ne m'en laisserait même pas le temps, ajouta-t-il d'une voix changée.

Il avait tourné la tête vers la droite. Je suivis son regard et découvris un groupe de Pourpres qui se frayaient un passage à travers la fourmilière de leurs collègues tandis qu'eux vagabondaient sans discontinuer. Les nouveaux venus traînaient avec eux un objet cylindrique d'un mètre de longueur environ, constitué d'un métal brillant, sur lequel étaient alignés des disques de grandeurs variées à des endroits divers.

C'était sans aucun doute possible vers nous qu'ils se dirigeaient, mais nous n'avions aucune envie d'attendre pour découvrir ce qu'ils avaient l'intention de faire de nous.

L'Émir eut une seconde d'hésitation. Il se demandait certainement s'il allait procéder par télékinésie contre cette troupe armée. Puis il se décida à saisir ma main et à se téléporter avec moi.

Nous nous rematérialisâmes dans une étroite coursive. Des Petits Pourpres passèrent devant nous en courant. Lorsqu'ils s'arrêtèrent et se tournèrent vers nous, je repris mon ocarina. Cette fois-ci encore, la musique fit son effet souhaité. Mais au bout d'une demi-minute à peine, des créatures armées apparurent aux deux extrémités du couloir. Elles levèrent leurs armes en forme de tubes. De longues colonnes de feu jaillirent des bouches et consumèrent quelques-uns des Pourpres qui nous entouraient. Les autres se dispersèrent en poussant des hurlements.

Le mulot-castor me saisit derechef par la main et de nouveau, nous surgîmes dans une autre partie du navire. Cette fois-ci, nous ne nous y arrêtâmes pas. Sans nous concerter, nous avions compris que les intelligences qui régnaient à bord nous avaient identifiés comme étant des intrus et agissaient en conséquence. Mais c'était la première fois que nous avions eu l'occasion de voir apparaître des créatures armées devant la paroi de l'appareil, aussi supposai-je d'emblée que les occupants jaune ocre des rayons étaient les mêmes que ces intelligences dominatrices.

Encore une fois la couleur jaune !

Nous ne cessâmes de sauter dans tous les sens à travers le vaisseau, ce qui nous permit d'obtenir peu à peu une idée assez précise de son infrastructure intérieure. Outre le secteur des propulseurs, il était principalement constitué d'une accumulation de vastes blocs, qui étaient eux-mêmes formés de nombreuses alvéoles. En nous appuyant sur cette vue d'ensemble, nous pourrions calculer plus tard le nombre de blocs et d'alvéoles que possédait le navire.

Pendant ce temps, la poursuite contre nous s'était de mieux en mieux organisée. Force fut à L'Émir de se téléporter à des intervalles de plus en plus brefs. Mais nous ne pouvions pas encore quitter le bord car, au cours de l'un de nos sauts dans le secteur des blocs-propulsion, nous avions constaté la présence d'un énorme appareil qui fonctionnait à plein rendement et correspondait peu ou prou au convertisseur waringer terranien.

Le vaisseau-ruche naviguait actuellement dans l'espace linéaire.

— Pourvu qu'ils ne s'y attardent pas éternellement ! murmura l'Ilt lors de l'une de nos téléportations suivantes.

Il commençait à manifester des symptômes visibles d'épuisement.

Néanmoins, force nous fut de sauter encore une fois quelques secondes plus tard.

— Tout ce que j'espère, c'est que notre *Gazelle* n'ait pas été semée n'importe où ! déclarai-je après notre dernière rematérialisation.

Le mulot-castor s'évapora au moment où une troupe de Pourpres armés tournait le virage tout proche, revenant en direction du convertisseur linéaire. Nous poussâmes tous deux un soupir de soulagement en constatant que celui-ci était maintenant désactivé !

— Cette fois, nous rentrons chez nous pour de bon ! s'écria L'Émir d'un air triomphant.

Ce fut à mon tour de lui prendre le bras – et au même instant, nous nous retrouvâmes dans la cabine de pilotage de notre chaloupe. Elle continuait à planer parmi les vaisseaux-ruches lumineux. Mais la formation était en cours de dislocation.

En face d'elle – et de nous – brillait un soleil jaune de la taille d'une cerise.

— Je crains fort que nous ayons encore un long chemin à parcourir avant de rentrer chez nous pour de bon ! dis-je simplement.

*
* *

Récit de Perry Rhodan

Lorsque, dix minutes plus tard, la formation adverse accéléra de nouveau puis plongea dans l'espace linéaire, L'Émir et le major Cova n'étaient toujours pas revenus à leur point de départ.

Je donnai l'ordre à Julian Tifflor de rester dans le continuum einsteinien avec l'*Intersolaire* et d'envoyer toutes les chaloupes, avisos et chasseurs *Foudre* disponibles à la recherche des deux disparus. Nous plongeâmes donc à notre tour dans la zone de libration à la poursuite de l'escadre en question.

Notre traqueur linéaire découvrit presque immédiatement les six mille vaisseaux. Ils volaient seulement à cent mille fois la vitesse de la lumière en direction du nord-est galactique.

Mais déjà au bout de trois années-lumière de vol supraluminique, les unités adverses réémergèrent dans l'espace normal. La *Bonne Espérance II* partit aussitôt à leur poursuite, et nos détecteurs découvrirent en face de nous un petit soleil jaune escorté par trois planètes. Ce système était de toute évidence la destination de la formation des Petits Pourpres.

Pour le moment, il est vrai, ce détail ne m'intéressait pas autant que le sort de L'Émir et de Bossa Cova. Ma seule consolation était que nous n'avions pas mesuré d'émissions énergétiques en provenance d'armes radiantes avant la manœuvre linéaire, ce qui signifiait à coup sûr qu'il n'y avait pas eu de combat.

Une main se posa doucement sur mon épaule et je tournai la tête.

— Ne te fais pas de souci, Perry, le petit ne va pas tarder à réapparaître, me dit Atlan. Il n'y a pas eu de bataille, par conséquent leur *Gazelle* n'a pas pu être détruite.

— C'est bien ce que je pensais. Mais alors, pourquoi ne donnent-ils pas signe de vie ?

L'Arkonide préféra ne pas répondre à cette question évidente. Il pianota sur le distributeur automatique de boissons, prit deux gobelets de café et m'en tendit un.

— Tiens, voilà de quoi te réchauffer l'estomac, déclara-t-il avec un sourire. Tu as l'air frigorifié.

Il ne se trompait pas. Je me sentais complètement gelé à l'intérieur, tellement je craignais le pire pour L'Émir et Cova. Pour le petit mulot-castor surtout, auquel j'étais si profondément attaché que j'osais à peine imaginer une vie sans lui. Je me reprochais amèrement de l'avoir catapulté en plein dans cette formation dangereuse afin d'obtenir encore plus d'informations et des renseignements plus précis.

Alaska Saedelaere m'appela par intercom.

— La destination probable de l'escadre adverse doit être la deuxième planète du système stellaire inconnu, Monsieur, déclara-t-il. Les navires-ruches ont mis exactement le cap vers elle, pendant que les autres unités se déployaient en tirailleurs.

Je le remerciai et me tournai ensuite vers Mentro Kosum, notre deuxième officier émotionaute.

— Avez-vous déjà obtenu des renseignements sur le système aux trois planètes, Kosum ?

Il secoua la tête en signe de dénégation.

— Le catalogue ne fait guère preuve de générosité. Il ne le mentionne que comme un système inconnu, et mon cerveau me dit que la base de données ne peut pas se tromper.

— Votre cerveau se perd dans l'improbable, lança Senco Ahrat non sans ironie. Pourquoi ne fait-il pas pour une fois une œuvre utile en cessant tout travail ? La différence avec la situation actuelle devrait être à peine perceptible !

L'Étrusien sourit.

— Contrairement au vôtre, il ne se laisse pas troubler par des bavardages stupides.

— Je vous en prie, Kosum ! intervins-je sur un ton réprobateur. Mettez au moins un frein à vos remarques jusqu'à ce que nous sachions ce que L'Émir et Cova sont devenus !

Mentro retrouva son sérieux.

— Bien entendu, Monsieur. Puis-je me permettre de faire une proposition ?

— Allez-y !

Il toussota avant de reprendre la parole.

— Tel que je connais le petit, il aura suivi l'escadre adverse dans l'espace linéaire. Étant donné que d'après les derniers résultats de la détection, la formation des huit cents vaisseaux-ruches se relâche, c'est peut-être là que nous devrions rechercher leur aviso.

Je réfléchis un instant, puis secouai la tête.

— La proposition est bonne. Mais si nous nous dirigions

vers l'escadre, je craindrais que nous n'entraînions là-bas aussi les unités armées de l'escorte, ce qui ferait peut-être découvrir plus sûrement la chaloupe. Non, attendons encore un peu.

Je bus mon gobelet de café puis me rendis dans la centrale de détection. Dès mon entrée, Alaska Saedelaere se tourna vers moi.

Il me désigna du doigt un indicateur de données.

— La planète numéro deux est un monde analogue à la Terre, Monsieur. Diamètre équatorial : treize mille quatre cent treize kilomètres. Durée de rotation : trente et une heures virgule soixante et onze. Gravitation : un virgule cent trois g. Bonne atmosphère oxygénée, climat chaud et humide. Elle possède trois vastes continents et de nombreux archipels au milieu de ses océans. Les analyses spectrales indiquent une végétation luxuriante. Peut-être même s'est-il développé là-bas une vie intelligente ?

Du coup, j'oubliai pendant quelques instants mes soucis relatifs à L'Émir et à son compagnon. Je me sentais tout excité à la pensée que des créatures douées de raison pouvaient vivre sur la deuxième planète du soleil jaune. Et la certitude que ces êtres étaient promis à un destin effroyable m'attristait, car je réalisais une fois de plus notre impuissance vis-à-vis de l'Essaim.

Allions-nous devoir assister un jour ou l'autre, tout aussi impuissants, à l'engloutissement du Système de Sol par cette funeste galaxie naine ?

— Un faible écho de détection ! annonça Saedelaere, à bout de souffle. Il s'échappe du centre de l'escadre des vaisseaux-ruches.

— Ce pourrait être notre chaloupe !

J'appelai Ahrat, lui annonçai ce que la section de repérage avait découvert et lui donnai l'ordre de voler à la rencontre de cet écho lumineux. Entre-temps, les détecteurs avaient accroché un groupe de cent navires qui se détachaient de l'une des formations d'escorte et mettaient le cap vers les navires-ruches.

Ma supposition se muait en certitude.

Je revins dans la centrale de commandement et ordonnai à Ahrat d'accélérer au maximum tout en tenant ouvert le panneau d'accès au hangar des chaloupes. De sa propre initiative, Mentro Kosum activa la commande des faisceaux de transport.

Notre vol prit l'allure d'une véritable course contre la montre avec les unités ennemies. Ce furent nos blocs-propulsion, supérieurs aux leurs en puissance, qui décidèrent de son issue à notre avantage. Quarante-cinq secondes avant d'atteindre l'escadre des vaisseaux-ruches, nous éjectâmes la chaloupe. Puis Senco Ahrat dirigea la *Bonne Espérance II* à vitesse élevée par-dessus la formation adverse. Aussitôt, les chasseurs firent demi-tour, car ils s'étaient vite rendu compte qu'ils ne pourraient pas nous rattraper.

Peu après, l'Ilt se rematérialisa avec Bossa Cova dans le poste central. Le mulot-castor exhibait son incisive dans toute son ampleur, ce qui était toujours chez lui un symptôme de bonne humeur.

— Officier spécial L'Émir, de retour d'une opération de reconnaissance effectuée avec succès, déclara-t-il. Nous avons pénétré dans l'une des corbeilles à miel. Qu'est-ce que tu dis de ça ?

— Que vous avez agi à l'encontre de mes ordres, répondis-je d'une voix sévère. À cause de votre désobéissance, Tiff a été obligé de rester en arrière avec l'*Intersolaire* pour rechercher votre aviso.

— Eh bien, il pourra chercher longtemps ! Ne me dites pas que vous vous êtes fait du souci pour nous !

— Pas le moins du monde, ripostai-je. À celui qui se jette inutilement dans le danger revient le devoir de s'arranger pour en sortir tout seul !

J'appelai Cascal et lui intimai de joindre Tifflor pour lui annoncer que le petit et le major Cova avaient été récupérés, et lui demander aussi de faire réapponter ses chaloupes puis de nous suivre.

Ensuite seulement, je priai les deux voyageurs téméraires de me faire leur rapport. Il va de soi que ce fut L'Émir qui s'en chargea, et il ne manqua pas d'enjoliver comme bon lui semblait son récit des événements. Il parla de la découverte des blocs à structure alvéolaire, des cellules peuplées d'occupants indéfinissables, des Petits Pourpres silencieux et de la chasse que l'on avait entreprise contre lui et Cova. L'armateur fournissait de temps à autre quelques détails complémentaires.

Cela terminé, nous fîmes des calculs pour obtenir une vue d'ensemble concernant l'ordre de grandeur du volume intérieur d'un vaisseau-ruche. Il s'avéra que chaque unité contenait exactement deux mille gros blocs équipés chacun de deux mille alvéoles hexagonales, ce qui donna un total de quatre millions par navire.

Comme tout laissait à penser que chaque alvéole hébergeait l'une des créatures lumineuses jaune ocre, le nombre total pour les huit cents « nefs-corbeilles à miel » s'élevait à environ trois milliards deux cents millions !

Trois milliards deux cents millions !

Quand je pensais qu'une escadre de huit cents navires, comparée à l'Essaim tout entier, n'était pas plus grosse qu'un grain de sable par rapport à une planète, je n'avais pas de mal à imaginer qu'il y avait encore des milliards de vaisseaux-ruches au sein de cette galaxie naine.

Cela me fit froid dans le dos.

Si un jour toutes ces unités-ruches venaient à se déployer, il se répandrait un flot d'envahisseurs dans notre Voie Lactée en face desquels, rétrospectivement, les hordes de Gengis Khan faisaient l'effet d'un petit groupe de promeneurs du dimanche…

CHAPITRE XI

Récit du capitaine Hyks Vantolier

Je fermai soigneusement les bordures magnétiques de mon spatiandre de combat, bouclai le ceinturon portant mes armes et hésitai un instant avant d'enfouir ma flûte dans l'une des poches extérieures.

Il y eut un déclic dans l'écouteur du microcom du spatiandre, puis Mincos Polata se présenta.

— Si vous êtes prêt, Vantolier, nous nous retrouvons dans le hangar.

— Je suis prêt, major, répondis-je. Terminé.

Il suffit du mot « Terminé » pour que l'appareil se débranche automatiquement.

Perdu dans mes pensées, je ne pus m'empêcher de sourire.

Lorsque j'entrai dans le hangar en question, le major Polata sortit la tête du panneau grand ouvert du triscaphe pour me demander d'un air impatient où je m'étais caché.

Ma physionomie lui révéla immédiatement que mon retard était dû à mes habituelles méditations. Il prononça quelques mots inintelligibles et rentra la tête.

Quant à moi, je grimpai dans le véhicule et pris place à côté de lui, qui s'était déjà installé aux commandes de pilotage.

— Pourvu que les autochtones restent tranquilles ! dit-il. Il me serait très désagréable que nous soyons engagés dans une bataille.

— Nous ne sommes pas obligés de tirer sur eux, répliquai-je. C'est d'ailleurs la raison pour laquelle nous avons pris le triscaphe équipé du générateur paratronique. Les armes des

Plostas sont assurément sans effet contre un écran de cette espèce !

Polata sourit et dirigea le blindé polyvalent à travers le panneau ouvert du hangar.

— Bien sûr que non ! Notre situation est celle d'un homme dépourvu d'appareil antigrav qui saute du centième étage d'un immeuble. Pendant sa chute, il ne lui arrive strictement rien. C'est seulement à l'arrivée que ça devient dangereux. Il en est de même pour nous. Il ne nous arrivera rien non plus tant que nous roulerons ou que nous naviguerons. C'est seulement quand nous descendrons de notre engin que notre situation virera au critique.

— Cette comparaison est trop macabre à mes yeux. Si vous préférez ne pas prendre de risque, nous aurions tout aussi bien pu rester à bord du vaisseau. À moins, peut-être, que vous n'ayez l'intention d'explorer les ruines depuis le triscaphe ?

Mincos Polata se mit à rire et posa la main sur mon avant-bras.

— C'est bon, Vantolier. Manifestement, ce matin, vous vous êtes levé du pied gauche. À partir de maintenant, je mettrai des gants pour vous parler.

En fait de parler avec des gants, nous effectuâmes la suite du voyage dans un silence total. Le pilote fit atterrir le triscaphe dans la clairière, auprès du bâtiment en forme de tour. Nous attendîmes en scrutant minutieusement l'environnement avec les analyseurs de fréquences individuelles. Mais pas un seul Plosta ne montra le bout de son nez.

Après avoir déchargé nos appareils, nous étayâmes le reste de la galerie par mesure de précaution, ainsi que le plafond de la salle des moniteurs. Puis nous poussâmes la plateforme antigrav chargée dans l'ancien puits et, après avoir activé les générateurs anti-g de nos spatiandres de combat, nous nous envolâmes enfin.

Le fond du puits se trouvait deux cents mètres plus bas. Un petit tas de rouille et la poudre grisâtre de matière plastique décomposée étaient les seuls éléments qui restaient de la cabine de l'ascenseur.

Nous repoussâmes nos casques sur la nuque, ouvrîmes les agrafes magnétiques de nos spatiandres et nous mîmes au travail. Nos désintégrateurs éliminaient les décombres d'une galerie effondrée. Tous les cinq mètres, nous devions étayer le plafond avec des plastocolonnes pneumatiques et pulvériser sur toutes les fissures du mastic à polymérisation rapide, chargé de fibre de verre.

Au bout d'une heure à peine, nous nous heurtâmes à un panneau blindé de plastométal en bon état de conservation. Ici il n'y avait aucune trace de dégradation. Mais le vantail était équipé d'une serrure à impulsions dont rien ne pouvait nous aider à déterminer le code d'ouverture, pas même nos senseurs.

— C'est à croire que quelques-uns des indigènes humanoïdes exterminés maîtrisaient encore la technologie de nos anciens aïeux, commenta Polata.

— Il en est généralement ainsi lorsque, dans quelque circonstance que ce soit, les descendants de colons astronautes ont dégringolé les échelons de l'évolution. Une poignée d'individus sauve les vestiges de l'héritage technique et les utilise pour se créer et puis perpétuer une hégémonie personnelle. Allons-nous forcer cet obstacle à l'aide des radiants ?

Mincos Polata était également de cet avis. Il acquiesça d'un signe de tête.

Ce que nous fîmes, avec nos armes à impulsions. Au moment où le panneau tomba dans la galerie qui s'ouvrait de l'autre côté, plusieurs plaques du plafond s'allumèrent d'elles-mêmes. Quelques-unes clignotaient irrégulièrement, d'autres se contentaient de rougeoyer d'un air sinistre, mais une partie de ces dispositifs d'éclairage fonctionnait encore parfaitement.

— Ainsi donc, il y a quelque part un générateur électrique qui continue à travailler, conclut Polata en se glissant par la brèche.

Je le suivis. Au bout d'une trentaine de mètres, la galerie vira vers la droite, et trente mètres encore plus loin, nous nous trouvâmes devant l'ouverture d'un puits. Là non plus, il n'y avait aucun signe de dégradation. Toutefois, les glissières fixées sur ses parois nous révélèrent qu'il ne s'agissait pas d'un conduit antigrav mais de celui d'un ascenseur banal.

Mon compagnon pressa sur une touche portant une flèche dirigée vers le haut. Nous entendîmes un bourdonnement qui devint de plus en plus fort. Néanmoins, il s'écoula près d'un quart d'heure avant que la cabine ne s'arrête à notre niveau.

Nous réalisâmes aussitôt ce qui s'était passé. La cage s'était déplacée assez rapidement. Néanmoins, si elle avait mis un quart d'heure pour arriver jusqu'ici, il fallait que le puits de cet ascenseur soit profond d'au moins deux mille cinq cents mètres.

En tout état de cause, suffisamment pour permettre d'échapper aux radiations dues à une guerre nucléaire, si l'on disposait d'un stock suffisant de vivres ou d'installations de production d'aliments synthétiques.

Était-il possible que des descendants de colons arkonides aient encore survécu là en bas ?

Lorsque je fis mine de monter dans la cabine, Polata me retint d'une poigne ferme.

— Mieux vaut un excès de précaution qu'un excès d'imprudence, me conseilla-t-il.

Il alla chercher sur la plate-forme antigrav un appareil d'observation en forme de caisson, déplia les pieds qui lui servaient de support et le posa à l'intérieur de la cabine. Puis il se pencha en avant, appuya sur le bouton de descente situé dans la cage et recula ensuite prestement.

La porte de l'ascenseur se referma, et celui-ci glissa vers le bas. Nous activâmes le petit dispositif du moniteur et pûmes distinguer sans peine les parois sur les écrans de visualisation. De nouveau s'écoula près d'un quart d'heure ou plutôt, pour être tout à fait précis, douze minutes et demie jusqu'à l'arrêt de la cabine. Tendus à l'extrême, nous gardions les yeux fixés sur les moniteurs, anxieux de savoir ce qu'ils nous montreraient quand le panneau se démasquerait à nouveau.

Lorsque l'appareil d'observation nous transmit ce qu'il « voyait », lui, à travers la porte ouverte, nous en perdîmes littéralement l'usage de la parole. Jamais nous ne nous serions attendus à découvrir un tel spectacle !

L'un des écrans affichait une vaste halle avec, dans le fond, un robot gigantesque fait d'un métal aux reflets bleuâtres. Il mesurait au moins quinze mètres de hauteur et environ cinq d'une épaule à l'autre. Une tête arrondie, en forme de demi-sphère d'environ trois mètres de diamètre à sa section de base, pivotait lentement d'un côté à l'autre, tandis que les « paupières » de ses systèmes optiques s'ouvraient et se fermaient alternativement.

Soudain apparurent deux ouvertures, à la hauteur du tronc. De l'une d'elles jaillit un canon spiroïdal vitreux qui me rappela aussitôt les premiers modèles de lasers terrestres de l'époque précosmique, que j'avais vus autrefois dans les musées d'armes de Terrania. De l'autre sortit un objet qui ressemblait à une antenne conique faite d'un treillis de fils d'argent.

Lorsque le canon du laser flamboya, nos moniteurs cessèrent de fonctionner. L'appareil d'observation de la cabine avait été détruit.

— Si nous avions été à l'intérieur à la place de notre instrument, nous serions… commença Mincos, puis il secoua la tête. Non, nous aurions vraisemblablement activé nos boucliers paratroniques et tiré sur le robot géant. Contre notre armement, il n'a pas plus de chance que n'en aurait un gamin avec un pistolet à eau.

— Essayons pour voir, dis-je en appuyant sur la touche portant la flèche dirigée vers le haut.

J'entendis encore le bourdonnement de l'ascenseur qui démarrait, puis je fus brusquement assourdi par des bruits caverneux indéfinissables.

Des anneaux rouges se mirent à danser devant mes yeux, et les muscles de mon corps entreprirent d'agir comme s'ils étaient doués d'une vie autonome. Je ne savais pas exactement ce que je faisais, et je ne pouvais pas non plus mobiliser ma volonté pour influencer ou contrôler mes actes.

Tel un kaléidoscope, des images et des sons déconcertants tourbillonnaient tout autour de moi. Sans résistance, je me laissai partir…

*
**

À un moment ou à un autre, j'avais dû perdre connaissance car, lorsque je revins à moi, j'étais couché dans une pièce nue dont les murs étaient constitués de gros blocs de pierre joints.

Je me retournai, puis m'assis et découvris que mon matelas n'était rien de plus qu'une simple couche de feuilles sèches. Une odeur curieuse planait dans l'air et une lampe à gaz fixée au plafond de la chambre diffusait une pâle lumière. Je jetai un coup d'œil sur mon corps et constatai que je ne portais plus que ma combinaison de bord. Mon spatiandre et mes armes avaient disparu.

— Bonjour, capitaine Vantolier ! dit une voix familière toute proche de moi.

Je me tournai une fois de plus et vis le major Polata qui, également assis sur un tas de feuillage, me scrutait d'un regard amusé.

— Un pistolet à eau… dis-je.

— Quoi ?

Je me mis à rire bêtement.

— Vous aviez prétendu que contre notre armement, le robot géant n'avait pas plus de chances de s'en sortir qu'un gamin avec un pistolet à eau. De toute évidence, vous l'avez sous-estimé. Qu'est-ce qui nous a engourdis à ce point ?

— Sans doute un rayonnement de type hystérisateur. Vous souvenez-vous encore de cet objet qui ressemblait à une antenne ?

En effet, je me le rappelais très bien.

— Un radiant hystérisateur ? Hum… Mais il semble n'avoir d'effet que sur les cerveaux humains !

— Comment cela ?

Je lui montrai du doigt les cloisons de notre logis.

— Tout porte à croire que ce sont les Plostas qui nous ont sauvés et nous ont transportés dans l'un de leurs repaires. Ils n'ont donc pas dû être frappés par le rayonnement hystérisateur, eux !

Avant que le major n'ait pu donner son avis à propos de

cette remarque, une porte en bois décorée de ferrures s'ouvrit derrière nous en grinçant légèrement.

Je tournai la tête et aperçus les Plostas. Ces insectoïdes portaient leurs paralysateurs à bout de bras et les agitaient à qui mieux mieux.

L'un d'entre eux, cependant, avait suspendu un de nos translateurs sur sa poitrine. Il le brancha et déclara :

— Levez-vous et suivez-nous. La cour de justice des clans vous attend.

Je me levai.

— La cour de justice des clans ? Qu'avons-nous à y faire ? Que nous reproche-t-on ?

— Les préparatifs d'une invasion ! Venez !

Déconcertés, nous obtempérâmes. Un escalier de pierre conduisait jusqu'au sommet du bâtiment, sur le toit de la tour d'où l'on avait une vue très étendue sur toute la savane. Ce que nous découvrîmes là-haut nous coupa littéralement la respiration.

Partout, au milieu des citadelles claniques, « on » avait installé les objets les plus étranges que j'aie jamais vus. Des artéfacts dodécagonaux percés d'innombrables alvéoles hexagonales étaient groupés en formant plusieurs cercles autour d'un socle d'acier de forme circulaire. Chaque cercle devait comporter au moins deux mille choses de ce genre, et de chacun d'eux jaillissait une sorte de tour couronnée d'une antenne sphérique de métal brillant.

— Qu'est-ce que c'est ? s'enquit Mincos Polata, au comble de la stupéfaction.

— Ce sont les envahisseurs que vous avez appelés, répondit le Plosta porteur du translateur. C'est pour ce crime que la cour de justice des clans va vous condamner !

*
**

Le tribunal en question siégeait dans une arène ovale qui se trouvait sur le toit d'un bâtiment de pierre haut de trois cents mètres. Lorsque nous avions vu pour la première fois cette construction, peu de temps après notre atterrissage sur Aggrès, nous avions demandé à quoi elle servait sans d'ailleurs obtenir la moindre réponse.

À présent, nous le savions.

Environ cent cinquante Plostas nous attendaient, assis dans des espèces de niches creusées à même les terrasses de pierre disposées autour de la place entièrement dégagée de l'arène.

L'une des créatures insectiformes que je reconnus pour être Id Zirroh Par, grâce aux insignes qui décoraient sa cape, se tenait au centre de l'assemblée. C'est là qu'on nous conduisit, et on nous força à nous placer auprès de lui. Le chef portait l'un de nos translateurs sur la poitrine.

— Ces personnages, déclara Id Zirroh Par, qui se nomment Terraniens et ont été accueillis par nos clans avec le sens de l'hospitalité qui nous caractérise, nous ont joué pendant longtemps la comédie de leur tempérament pacifique. Bien que ce comportement curieux nous ait déçus, nous les avons tolérés sur notre monde.

Des claquements de tenailles éclatèrent en guise d'applaudissements.

— Actuellement, force nous est de reconnaître, poursuivit Id Zirroh Par, que les deux Terraniens ne sont venus chez nous que pour préparer l'atterrissage de leurs amis. Partout sur notre planète, les étrangers ont établi leurs demeures parmi les nôtres sans même nous en avoir demandé l'autorisation. Cela aurait encore été pardonnable s'ils étaient venus pour engager nos courageux guerriers. Or, ils ne l'ont pas fait. C'est pourquoi je propose de tendre à ces deux criminels le Breuvage de la Bravoure pour qu'ils luttent contre nos meilleurs combattants avant que nous ne chassions les envahisseurs étrangers.

Nouveaux applaudissements au son de tenailles qui claquent...

J'attendais que d'autres Plostas prennent la parole, mais cela ne paraissait pas faire partie des rites habituels chez ces insectoïdes. Aussi levai-je la main pour déclarer à haute voix :

— Un instant, s'il vous plaît ! Vous vous trompez et pourriez regretter cette erreur ! Nous ne connaissons pas les habitants de ces citadelles étrangères, nous n'avons rien de commun avec eux et nous n'avons contraint personne à atterrir sur votre monde. Vous êtes les combattants les plus valeureux que nous ayons jamais rencontrés. Cependant, je vous prie aussi de ne pas procéder avec trop de précipitation contre ces inconnus. En comparaison de vos guerriers, les leurs ne sont à coup sûr que de misérables vers de terre, mais à voir leurs demeures, on peut être certain qu'ils disposent de moyens techniques qui sont très supérieurs aux vôtres.

Id Zirroh Par tourna la tête dans ma direction.

— Tes paroles résonnent à nos oreilles comme si elles étaient dictées par la crainte qu'éprouverait un ver blanc, Terranien. Que les étrangers possèdent une technologie supérieure ou non à la nôtre, peu importe. Ils ne résisteront pas longtemps à l'intrépidité de nos guerriers. Nous nous réjouissons d'avance à la pensée de ce combat. Quand vous aurez bu le Breuvage de la Bravoure, vous connaîtrez également cette joie. Le combat vous transmettra le plus grand bonheur de votre vie, car mourir au cours de cette lutte est le sommet de la félicité !

— Ma joie anticipée est sans bornes ! murmura Polata avec un sarcasme amer, tout en me jetant un coup d'œil. Où est votre flûte, capitaine ?

Comme le translateur traduisait également ces paroles, Id Zirroh Par les avait évidemment comprises. Il tira l'instrument de musique de sous sa cape et me le tendit.

— Joue-nous encore une mélodie avant de commencer le combat, Terranien !

Je pris la flûte en bois et entamai ma chanson préférée.

El condor pasa…

Les Plostas écoutèrent attentivement, fascinés comme toujours, bien qu'ils ne puissent entendre que les tonalités aiguës du domaine des ultrasons, autrement dit quelque chose de tout à fait différent de ce que Polata et moi percevions.

Cependant, je me rendis bientôt compte que dans les circonstances présentes, ma mélodie ne nous sauverait pas. En effet, même pendant que je jouais encore, dix insectoïdes curieusement couverts de peintures et de bijoux surgirent d'une brèche dans l'arène. Ils s'agitaient comme s'ils étaient en transe. Deux d'entre eux portaient des coupes métalliques à fond plat au-dessus desquelles se balançaient des vapeurs violettes.

Le Breuvage de la Bravoure !

J'abaissai ma flûte. Il y eut bientôt du mouvement dans les rangs des êtres assis sur les terrasses. Je commençai par mettre cela sur le compte du silence de mon instrument de musique puis, en levant les yeux, j'aperçus un Plosta qui volait, toutes ailes bourdonnantes, au-dessus du bord de la plate-forme.

La créature ailée descendit dans l'arène et s'arrêta devant Id Zirroh Par en déclarant :

— L'urtaavi rayonne, Id Zirroh Par !

Bien que le translateur ne puisse pas traduire en intergalacte le terme « urtaavi », nous avions deviné d'emblée ce dont il s'agissait.

C'était le nom que donnaient les Plostas à l'immense vaisseau-champignon aux yeux d'idole versant des larmes rouges.

L'évocation de ce navire géant provoqua un véritable tumulte dans la cour de justice des clans. Les créatures insectiformes déployèrent leurs ailes et s'envolèrent dans un bourdonnement assourdissant.

Id Zirroh Par hésita un instant. Il ôta ensuite le translateur de son cou et le laissa choir à terre avant de prendre lui aussi la voie des airs à la suite de ses congénères. Seuls demeurèrent dans l'arène les dix guerriers bariolés.

Polata et moi n'attendîmes pas que l'on nous tende le breuvage. Nous échangeâmes un regard, puis traversâmes en vitesse les terrasses et grimpâmes jusqu'au bord supérieur de l'arène.

Le vaisseau-champignon était posé en pleine savane, à environ dix-huit kilomètres de là. Mais comme il mesurait cinq mille mètres de hauteur, il était parfaitement visible depuis l'endroit où nous nous trouvions. Son chapeau monumental brillait d'une lumière pulsante jaune ocre. Je me sentis immédiatement envahi par un sentiment de danger imminent.

Cette brillance devait avoir une signification et, après tout ce que nous avions vécu indirectement à cause de ce navire, ce ne pouvait être que quelque chose de néfaste.

Soudain, mes genoux se mirent à plier sous moi. Je murmurai un juron en essayant de me redresser, mais une force inconnue me repoussa par terre. Je me cramponnai alors à un bloc de pierre, les yeux fixés sur le chapeau du champignon dont émanait la lueur jaune. À ma grande surprise, les essaims de Plostas volants qui avaient mis le cap sur le navire géant étaient en pleine désorganisation. Ils oscillaient et perdaient de l'altitude. Ils se heurtaient, luttaient comme des sauvages contre la force qui les tirait vers le bas et finirent par s'effondrer au sol, tous sans exception.

— Un générateur gravitationnel ! s'écria le major Polata, à bout de souffle. Le chapeau du champignon est un générateur gravitationnel ! L'intensité de la pesanteur a dû doubler !

— Et dire que nous n'avons même pas nos équipements dorsaux antigrav !

Au même moment, je compris en un éclair que cela n'avait aucune importance. Notre bouée de sauvetage se trouvait quasiment à portée de la main, à savoir dans l'arène même. Le triscaphe ! Les insectoïdes l'avaient à coup sûr utilisé pour nous transporter de la clairière à la prison où nous nous étions réveillés.

Nous nous mîmes à ramper, à nous tourner et nous retourner de concert, le regard rivé sur notre engin qui se dressait, complètement abandonné, au milieu de la place. Malgré la gravitation élevée, les dix guerriers plostas étaient toujours debout. Certes, il leur arrivait tout de même de vaciller quelque peu de temps à autre. Les porteurs de breuvage fumant avaient laissé tomber les coupes par terre mais malgré tout, ils se maintenaient encore, eux aussi, assez fermement sur leurs jambes.

Mincos Polata reprit bientôt la parole, et j'eus l'impression qu'il avait lu mes pensées.

— Si les guerriers ne nous agressent pas, il nous faudra tout au plus une demi-heure pour rejoindre notre véhicule. Mais s'ils nous attaquent, ce sera une autre chanson ! Avec cette pesanteur et leur condition physique, opposés à eux, nous serions aussi impuissants que des petits enfants contre une bande de loups.

Parler l'avait épuisé. Il avait du mal à reprendre haleine. J'attendis donc patiemment qu'il se soit remis d'aplomb, puis nous continuâmes à ramper péniblement à travers la terrasse supérieure.

Nous venions juste de terminer la descente vers la deuxième plate-forme lorsque nous entendîmes le vacarme assourdissant d'armes énergétiques lourdes. Derrière le bord supérieur de l'arène clignotaient de vives lueurs.

— Ces héroïques idiots ! s'écria Polata en proie à une colère impuissante.

Brusquement, il se fit violence pour se redresser et passer par-dessus le mur vers la terrasse en surplomb. Puis, arrivé là-haut, il retomba sur les genoux et, après un bref instant de repos, recommença à avancer à quatre pattes. Quant à moi, avec beaucoup de volonté et de difficulté, je réussis également à me remettre sur mes jambes, bien que la pesanteur élevée me tirât sur les membres comme si des liens d'acier me clouaient au sol. Cependant, dès que j'arrivai à mon tour sur la plate-forme supérieure, je m'écroulai, au bord de l'épuisement, exactement comme le major.

Néanmoins, je me fis violence et, tout en rampant ou en marchant à quatre pattes, je finis par rejoindre Polata sur le bord extérieur de la terrasse où je fus le témoin d'une scène à la fois fascinante et bouleversante.

Les Plostas, privés de leur capacité à voler, avançaient à pied ou sur des plates-formes antigrav, voire même dans des glisseurs de transport, jusqu'aux rangées de blocs à structure alvéolaire. De toute évidence, tous les clans avaient déployé l'ensemble de leurs guerriers, car la savane grouillait d'armées. Des millions d'insectoïdes se ruaient avec une rage sauvage sur les envahisseurs, et une grande partie d'entre eux s'élançait même en direction du vaisseau-champignon.

Des canons dressés sur les plates-formes antigrav ou sur des affûts mobiles faisaient feu sans interruption sur les blocs alvéolaires et sur le navire géant. Des milliers de faisceaux énergétiques zébraient l'atmosphère.

Puis les envahisseurs étrangers engagèrent la contre-attaque. Des larmes rouges coulèrent des yeux de la divinité abritée sous le chapeau du champignon et, portées par leurs propres champs sustentateurs, elles se précipitèrent au milieu de la masse des attaquants. Mais cette fois, les citadelles claniques ne furent pas épargnées. Là où une « larme rouge » frappait une habitation, il ne restait plus ensuite qu'un tas de roches bouillonnantes fondues.

Point n'était besoin d'être grand prophète pour deviner que l'issue du combat serait une effroyable défaite pour les guerriers insectiformes.

Et pourtant, elle se révéla encore pire.

Brusquement, la cohue du champ de bataille fut éclipsée par une lumière aveuglante impitoyable. Un flot de clarté blanche transforma le paysage en un tableau fantomatique jailli de l'esprit d'un artiste pris de démence.

Polata et moi nous gardâmes bien de lever les yeux vers le ciel. Nous savions ce que nous aurions vu. Peu après, un tonnerre assourdissant nous confirma que plusieurs gros vaisseaux avaient pénétré dans l'atmosphère planétaire et, sans le moindre respect pour l'environnement, réduisaient leur vitesse au maximum de leurs possibilités.

L'herbe de la savane, dans la mesure où elle n'avait pas encore été consumée dans les flammes des armes radiantes, s'inclina comme sous l'effet d'un énorme poing invisible et les arbres de la jungle avoisinante oscillèrent dans tous les sens, tels des fétus de paille dans la tempête.

C'est alors que les premiers faisceaux radiants tombèrent d'en haut, labourèrent le sol à une vitesse folle, ne laissant derrière eux que de larges sillons remplis d'une masse fondue incandescente. Des édifices s'effondrèrent en flammes, la jungle humide se consuma lentement, générant fumée et vapeur, et de nouveaux vides naquirent dans les colonnes offensives des Plostas.

Toutefois, ces salves énergétiques ne s'éternisèrent point. Dès qu'elles se turent, des milliers et des milliers de petits personnages rouges descendirent du ciel et se rassemblèrent sur les sites d'atterrissage. Ils se formèrent en troupes qui se mirent en marche en direction des insectoïdes avec l'obstination et l'intrépidité de robots. Aussitôt, toutes ces créatures vivantes se heurtèrent les unes aux autres, ignorant à l'identique la peur de la mort.

Frissonnant d'horreur, je détournai les yeux de ce carnage.

— Allez, Vantolier, au triscaphe, et en vitesse ! s'écria Polata.

Je ne reconnaissais plus le timbre de sa voix et, lorsque je le regardai, je vis briller des larmes dans ses yeux.

Nous reculâmes en rampant.

Mais cette fois-ci non plus, nous n'allâmes pas loin. Un grondement de tonnerre déferla de nouveau au-dessus de nos têtes. Les paupières mi-closes, j'épiai le ciel du regard et je vis voler au-dessus de nous, à environ mille mètres d'altitude, un vaisseau de construction étrange aux contours évoquant une immense échelle articulée.

Au même moment, je dus fermer les yeux devant l'incandescence aveuglante qui jaillit de ce visiteur inattendu et se déversa aussitôt sur l'arène. Une onde de choc me souleva et me projeta contre une pierre.

Une fois le calme revenu, j'ouvris prudemment les paupières et m'adossai à un bloc de rocher massif situé sur le bord extérieur de la terrasse supérieure. Là où s'étaient trouvés auparavant la vaste place circulaire, le triscaphe et le tribunal des guerriers insectiformes, il n'y avait plus rien. L'arène tout entière avait disparu à partir de la plate-forme inférieure, comme si elle avait été tranchée au couteau, et le bord fondu était encore incandescent.

Je cherchai mon camarade du regard. Il gisait sans connaissance à la limite de la terrasse, la tête et les épaules pendant dans le vide. Avec bien du mal, je parvins à ramper jusqu'à lui afin de le ramener sur le sol ferme.

Puis j'examinai les alentours de tous les côtés. Dans la plaine, les combats se déchaînaient toujours avec la même violence. Des « larmes » isolées poursuivaient leur chemin vers leur destination. Environ un quart des habitations avaient été détruites, ou du moins gravement endommagées.

Quant à nous, nous gisions au sommet d'un bâtiment de

pierre de trois cents mètres de hauteur, d'où plus rien ne nous permettait de descendre…

*
* *

De ses deux mains, le lieutenant Epher Tusalis pressa ses tempes derrière lesquelles brûlait une douleur sourde. Il balaya son environnement du regard et le perçut soudain avec d'autres yeux.

Depuis quelque temps déjà, il s'était réveillé d'un cauchemar et avait eu la surprise de se retrouver dans la cabine d'un véhicule capable de voler au milieu des étoiles. Des individus lui avaient rendu visite et lui avaient expliqué différentes choses, mais c'était seulement maintenant qu'il comprenait tout, ou du moins croyait tout comprendre.

Il laissa retomber ses mains.

Là-bas, il y avait l'intercom. Il le savait déjà, de même qu'il savait que cette petite armoire basse avec son clavier, intégrée dans la cloison, était le distributeur automatique de nourriture de sa cabine. Par contre, il venait seulement de reconnaître la table basse portant la console à touches, ainsi que l'écran de visualisation ovale au-dessus. C'était le raccordement à la banque mémorielle de la positronique principale ! À l'aide des touches de contrôle, on pouvait demander toutes sortes d'informations et autant qu'on en voulait, ainsi que des films distrayants et des milliers de morceaux de musique.

Epher Tusalis se dirigea vers l'intercom et le brancha. Les dents serrées, il devait lutter sans cesse contre son mal de tête lancinant.

Le petit moniteur s'éclaira et afficha un symbole. Puis une voix se fit entendre :

— Il n'est pas possible pour le moment de joindre le commandant et son second. Vous êtes prié de rappeler un peu plus tard ou de laisser ici un bref message à leur adresse.

— J'ai besoin d'un médecin ! s'écria Tusalis, au bord du désespoir. Ou au moins d'un médicament. J'ai tellement mal à la tête que j'en deviens fou !

Devant le silence de son interlocuteur, il débrancha l'appareil. D'un pas hésitant, il se dirigea cette fois vers le pupitre réservé aux liaisons avec la positronique. Il pressa une touche et se mit à parler.

— Lieutenant Tusalis au cerveau P. J'ai un besoin urgent d'informations pour savoir comment ouvrir une serrure à impulsions dont j'ignore le code.

Mais personne ne lui répondit. D'ailleurs, l'écran ne s'était même pas éclairé.

Tusalis donna un solide coup de pied contre le pupitre de contrôle et se prépara à partir. Soudain, il sursauta, puis éclata d'un rire triomphant.

— Ah ! J'en connais qui seront bien étonnés ! dit-il. M'enfermer purement et simplement dans ma cabine sans secours médical et sans la possibilité de parler à qui que ce soit, c'est un peu fort !

Il se dirigea cette fois vers l'armoire où il cachait ses trésors. Sa céphalée s'était envolée. Le lieutenant Tusalis avait de nouveau un but pour lequel il valait la peine de se donner du mal.

Une grande partie de son matériel de bricolage avait disparu. Selon toute apparence, on le lui avait confisqué. Heureusement, on lui avait laissé ce dont il avait besoin pour le moment : une boîte de construction électronique à laquelle appartenait également une petite positronique rudimentaire, ce qu'on appelait un ordinateur expérimental.

Tusalis travailla sans interruption et avec une grande habileté pendant deux heures. Lorsqu'il se redressa en poussant un soupir de soulagement, il avait devant lui, sur la table, un objet de la taille d'un porte-documents.

Il se mit à pianoter sur le clavier. Deux voyants de contrôle s'allumèrent, et une antenne de l'épaisseur d'un doigt pivota sur la mallette. Quelques secondes plus tard, un mince plastofeuillet magnétique jaillit de la fente d'émission située sur le côté.

Tusalis étudia les symboles qu'il affichait, puis il pressa plusieurs touches dans un ordre précis. La petite antenne pivota à plusieurs reprises jusqu'à ce qu'un déclic se fît entendre… et brusquement, le panneau d'accès à la cabine se démasqua.

Le lieutenant éclata d'un fou rire tonitruant. Il prit l'appareil sous son bras, quitta sa chambre et se dirigea d'emblée vers le vantail qui séparait la coursive de l'escalier de secours situé près du puits antigrav.

Là aussi, il déchiffra le code de la serrure à impulsions en pianotant sur les touches. La porte s'ouvrit et Epher Tusalis grimpa en courant l'escalier en colimaçon.

Il s'arrêta au pont intermédiaire. Les bandes transporteuses étaient au repos, mais au bout de dix minutes, le lieutenant avait atteint la passerelle de commandement. Là, il perdit près d'une demi-heure pour arriver à décoder la serrure à impulsions bien plus complexe équipant le panneau d'accès blindé.

Dès qu'il put enfin pénétrer dans le poste central, il le balaya minutieusement du regard… et reconnut presque tout : les instruments de guidage, les contrôles à distance pour la salle des machines, les réglages pour les écrans de visualisation – et surtout la console de tir car, avant qu'on ne l'ait enfermé dans sa cabine, il avait été le second officier artilleur à bord de l'*Explorateur*.

D'un geste plein de tendresse, il caressa les touches et les boutons commandant le fameux orgue de feu. Cette appellation vieille comme le monde était généralement considérée d'un mauvais œil, plus particulièrement par les supérieurs qui n'aimaient pas l'entendre prononcer. Du reste, quand Tusalis lui-même nommait ainsi cet appareil de mort et de destruction, il lui donnait toujours une connotation péjorative.

Pourtant, cette fois-ci, il prononça le mot avec une jouissance évidente.

— Orgue de feu !

À peine avait-il fini de parler que le sol de la centrale sauta vers lui. Tusalis perdit l'équilibre et son épaule heurta un fauteuil-contour. Tout en proférant une litanie de jurons, il réussit à se remettre sur ses jambes et à rejoindre d'un pas vacillant le tableau de réglage des écrans de visualisation.

Il pianota une fois de plus sur les touches. Les moniteurs s'éclairèrent et affichèrent des scènes dont il ne réussit plus à détourner son regard pendant plusieurs minutes, même si elles le plongeaient dans la plus grande confusion. Au-dehors s'étendait une vaste savane sur laquelle se dressaient des constructions totalement inconnues de lui, parmi lesquelles d'immenses colonnes de créatures étrangères s'agitaient et tiraient les unes sur les autres avec des armes radiantes. D'un gigantesque champignon coiffé d'un chapeau lumineux et couleur jaune ocre, des petites choses rouges en forme de larmes se détachaient sans interruption pour filer à toute allure et en zigzags vers de grands tas de pierres. Tusalis entendait également se déchaîner des explosions atomiques.

Il était tellement déconcerté qu'il recouvra l'usage véritable de son esprit seulement lorsque de nombreux vaisseaux d'architectures variées pénétrèrent dans l'atmosphère et balayèrent les combattants d'un feu radiant nourri.

À bout de souffle, le lieutenant haletait péniblement. Plié en deux, il rejoignit en hâte le tableau de commande de tir, activa l'alimentation des batteries énergétiques et des deux canons transformateurs en la réglant sur puissance élevée. Ses doigts travaillaient comme s'ils étaient des sujets autonomes et pensants. Il était d'ailleurs fort possible qu'ils obéissaient moins à son propre cerveau qu'à l'automatisme acquis par un entraînement de longue durée.

Lorsque les générateurs d'alimentation eurent atteint cinquante pour cent de leur puissance maximale, il activa le bouclier paratronique et le bascula en mode synchronisé d'ouverture de brèches structurelles. Chaque fois qu'un tir se déclencherait, une fente correspondante s'ouvrirait immédiatement dans l'écran paratronique pour la durée précise de la salve.

Les vaisseaux étrangers avaient déjà cessé leurs bombardements lorsque le lieutenant s'assit devant le tableau de contrôle et pressa les touches les unes après les autres.

Les batteries de l'*EX-6633* firent alors feu à une cadence régulière. Leur système automatique d'acquisition de cible leur permettait de taper à chaque coup dans le mille. En l'espace de quelques minutes seulement, dix-sept vaisseaux furent pulvérisés par les projectiles des canons transformateurs, et plusieurs autres plus ou moins endommagés par des faisceaux énergétiques.

Soudain, l'hypercom hurla. Avant de courir vers l'appareil, Epher Tusalis régla les armes sur le mode « feu à volonté », puis il le brancha.

L'écran de visualisation s'éclaira, affichant le buste d'un homme dont le visage n'était pas totalement inconnu du lieutenant.

— *Bonne Espérance II* au vaisseau sphérique saisi par nos détecteurs, annonça précipitamment le personnage. Arrêtez de tirer sur les unités de l'Essaim ! Qui diable êtes-vous ?

— Lieutenant Tusalis, second officier artilleur à bord de l'*EX-6633*, répondit-il avec un sourire. Et vous, qui êtes-vous ?

— Je suis Perry Rhodan. Qui commande actuellement votre *Explorateur* ?

— Moi. Vous êtes Perry Rhodan ? Voilà pourquoi votre visage me paraissait si familier !

— Écoutez, lieutenant ! reprit le Stellarque d'une voix pressante. Cessez immédiatement le feu ! Au-dessus de vous se rassemble une escadre de la flotte de chasse de l'Essaim. Elle ne va pas tarder à vous attaquer si vous continuez à tirer, et même votre bouclier paratronique ne pourra résister contre leur puissance destructive massive, du moins pas longtemps !

Tusalis secoua la tête.

— Personne ne détruira l'*EX-6633* ! (Il laissa éclater son rire dément.) Intervenez donc vous-même, Perry Rhodan ! Envoyez l'Astromarine Solaire à la rencontre de ces étrangers ! À moins que le combat ne vous effraie d'avance ? Ce n'est pas mon cas à moi !

Le Stellarque ouvrit la bouche pour répliquer vertement, puis il la referma. Après avoir réfléchi profondément, il se contenta de poser calmement une question à son interlocuteur.

— Que sont devenus les autres membres d'équipage, lieutenant Tusalis ? Pour autant que je me souvienne, l'effectif d'un *Explorateur* spécial de ce type se monte à quatre cents personnes. Vous mis à part, y a-t-il encore quelqu'un qui soit familiarisé avec les contrôles du navire ?

Tusalis approuva d'un signe de tête.

— Oui, le major Polata et le capitaine Vantolier. Mais apparemment, ils ont quitté le vaisseau. Avant de partir, ils m'avaient enfermé dans ma cabine, et les autres sans doute aussi.

Perry Rhodan ne put s'empêcher de soupirer.

— Lieutenant, je vous en prie ! Je vous donne l'ordre de cesser immédiatement les tirs et d'appareiller, si vous le pouvez ! L'Astromarine Solaire qui aurait pu vous secourir n'existe plus. L'Humanité se trouve en très grand danger. Partez vite de là, c'est le seul moyen de vous sauver, et de sauver l'équipage de l'*Explorateur*. Nous avons besoin de vous… de vous tous !

Mais Epher Tusalis n'écoutait même plus le Stellarque. Il gardait les yeux fixés droit devant lui, comme s'il voyait à travers l'écran de visualisation. Puis il se leva de son siège et se dirigea d'une démarche raide vers le panneau blindé.

Il le tâta de la main tout en murmurant des paroles indistinctes. Ses yeux avaient perdu tout éclat.

Lorsque des décharges aveuglantes se déchaînèrent à travers le bouclier paratronique de l'*Explorateur*, le navire se mit à vibrer comme une grosse cloche et Tusalis s'assit par terre, le dos appuyé contre le vantail blindé.

CHAPITRE XII

Récit de Perry Rhodan

Je débranchai l'hypercom d'un geste résigné. Selon toute vraisemblance, après une phase d'éveil plutôt discutable, l'esprit du lieutenant Tusalis était retombé dans un état d'abêtissement total.

— Que pouvons-nous tenter pour sauver l'*EX-6633* ? s'enquit Atlan. Trois cents vaisseaux de la flotte de chasse ennemie ont mis le cap vers le champ de bataille en vue de passer à l'offensive.

Je réfléchis un instant.

— Il serait absurde d'intervenir avec la *Bonne Espérance*. Si nous engageons l'*Intersolaire*, nous ne réussirons qu'à attirer sur nous l'escadre de traque, et par là même sur l'*Explorateur*. Mais si nous pouvions dénicher le major Polata et le capitaine Vantolier…

— Tu veux dire qu'ils ont emporté le déchiffreur de code qui ouvre le bouclier paratronique de leur vaisseau, Perry ?

— J'en suis certain. Quand on abandonne un navire rempli d'abrutis, on doit prévoir tous les cas qui peuvent survenir et prendre les dispositions adéquates. Il est vraisemblable que Polata et Vantolier ne peuvent plus réintégrer leur vaisseau à cause des combats en cours. Mais si nous envoyons les téléporteurs…

Sans même terminer ma phrase, j'activai immédiatement le circuit intercom général.

— L'Émir et Ras, je vous attends tout de suite au poste central, s'il vous plaît !

Quelques secondes plus tard, le mulot-castor et le major Cova se matérialisèrent auprès de nous, suivis presque aussitôt de Ras Tschubaï.

Je leur expliquai la situation, puis leur déclarai :

— Le bouclier paratronique de l'*Explorateur* résistera tout au plus deux heures aux salves massives de trois cents vaisseaux de chasse. L'Émir, je sais qu'il est difficile de repérer par télépathie quelqu'un dont on ne connaît pas le schéma mental, mais…

— Ça va, Perry, j'ai compris, m'interrompit le petit. Si tu commençais par débrancher ton moulin à paroles pendant quelques minutes… !

Il se téléporta sur le divan qui avait été prévu exprès pour lui dans la centrale de commandement, se détendit et ferma les yeux.

Je me tournai vers Ras et Bossa Cova afin de poursuivre mes explications dans un murmure.

— Dès que L'Émir aura détecté les deux officiers, vous sauterez ! Si vous le voulez, vous pouvez les accompagner, major Cova. Puis vous vous téléporterez avec Polata et Vantolier à bord de l'*Explorateur* en profitant d'une brèche structurelle. Désactivez toutes les batteries et dirigez l'énergie ainsi économisée vers le convertisseur paratronique. Cela fait, ce sera à vous de décider vous-mêmes de la solution la plus raisonnable : ou bien ramener l'*Explorateur* dans le cosmos, ou bien charger tous les abrutis dans des chaloupes et vous envoler avec eux.

Soudain, le mulot-castor se dressa sur la couche et s'écria d'une voix triomphante :

— Ça y est, je les ai ! Ils se trouvent actuellement dans une galerie subplanétaire qu'ils ont réussi à forer grâce à leurs radiants. (Son front se plissa de rides profondes.) C'est curieux, ils ont l'esprit obsédé par des installations secrètes quelconques et un robot géant qui les a bombardés de rayonnements hystérisateurs. Or, ils ne sont pas le moins du monde hystériques… Quoi ? Des Arkonides ? Comment cela ? Ce seraient des descendants de colons arkonides qui auraient construit ces installations mystérieuses et ce robot ?

— Des Arkonides ? répéta Atlan. Des Arkonides sur cette planète ?

Le mulot-castor secoua la tête.

— Non, non. Il n'y a plus d'Arkonides là-bas. Outre les impulsions mentales des membres d'équipage de l'*Explorateur*, je ne capte que celles de deux êtres humanoïdes, Polata et Vantolier, certainement. En plus, il y a d'innombrables influx étrangers, ainsi que ceux des Petits Pourpres. Un instant, voilà aussi celles des Plostas ! Mais oui, bien sûr ! Lorsque je suis allé autrefois sur Goolan, pour diriger le combat contre les envahisseurs de Dabrifa, il nous a fallu entre autres nous battre contre environ dix mille créatures insectiformes qui étaient à la solde du dictateur. Elles émettaient les mêmes impulsions mentales que la majorité des intelligences qui s'agitent là en bas !

— Je pense que tout cela n'a pas d'intérêt en ce moment, intervint le major Cova qui avait déjà enfilé en toute hâte son spatiandre de combat. Il s'agit pour l'instant de l'équipage de l'*Explorateur*. Quand nous aurons résolu ce problème, nous pourrons penser à autre chose.

Le mulot-castor fit un clin d'œil.

— C'est bien mon avis. Qu'attendons-nous encore ?

Lui et Ras, qui avaient déjà revêtu leurs spatiandres spéciaux, prirent Bossa Cova entre eux et ils disparurent tous trois à la même seconde.

Je tournai aussitôt la tête vers les écrans de visualisation qui affichaient des images à un niveau de grossissement montrant une partie de la surface de la deuxième planète. Six heures seulement s'étaient écoulées depuis l'atterrissage des huit cents vaisseaux-ruches sur ce monde. Mais ils s'étaient déjà décomposés en d'innombrables unités alors qu'ils se trouvaient encore dans l'atmosphère, à dix mille mètres d'altitude. À présent, de gros blocs à structure alvéolaire étaient répartis en petits groupes sur tous les continents de la planète. Et dans la plaine sur laquelle nous avions détecté l'*Explorateur* une demi-heure auparavant se dressait également un vaisseau-champignon à bord duquel se trouvaient les fameux Installateurs de l'Essaim...

*
* *

Parmi tout cela, il y avait aussi, partout sur la planète, de grandes constructions en pierre qui évoquaient des termitières. De toute évidence, ce devaient être les habitations de ces insectiformes qu'avait détectées L'Émir, les créatures qui avaient participé à plusieurs reprises à des agressions sur des mondes pacifiques et des bases peu armées en tant que mercenaires de Dabrifa et du triumvirat étrusien gouvernant la Coalition de Carsual. Tout cela était pour nous du domaine d'un passé lointain, qu'un véritable abîme séparait de l'époque présente marquée par l'abrutissement des peuples galactiques.

— Un instant ! dis-je soudain.

— Qu'y a-t-il, Perry ? s'exclama Atlan en me jetant un coup d'œil interrogateur.

— Là en bas se déchaînent des combats violents, avec utilisation d'armes radiantes. Or, les abrutis ne peuvent pas se servir d'armes radiantes ! Ce qui signifie donc que les Plostas ne sont pas concernés par cette funeste épidémie !

L'Arkonide acquiesça d'un signe de tête circonspect.

— Tu as raison. Peut-être Polata et Vantolier ont-ils organisé eux-mêmes la résistance des autochtones ?

— Cela m'étonnerait beaucoup. Les officiers de commandement d'un *Explorateur* sont capables d'évaluer objectivement une situation. Il serait tout à fait irresponsable de leur part de lutter contre la supériorité manifeste des conquérants. Quand on est tombé sous le joug de l'Essaim ou de ses troupes de reconnaissance, on ne peut que se tenir tranquille si on espère ne serait-ce que sauver sa vie et celle de son peuple, même si l'on doit finir en esclavage…

Je ne pus m'empêcher d'émettre une sorte de gémissement. Pourvu que nous finissions par trouver enfin une solution qui nous permettrait de protéger au moins la plus grande partie de l'Humanité du destin le plus effroyable que l'on puisse imaginer !

Alaska Saedelaere nous rejoignit au poste central, et je me tournai aussitôt vers lui.

— Je suis vraiment désolé, déclara l'homme au masque. Ces derniers temps, tous mes détecteurs étaient dirigés sur les rassemblements de vaisseaux-ruches, l'*Explorateur* et les unités de chasse. Je viens seulement de me rendre compte que la gravitation avait doublé sur la deuxième planète. Elle se monte actuellement à deux virgule deux mille cent cinquante-six g. En outre, il se passe des phénomènes étranges du côté du soleil. J'ai réussi à mesurer des protubérances qui étaient tout à fait inhabituelles pour ce type d'étoile.

Tout en laissant mes pensées vagabonder dans mon esprit, je ne quittai pas Alaska des yeux.

La gravitation planétaire doublée ! C'était vraiment miraculeux que les autochtones aient pu poursuivre leurs combats dans ces conditions ! Ils devaient jouir d'une constitution exceptionnellement résistante !

Et mes gens à moi ?

Non, les téléporteurs et Cova n'étaient pas en danger puisque les générateurs antigrav de leurs spatiandres de combat absorbaient parfaitement une gravitation bien plus élevée que la normale. De même, cette situation ne pouvait pas amener de difficultés à l'équipage de l'*Explorateur*, car les régulateurs gravitationnels de bord paraient à ce genre de problème. Et les officiers immunisés avaient certainement revêtu eux aussi leurs spatiandres de combat.

Je me sentis soulagé.

Du reste, il était bien possible que l'équipage de l'*EX-6633* soit en sécurité d'ici une heure.

*
* *

Récit du capitaine Hyks Vantolier

On pouvait dire que notre découverte de l'entrée du système de galeries souterraines avait été un véritable coup de chance.

Après l'effondrement d'une des moitiés de l'arène qui avait

été séparée en deux, Polata et moi décidâmes d'escalader la montagne de débris résultant de l'attaque. Nous eûmes bien du mal à ramper et à grimper le versant mais au fil du temps, nous nous rendîmes compte que le corps humain était capable de s'adapter, dans une certaine mesure, à une pesanteur élevée. Certes, nos muscles douloureux ne semblaient pas de cet avis, et pourtant, nous avancions certainement plus vite qu'au début et avions trouvé l'allure qui économisait au mieux nos forces.

En redescendant le versant situé de l'autre côté, nous découvrîmes une brèche dans les vestiges d'un mur ayant appartenu à une construction déjà en ruine. Ce fut d'abord par pure curiosité que nous commençâmes à écarter les blocs de pierre qui bouchaient le chemin. Soudain, nous perçûmes un courant d'air provenant de l'ouverture elle-même. Un air d'ailleurs étonnamment frais pour le climat d'Aggrès.

Le major et moi songeâmes aussitôt au complexe souterrain dont nous avions percé le secret, ou du moins l'entrée. Les centrales nucléaires y fonctionnaient toujours, il devait donc certainement y avoir aussi des installations de climatisation ainsi que, peut-être, des compensateurs gravitationnels. Et pourquoi pas même, avec beaucoup de chance, des régulateurs mobiles de pesanteur, ce qui nous permettrait de nous déplacer de nouveau normalement ?

Sans prendre le temps de réfléchir, nous nous engageâmes dans cette galerie obscure.

Et nous aboutîmes dans un système de tunnels qui était en parfait état de conservation. Quelques rares plaques lumineuses fixées au plafond nous indiquaient le chemin à suivre.

Nous continuâmes à avancer lentement, tout en devinant d'ailleurs qu'au bout de notre excursion, nous nous heurterions au robot géant et à son rayonnement hystérisateur. Mais comme ce complexe avait été construit par des êtres vivants intelligents, à savoir les descendants d'anciens colons arkonides, il devait certainement exister des tableaux de contrôle permettant de désactiver ce personnage gênant au cas où, par exemple, il lui prendrait l'envie de ne pas fonctionner correctement.

Nous venions juste d'arriver à un carrefour et d'emprunter la galerie de droite, parce qu'elle était la seule qui fût éclairée, lorsque trois silhouettes surgies du néant apparurent soudain en face de nous.

Le premier effroi s'évanouit rapidement car les trois intrus, surpris par le choc de la gravitation, s'effondrèrent sur le sol sans crier gare. Ils ne pouvaient donc venir ni des rassemblements de ruches, ni du vaisseau-champignon, ni des étranges unités de chasse…

Au bout de quelques secondes, ils réussirent tout de même à se relever. Or, derrière le casque sphérique de l'un d'eux, j'avais déjà reconnu un visage familier, et même familier à toute l'Humanité, pourrait-on dire.

Celui de L'Émir, le mulot-castor !

Il prononça quelques paroles à l'usage de ses compagnons, que nous ne pouvions pas comprendre puisqu'ils avaient gardé leurs casques bouclés. L'un d'eux, manifestement un Afro-Terrien, se dématérialisa aussitôt.

L'Ilt et l'autre homme, un géant à la peau noire comme l'ébène, doté d'une toison de cheveux crépus et charbonneux tissés de fils d'argent, rabattirent leur casque sur la nuque.

— Allons, Mincos et Hyks, calmez-vous ! nous rassura l'Ilt. Ras est allé chercher des spatiandres de combat pour vous deux. Un peu de patience encore, et vous pourrez recommencer à marcher comme des humains normaux. C'est comme ça que vous avez quitté l'*Explorateur* ?

— Non, répondit Polata. Pas comme ça, mais avec un triscaphe et des spatiandres de combat. Les Plostas nous ont tout volé. Ce sont les créatures insectiformes qui…

— Je suis au courant, l'interrompit L'Émir. Il n'y a que le nom du soleil et de la planète que je ne connais pas. En fait, non, ce n'est pas exact. C'est toi le commandant, Mincos, aussi as-tu évidemment baptisé le système EX-Polata.

— Évidemment. Et la planète, Aggrès.

— Un joli nom !

À ce moment-là réapparut Ras Tschubaï. Il portait deux spatiandres de combat dans les bras. Les mutants et le géant à la peau couleur d'ébène nous aidèrent à les revêtir. Dès que nous eûmes activé les générateurs antigrav, nous nous sentîmes à la seconde même aussi légers que des ballons gonflés au gaz.

— Bien, dit le mulot-castor d'une voix énergique. À présent, réfléchissons pour savoir comment nous allons rejoindre votre vaisseau. (Il indiqua du doigt le géant qui l'accompagnait.) Au fait, je vous présente Bossa. Le major Bossa Cova. Où se trouve l'appareil de déchiffrage du code avec lequel nous pouvons établir une brèche structurelle dans son bouclier paratronique ?

— Dans le triscaphe, mais il est détruit, répondis-je. Le bouclier paratronique ? Tu fais erreur, L'Émir. Nous avons intentionnellement évité d'envelopper l'*Explorateur* dans son écran paratronique.

— Un certain lieutenant Tusalis l'a fait à votre place, lui. Il a en outre activé la console de conduite de tir et branché toutes les armes sur le mode « feu à volonté ». Votre *EX-6633* tire de toutes ses batteries énergétiques et de tous ses canons transformateurs sur les unités de chasse adverses. Si nous n'intervenons pas le plus rapidement possible, il va être détruit par la superpuissance de l'ennemi.

— Epher Tusalis… répéta Mincos Polata. Le second officier d'artillerie de l'*EX-6633*… Cet homme fait partie du troupeau des abrutis ! Même s'il a recouvré une parcelle de son intelligence, il n'est pas capable de quitter sa cabine sans aide, à plus forte raison de se rendre sur la passerelle ou de manipuler les commandes de tir !

— Il n'empêche qu'il l'a fait ! répliqua le major Cova. Perry Rhodan a même parlé avec lui par hypercom…

— Perry Rhodan ?

Sidérés, Mincos et moi avions prononcé cette exclamation d'une seule voix.

Bossa Cova acquiesça d'un signe de tête.

— C'est le Stellarque lui-même qui nous a envoyés ici pour vous retrouver. Au début de la communication, le lieutenant Tusalis lui a fait l'effet d'être un homme en pleine possession de sa raison, mais tout de même avec des symptômes certains de paranoïa. Malheureusement, son intelligence

« récupérée » provisoirement s'est de nouveau éteinte au milieu de sa conversation avec Rhodan. Tout d'un coup, il n'a plus été possible de lui parler et je crains fort qu'il ne puisse plus jamais faire cesser les tirs de sa propre initiative !

Le minicom du mulot-castor fit entendre un léger bourdonnement. Il le brancha aussitôt et s'annonça.

— Vous avez le code ? dit une voix dans un murmure. (L'Émir augmenta le volume du haut-parleur, et les paroles suivantes furent suffisamment compréhensibles pour que je reconnaisse le Stellarque.) L'*Explorateur* est pris sous le feu ininterrompu de l'ennemi. Les trois cents unités de chasse ont été renforcées par cent autres, après que onze d'entre elles ont été détruites par les canons transformateurs.

— Hélas, non, Perry, répondit l'Ilt. Le code a été détruit en même temps que le triscaphe dans lequel il se trouvait. Est-ce que tu peux faire quelque chose pour nous ?

— Non, il n'y a aucun moyen d'agir autrement. Vous avez absolument besoin de ce code, qui par ailleurs n'existe plus… Encore une chose, petit. Le vaisseau-champignon des Installateurs de l'Essaim a reçu du renfort. Au total, il se trouve actuellement vingt-neuf navires de même type sur la planète.

— Aggrès, compléta le mulot-castor.

— Tu dis ?

— C'est le nom de ce monde, et le système s'appelle EX-Polata.

— Peu importe pour l'instant ! Les vaisseaux-champignons puisent dans le soleil, L'Émir. Des faisceaux de pompage gigantesques captent, à la vitesse luminique, d'énormes quantités d'énergie à la surface de l'astre pour réchauffer l'atmosphère planétaire. Les températures s'élèvent actuellement à cinquante-trois degrés Celsius, et elles continuent à grimper.

— C'est mauvais pour les Plostas, commenta l'Ilt. Je sais bien qu'ils sont partout décriés et qualifiés de sauvages sanguinaires, et je me suis moi-même battu contre eux. Il n'empêche que pour moi, ils ne sont pas pires que vous, les humains. Pour un peu, jadis, vous les auriez vous-mêmes quasiment exterminés, ce dont on ne peut pas les accuser, eux !

— Tu as raison, reconnut Rhodan d'une voix plus forte qu'auparavant. Mais là n'est pas le problème. L'équipage de l'*Explorateur* est menacé d'un grand danger. Quatre cents individus ! Songe un peu ! Il faut absolument que nous trouvions le moyen de les sauver !

— Le complexe secret des colons arkonides ! m'écriai-je. Peut-être dénicherons-nous là-bas des appareils techniques susceptibles de résoudre notre problème ?

L'Émir me jeta un coup d'œil pensif.

— Pour ma part, je n'y crois pas. Mais comme il ne nous vient pas de meilleure inspiration, nous pouvons toujours nous en assurer. Nous te rappellerons, Perry !

Et il débrancha son minicom.

— Qu'en est-il du robot hystérisateur ? demanda-t-il. Comment produit-il ce rayonnement ? Ou plus précisément, comment le diffuse-t-il ?

— Avec une antenne, expliqua Mincos Polata. On ne peut pas ne pas la remarquer, petit !

Le mulot-castor arbora son incisive.

— Ah bon ! Alors, attendez-moi ici ! Je vais aller lui rendre visite et la lui tordre, son antenne ! Dès que ce sera fait, je reviendrai vous chercher.

Il boucla son casque et s'évapora.

Au bout de quelques minutes, il resurgit du néant, rouvrit son casque et déclara sans ambages :

— Voilà, c'est fait.

Puis il nous emporta avec lui et nous nous rematérialisâmes dans la vaste halle que nous avions déjà vue une fois sur l'écran de visualisation. Le robot géant se tenait comme figé dans le fond, l'antenne posée à ses pieds. Ce détail mis à part, on ne lui voyait aucun dégât.

— Je me suis téléporté dans ce qui lui sert de cerveau et j'ai interrompu la connexion avec l'alimentation énergétique, expliqua encore le petit.

Il se dirigea de sa démarche dandinante vers la machine immobile et lui passa entre les jambes. Je le suivis avec des sentiments mitigés, je l'avoue, et c'est alors que je remarquai derrière le colosse une porte dont les joints étaient exactement cachés par les membres inférieurs du robot.

Le panneau s'ouvrit soudain sans intervention extérieure visible. De toute évidence, l'Ilt avait eu recours à ses facultés télékinésiques. Nous pénétrâmes dans un sas.

— Il est préférable que nous bouclions soigneusement nos casques, suggéra Bossa Cova.

Ce que L'Émir approuva aussitôt d'un signe de tête.

— Personne ne peut dire ce qui nous attend là derrière. Une atmosphère empoisonnée, ou simplement pas d'atmosphère du tout, voire une chambre hyperbare…

Nous refermâmes nos casques. Le mulot-castor jeta un coup d'œil sur le vantail de sortie situé face à nous, après que la porte se fut refermée derrière nous.

Brusquement, une sorte de pluie jaunâtre jaillit des cloisons et du plafond puis se transforma en un brouillard épais. Je consultai l'analyseur que je portais au poignet droit. Cette substance était antiseptique et, en même temps, absorbait les rayonnements. Ensuite, nous fûmes vaporisés d'autres produits chimiques, et pour finir d'eau claire. Tous ces liquides s'écoulaient à travers de petits grillages à peine perceptibles qui s'étaient ouverts dans le sol.

Une fois terminée la dernière douche, le panneau intérieur se démasqua de lui-même.

Je m'étais presque attendu à découvrir les lointains descendants des survivants de la guerre nucléaire. Or, personne ne vint à notre rencontre. Nous débouchâmes dans une halle octogonale, de petite superficie au sol, mais très élevée. Au milieu, sur un socle assez bas, trônait la statue dorée d'un être vivant humanoïde, un homme au front large et aux cheveux qui lui tombaient sur les épaules.

— Un simple monument, commenta Polata à travers l'émetteur de casque, d'une voix où perçait la déception.

— Un « monument » doté d'impulsions mentales ! corrigea L'Émir, déjà tout excité. Une sorte de robot, sans doute avec un cerveau organique. Les influx mentaux deviennent plus forts. Le cerveau a dû se réveiller d'un profond sommeil il y a seulement quelques minutes.

À peine avait-il terminé sa phrase que la statue commença brusquement à émettre un rayonnement. Un rayonnement froid, car nous n'enregistrâmes pas de chaleur. Un instant plus tard, la couche extérieure du revêtement s'écailla – et au-dessous apparut un homme bien vivant. Un homme portant un vêtement blanc très ajusté, une ceinture jaune ornée de touches de commande et des demi-bottes également jaunes. Ses cheveux étaient blancs comme ceux d'un Arkonide, mais ses yeux n'avaient pas la rougeur albinoïde de ceux d'Atlan.

Il nous scruta du regard en s'attardant surtout sur L'Émir ainsi que sur les Terraniens à la peau noire, Ras Tschubaï et Bossa Cova. Cette couleur semblait le déconcerter.

Quant à nous, nous restions là devant lui, comme figés sur place.

Au bout d'un certain temps, l'homme leva les mains et se présenta dans un intergalacte légèrement déformé.

— Bonjour. Je m'appelle Tadchor. Habitez-vous à la surface ?

— Non, répondit Tschubaï. Nous sommes des visiteurs venus d'une autre planète, Tadchor. Et vous, vous êtes un descendant de colons arkonides, n'est-ce pas ?

— Vous n'êtes pas originaires d'Arkonis ? s'enquit le survivant. Et vous ne venez pas de la surface de Sidir ? (Il afficha un sourire.) Je ne risque rien à prononcer le nom originel de ce monde, puisque vous n'êtes pas d'ici… Là-haut, on doit sûrement continuer à utiliser la fausse appellation. Combien d'habitants y a-t-il encore à la surface ?

Inquiet, L'Émir sautillait d'un pied sur l'autre. Je n'avais pas de peine à comprendre sa nervosité puisque j'étais moi-même nerveux. Cette conversation avec un homme qui sortait d'un long sommeil artificiel ne servait qu'à nous faire perdre du temps, pendant que quatre cents individus étaient en grand danger à bord de l'*Explorateur*.

— Là-haut, il n'y a plus une seule créature humanoïde depuis des millénaires, répondit Mincos Polata non sans une certaine brutalité, afin d'en terminer avec ce sujet stérile.

Ils se sont exterminés eux-mêmes au cours d'une guerre nucléaire. Leurs successeurs sont des créatures insectiformes intelligentes. Mais elles non plus ne vont pas exister encore très longtemps, car ce monde vient d'être envahi par des étrangers.

Tadchor vacilla sur son perchoir.

— Mon peuple et les autres sont tous morts ? murmura-t-il.

Avec une raideur évidente dans ses mouvements, il descendit de son socle – et s'effondra sur le sol.

L'Ilt fut le premier à comprendre la cause de cette chute. Il releva Tadchor par télékinésie et le remit en place car, de toute évidence, la pesanteur sur ce piédestal devait elle aussi être régulée artificiellement. Quant à nous, nous n'avions plus du tout pensé que la gravitation sur la planète Aggrès avait doublé d'intensité. Nos générateurs anti-g nous avaient facilement fait oublier ce phénomène.

— Occupez-vous de lui, Hyks ! s'écria L'Émir à mon adresse.

Puis il fit un signe à Tschubaï, et les deux téléporteurs disparurent. Ils allaient chercher des appareils avec lesquels on pourrait créer une brèche structurelle dans le bouclier paratronique de l'*Explorateur*.

Je couchai du mieux que je pus l'homme qui émergeait avec peine de son long sommeil artificiel et ouvris son vêtement à hauteur de la poitrine. Il avait du mal à respirer et gardait les yeux clos. Le choc causé par la brutale révélation de Polata et l'effet de la pesanteur élevée, même s'il avait été bref, l'avaient beaucoup malmené.

Lorsque je saisis la boîte de secours glissée dans mon ceinturon pour lui administrer une injection d'un médicament qui stabiliserait sa circulation sanguine, je perçus un craquement sec.

Je relevai les yeux en me demandant d'où pouvait provenir ce bruit. Les membres de Tadchor se crispèrent sous l'effet de crampes soudaines, puis ses yeux s'ouvrirent tout grands et il exhala un profond soupir.

C'est alors que je compris tout.

En écartant les mâchoires du malheureux, je vis la coloration brunâtre de sa langue et de ses dents ainsi que les éclats d'une capsule de verre.

Tadchor venait de s'empoisonner…

L'appareil de contrôle de mon coffret médical confirma que les battements de son cœur et sa respiration avaient cessé. Il était en état de mort clinique.

Je lui fermai les yeux et reculai.

À ce moment-là, L'Émir et Ras se rematérialisèrent.

— Il est mort, constata prosaïquement le mulot-castor.

Le télépathe qu'il était n'avait pas eu besoin d'examiner de plus près l'individu pour arriver à cette conclusion.

— Rien, n'est-ce pas ? demanda le major Cova.

— Rien, confirma le petit. Bouclez vos casques ! Nous nous téléportons à bord de l'*Explorateur*. De quelque manière que ce soit, il faut bien que nous arrivions au navire.

Sa voix révélait une sorte de désespoir et un découragement total.

Mincos Polata et moi savions parfaitement qu'à moins d'un miracle, nous ne pouvions plus rien pour secourir nos gens. Nous obéîmes à notre chef à fourrure, puis lui tendîmes nos mains.

Lorsque nous nous rematérialisâmes à quelques kilomètres de l'*EX-6633*, nous fûmes dans l'obligation d'activer immédiatement les écrans paratroniques de nos spatiandres. Celui du vaisseau d'exploration était la cible de décharges déchaînées. Mais il n'y avait pas que lui qui était ainsi violemment attaqué. Partout, aussi loin que portaient nos regards, d'énormes navires croisaient au-dessus de la planète et détruisaient systématiquement les citadelles claniques des Plostas. Sur le terrain, des petits êtres rouge foncé exterminaient les derniers guerriers des troupes insectoïdes.

Au moment où un grand nombre de Pourpres nous attaqua, les téléporteurs sautèrent avec nous auprès d'un immense complexe alvéolaire. Je jetai pour la première fois un coup d'œil dans les cellules hexagonales et frissonnai d'horreur à la vue de ces masses jaune ocre qui bouillonnaient à l'intérieur sans que je puisse distinguer leurs formes précises.

Perry Rhodan appela sur la fréquence de nos récepteurs de casque. Il voulait savoir où nous nous trouvions et nous annonça que, contrairement à ce qui avait été prévu jusqu'alors, la *Bonne Espérance II* et l'*Intersolaire* allaient passer à l'offensive afin de tenter un dernier essai pour sauver l'équipage de l'*Explorateur.*

— Quant à vous, revenez immédiatement à bord ! nous ordonna-t-il sans ménagement.

L'Émir se défendit bec et ongles et réussit à imposer sa propre volonté.

Nous sautâmes une fois de plus pour échapper aux Pourpres. Cette fois-ci, nous nous retrouvâmes sur le socle d'acier central du complexe alvéolaire. Peu après, l'*Intersolaire* et une nef sphérique plus petite attaquèrent les unités de chasse qui tiraient sur notre navire, mais ce n'était rien de plus qu'une opération désespérée. Pour les quatre cents membres d'équipage enfermés dans l'*EX-6633*, tout secours arriverait trop tard, car le bouclier paratronique s'effondra avant que la *Bonne Espérance II* et l'*Intersolaire* aient pu intervenir une seconde fois.

Je fermai les yeux au moment où notre vaisseau explosa.

Au même instant, les téléporteurs nous emmenèrent tous à bord du petit croiseur sphérique. Nous nous rematérialisâmes dans le poste central, juste à temps pour pouvoir encore assister à la destruction, par un canon transformateur, du vaisseau-champignon posé sur la plaine et des innombrables blocs alvéolaires voisins.

Puis il nous fallut nous replier à toute allure, car de tous côtés arrivèrent des milliers d'unités de combat qui nous prirent sous leur feu concentré.

***

Je ne relevai pas les yeux lorsque s'ouvrit le panneau d'entrée de la cabine que je partageai avec Mincos Polata. Entièrement plongé dans mes réflexions, je continuai à jouer de ma flûte.

Au bout d'un certain temps, je reposai mon instrument.

Mes pensées n'étaient toujours pas ici, à bord de la *Bonne Espérance II*, mais dans une vision du passé dont l'histoire avait été transmise par bribes dans notre famille, de génération en génération, et enjolivée avec une imagination débridée.

Quelqu'un se mit à toussoter légèrement. Aussitôt, les visions s'évanouirent. Je me rendis compte que je fixais du regard une des cloisons de ma cabine, et finis par tourner la tête.

C'est alors que je vis Perry Rhodan. Le Stellarque s'était confortablement installé dans un fauteuil profond et m'observait d'un air pensif.

— Vous êtes un maître dans l'art de jouer de la flûte andienne, dit-il.

Je me levai, posai l'instrument sur la table et pris également place dans un siège, en face de lui.

— Vous connaissez cet instrument de musique, Monsieur ?

— J'ai souvent entendu un célèbre artiste en jouer, autrefois. Il donnait des concerts au Susonic Hall de Terrania. Je crois que cela date de trois cents ans… cet artiste s'appelait Ezorra Vantolier.

— C'est l'un de mes ancêtres. À présent, sa flûte m'appartient et si un jour j'ai des enfants, je la léguerai à celui qui en jouera le mieux – à condition que nous soyons à nouveau en mesure d'avoir des enfants, plus tard !

Rhodan soupira.

— Oui, c'est en effet dans ces termes que l'on peut poser le problème, Monsieur Vantolier. Les derniers relevés de nos senseurs indiquent que la température moyenne sur Aggrès se situe autour de soixante-trois degrés Celsius. Quand une telle situation – sans oublier le doublement de la gravitation – se présente sur une planète peuplée par des êtres humains, la plupart des habitants n'y résistent pas et meurent.

Je le regardai droit dans les yeux et compris qu'en parlant d'une planète peuplée par des êtres humains, il ne pensait pas à n'importe quel monde… Mais à la Terre, la patrie de l'*Homo sapiens*.

Or, la direction adoptée par l'Essaim visait le secteur du bras d'Orion, dans lequel se trouvait le Système de Sol…

— La distance qui sépare Ex-Polata de notre Soleil se monte tout compte fait à vingt mille quatre cent huit années-lumière, fis-je remarquer. Avant que l'Essaim n'ait franchi ne serait-ce que la moitié de ce trajet, nous devrions avoir le temps de trouver un moyen efficace pour combattre le danger qu'il constitue.

— Nous devrions, mais y arriverons-nous ? enchaîna Rhodan avec un éclat fiévreux dans le regard. Cet Essaim… j'ai la vague impression qu'il a déjà visité de nombreuses autres galaxies avant la nôtre – et que jusqu'à présent, personne n'a pu lui opposer une résistance efficace.

— Peut-être l'Essaim est-il comme une comète qui, obéissant aux lois de l'Univers, trace aveuglément son chemin avec des retours périodiques. Millénaire après millénaire, pendant dix mille ans, cent mille ans, des millions d'années… prononçai-je à mi-voix, plongé au plus profond de mes pensées. Sans point de départ et sans destination…

Nous relevâmes l'un et l'autre le regard lorsque la porte s'ouvrit.

Mincos Polata entra, nous adressa un signe de tête à chacun, puis s'assit à son tour et se pencha vers le Stellarque.

— Alors, c'est vrai ? L'Humanité Solaire a été frappée dans sa globalité par l'onde abrutissante ?

Rhodan acquiesça lui aussi d'un signe de tête.

— Mises à part quelques exceptions, major. Mais ce que vous nous avez raconté à propos de l'équipage de l'*EX-6633* concerne également l'Humanité. Le degré de gravité de l'épidémie a diminué. Malheureusement, pas encore dans des proportions suffisantes pour pouvoir envisager, par exemple, de faire des préparatifs d'envergure en vue de défendre le Système de Sol contre l'Essaim. Mais cela devrait suffire pour diriger un grand nombre de personnes dans les complexes souterrains en cas d'offensive directe.

— J'espère que nous n'en viendrons jamais à cela ! dit Polata d'une voix grave.

Le Stellarque se mit debout.

— Nous devons émerger de la zone de libration dans quelques minutes. Je retourne dans la coupole d'observation. Si vous voulez bien me suivre…

Je me levai à mon tour, pris ma flûte en main et m'éloignai vers le panneau d'accès. Du bras, Mincos Polata fit un geste de dénégation.

— Merci, mais moi, je reste ici pour le moment.

Lorsque nous pénétrâmes dans la coupole en question, Senco Ahrat était justement en train d'annoncer dans le circuit intercom général que la *Bonne Espérance II* allait resurgir dans le continuum einsteinien trente secondes plus tard.

Nous prîmes place dans les fauteuils-contour. Bientôt arriva aussi le Lord-Amiral Atlan qui vint s'asseoir à côté de moi. Il m'adressa un petit signe de tête, puis son regard se fixa sur la coupole transparente derrière laquelle se déchaînaient encore les phénomènes luminescents caractéristiques de l'entr'espace.

Un gong électronique annonça la fin de l'étape linéaire. On se serait cru à bord d'un navire de tourisme en temps de paix. Les traînées caractéristiques de la zone de libration disparurent pour céder la place au ciel étoilé du secteur sud-ouest de la Galaxie.

Atlan se pencha en avant et pressa quelques touches sur le pupitre de contrôle. Un vaste écran de visualisation plat surgit d'un socle placé contre la cloison et masqua une partie de la coupole. L'Arkonide régla le dispositif de grossissement optique sur un détail et indiqua du doigt l'image d'un soleil jaune de la taille d'une cerise.

— Voilà Ex-Polata. On ne distingue rien des éruptions, bien sûr, puisque cette image n'a pas été enregistrée par des hyperdétecteurs. Nous sommes à cinq années-lumière de cette étoile et, par les moyens optiques normaux, nous ne pourrions observer les phénomènes qui l'affectent que dans cinq ans seulement.

Perry Rhodan fit pivoter son siège et montra un endroit précis de la coupole.

— C'est depuis là-bas que l'Essaim s'approche. Mais on

ne le voit pas lui non plus, ce qui fait une impression étrange. On pourrait presque croire qu'il n'existe même pas !

Je regardai également dans cette direction. Les étoiles scintillaient comme des diamants sur un tissu de velours noir. La lueur engendrée par cet écran cristallin dont on m'avait parlé aurait besoin de quatre virgule six ans pour rejoindre l'endroit où se trouvait l'ultracroiseur.

— S'il n'y a rien d'autre… commençai-je, une fois de plus perdu dans mes pensées, fermons les yeux et patientons. L'Essaim est venu, il s'éloignera de nouveau. Alors, nous pourrons reconstruire tout ce qu'il aura détruit…

J'approchai la flûte de mes lèvres et attaquai la mélodie que mes ancêtres jouaient déjà à l'époque où ils habitaient encore les hautes montagnes d'un continent isolé, sur une planète isolée.

El condor pasa…

CHAPITRE XIII

Sandal Tolk

Le lycambre grimpa un versant abrupt et couvert d'une végétation sauvage, grogna comme un affamé puis s'arrêta. Grand et mince, l'homme à la toison de neige, cramponné au cou de sa monture, lança la jambe droite par-dessus la croupe, frôla les écailles qui marquaient la naissance de la queue et sauta allègrement à terre. Au même instant, il fut repéré par le thoen mais celui-ci adopta une attitude expectative, presque alanguie.

— Nous allons nous reposer longtemps ici, murmura Sandal Tolk.

À présent, il comprenait et parlait presque parfaitement l'idiome de son compagnon, ce véritable squelette ambulant qu'il avait surnommé Tas d'Os.

Ils se trouvaient en pleine jungle. Sandal ne put s'empêcher de penser de nouveau à Atlan et à Chelifer Argas, la jeune femme aux yeux verts. Il éprouvait le désir de plus en plus fort de les revoir tous deux, et même un besoin de plus en plus pressant, au point qu'il en commettait de temps à autre quelques imprudences.

— Une partie de nos réserves est humide et gâtée, mais le reste nous suffira pour aujourd'hui, déclara Tahonka-No.

Sa voix sombre se perdit dans le silence de la montagne couverte de forêts obscures. Le soir tombait.

La lumière solaire, de plus en plus basse sur l'horizon, évoquait le reflet rouge d'un incendie lorsque les flammes traversaient presque à l'horizontale les feuilles et les branches des arbres. Tas d'Os sauta lui aussi à bas de sa selle primitive constituée uniquement d'une sangle, de deux étriers et d'une boucle servant de poignée aussi bien que de support pour accrocher le chargement.

Les deux randonneurs qui foulaient la surface de l'étonnante planète Vetrahoon firent avancer les animaux à travers un réseau de lignes noires et rouge foncé. Arrivés à la source, Sandal et Tahonka-No ôtèrent le mors de la bouche des bêtes, sous les regards scrutateurs du thoen qui semblait observer tous leurs mouvements avec grand intérêt.

Les antérieurs des animaux de selle, les courageux et rapides lycambres, du nom dont ils avaient été baptisés par Tahonka-No, furent entravés de lanières suffisamment serrées pour qu'ils ne puissent pas prendre le large pendant la nuit. Puis, après avoir effectué une petite ronde de sécurité, les deux compagnons d'armes déployèrent les pièces de leur équipement et allumèrent un feu.

Les voiles délicats de la poussière pourpre du pollen couvraient encore leur corps. Leurs bottes et les jambes de leurs pantalons portaient les traces de saleté dues à la bourbe, et la transpiration avait creusé dans la poudre des rides profondes et noires qui composaient un triste maquillage sur leurs visages. Curieux de nature, le thoen se pencha en avant pour mieux contempler encore ceux qu'il suivait dans leur aventure.

Il identifia en eux deux créatures vivantes qui se déplaçaient en station verticale, comme lui-même. Deux bipèdes ! Étaient-ils également capables de voler ?

Sandal se déshabilla en prenant son temps, puis il leva un tison enflammé dont il balaya l'air afin d'éclairer les environs du foyer. Il franchit ensuite les vingt mètres qui le séparaient de la source et constata qu'au fil des millénaires, l'eau avait pratiqué une auge profonde dans la pierre gréseuse assez friable. Il allait pouvoir s'y baigner.

Soudain, il aperçut le bloc rocheux situé derrière cette résurgence d'eau qui s'étalait comme une mare et, juste au-dessus de lui, la moitié des yeux à l'éclat inquiétant du thoen. Du coup, il leva lentement son arc et le tint à bout de bras.

— Prudence ! murmura-t-il en attrapant une flèche.

D'un saut, Tahonka-No se remit sur pied et s'approcha par le côté.

— Que se passe-t-il ? s'écria-t-il en visant à son tour la pierre avec son arme à boules photoniques.

Puis il découvrit lui aussi l'inscription rongée par le temps. L'un des pieds du thoen se balançait nonchalamment sur les hiéroglyphes.

Le squelette ambulant rabaissa son radiant.

— Ne tire surtout pas ! C'est un animal espiègle qui ne nous fera pas de mal. Tout au plus se montrera-t-il encombrant par sa curiosité insatiable.

Au même instant, le thoen agita son unique bras et lança en l'air un paquet de fruits qui atterrit très précisément devant les orteils nus de Sandal. Soulagé, celui-ci exhiba un grand sourire et se baissa pour ramasser la manne inespérée. Toute sa méfiance s'était évanouie.

— Qu'est-ce que c'est que cette pierre, ami Tahonka ? s'enquit-il en s'approchant du feu.

S'il comprenait plus ou moins le langage de son compagnon, il n'était pas capable de déchiffrer les caractères utilisés par les nombreux peuples de l'Essaim.

— Je ne sais pas, répondit No.

— Tu ne peux pas lire l'inscription ? Expliquer les images ? demanda encore le chasseur-guerrier, à la fois curieux et excité.

— Si. Mais pas dans cette obscurité. Je te les traduirai demain matin !

— C'est parfait. Es-tu aussi épuisé que moi ?

— J'ai bien peur de l'être encore plus que je ne voudrais l'avouer, déclara No.

— Attends un peu, je vais nous tirer un rôti à la Lucullus, tu m'en diras des nouvelles !

Il possédait encore exactement deux cent cinquante flèches dans ses trois carquois. Au cours de cette randonnée de soixante jours tout ronds, qui les avait menés depuis le plateau des montagnes vomissant le feu jusqu'ici, dans les forêts vierges du sud, et au cours de laquelle ils étaient passés devant de nombreuses coupoles transparentes dont le contenu n'avait pas manqué de les exciter, il avait pu fabriquer quelques nouveaux projectiles avec des herbes dures. Certes, il pourrait s'en servir pour tirer sur n'importe quelle cible, tout en sachant parfaitement que ses traits seraient irrémédiablement perdus.

— Cela ne nous fera certainement pas de mal ! assura Tahonka-No à l'évocation énigmatique mais prometteuse de l'inconnu appelé Lucullus, tout en reniflant par avance les suaves odeurs à venir.

Uniquement vêtu d'un slip de bain et d'une paire de bottes, Sandal suivait tranquillement la piste quasi invisible tracée par les bêtes de la forêt mais qui, baignée et réchauffée par le dernier rayon solaire de la journée, puait les excréments d'animaux, la pourriture et la charogne. Soudain, une silhouette sombre, d'une immobilité menaçante, se dressa devant lui. Elle avait environ la moitié de la taille du jeune Exotan.

Celui-ci banda son arc, lança un appel et tira.

Le taureau poussa un grand cri en fermant ses yeux rouges à l'éclat de braise.

Puis il se jeta en avant et ses cornes effrayantes étincelèrent dans les rayons du couchant. Il fit un bond. Un son aigu sortit de ses naseaux. Sandal expédia son arc dans les branches de l'arbre le plus proche au moment où le sol de la piste se mettait à trembler sous les sabots du monstre agonisant.

Ce fut au tour du jeune guerrier de bondir en l'air tel un fauve et pivota à moitié sur lui-même lorsque sa main agrippa une branche. Il se suspendit alors à une autre plus épaisse et se hissa vers le haut, au moment même où la masse sombre et meurtrière de sa victime passait juste au-dessous de lui en faisant un bruit de tonnerre.

Le chasseur qu'il était huma l'odeur du corps sauvage.

Le taureau s'écarta de la piste en virant sur le côté. Puis il fonça à travers les fourrés et finit par rendre l'âme à dix pas seulement du feu ardent.

Aussitôt, Sandal reprit pied sur le sentier, récupéra son arc et hocha plusieurs fois la tête, en signe de satisfaction.

Les deux aventuriers commencèrent par tailler dans la

peau de l'animal deux chabraques qu'ils poseraient sur le dos des lycambres afin de les ménager.

Mais une question commençait déjà à les obséder : que pouvaient bien signifier les caractères et les images tracés sur la pierre ?

*
* *

Le soleil n'allait pas tarder à se lever pour de bon et les oiseaux de la jungle avaient déjà terminé leur concert matinal. Le chasseur aux cheveux de neige, aux yeux couleur d'or et aux épais sourcils blancs, légèrement dépité, contemplait son bracelet d'acier qui était en réalité un ensemble miniaturisé comportant de nombreux instruments.

Le mois de janvier 3442 venait de se terminer sans que Sandal Tolk ait pu prendre contact avec les hommes et les femmes de la *Bonne Espérance II*. Les seuls messages qu'il avait captés provenaient de la région située au-delà de la ligne qui séparait la planète Vetrahoon en deux parties.

Certains de ces messages se réduisaient à des textes indéchiffrables, d'autres avaient pu être décodés par le minitranslateur qu'il portait au poignet, d'autres encore avaient été écoutés et traduits par Tahonka-No. Là-bas dans le lointain, de l'autre côté des hautes montagnes, il semblait régner une agitation intense.

— Et c'est vraisemblablement de là-bas aussi que proviennent les gouttes volantes qui ne cessent de nous irriter ! murmura le chasseur en levant la tête.

Sandal était confortablement couché dans le hamac solidement tendu entre deux arbres, le visage dans l'ombre. Ses vêtements et ses bottes séchaient autour de lui, suspendus aux branches. Sur une mince couverture étalée auprès du feu reposaient les pièces de son équipement – sauf son arme. Celle-ci ne le quittait pas ; il la gardait près de lui, fixée à son poignet par une lanière.

De sa position, il voyait le bloc noir monolithique qui trônait par-dessus l'épais jet d'eau jaillissant de la source.

Blotti sur la pierre, le thoen le regardait de ses quatre paires d'yeux.

Cet animal et l'inscription en hiéroglyphes – encore deux énigmes supplémentaires à résoudre…

Durant la longue randonnée vers le sud, Tahonka-No et Sandal étaient donc passés devant un grand nombre de coupoles de taille moyenne. Or, chaque fois que le jeune guerrier avait parlé de vengeance et fait mine de pénétrer à l'intérieur, son compagnon l'en avait dissuadé en lui indiquant d'un geste insistant la direction du sud. En plusieurs occasions, ils avaient échappé de peu à la mort venue d'en haut, deux fois sous la forme d'énormes sauriens volants mais surtout, à une douzaine de reprises au moins, sous celle de corps volants qui ressemblaient à des avisos discoïdaux coiffés d'une verrière. Ils étaient occupés par des hommes – ou des êtres étrangers – vêtus de spatiandres protecteurs de couleur argentée. Les cherchait-on ? Ou voulait-on simplement, par pure routine, repérer des intrus qui menaçaient éventuellement les coupoles ?

Quoi qu'il en soit, les deux aventuriers avaient continué à chevaucher sans avoir essayé de pénétrer dans ces dômes sous lesquels se distinguaient des habitations et des parcs hauts en couleurs. Tahonka-No donnait l'impression inébranlable d'être un individu qui en savait plus qu'il n'était disposé à le dire.

Tous les deux, ils avaient appris à bien se connaître et à s'apprécier.

Ils étaient l'un et l'autre le type même du solitaire. S'ils se soumettaient de bonne grâce et sans commentaire à toute contrainte matérielle ou à toute nécessité urgente, en revanche, ils évitaient avec soin de peser l'un sur l'autre plus que nécessaire. Ils avaient aussi tous deux une promptitude de réaction exceptionnelle et, dans la majorité des cas, ils ne se trompaient pas.

Sandal appréciait chez son compagnon son calme imperturbable, ses éclats de rire sonores et le fait qu'il était parfaitement chez lui sur cette planète.

En échange, Tahonka-No pouvait se fier aux capacités de

haut niveau du jeune Exotan qui avait reçu une formation poussée dans tous les domaines de la chasse, de l'équitation, de la lutte et de l'art de dénicher les bonnes cachettes.

Si l'Exotan avait jusqu'alors renoncé à forcer l'entrée de l'une ou l'autre des coupoles, c'était uniquement parce que Tahonka-No lui avait parlé un jour d'un secret caché de l'autre côté des montagnes, plus précisément d'un massif impressionnant qui ressemblait à une forêt d'aiguilles acérées.

Ils avaient encore une longue route à parcourir.

Où finirait-elle ? Et comment se finirait-elle ? Est-ce que lui, Sandal, verrait enfin poindre le moment où il pourrait venger la famille Crater et la jolie Beareema, sa jeune épouse qu'il ne pouvait oublier ?

Pour l'instant, en tout cas, son ouïe perçante et sa capacité à pressentir les dangers lui disaient qu'il pouvait continuer à dormir tranquillement.

Il regarda une fois encore le thoen, la pierre noire et son ami assoupi. Puis il plongea à son tour dans le sommeil. Quand il s'éveilla, Tahonka-No, qui avait entre-temps perdu son aversion culturelle pour le fait de manger et de boire en présence des autres créatures, avait placé le rôti sur le feu.

Curieux et avec un léger miaulement, le thoen s'approcha et s'arrêta dans la fumée du foyer.

— Bon appétit ! s'exclama le squelette ambulant avec son flegme habituel.

***

Sandal s'attacha les cheveux avec une lanière de cuir, nettoya la boule de corail suspendue à son oreille et, après avoir utilisé sa crème pour la peau, il s'habilla avec une lenteur calculée. Tous ses vêtements étaient secs et d'une propreté irréprochable.

Sur de grandes feuilles soigneusement lavées étaient éparpillés des fruits prêts à la consommation, des noix extraites de leurs coquilles, de gros champignons coupés et revenus dans la graisse, des racines comestibles farineuses tout épluchées qui avaient un goût sucré. Ils avaient même découvert un coin où abondait le sel, ce qui réglerait sans difficulté le problème de la fadeur de leurs repas. Le lieu était agrémenté – si l'on pouvait dire – d'un mystérieux squelette blanchi abandonné en son milieu.

Quoi qu'il en fût, ainsi étaient-ils extraordinairement bien pourvus.

La grande demi-coquille vidée de son énorme noix triangulaire était remplie d'eau fraîche. Tout en gardant son sérieux car il était incapable de sourire, la structure de ses muscles faciaux étant différente de celle des hommes, Tahonka-No ouvrit la bouche et déclara :

— Je ne pouvais plus dormir et en plus, tes ronflements sonores ont chassé tous les animaux de la jungle !

Sandal replia sa mince couverture et l'enfouit dans le sac qui lui était destiné.

— Je vois, Tas d'Os, répliqua-t-il, utilisant le surnom qu'il avait lui-même imaginé pour désigner son ami, que tu t'es chargé de tout le travail ! Même la peau du taureau baigne dans l'eau !

— J'ai fait tout mon possible pour agir avec la même rapidité que toi, fit modestement le squelette vivant.

L'Exotan alla rendre visite aux lycambres, s'occupa de leur repas et de leur toilette pendant que le rôti grésillait doucement sur le feu. Puis il s'assit auprès des braises, à l'ombre des cimes, et commença à se restaurer en silence. Il avait très bien dormi, se sentait parfaitement reposé et avait une faim de loup. Plus rien ne comptait. Toutes les autres pensées, tous les plans étaient pour le moment repoussés à plus tard.

Après avoir copieusement mangé et bu, ils disposaient encore de provisions pour au moins une semaine.

— Tu connais cet animal, No ? demanda le jeune guerrier en indiquant du doigt le thoen.

L'interpellé, dont l'épiderme semblable à du cuir brillait de la graisse avec laquelle il s'était frotté, répondit :

— J'ai entendu parler de son existence. Ces bêtes-là sont douées d'une intelligence élevée et d'un grand instinct du jeu. De plus, c'est lui qui a apporté toutes les noix que tu vois ici, sur la table.

En guise de confirmation, la créature émit deux syllabes nettement perceptibles :

— To-en !

Sandal approuva d'un signe de tête. Il se rendait compte qu'elles avaient été prononcées par la voix naturelle de l'animal. Mais il ne distinguait ni bouche, ni orifice duquel cette voix aurait pu provenir. Le thoen possédait quatre longues jambes qui jaillissaient de la partie inférieure de son corps presque sphérique. Tout autour de celui-ci courait un bourrelet aplati sur lequel étaient placées d'innombrables paires d'yeux qui ressemblaient à des boules de loto.

— Qu'allons-nous faire de lui, maintenant ? Est-ce qu'on peut le manger ? s'enquit le jeune Exotan.

— Non, il n'est pas comestible, riposta No. Pourquoi ne le chargerions-nous pas de collecter pour nous des fruits et des noix ?

— Eh… Comment se fait-il donc que tu connaisses le thoen – ainsi que tous les autres animaux ? voulut encore savoir Sandal. De plus, comment peux-tu différencier les noix et les fruits bons à manger de ceux qui sont empoisonnés ?

— J'en sais plus que tu ne peux l'imaginer, mon ami. Là d'où je viens, on connaît bien des secrets de la nature. On les apprend dès l'école.

— Ainsi, tu as appris des choses avant de les connaître ? murmura le chasseur-guerrier d'un air pensif, comme s'il se parlait à lui-même, tout en songeant que tel était aussi le cas pour Atlan et Chelifer Argas, restés à bord de la *Bonne Espérance II*. Et comment se fait-il également que tu connaisses l'écriture de l'inscription que tu as promis de me lire bientôt ?

Tout en se trémoussant, le thoen s'éloigna du brasier encore brûlant, émit un miaulement aigu et courut avec une certaine hésitation jusqu'à l'eau, d'une démarche évoquant celle que l'on a quand on est juché sur des échasses. Puis il plongea tout entier, et l'humidité donna à sa fourrure vert foncé une couleur d'un noir bleuté qui évoquait celle d'un tapis à poils courts.

— Ces hiéroglyphes, je les ai aussi appris à l'école. Ils

manifestent certaines analogies avec ceux que nous utilisons sur ma planète d'origine.

Sandal se leva et montra du doigt le rocher solitaire et sombre, dont les deux faces opposées étaient couvertes de ces étranges caractères.

— Qu'attendons-nous encore ? demanda-t-il avec une certaine impatience.

Sans savoir pourquoi, il lui semblait que cette écriture ignorée de lui fournirait des éclaircissements sur le chemin inconnu qu'ils auraient à parcourir les jours et les semaines suivants.

— D'accord, allons-y !

Après avoir coupé de leurs couteaux les branches qui couvraient tout le tour de la grosse pierre, ils débarrassèrent encore quelques parties du rocher de la mousse vert foncé et légèrement hirsute qui rappelait la barbe d'un très vieil homme.

Tahonka-No entreprit lentement la lecture du texte de l'inscription.

« À toi qui recherches la mort lente et pénible. Elle te sera accordée de diverses manières. »

— C'est ridicule ! On ne meurt qu'une fois ! s'exclama le jeune homme d'un ton méprisant.

— Mais la mort peut surprendre quelqu'un à différents endroits ! objecta son compagnon.

De sa voix sombre, il poursuivit la lecture du texte énigmatique. Depuis plusieurs heures déjà, ils n'avaient plus été importunés par quoi ou qui que ce fût. Personne ne pouvait découvrir cette minuscule clairière depuis le ciel, puisqu'elle était soigneusement cachée par les cimes altières des arbres gigantesques.

« Si tu recherches la mort, pars après midi. La jungle t'engloutira. Ses fauves t'abattront et te lacéreront les articulations. »

— C'est bien connu, commenta encore Sandal. Ce n'était pas la peine d'évoquer cette évidence !

— Est-ce que nous faisons ça pour plaisanter ? Ou est-ce

que je continue à lire ? intervint le squelette vivant de son timbre grave.

Sandal sourit et, au moment même où il lui tapa gentiment sur l'épaule, il réalisa qu'il avait oublié de brancher le translateur. Soudain, il se rendit compte que même sans l'aide de l'appareil, il comprenait toutes les paroles que prononçait son ami, ainsi que leur signification. C'était pour le moins étonnant.

— Lis ! dit-il simplement.

Tahonka-No se pencha en avant et poursuivit :

« Discrète et muette, la mort te guette aussi dans la savane au cas où tu lui aurais échappé dans la jungle. La surface de son ombre invisible s'étend depuis la forêt vierge jusqu'à la montagne qui se dresse entre la Pierre de l'Avertissement Mortel et le Secret. La surface de son ombre invisible desséchera ton cerveau comme une éponge et si, malgré cela, tu as survécu une fois de plus sans que la démence ne t'ait saisi dans ses griffes impitoyables, la hauteur des trois montagnes te remplira de frayeur. »

Sandal posa derechef la main sur l'épaule de No.

— Pour deux combattants comme toi et moi, remarqua-t-il, ceci est un véritable défi qui incite à aller vers le sud pour résoudre l'énigme. Est-ce que celle décrite par le texte est la même que celle que tu m'as toujours cachée jusqu'à présent, Tahonka-No ?

— Oui, affirma celui-ci avant de déchiffrer le troisième paragraphe de l'inscription.

« L'éboulement des versants glacés t'écrasera et emportera tes ossements avec lui dans la vallée. L'air ténu des sommets isolés et enneigés déchirera tes poumons. Et ensuite, la vue de la vallée des Connaissances Heureuses te brisera. »

— Que de promesses alléchantes ! s'exclama le jeune homme.

Néanmoins, il sentit s'emparer de lui une certaine crainte, mêlée de scepticisme et de prudence.

— Sois convaincu d'une chose : celui qui a écrit ces phrases savait ce qu'il annonçait, insista Tahonka d'un air grave.

— Il existe sûrement de par ce monde quelques téméraires

capables de vaincre chacune de ces menaces, aussi sérieuses soient-elles, affirma Sandal, de mauvaise humeur. Toi et moi en faisons partie.

Le thoen lança un long jet d'eau de source en direction des deux hommes. Un jet qui provenait d'une ouverture invisible située près de la touffe couleur ocre plantée au sommet de sa tête sphérique.

Puis, de sa main aux huit doigts, l'animal la saisit et la tractionna de toutes ses forces ; simultanément, lui-même se hissa hors de l'eau – comme s'il s'était soulevé en se tirant lui-même par les cheveux.

— Je ne suis pas tellement sûr de ce que tu affirmes. Bon, continuons… reprit Tahonka.

« La rive de la mer annulaire dispose d'une quadruple protection : le champ d'épines, la poussière d'os livides et de décomposition intégrale, la putréfaction de la bourbe et la forêt des carnivores. »

— Diable ! grogna Sandal. Combien est long et semé d'embûches le chemin qui mène à la vengeance !

Tahonka le scruta de ses grands yeux ternes avant de terminer sa lecture.

« Quant à l'Île des Bienheureux, tu ne l'atteindras jamais. Toi qui la cherches, cache-toi et tremble de peur, car ta mort est plus proche que tu ne le penses. »

— Au moins, à présent, constata l'Exotan, nous savons exactement quelles sortes de reliefs nous devons parcourir sur nos montures pour atteindre notre but. J'ignorais même, jusqu'à cette minute précise, que le secret se trouvait sur une île !

— La planète tout entière est interdite, ajouta Tahonka-No d'une voix hésitante. Nous allons mourir à coup sûr, mais tu es mon ami et je répondrai à toutes tes questions.

Un sourire détendit le fin visage du jeune chasseur.

— Je te remercie, murmura-t-il. Voici donc la première : en quoi consiste ce fameux secret enveloppé d'une telle protection ?

Avant de livrer les renseignements attendus, Tahonka-No ramena son interlocuteur auprès du feu.

— Notre peuple est assez bien au courant de ce qui se passe à l'intérieur de l'Essaim. Nous connaissons par exemple les puissantes créatures appelées par nous les Premiers Serviteurs d'Y'Xanthymr.

— Quel est leur aspect extérieur? interrogea Sandal, le souffle court. Petits et pourpres, secs et silencieux, n'est-ce pas? Ils ont…

Tas d'Os étendit les bras et lui fit signe qu'il se trompait. Ses yeux suivirent durant quelques secondes le vol d'un papillon avant qu'il ne se décide à reprendre la parole.

— Non, ils ne sont ni petits ni pourpres. Les Petits Silencieux, ainsi les nomme-t-on, font partie des populations d'esclaves. Les autres sont des êtres de couleur ocre, extrêmement puissants et dotés d'un immense pouvoir démoniaque. Ils vivent dans une gigantesque coupole d'énergie pure, très loin dans le sud, sur l'île qui se dresse au centre de la mer annulaire. Ils possèdent des forces contre lesquelles même ton arc invincible est sans effet, Sandal Tolk!

Le jeune Exotan savait très bien que chaque existence prenait fin un jour ou l'autre et que toute créature vivante était mortelle, même si elle n'était pas forcément vulnérable à ses flèches. Aussi répondit-il sur un ton plein de mépris :

— Je réussirai également à tuer les créatures jaunes, crois-moi. Car c'est dans le cri d'agonie poussé par mon grand-père et dans la vision des murs enflammés de la forteresse des Crater que se trouve la source de ma force. C'est là que réside la puissance de mon arc meurtrier et de ses traits inaudibles, mon ami. Crois-moi!

Tahonka-No laissa passer un peu de temps avant de s'exclamer, partagé entre l'étonnement et l'admiration :

— Par les Idoles Jaunes, Sandal! Je crois en effet que tu y arriveras!

— Moi aussi, j'y crois! confirma le chasseur-guerrier. Parle-moi encore des Premiers Serviteurs d'Y'Xanthymr, s'il te plaît!

Il songea au cadavre noirci et informe de Beareema, sa jeune épouse.

— Je ne sais pas grand-chose sur les Premiers Serviteurs,

déclara No d'emblée. Ils se font assister presque exclusivement par des créatures qui leur sont subordonnées et par des membres des populations d'esclaves. Et pour comble, ils se font également porter par eux !

— Même par les Petits Pourpres ? voulut préciser Sandal.

— Oui, même par eux ! confirma son ami exotique.

— Nous allons venger les Crater ! répéta le dernier rejeton vivant de l'ancienne dynastie d'Exota-Alpha.

Le thoen s'approcha d'eux en miaulant. Il s'assit de sorte que ses quatre membres disparaissent sous son corps en forme de boule. Les doigts de l'unique main de son unique bras plongèrent dans les braises et en saisirent une poignée qu'il fit aussitôt disparaître dans un endroit spécial de son corps, invisible pour Sandal et pour No.

***

Le lendemain matin, pendant que Tas d'Os sellait les lycambres, frottait leur pelage couvert de particules diverses, démêlait leur crinière et contrôlait les brides, pendant qu'il transformait tant bien que mal en sièges plus confortables les selles primitives que constituaient les morceaux de fourrure du taureau tué par le chasseur, Sandal reportait lentement un texte sur l'un des rouleaux cachés dans la poignée de son arc.

« Les renseignements fournis par Tahonka-No ont eu une influence déterminante sur mes réflexions et mes intentions. Je me souviens parfaitement des trois colonnes destructrices de Petits Pourpres, sur ma planète-patrie. Ces créatures ont traîné partout avec elles des sortes de chaises à porteurs dans chacune desquelles était suspendue une grosse boule. Chaque fois qu'une décision devait être prise, elles couraient vers cette boule pour s'informer des ordres à exécuter. C'est du moins ce que j'ai toujours cru.

« Je dois donc, pendant les jours et les semaines à venir, continuer à me consacrer à mon communicateur individuel, pour capter les échanges de messages entre les occupants de l'énorme hémisphère situé dans le sud – sur ce qu'ils appellent l'Île des Bienheureux ! – et d'autres interlocuteurs inconnus de nous.

« De même, je ne vais plus tenter de pénétrer dans aucune des petites coupoles telles que nous en avons déjà vu à maintes reprises de plus près, Tahonka-No et moi.

« Je ne pourrai ensuite accomplir ma vengeance que si j'investis le grand dôme et si j'y rencontre les créatures que l'on appelle les Premiers Serviteurs de l'Idole – ou des Idoles.

« À partir de l'Île des Bienheureux, des ordres sont en permanence lancés, pour autant que j'aie pu le constater. Il semble que tous les autres habitants de la planète Vetrahoon doivent obéir à ces directives. Depuis que No et moi nous sommes rencontrés et avons dépassé la première coupole, nous avons plus ou moins inconsciemment pris la direction du sud.

« Maintenant que nous avons déchiffré l'inscription, nous savons que c'est la bonne direction. Là où se trouve l'Île, je découvrirai le point final de ma vengeance.

« Je continuerai à noter mes impressions quand des surprises ou des événements nouveaux surviendront, afin de compléter la chronique de la dynastie des Crater.

Écrit au mois de février 3442 sur Vetrahoon, à l'heure où l'inonde le soleil de midi. »

Sandal se leva, roula son papier en le serrant très fort pour le réintroduire dans la poignée de son arc, puis il s'adressa à son frère d'armes :

— Nous nous contenterons aujourd'hui d'un bref parcours, No !

***

Un flot de lumière et de chaleur tombait du ciel ce jour-là. La canicule était notablement plus forte que d'habitude. Pas la moindre brise n'agitait les feuilles. La journée se terminerait certainement par un orage tropical démoniaque.

Brusquement, l'Exotan leva la main. Le bourdonnement de son communicateur de poignet avait attiré son attention.

Il pressa la touche de contact, se cala sur le mode réception puis rapprocha le microphone et le haut-parleur du translateur automatique qu'il portait au bras droit.

— Un message radio ! En provenance de la coupole ?

Il pivota lentement sur lui-même. Lorsque la ligne imaginaire prolongeant l'axe du bracelet coïncida avec la direction du sud, la réception devint claire et particulièrement nette. Ainsi donc, le message était bien émis depuis le dôme de l'Île des Bienheureux, qu'ils n'avaient encore jamais vu à ce jour.

Le translateur parlait d'une voix grinçante mais très intelligible. Sandal écouta avec grande attention, puis il répéta le long texte encore une fois pour lui-même.

« Des directives à l'usage des habitants de Vetrahoon continuent à arriver en provenance de la coupole énergétique des Premiers Serviteurs. Il est interdit à toute créature vivante de s'approcher du dôme au-delà de la lisière de la savane, autrement dit du champ d'épineux. C'est l'Idole elle-même qui l'interdit, car de grandes choses se préparent. Tout contrevenant sera puni de mort immédiate ».

Le chasseur-guerrier songea à la double figure grimaçante sculptée dans les parois rocheuses du canyon, cette sorte de temple où leur incursion avait failli leur coûter la vie quelques jours plus tôt.

— Il semble de plus en plus certain, déclara Tahonka, que tu trouveras là-bas ce que tu cherches !

Le jeune Exotan vit les rayons du soleil caniculaire traverser les branches, scintiller sur les ailes bourdonnantes d'un gros insecte, puis se diffracter dans les vagues de l'eau qui déferlait à flots le long des versants pour ensuite s'infiltrer dans quelque gouffre invisible. La forêt lumineuse qui avait remplacé le marécage et la jungle des derniers jours de chevauchée s'étendait, comme paralysée, sous les traits de feu de l'astre impitoyable.

— Il faut absolument que je trouve ce despote qui a amené dans ma patrie les étoiles et les planètes de la tienne, déclara Sandal d'un air pensif. Il faut qu'il arrête cette agression, sinon je le tuerai.

— Par toutes les Idoles ! renchérit Tahonka-No sur le même ton admiratif que précédemment. Moi qui suis tellement plus âgé que toi, je trouve ton courage plus éclatant encore à la lumière du soleil. Je resterai à tes côtés !

Le jeune chasseur devinait que son compagnon oscillait entre son amitié pour lui et l'ascendant de l'Idole Jaune. Lui-même ne croyait pas au pouvoir de tels dieux. À ses yeux, l'homme était le propre guide de sa vie et quand il mourait, tout était bien, dans la mesure où cet ultime événement se passait dans l'honneur et la dignité.

— C'est logique, répondit-il, toujours absorbé par ses réflexions.

Au point qu'il ne vit pas le thoen apporter un gigantesque champignon comestible et l'offrir en pâture aux lycambres. Les montures demeurèrent calmes, bien que l'animal ait l'air tout à fait irréel.

— Qu'est-ce qui est logique ? voulut savoir Tahonka.

— Que les ordres proviennent de la grande coupole. Car si cette planète est un centre de repos, il est également possible que les puissants Premiers Serviteurs y aient construit une sorte d'unité hospitalière. Pour eux, ou pour d'autres.

— Et voilà ! s'écria le squelette ambulant, puis il ajouta sur un tout autre registre : Nous avons besoin d'une cachette sûre pour cette nuit. Il va y avoir un de ces terribles orages qui ne manquera pas de nous plonger tous, y compris les bêtes, dans une frayeur indicible !

Le bras tendu, Sandal lui indiqua la direction du sud.

— J'aperçois là-bas des montagnes de basse altitude où doivent abonder les grottes. Nous en trouverons bien une pour nous abriter. On y va ?

— Bon. D'accord. La promesse que je t'ai faite de t'aider est valable jusqu'au sommet de la montagne. Une fois arrivé là-haut, je déciderai si moi aussi, je continue à chevaucher à tes côtés jusqu'à la coupole, Sandal.

Sans perdre de temps à réfléchir, ils sautèrent en selle et partirent à fond de train. C'est à peine s'ils laissaient des traces derrière eux, ce qui n'empêcha pas le thoen de leur emboîter le pas. Lorsque le chemin devint plus difficile, l'étrange animal déploya quatre ailes et suivit les cavaliers par la voie aérienne.

Durant douze jours, les deux aventuriers et leur fidèle accompagnateur filèrent presque en ligne droite vers le sud. Ils sillonnèrent la forêt, longèrent des amoncellements de rochers, traversèrent des gués où ils furent copieusement éclaboussés. Aussi bien des éperons que de la cravache, les cavaliers forcèrent leurs montures à grimper et à descendre moult versants abrupts et couverts de caillasse.

Ils côtoyèrent également des cascades qui chutaient de plusieurs centaines de mètres et irriguaient des étendues de zones verdoyantes au milieu des gorges. Le relief s'accentuait sans interruption et les hommes se rendirent bientôt compte qu'une série de trois massifs montagneux formant un arc de cercle coupait le continent. Loin vers l'est, tout comme également loin vers l'ouest, ils virent des chaînes de collines aux pentes douces qui ne cessaient de prendre de l'altitude. Au sud-ouest et au sud-est, les crêtes atteignaient des hauteurs vertigineuses, puis descendaient de nouveau. Une triple barrière cachait l'île, le champ d'épines et la mer annulaire à la vue des cavaliers.

Douze jours de chevauchée ininterrompue…

Pendant douze jours, les deux coéquipiers galopèrent à travers la canicule et le crépuscule, au milieu de nuées d'insectes, de torrents impétueux et de vallées marécageuses. Douze fois cinquante kilomètres en moyenne, selon l'estimation du jeune chasseur. De courtes pauses alternaient avec de longues périodes de sommeil, afin de vaincre l'épuisement des hommes et de leurs montures. Quant au thoen, il semblait avoir oublié ses instincts ludiques. Il accompagnait les deux autres dans la recherche des produits alimentaires et, comme il se contentait du même menu qu'eux – à l'exception des morceaux de braises qu'il pêchait dans les feux –, bien des problèmes trouvaient leur solution d'eux-mêmes. La touffe de cheveux couleur ocre qui ornait la tête du compagnon squelettique de Sandal était devenue une image familière aux yeux du thoen, et il leur sauva même la vie une fois en se mettant à miauler comme un possédé lorsqu'une troupe de reconnaissance s'approcha par la voie des airs.

La fin de l'étape approchait.

Debout juste au-dessous de la cime la plus élevée, ils demeurèrent un long moment immobiles, le souffle court, secoués de légers frissons dans la bise ténue de la haute montagne.

Encore trois cents mètres, et ils auraient la grande barrière derrière eux.

CHAPITRE XIV

Tahonka-No se mit à déclamer le fameux texte sans manquer le moindre mot mais néanmoins, comme il parut à Sandal, sur un ton légèrement craintif.

« La rive de la mer annulaire dispose d'une quadruple protection : le champ d'épines, la poussière d'os livides et de décomposition intégrale, la putréfaction de la bourbe et la forêt des carnivores.

« Quant à l'Île des Bienheureux, tu ne l'atteindras jamais. Toi qui la cherches, cache-toi et tremble de peur, car ta mort est plus proche que tu ne le penses. »

Un vent cinglant, apportant avec lui des bruits mélodieux et inconnus, hurlait autour de leurs têtes. Les lycambres se rapprochèrent l'un de l'autre. L'Exotan tenait les deux brides d'une poigne ferme et caressait les animaux pour les apaiser. Ils avaient tous besoin d'un repos prolongé, même le thoen.

— Qu'avons-nous à craindre ? Qu'est-ce qui pourrait nous faire peur ? La vue de la vallée ne nous a pas disloqué les articulations ! remarqua le jeune homme sur un ton parfaitement décontracté.

À l'aide d'une bande plastifiée, il protégea ses yeux du soleil aveuglant et considéra le panorama gigantesque qui se déployait au-dessous d'eux. Il leur semblait embrasser le paysage jusqu'au pôle sud de la planète, à travers l'atmosphère raréfiée.

— Ne crains rien, Sandal. Je vois les dangers décrits par l'inscription.

— Moi aussi. Et ils ne m'apparaissent pas invincibles. C'est l'heure de vérité pour nous, Tahonka-No !

— Je sais. Laisse-moi encore un peu de temps !

Le chasseur-guerrier acquiesça d'un signe de tête plein de compréhension.

À vue de nez, il estimait qu'ils avaient atteint une altitude située entre trois et quatre mille mètres. Ils n'avaient aucune difficulté à respirer, ce qui leur paraissait étrange ; néanmoins, hommes et bêtes se sentaient en permanence le souffle court. Loin au-dessus d'eux, un bruit de tonnerre se faisait entendre, qu'ils captaient très faiblement et dont seul un scintillement argenté leur permit d'identifier l'origine. C'était un vaisseau spatial qui filait dans l'atmosphère, en direction du sud.

— La coupole ! Elle dépasse tout ce que nous avons vu jusqu'à maintenant ! constata Sandal.

Le point le plus élevé de cet artéfact dont la courbure représentait le tiers supérieur d'un cercle se trouvait environ à la hauteur de leurs yeux. À l'intérieur, ils distinguèrent une ville gigantesque enveloppée de nuages et baignant dans une lumière jaunâtre qui résultait de l'effet de filtre du bouclier énergétique. Le dôme mesurait-il cent kilomètres, ou seulement dix ? C'était impossible à préciser – les confins se fondaient avec la ligne d'horizon.

Sandal se rappela soudain la fameuse pierre gravée de ces avertissements effroyables.

— Tout se confirme. Je découvre une île géante dont nous ne voyons pas les limites. En partant du périmètre apparent du cercle, je peux arriver à un diamètre de deux cents kilomètres. Et la cité, autrement dit la coupole, a été construite sur le côté de l'île qui est le plus proche de nous.

Le versant de la montagne tombait à environ quarante-cinq degrés jusqu'à une altitude d'à peine quelques mètres au-dessus du niveau de la mer. Entre les bandes aquatiques scintillantes et le dernier versant de la montagne s'étendait une immense plaine, dont le relief relativement plat était évidemment coupé de nombreuses élévations.

Tahonka-No indiqua du doigt le ciel au-dessus de leurs têtes.

— Un second vaisseau spatial s'approche de l'écran énergétique aux reflets rougeâtres ! dit-il. C'est donc bien là que se trouve ton but, jeune chasseur !

— Je le vois !

Au-dessus d'eux se déployait un merveilleux ciel bleu dans lequel voguaient d'énormes formations de nuages circulaires, en traînes ininterrompues s'étirant d'ouest en est. La lumière et l'ombre glissaient sur la savane, sur les dunes, sur les étendues marécageuses et sur l'anneau de la jungle qui se dessinait en avant des bandes aquatiques. Pour autant qu'ils pouvaient distinguer le paysage depuis l'endroit où ils se trouvaient, tout était agencé selon des cercles concentriques.

— Là-bas, dans la forêt, il semblerait qu'il y ait un astroport. Tu possèdes bien un appareil qui te permet de voir de près les objets éloignés, n'est-ce pas ? fit remarquer No.

— Je l'ai déjà en main, répliqua Sandal tout en passant les brides au thoen qui agitait énergiquement la touffe de poils hérissée surmontant son crâne.

Il va de soi que l'Exotan ne distinguait pas tout avec ses jumelles, pas plus que son compagnon quand il les lui passa, mais leur imagination pouvait compléter les éléments dissimulés à leur regard.

Tout semblait effectivement avoir été agencé en une succession d'anneaux centrés sur le milieu de l'île. Celle-ci était également presque ronde, entourée d'une mer intérieure qui, à cet endroit, paraissait avoir cent kilomètres de largeur… Sandal en demeura interdit. Il calcula que l'œil humain, même assisté par les jumelles, était tout à fait incapable de voir si loin depuis cette hauteur.

Mais ensuite, il reconnut l'erreur de sa conclusion ou de son illusion d'optique : le bouclier énergétique rapprochait en quelque sorte l'image de son observateur parce qu'il servait d'échelle de mesure. Manifestement, les distances que le jeune homme avait calculées en se basant sur ce qu'il voyait étaient exactes.

Les bandes de forêt vierge, la bourbe presque noire, le sable et la savane couverte d'épines se succédaient en cercles concentriques.

À l'est, en pleine jungle, se dressait un mât élevé – ou plutôt la tour de l'astroport sur lequel, en ce moment même, atterrissait le troisième vaisseau spatial qu'ils avaient observé.

Un pont énergétique au seuil en forme d'arche et quasi cylindrique, vaguement identifiable, reliait l'astroport à l'île. Son extrémité se perdait dans la brillance du bouclier.

— En dehors de ce tube ou de ce pont, il est impossible de voler jusqu'à l'île – c'est-à-dire de l'approcher par la voie des airs ! constata Sandal.

— C'est le domaine des Puissants ! expliqua Tahonka-No, dont la voix trahissait la crainte qu'il éprouvait à nouveau.

Quant à son ami, pour l'instant, il avait faim et une furieuse envie de dormir un bon moment.

— Je ne vais pas tarder à reprendre ma chevauchée, dit-il pourtant avec un calme olympien. Car je vois maintenant mon chemin et le but que je me suis fixé.

La nervosité et l'inquiétude qui, depuis plusieurs jours, s'étaient manifestées de plus en plus nettement chez Tahonka-No finirent par éclater.

— Si tu poursuis ta route, tu mourras, Sandal ! lui cria-t-il avec une rare violence.

— C'est fort possible, riposta son ami d'une voix dure. Mais si je meurs, ce sera en guerrier et non pas en homme poursuivi ! Et il me semble extrêmement improbable que des créatures qui volent en glisseurs aériens soient aptes à combattre à ma façon ! Je les vaincrai toutes avec mes deux cent cinquante flèches !

Tahonka baissa la tête en silence. Puis il attendit quelques minutes et finit par retrouver l'usage de la parole.

— Je t'accompagnerai, Sandal. Même si notre chevauchée nous conduit tout droit dans la mort !

Le jeune chasseur leva le bras vers son frère d'armes, et tous deux scellèrent une fois de plus leur fraternité inébranlable d'une solide poignée de main.

— Tu es plus dur que ce rocher, mais c'est justement dans cette dureté que je puise mon espoir ! avoua Tas d'Os. Descendons, à présent !

— Imprégnons-nous bien, avant de partir, de la direction à prendre et des particularités les plus marquantes qu'offre le chemin, objecta Sandal.

Il laissa glisser lentement son regard sur le paysage,

fixa dans sa mémoire quelques points de repère parmi la masse des formes de reliefs changeants, s'attarda sur la coupole et sur les nombreux échos scintillants qui, en réalité, étaient des appareils volants, puis il opina du chef en signe d'approbation.

— Allez, on y va ! finit-il par déclarer.

Loin au-dessous d'eux planait un immense glisseur, à l'aplomb des bandes de savane. Les deux cavaliers continueraient également à être sauvés par le décalage – décalage entre leur petite taille et l'échelle de ces engins issus d'une technologie évoluée. Quiconque était habitué à chercher et à lutter depuis une position élevée n'avait pas la moindre chance contre un chasseur-guerrier déterminé se déplaçant à ras du sol et se tapissant dans les multiples types de cachettes disponibles, s'il ne commençait pas par dévaster une grande partie du terrain.

— « Car notre mort est plus proche que nous ne le pensons ! » cita Tahonka-No en sautant sur la selle de sa monture et en suivant son guide.

De son côté, le thoen déploya ses ailes et plongea en tourbillonnant vers la plaine.

Ainsi commença leur chevauchée vers la mort.

*
* *

Tout en relâchant la bride pour laisser sa monture choisir elle-même son chemin, le maigre compagnon de l'Exotan essaya de remettre de l'ordre dans ses pensées. Deux visions du monde menaient dans son esprit une guerre aussi acharnée que silencieuse.

Au cours des nombreux jours qui s'étaient écoulés depuis le moment où Sandal Tolk lui avait sauvé la vie, No avait appris à estimer ce jeune chasseur intrépide comme s'il était son propre frère. Il comprenait que cet individu exceptionnel incarnait tout le pragmatisme de la lutte et de la survie, qu'il était né coureur de forêts, guerrier, archer… ouvert à toute manifestation issue de la nature, du danger ou de la technique. Un esprit totalement libre et sans préjugés. Pour lui,

Sandal incarnait le type même de l'être intelligent qui pouvait arriver partout à ses fins avec les moyens appropriés.

En comparaison, Tahonka-No finissait par juger terriblement monotone la vie qu'il avait menée jusqu'alors. Il portait sur ses épaules le lourd fardeau de la foi, de la culture et de la superstition, des nombreux facteurs et coutumes de l'éducation, de la vie commune et des structures de pouvoir qui régnaient à l'intérieur de l'Essaim, ainsi que Sandal appelait sa patrie d'origine. Une interdiction prononcée par les Premiers Serviteurs avait une valeur absolue pour lui et pour son peuple, ainsi que pour les Petits Pourpres silencieux. Qu'allait-il faire ? D'un côté, il était heureux d'avoir pris cette décision, mais elle risquait effectivement de le mener à sa fin.

D'un autre côté… Comparativement, les dangers qui s'amoncelaient devant eux prenaient des proportions phénoménales. Certes, ils avaient déjà franchi la moitié du chemin sans être ni tués, ni abattus, ni mis en pièces. Mais un jour ou l'autre triompherait la loi des grands nombres – et cela aussi faisait partie des leçons dispensées par Sandal.

Deux hommes contre des milliers de dangers. À la longue, ils ne pouvaient pas ne pas perdre !

Le soir tombait lorsqu'ils établirent leur campement au fond d'un petit ravin plongé dans la fraîcheur. Ils avaient déjà accompli presque les deux tiers de la descente. Entre eux et l'Île des Bienheureux s'étendaient encore environ cent soixante-dix kilomètres.

Parsemés d'innombrables occasions de trépasser !

*
* *

Au cours des premières heures de la matinée, la surface boisée qui empiétait largement sur le bas du dernier versant montagneux fit place à une zone de végétation totalement différente, une vaste zone plantée d'épineux.

La température se rafraîchit et, en même temps, la lumière changea. Un petit torrent qui dessinait, comme en se jouant, d'innombrables sinuosités se révéla sur la droite des cinq silhouettes sortant de la forêt vierge. Plus loin, il allait se dissimuler derrière les buissons touffus.

— Nous sommes très bien ici, Tahonka, déclara Sandal. Nous allons nous y reposer pendant deux jours entiers afin de renouveler nos forces. Ensuite, il nous faudra traverser la savane épineuse en deux jours d'une chevauchée extrêmement maîtrisée ; pour cela, nous aurons besoin de beaucoup de provisions et de montures en pleine forme. D'accord ?

— D'accord, approuva l'interpellé tout en levant le bras en arrière. Seulement… à partir de maintenant, nous risquons notre vie au moindre pas. Ne confonds surtout pas courage et insouciance !

— Merci pour le bon conseil, répliqua le jeune homme. Tu as raison.

Ils installèrent leur campement, chassèrent du gibier, allumèrent le feu et firent leur toilette ainsi que celle des animaux. Quelques heures plus tard, ils prirent, avec l'aide du thoen, leur premier véritable repas depuis de longs jours. Les montures se mirent à paître et à s'ébrouer dans l'eau, le curieux être sphérique grimpa dans les branches des arbres.

Le temps s'écoula lentement, puis l'après-midi s'approcha. Les deux cavaliers s'étendirent avec paresse et déjà ensommeillés dans les hamacs. Après avoir longuement étudié celui de Sandal, le thoen s'en fabriqua un avec des lianes et d'étranges fibres de plantes ressemblant à des cheveux, mais suffisamment solides pour supporter son poids qui devait être sensiblement le même que celui, très faible, de Tahonka-No.

Un feulement arracha Sandal à de douces pensées. Il provenait certainement du « dehors », autrement dit du champ d'épineux.

— Qu'est-ce c'est ? s'écria-t-il, aussitôt en alerte.

Il saisit son arme qui était suspendue à une branche juste au-dessus de son visage.

— Une des patrouilles aériennes, je suppose. Nous avons déjà souvent entendu ce bruit.

— Mais jamais encore aussi près ! précisa l'Exotan en sautant à terre.

Puis il courut sans bruit jusqu'aux derniers arbres en bordure de la savane.

Il s'arrêta, collé contre l'écorce et fondu dans l'ombre. Un glisseur de taille moyenne, soit dix à quinze mètres de longueur, volait d'est en ouest en rasant les cimes des géants végétaux. Sandal pouvait distinguer à la fois le moindre rivet de l'appareil et le moindre détail du relief voisin.

— Est-ce qu'ils nous cherchent ? murmura-t-il comme pour lui seul.

— Non, répondit Tas d'Os sans hésitation. S'ils nous cherchaient, ils auraient choisi une autre tactique.

Le chasseur-guerrier fit volte-face d'un air surpris. Il n'avait pas entendu venir Tahonka-No.

Le véhicule volant se rapprochait. Il planait à environ trente ou quarante mètres d'altitude.

Les inconnus exploraient la région avec grande minutie depuis leur étrange engin en forme de goutte d'eau. Que Tahonka vînt à se servir de son arme radiante, et les deux cavaliers seraient aisément repérables.

Après avoir pris de la hauteur et viré à une vingtaine de mètres de la cachette des intrus, le glisseur se dirigea vers le sud, autrement dit vers la plage lointaine. Cette manœuvre avait permis aux cavaliers de voir la coupole transparente munie de quelques ouvertures au-dessus des sièges des occupants, lesquels présentaient un aspect humanoïde. Ils observaient le sol avec de curieux instruments. Sans faire le moindre bruit, ils se déplaçaient avec leur véhicule en balayant lentement la forêt et chaque buisson du champ d'épineux à l'aide de tubes optiques.

— Je me demande pourquoi ils ont abandonné leurs recherches ! murmura No.

Sandal ouvrit la bouche et, finalement, s'abstint de répondre. D'un geste nerveux, il donna un coup à son compagnon en lui indiquant du doigt quelque chose devant eux. Le thoen planait d'un vol lent, tel un énorme insecte, avec ses pattes ramenées sous lui. Il demeura en l'air au-dessus de l'un des buissons couverts de fleurs vertes et blanches. Le soleil créait sans interruption de minuscules reflets sur ses deux paires d'ailes transparentes.

— Il est en quête de nourriture ou de jouets, déclara Tahonka-No d'un air sidéré. Ils vont le tuer ! Pauvre bête innocente…

Le glisseur exécuta une courbe, tourna autour du buisson en question et le canon de l'une de ses armes visa le thoen. Sandal retint son souffle.

— Non ! s'écria-t-il, au comble de l'émotion.

L'animal se laissa descendre lentement jusqu'à ce qu'il se trouve juste au-dessus de la fleur la plus haute. Vision idéale pour un romantique, fatale pour le thoen… Une fureur violente s'empara du jeune chasseur. Soudain, venus de très loin, retentirent successivement quatre claquements secs, et une succession de détonations ébranla la forêt.

Depuis un endroit indiscernable, des faisceaux rayonnants jaillirent vers le haut, frappèrent le glisseur à l'avant, à l'arrière puis au milieu. Il s'ensuivit des explosions, un cri strident fusa, puis d'autres détonations.

— Ils abattent leur propre engin ! s'indigna Tahonka à travers le vacarme.

— En effet !

Après avoir été frappé une douzaine de fois au moins, l'appareil se transforma en une épave embrasée et fumante que martelèrent encore sans interruption de nouveaux tirs. Une des machines s'emballa avec des hurlements aigus et les restes du véhicule piquèrent du nez. Quelques secondes plus tard, l'épave, traînant derrière elle un énorme panache de fumée noire, chut à terre où elle explosa.

Avec force glapissements et sifflements, des fragments métalliques incandescents tourbillonnèrent dans les airs, déchirèrent les plantes et churent en crépitant dans la forêt. Pour un peu, le fracas faillit faire éclater les tympans des cavaliers. Le thoen poussait des cris perçants ; il allongea les pattes et repartit à toute allure en slalomant entre les troncs pour disparaître enfin dans les cimes des arbres.

Le glisseur se volatilisa lui aussi dans un tonnerre d'explosions et de fumée, laquelle forma un nuage à l'allure de champignon qui ne se dispersa que lentement sous l'effet d'une brise indolente.

— Bien que j'aie tout vu, je peux à peine y croire, finit par murmurer Sandal en hochant la tête d'un air stupéfait.

— Leur interdiction est également valable pour leurs propres troupes. Même ceux qui sont chargés de la protection de l'Île des Bienheureux n'ont pas le droit de survoler les secteurs de mort.

Le voile de fumée, se délayant dans l'atmosphère, finit par se glisser entre les lueurs rouges du soleil couchant et les deux aventuriers. Sandal se gratta la nuque d'un air pensif.

— Une chose est certaine, nous devons abandonner l'idée de nous emparer d'un glisseur aérien pour voler jusqu'à l'île.

— En effet ! confirma Tahonka-No. Néanmoins, tu tiens encore à franchir la zone fatale ?

— Bien sûr ! s'exclama son ami.

Il leur fallait à présent se rendre à l'évidence : si les quatre anneaux caractéristiques du secteur correspondaient en quelque sorte à un agencement au départ naturel, ils avaient selon toute apparence été transformés et agencés en un système de mort. Même l'herbe qui poussait dans le champ au milieu des buissons d'épineux et qui, malgré sa hauteur, donnait l'impression d'être bien entretenue, semblait avoir subi l'intervention de cet étrange aménagement des espaces locaux.

— Le moindre pas cache un danger, rappela Tas d'Os.

— Ce n'est pas la première fois que tu le dis, riposta l'Exotan. Nous allons tâter le sol avant d'y poser le pied. Cela prolongera sans doute le temps nécessaire pour mener à bien notre entreprise. Il faut donc que nous nous reposions avant pour reprendre des forces.

— Es-tu un champion de la bravoure ou de la sottise ? voulut savoir Tahonka-No sans cacher le sarcasme.

— Il m'arrive parfois de me le demander, avoua Sandal. Mais Beareema et Chelifer me soufflent qu'il s'agit plutôt de bravoure.

Il revint au campement où il trouva le thoen qui s'était enroulé sous un arbre et tremblait de tout son corps, en tenant entre ses doigts fins une fleur flétrie. Tout d'un coup sa main avait l'air d'appartenir à un humain et d'être très fragile.

Tahonka suivit le chasseur, se pelotonna dans son hamac et ne tarda pas à s'endormir.

*
* *

Ils avaient procédé à de multiples vérifications de leur équipement, fixé les récipients d'eau qui consistaient en grande partie en des calebasses plates et allongées, nettoyé, soigné et bichonné avec grand soin les lycambres. Tout était prêt. Ils reprenaient leur souffle, si l'on peut dire, pour traverser la première ceinture de mort.

— Reste une question à régler : allons-nous chevaucher de nuit, ou vaut-il mieux assumer le risque de courir de jour ?

Cette alternative prenait en considération les dangers en provenance du sol et de l'air. Après un profond et bref éclat de rire, Tahonka-No exprima ce que lui dictait son courage tout neuf.

— Nous devrions choisir un moyen terme, c'est-à-dire démarrer à l'ultime période de la nuit, au moment où l'horizon se colore de grisaille.

— Tu as raison, approuva son compagnon. C'est l'heure où tous les gardes dorment…

*
* *

Le soir tombait. Très haut au-dessus d'eux, dans la dernière lueur du soleil, ils aperçurent un vaisseau qui venait juste d'appareiller. Le grondement de tonnerre de ses blocs-propulsion n'était pas encore arrivé jusqu'à eux.

— Nous devrions encore nous accorder une nuit complète pour être tout à fait reposés. Comptons un délai de sept heures, cela fait trois heures et demie de garde pour chacun. Ça te convient ?

— Parfaitement, confirma Tahonka.

Ils étaient l'un et l'autre tendus et excités comme à la veille d'un combat imminent. Leur agitation pleine d'espoir se transmettait même aux deux montures et au thoen hypersensible.

Ils avaient nettoyé et contrôlé à fond leurs armes. Leurs vêtements étaient propres et leurs provisions, judicieusement réparties, devaient durer environ dix jours. Prudence et sagesse étaient les deux piliers d'une entreprise hasardeuse, ils le savaient l'un et l'autre.

Sandal dormit le premier, sous la garde de Tahonka, puis ils échangèrent les rôles.

Enfin, ils sautèrent sur leurs selles dans l'obscurité, chevauchèrent lentement jusqu'à la lisière de la forêt et attendirent. Le thoen s'était blotti sur la tête de Sandal et jetait de tous ses yeux des regards circulaires. Personne ne parlait. Ils attendaient un signe, une impulsion libératrice qui pourrait décharger toutes leur forces accumulées. Des pensées diverses traversaient l'esprit des deux cavaliers et tentaient de les troubler mais, finalement, ce fut Tahonka-No qui murmura :

— Là-bas, au loin, se prépare un orage. Au premier éclair violent, nous démarrons !

Sandal ne put s'empêcher de sourire. Il n'y avait pas de succès sans audace !

— D'accord, partenaire ! approuva-t-il en tirant sur ses gants.

Il avait réparti les carquois entre son dos et la selle. Maintenant, il était prêt.

— En avant !

Ce disant, Tahonka-No posa la main à plat sur la croupe de son lycambre. L'animal émit un grognement, se dressa à la verticale sur ses jambes postérieures et se précipita tête baissée. De son côté, le jeune Exotan retint le sien par la bride pendant quelques secondes avant de suivre son camarade, dans un style un peu moins spectaculaire.

Le premier élan et un galop tambourinant portèrent le cavalier de tête à deux cents mètres environ en plein champ.

C'est alors qu'ils se heurtèrent au piège numéro un.

Le thoen se pavanait fièrement, une longue branche dans son unique main, en suivant consciencieusement les traces des deux lycambres. Sandal le précédait, soucieux lui aussi de rester dans celles de Tahonka-No.

L'herbe s'était mise à bruire.

Et l'on percevait également une autre rumeur, sauvage celle-là, comme si des branches se déplaçaient. Du coin de l'œil, Tas d'Os vit des formes allongées qui se profilaient sous les herbes. Elles ressemblaient à de grands cactus sombres. À dix pas en face de sa monture, un index noir se dressa soudain, oscilla légèrement, puis réagit à l'approche des intrus. L'animal avait sans doute piétiné une racine sensible. Les cactus firent feu de tous leurs piquants, qui avaient environ la longueur d'une main humaine et fendirent l'air de tous côtés en bourdonnant comme des carreaux d'arbalète. Dix d'entre eux frappèrent le lycambre et son cavalier.

Tahonka-No n'éprouva qu'une série de chocs mais sa monture se cabra, poussa un cri puis se mit à gémir de souffrance et à ruer de tous côtés. Ce faisant, elle piétina d'autres racines, pivota sur elle-même et, aussitôt, des centaines de nouveaux piquants jaillirent. Ils crépitèrent sur l'épiderme de cuir du squelette ambulant, rebondirent et tombèrent sur le sol sans lui avoir fait le moindre mal.

En revanche, ils perforèrent en de nombreux endroits la peau du lycambre, s'enfoncèrent dans ses naseaux, dans ses yeux, dans son cou et dans sa bouche à la chair fragile. En l'espace de quelques minutes, l'animal fut couvert d'une centaine de blessures saignantes. Il s'emballa et trébucha en pleine course. Tahonka fut arraché à la selle, catapulté en l'air et, après avoir fait un tour sur lui-même, réussit à amortir la chute. Mais lui aussi, il écrasa les racines aux nerfs ultrasensibles, fut de nouveau la cible d'une multitude d'impacts de dards et sentit soudain l'eau s'échapper de l'un des réservoirs qui avait été percé par ces terribles aiguillons. Si les vêtements de No étaient hérissés de traits, lui-même ne souffrait pas de la moindre blessure.

En un éclair, il se remit sur pied et cria à l'adresse de Sandal :

— Attention ! Un champ de mines végétales vivantes ! Il

faut que tu chevauches exactement dans mes traces, sinon tu es perdu !

— D'accord. Et ton lycambre ?

— Fichu, mon ami ! Je t'en supplie, fais bien attention de ne pas déborder de mes traces !

Lentement, pas à pas, Sandal avança en direction de Tahonka-No. À présent, ils ne disposaient plus que d'une seule monture. Cette nouvelle situation nécessitait une modification de leur tactique ; de plus, elle impliquait un surcroît de travail et de fatigue pour le compagnon du jeune chasseur.

— J'arrive !

Aux pieds de Tas d'Os qui, rouspétant de toutes ses forces, arrachait les piquants de ses vêtements, son malheureux lycambre en train d'agoniser était secoué de convulsions qui faisaient courir des frissons sur l'épiderme de cuir de son maître. Après avoir pénétré dans l'anneau mortel chaotique, le jeune Exotan demeura prudemment en selle. Les premières lueurs du jour lui révélèrent le drame qui venait de se dérouler.

— Comment allons-nous procéder maintenant ? voulut savoir son compagnon, en évitant le plus possible de dramatiser la situation.

— Il va nous falloir recourir à l'astuce, comme toujours ! répliqua Sandal. Ta peau résiste à toute attaque de ces maudits piquants. Si tu me précèdes en avançant lentement, tu te déplaceras sans souci à travers ces horreurs. Et moi, je n'aurai pas à les subir.

Tahonka-No balança ses jambes pour se débarrasser des derniers dards plantés sur les bords de son espèce de combinaison.

— Une solution très sûre… Et très confortable… pour toi, du moins, lâcha-t-il en guise de commentaire.

— En échange, je récupère tout ton chargement. Allez, vite !

— D'accord. Il faut que nous ayons atteint la lisière de ce champ de malheur avant que les premiers patrouilleurs aériens ne montrent leur nez.

Cette bande meurtrière mesurait une trentaine de kilomètres.

Ils pouvaient donc la franchir avant le lever du soleil, à condition que Tahonka prenne ses jambes à son cou. Mais ensuite venait l'anneau de sable dont l'inscription avait parlé avec des détails suffisamment suggestifs.

— Je ferai de mon mieux, tu le sais bien !

Ils repoussèrent le cadavre du lycambre sur le côté et ôtèrent tous les bagages de la selle. Ils devaient procéder avec une extrême prudence, en faisant bien attention de ne pas poser les pieds dans l'herbe, hors des nombreuses empreintes de sabots. Ce qui eût été mortel pour Sandal, pour le second lycambre et pour le thoen.

Lorsque la monture fut chargée, Tahonka-No leva le bras.

— Maintenant, je vais essayer de courir aussi vite que je le peux. Prends bien garde !

— Ne t'inquiète pas ! s'écria le chasseur-guerrier en guise de réponse.

Il pivota sur lui-même et essaya de faire comprendre au thoen qu'il ferait mieux de voler s'il tenait à la vie. L'animal se mit aussitôt à sautiller en claironnant à pleine voix :

— To-en ! Toï-en !

Puis il émit quelque chose d'incompréhensible, tourna autour du jeune homme puis alla se poser tout à côté de Tahonka. Aussitôt, trois cactus se dressèrent et tirèrent leurs piquants partout autour d'eux.

À cet instant, le chasseur-guerrier comprit. Le thoen était également immunisé contre les attaques de ces plantes sataniques !

Le squelette ambulant et le bizarre petit animal se mirent à courir côte à côte vers le sud.

À leur gauche, l'horizon se couvrit d'une couleur grisâtre, puis argentée. Finalement apparut une longue bande rosée qui ressemblait quelque peu à une aurore boréale.

Sandal suivait les deux « fantassins » sur sa monture lourdement chargée qui avait adopté un trot plutôt lent.

Une heure s'écoula… Environ dix à douze kilomètres, pas davantage. La deuxième commença et un moment après, Tahonka-No fut obligé de s'arrêter parce qu'il disparaissait sous les piquants comme un hérisson. Mais ils étaient uniquement plantés dans ses vêtements. Il les arracha par poignées tout en disant à Sandal, dans un grognement :

— Ces plantes maudites sont toutes cachées sous les herbes. On ne peut pas les voir tant qu'on n'a pas mis le pied dessus et qu'on n'a pas touché l'une de leurs racines à fines nervures. Elles réagissent aux ébranlements et à la pression.

— Si tous les dangers de cet anneau se limitent à cela, nous n'aurons pas beaucoup de mal à les vaincre, remarqua l'Exotan, bien qu'il sentît battre son cœur à un rythme fou.

La paume de ses mains et tout son dos étaient trempés de transpiration.

Il y eut bientôt un nouveau claquement et, une fois de plus, un cactus lâcha ses flèches. Elles frappèrent le thoen et Tahonka-No. Cependant, elles étaient plus petites et manifestement plus molles, de sorte que leur impact ne causait aucun dommage. Il n'empêche qu'elles auraient néanmoins réussi à tuer le jeune Exotan !

La seconde heure toucha à sa fin. Parmi les groupes d'arbres curieux aux couronnes plates, Sandal vit, depuis sa position élevée, apparaître çà et là des taches de sable. C'étaient des crêtes de dunes dont les sommets les plus hauts, en forme de vagues figées, recevaient déjà les caresses des premiers rayons de l'aube.

— Nous y arriverons d'ici le lever du soleil ! s'écria Tahonka-No en redoublant de vitesse.

Le jour s'éclaircit de plus en plus. Du disque solaire rouge, on ne pouvait cependant encore voir que l'arrondi supérieur, soit un dixième environ. Le lycambre suivait les deux coureurs dans un trot accéléré. Plus l'étrange caravane approchait du sable, plus les cactus intensifiaient leur activité. Ils éclataient sans interruption et catapultaient leurs piquants meurtriers sur les intrus. Une fois, Sandal eut l'imprudence de trop s'approcher de son compagnon, ce qui lui valut d'être frappé par deux projectiles, l'un qui se planta dans l'étui abritant son radiant et l'autre qui provoqua un bruit sec en ricochant sur l'émetteur radio. Après cela, le cavalier demeura prudemment en arrière. Il n'avait plus de difficultés à distinguer les traces de pas de son compagnon.

— Où cours-tu ? lui cria-t-il lorsque la moitié du disque solaire eut surgi de l'horizon.

Tahonka-No jaillit comme un fauve à travers le mélange d'herbe foncée, humide de rosée, et l'ombre encore très allongée. Il fonçait vers un groupe important d'arbres spectaculaires et de buissons qui se dressaient juste à l'endroit où le sable faisait place à l'herbe – ou le contraire.

— Cache-toi ! hurla-t-il soudain en tournant la tête et en redoublant de vitesse.

Sandal sentit le flux d'air brûlant qui provenait du désert et asséchait la sueur sur son front. Ensuite, il eut fort à faire pour maintenir sa monture dans les traces.

Dans une succession rapide d'éclatements de cactus, le thoen et Tahonka-No arrivèrent sous la couronne du premier arbre.

Ils s'arrêtèrent, puis le courageux Tas d'Os piétina une large bande dont il vérifia consciencieusement la moindre parcelle. Lorsque l'Exotan l'atteignit à son tour, tout danger était écarté pour le moment. Ils avaient surmonté tous les pièges du premier anneau.

Le cavalier tomba presque de sa selle tant il était tendu et fatigué.

— Là-bas nous attend un autre avertissement… dit-il d'une voix enrouée.

Il détacha de la sangle large et rustique qui lui servait de selle le minimum de bagages qu'il suspendit à quelques branches pour les garder au sec, ainsi que ses carquois. Quant au malheureux coureur de fond, il était au bord de l'épuisement. Il étala une couverture par terre et s'assit dessus, la nuque appuyée contre un tronc. Son système respiratoire fonctionnait avec un sifflement permanent.

— Je suis complètement foutu ! déclara-t-il, à bout de souffle.

Sandal balaya du regard les alentours, puis il commença par s'occuper de son lycambre tandis que son compagnon se reposait. À travers les branches et les rameaux qui formaient au-dessus d'eux un dôme protecteur, il voyait que le jour était tout à fait levé. Les rayons pourpres du soleil tombaient sur les ossements d'une sorte de grand squelette qui se dressait dans le sable, à trente mètres au moins de la lisière du champ d'herbes.

Le chasseur-guerrier ne put réprimer un frisson qui lui secoua tout le corps.

— Par tous les Crater de mon passé ! s'écria-t-il en mâchonnant quelques noix triangulaires. Cela nous promet une chaude journée !

CHAPITRE XV

Le bosquet constitué d'une douzaine d'arbres et d'une cinquantaine de buissons couverts de fruits mesurait environ cinquante mètres de diamètre.

Le thoen s'envola à toute allure le long d'un tronc et disparut tandis que l'Exotan s'asseyait à son tour sur sa couverture et contemplait d'un air attristé le réservoir d'eau devenu inutile. Il creusa un trou pour y cacher le sac, puis se débarrassa des derniers piquants qui étaient restés fichés dans les équipements.

Son compagnon leva le bras droit d'un geste las et finit par murmurer :

— Quoi qu'il en soit, il nous est tout à fait impossible de traverser ce désert en plein jour !

— C'est l'évidence même, No. Je suis entièrement d'accord avec toi ! confirma Sandal.

À l'endroit où ils s'étaient réfugiés, ils semblaient être en sécurité. Le soleil ne cessait de monter dans le ciel, et sa lumière perçait toujours davantage les couronnes des arbres. Un brasier rougeâtre emplissait l'atmosphère. Couché sur le sol, Tahonka-No se reposait et reprenait des forces tandis que son ami examinait sans relâche l'étendue désertique.

Il avait appris à attendre…

Du sable, se dit-il. *Ce n'est rien d'autre que du rocher délité et moulu, de la pierre que la nature et l'érosion ont mis des millénaires à abraser et à polir. Dans le meilleur des cas, cela veut dire que sous certaines plaques sableuses se cache encore une sous-couche dure. Le reste n'est que sable et ossements blanchis, comme l'a annoncé l'inscription…*

— Nous avons eu de la chance ! Un quart du trajet est déjà derrière nous !

— Oui, nous avons eu beaucoup de chance, confirma sobrement Tahonka-No.

Si quelqu'un venait à atterrir sur cette planète en étant par exemple vêtu d'un spatiandre, il pourrait traverser sans danger la zone où les cactus projetaient leurs piquants en un feu nourri.

Et s'il ne faisait pas fonctionner d'appareils énergétiques, avec un peu de chance, on ne le repérerait pas, d'autant plus que le survol de ce secteur était également interdit aux gardiens.

Le champ de mines végétales n'était rien d'autre qu'un avertissement clair. Plus on approchait de la mer annulaire, plus les dangers risquaient de s'accroître.

— C'est en dormant que nous nous reposerons le mieux, suggéra Sandal. Nous avons le temps, jusqu'à la tombée du jour. Nul ne nous verra si nous traversons de nuit la zone sableuse. Cette bande est moins large que le champ précédent.

— Tu as raison !

Tahonka-No se releva. Les fatigues de cette course éperdue l'avaient marqué, et il paraissait plus maigre que jamais.

Ils installèrent leurs hamacs en lieu sûr, attachèrent le lycambre et plongèrent dans le sommeil.

Sept heures s'étaient écoulées lorsqu'ils furent réveillés par un cri strident. Ils réagirent à la vitesse de l'éclair en procédant exactement comme il le fallait en pareille circonstance.

— Debout ! Danger !

Les deux dormeurs se laissèrent glisser de leur couche suspendue, prirent en main leurs armes prêtes à entrer en action et s'écartèrent pour rejoindre en courant la lisière du dôme feuillu, où ils s'arrêtèrent.

Après avoir détaché sa corde, le lycambre s'était glissé sous les ramures et s'était avancé, tout en broutant, jusqu'à proximité d'une racine de cactus.

La plante s'était dressée et un bon tiers de ses dards avait frappé l'animal.

Le malheureux se cabrait et sautait en l'air en faisant le

gros dos. Hurlant à pleins poumons, il écrasa trois autres cactus et, à moitié fou de souffrance, finit par se sauver à toute allure en plein dans le désert.

Le lycambre parcourut une cinquantaine de mètres puis s'enlisa dans le terrain mouvant. Le sang coulait d'innombrables petites blessures sur son pelage et le sable, tournant lentement en formant un tourbillon, l'engloutit inéluctablement. Centimètre après centimètre.

L'animal se défendit encore pendant un petit moment, la bouche béante et les yeux exorbités, puis il disparut à jamais.

Le tourbillon s'apaisa peu à peu. Quelques petits soubresauts agitèrent encore la surface, puis le calme trompeur reprit possession du désert.

— Si j'avais oublié d'ôter nos équipements de selle... murmura Sandal en se passant la main sur le front auquel perlaient de grosses gouttes de transpiration.

Il se sentait au plus mal.

Il revint lentement jusqu'au tronc d'arbre, suivi de Tahonka-No.

— Cette fois, nous n'avons plus de monture ni l'un ni l'autre ! constata son camarade. Nous voici tels des piétons en randonnée, comme au début !

Le chasseur-guerrier acquiesça d'un signe de tête dépité.

— Certes, nous n'avons pas grand-chose à porter. Je m'étais bien demandé comment le lycambre allait pouvoir traverser la bande sableuse. Dans la vie, tous les événements ont leur bon et leur mauvais côté... Eh bien ! Voilà le côté positif !

Tas d'Os bloqua la sécurité de son radiant à sphères de feu, le rangea dans son ceinturon et fit remarquer sur un ton plutôt venimeux :

— Ton humour ressemble à la morsure d'un serpent des marais, partenaire !

— Ma foi... fit simplement Sandal d'un air résigné.

Deux heures s'écoulèrent sans qu'ils réussissent à trouver le sommeil. Lorsque le soleil se coucha à l'horizon, accompagné par un vent frais qui agitait les branches, les deux compères étaient prêts à reprendre leur marche forcée.

*
* *

Il n'y avait plus de crépuscule dans cette région. La nuit tombait comme un rideau sur le paysage silencieux et sans vie. Le vent chaud qui émanait de l'anneau désertique soufflait dans le feuillage des arbres par à-coups de plus en plus irréguliers. Il commença bientôt à décroître. La surface du sol, qui avait aspiré la chaleur au cours de la journée, la restituait à présent que l'obscurité s'installait.

— Nous avons mangé et bu, murmura soudain Tahonka-No. Il est temps que nous nous attachions.

— Voilà qui est bien parlé !

Sandal déroula les cordages qu'il avait récupérés et regroupés avec grand soin. La selle et la bride du lycambre avaient déjà été ôtées le matin même. Les deux aventuriers se répartirent les charges et enterrèrent tout ce qui était devenu inutilisable. Alors, seulement, ils remarquèrent la présence du thoen et ses yeux attentifs fixés sur eux.

Ils s'enroulèrent autour du corps une corde d'environ quinze mètres de longueur.

— Faisons un test ! proposa l'Exotan.

Qu'un nœud vînt à lâcher ou un lien à se rompre, et c'était la mort garantie pour l'un d'entre eux.

— Bien sûr !

Ils coururent chacun dans une direction opposée jusqu'à ce que la corde se tende. Là, ils continuèrent à sauter de toute leur énergie. L'ouvrage tint bon.

— En avant !

Ils abandonnèrent la couronne protectrice du bosquet, leur abri d'un jour. La lumière intérieure pâle et diffuse de l'Essaim les enveloppa. On ne voyait que faiblement les contours ondulés de la surface sableuse. Les traces de pas du lycambre avaient déjà été recouvertes par des grains vagabonds. Une brise légère soufflait sans cesse de l'est.

— Demain aussi, nous aurons un ciel clair et peu de vent, annonça Sandal.

— Qui prend la tête ?

— Moi ! lança sans hésitation le chasseur-guerrier.

Il suivit les traces du malheureux lycambre, essayant de calculer l'endroit où il s'était enlisé. Puis, pour s'en éloigner, il décrivit un cercle d'environ dix mètres de diamètre.

Les deux randonneurs pédestres ne s'enfonçaient que de quelques centimètres dans le sable. Tahonka suivait les traces de Sandal, et le thoen celles de No.

Ainsi commença une marche silencieuse.

Le désert était couvert d'une couche pulvérulente qui, au bout des cinquante premiers mètres, plongea le jeune homme dans l'étonnement. Le sable était humide et frais.

Froid ? se demanda-t-il. *Peut-être pas, tout de même. Mais notablement plus frais que l'environnement, et beaucoup plus froid que je ne m'y attendais.*

D'un coup, il s'arrêta et suivit la ligne de la corde distendue. Son compagnon l'imita.

— Tu ne sais plus vers où continuer ? lui demanda celui-ci.

La voix sombre de No coupa la mélodie des grains de sable.

— Non. Je teste le chemin. Garde la corde toujours tendue. Si j'appelle, tire-moi en arrière, s'il te plaît.

— Très bien, ami Sandal !

Il se tenait à présent sur une pente dunaire balayée par le vent. Avec prudence, il grimpa vers le sommet, mais il ne s'enfonçait pas plus qu'auparavant. Tahonka, qui le suivait avec son flegme coutumier, ne le quittait pas des yeux. Deux cents mètres… Et ils s'arrêtèrent au centre d'un groupe de trois dunes.

— Tu vas nous aider, petit ami miaulant, dit Sandal en indiquant du doigt le thoen. Car tu es capable, toi, de prendre les airs si jamais le sable mouvant cherche à t'engloutir. Allez, vas-y !

Lui et Tahonka-No, qui avait tout de suite saisi le but de la manœuvre, firent comprendre à l'animal tout agité que son tour était venu de servir de guide à la caravane. Ils firent les gestes appropriés et, pour terminer, mimèrent de leurs bras le vol d'un oiseau. Ils avaient dû présenter un spectacle plutôt comique, se dit plus tard le chasseur-guerrier : deux personnages remuant les bras au sommet d'une dune !

— To-en ! émit leur compagnon.

Il descendit le versant sableux, courut encore une trentaine de mètres puis prit son envol. Il resta à l'aplomb de l'endroit en question, redescendit vers lui et le jeu de ses poils exécuta une ronde sauvage.

— Bravo ! s'écria No. La planète nous aide à lutter contre ses propres artifices !

— Les artifices de Vetrahoon ont été conçus par les puissants de ce monde ! corrigea Sandal avant de reprendre la marche.

Durant les deux heures suivantes, le système mis en place fonctionna sans problème.

Le thoen galopait sur une certaine longueur et s'il ne s'enfonçait pas, il stoppait sur place jusqu'à ce que les deux piétons l'aient rejoint. Puis il recommençait à courir.

À un endroit où le sable essaya d'engloutir ses pattes avec voracité et se mit à tourner en spirale, cet animal de génie déploya ses ailes et parvint à s'extraire du piège tout en s'agrippant à sa touffe de cheveux et en la tirant vers le haut, selon son geste caractéristique.

— Un truc diablement astucieux ! s'exclama Tahonka d'un air admiratif lorsqu'ils eurent enfin retrouvé le sol dur, capable de supporter leur poids.

La moitié de la nuit était déjà passée lorsque, soudain, Sandal trébucha. Il tomba en avant sur ses deux mains, jura sans retenue et remarqua qu'il avait atterri sur une plaque rocheuse.

Aussitôt, il s'y assit, sourit, ôta ses bottes et les retourna, ce qui forma deux petits tas de sable sur le sol.

— Que se passe-t-il ? s'enquit No en le rejoignant, le souffle court.

— Je suis installé sur une zone de sol dur !

L'Exotan regarda autour de lui, tandis que Tahonka tendait le bras et que ses yeux perçants devinaient dans le sable une trace qui, en réalité, n'était visible que dans la lumière diffuse. Des dunes « cassées » indiquaient un écueil rocheux caché qui s'allongeait là en direction nord-sud. Ils n'auraient pas pu trouver mieux !

Le jeune Crater sauta sur ses pieds.

— J'ai fait le compte, annonça-t-il. Le thoen est tombé exactement trente et une fois sur du sable mouvant. Sans lui, nous aurions à peine franchi un tiers du trajet !

— Au lieu de parler, tu ferais mieux de continuer à marcher ! le conjura No.

— Voilà, voilà !

Ils s'encordèrent de nouveau, reprirent leurs distances et suivirent le bord de la plaque rocheuse. Tout se passa fort bien pendant une heure, soit quatre kilomètres ou même un peu plus. L'humeur des deux aventuriers finit par s'améliorer au fur et à mesure que diminuait leur prudence. Sandal fut le premier à remarquer qu'ils avaient atteint l'extrémité de la dalle salvatrice.

À peine avaient-ils encore fait grincer quelques grains de sable sous les semelles de leurs bottes que le chasseur-guerrier trébucha dans le vide. Il se retourna aussitôt à demi, agrippant en un geste réflexe son arc et ses carquois, pour atterrir enfin dans du sable humide et chaud.

— Danger ! s'écria-t-il avant que cet élément insaisissable ne lui envahisse la bouche et le nez.

Il avait du mal à respirer et haletait comme un animal à l'agonie. Ses poumons brûlaient et il sentait sur sa langue le goût métallique des grains concassés.

Avec une rude secousse, il se sentit empoigné autour de la poitrine et sous les épaules.

— Je te tiens ! s'écria No.

Sandal se força à garder son calme mais ses jambes continuaient à battre presque contre sa volonté tant il était paniqué. Il se cramponna de toutes ses forces à la corde et pivota lentement sur lui-même. À dix mètres au-dessus de lui, arc-bouté à l'autre extrémité de la corde, Tahonka-No fit également un demi-tour et tracta avec l'énergie du désespoir le filin qui lui sciait l'épaule.

— Continue !

Le jeune Exotan avait réussi à maîtriser ses jambes qui, à présent, réagissaient correctement. Centimètre par centimètre, il s'extirpait de l'emprise du sable mouvant, à la recherche d'un rocher auquel il puisse s'agripper solidement.

Il avait l'impression que des tonnes de sable le tiraient par les pieds. En se retournant une fois encore, il nota que l'horizon commençait à se colorer. Le jour n'était plus très loin.

Soudain, il entendit une sorte de sifflement au-dessus de sa tête. *Le thoen !* Le nom lui traversa aussitôt l'esprit.

— C'est bien, murmura-t-il, complètement épuisé, lorsque quatre membres croisés se saisirent de son corps.

Le thoen joua des ailes comme s'il voulait voler à une allure démente et le souleva de sa gaine de sable comme s'il s'était agi d'une pierre. Aussitôt, le contrepoids imposé par Tahonka à la corde perdit tout son effet et le choc faillit le faire choir. Mais Tas d'Os ne lâcha pas. Il continua à hisser Sandal au-dessus du sable et le ramena sur la plaque rocheuse.

À un mètre du sol, le thoen libéra sa prise et le jeune homme s'échappa des quatre membres de l'animal. Il se retrouva assis sur la dalle et se mit à éternuer. Du sable jaillit de ses narines.

— Diable ! grogna-t-il en haletant.

Peu à peu, les affres de la mort s'évanouirent et firent place à un soulagement indescriptible.

Depuis le lointain, trois gros bruits secs arrivèrent successivement jusqu'à eux, comme si une énorme bulle avait éclaté à la surface d'un marécage.

— Prends ! cria Tahonka en tendant une grande calebasse à son camarade.

Sandal commença par se rincer la bouche, puis but à longues gorgées. Une fois désaltéré, il tenta de se lever, mais il chancela sur ses jambes. Solidement soutenu par son compagnon d'aventure, il finit par retrouver son équilibre et scruta le thoen d'un air sidéré.

— C'est lui qui m'a sauvé la vie, dit-il. Comment puis-je lui prouver ma reconnaissance ?

L'animal sauta en l'air et, avec son unique main, jeta derrière lui trois fontaines de sable.

— To-en ! To-en ! dit-il tout haut.

Sa voix résonnait comme celle d'une bestiole-jouet, mais l'homme d'Exota-Alpha ne se fit aucune illusion. Il ne savait pas si Tahonka serait venu à lui seul à bout des tonnes de sable. Quoi qu'il en soit, ils étaient tous deux au bord de l'épuisement.

En guise de consolation, pendant que son ami se secouait comme un prunier pour libérer ses vêtements d'un reste de grains importuns, Tas d'Os fit une remarque qui en disait long :

— Nous ne sommes plus très loin maintenant. J'entends les bulles du marais qui éclatent, et derrière lui s'étend une bande obscure avec des élévations arrondies.

— Bon. Je dois reconnaître qu'avec les lycambres, le trajet était tout de même plus agréable.

— Mieux vaut courir vivant que chevaucher mort ! déclama Tas d'Os. As-tu recouvré suffisamment de forces pour pouvoir continuer ?

— Ma foi... répliqua Sandal en s'essuyant le visage avec un chiffon humide.

Ils allèrent jusqu'au bord de la plaque rocheuse et virent, en dessous, le sable qui s'était déjà refermé. Les deux compères s'éloignèrent, puis s'arrêtèrent au sommet d'une dune tandis que le thoen les dépassait pour se lancer dans un nouveau jeu. Onze fois de suite, il se laissa engloutir, et il réussit à s'extraire par ses propres forces. Onze fois, les deux amis firent le tour de la zone en question.

Puis ils virent les arbres qui poussaient dans l'anneau marécageux se dresser indistinctement contre l'horizon.

Le soleil se leva au moment où ils estimaient à une centaine de mètres la distance qui les séparait de ce nouveau piège. Déjà, sa lumière d'un rouge sang sinistre inondait tout le relief. Un nouveau jour venait de poindre.

Le thoen suivit une trace qui menait à un bosquet devant lequel il s'arrêta net, et il leva le bras en direction de l'astre en train de sortir de ses brumes matinales.

Tout à fait par hasard, Tahonka-No regarda lui aussi dans cette direction. Une demi-seconde plus tard, il se coucha sur le sable en déclarant à mi-voix :

— Un glisseur arrive de l'est !

En effet, un petit engin s'approchait à vive allure, en plein sur les intrus. Il y eut un éclair, puis un coup de tonnerre. Les deux hommes se jetèrent sur le versant de la dune, au moment où une fontaine de sable jaillissait devant eux.

— Surtout, ne tire pas ! hurla Sandal en ramenant son arc derrière lui. Ils pourraient nous repérer !

Il tenait l'arme dans une main tandis que de l'autre, il avait posé une flèche par-dessus son épaule.

— Trop tard ! Ils nous ont déjà repérés ! gémit No en tirant avec son radiant.

À partir de ce moment-là, les choses allèrent très vite. Le glisseur avait été touché. Il rasa la partie supérieure de la cime de la dune avant de se planter dans la surface sableuse à deux mètres seulement des aventuriers. L'avant de la machine explosa et le brasier leur souffla à la figure une haleine torride. L'Exotan pivota sur lui-même, puis demeura un instant à moitié couché sur le dos. Au bout de quelques secondes, il se risqua à se redresser légèrement et aperçut le véhicule qui se précipitait sur le versant de la dune suivante, tortillait de l'arrière à ras du sol et finissait par stopper net.

Pendant que l'engin brûlait encore, le sable mouvant se saisit de cette proie métallique. Au moment où elle commença à s'enfoncer, quatre trappes s'ouvrirent et quatre silhouettes jaillirent en vacillant.

— Des Petits Pourpres ! s'écria Sandal.

Aveuglé par la fureur, il tira. En l'espace de sept secondes, il envoya quatre flèches. La première d'entre elles frappa l'un des occupants du glisseur embrasé alors qu'il sortait ; il tomba en roulant sur lui-même dans le sable. La pointe acérée, constituée de quatre ailettes de terkonite, le tua net au moment où ses genoux touchaient le sable.

Le second trépassa alors qu'il se redressait et agitait à bout de bras une longue arme radiante, scintillante dans les rayons solaires. Les deux autres moururent debout.

Tahonka-No regarda son compagnon d'un air sidéré. Jamais, de toute son existence, il n'avait assisté à pareille démonstration de rapidité et de précision.

— Ces… Ce sont eux qui ont détruit mon château et tué ma famille ! déclara Sandal Tolk d'un ton haineux et grinçant.

Ils assistèrent à l'engloutissement du glisseur et des cadavres, aspirés par le sable mouvant en quelques minutes seulement.

— Et voilà, c'est terminé ! commenta No de sa voix grave. Tu t'es oublié, et ta haine s'est consumée avec toi !

— Je sais. Mais malgré tout… je n'ai pas mal tiré, n'est-ce pas ? interrogea fièrement le jeune chasseur-guerrier aux cheveux prématurément blanchis.

Ils descendirent la pente de la dernière dune en courant dans les traces de leurs sauveteurs anonymes, puis traversèrent une surface sableuse plane avant d'arriver dans le secteur des marais puants.

Une fois de plus, ils trouvèrent à se nicher à l'abri d'un bosquet de trois arbres aux écorces molles.

Ils venaient d'atteindre le troisième anneau piégé et avaient ainsi parcouru la moitié du trajet global.

— Cette fois, on s'accorde un repos prolongé ! proposa Tahonka-No.

Une bulle éclata non loin d'eux et une bouffée d'odeur putride leur souffla sous le nez.

Sandal regarda en l'air.

— Cette fois-ci, nous allons établir notre campement dans un arbre, et non pas au-dessous. Ce sera plus sûr.

Il leur fallait à tout prix commencer par se ménager du temps pour reconstituer leurs forces car seulement alors, ils pourraient réfléchir aux problèmes qui allaient se poser. Une demi-heure plus tard, ils dormaient profondément dans leurs hamacs suspendus aux branches. Le thoen lui-même, accroupi sur l'une des couronnes aériennes, avait fermé les paupières.

Un seul de ses yeux restait ouvert, par précaution.

Bien que sonores, les ronflements des hommes se perdirent dans les sifflements, les bruits d'éclatement et les grognements qui émanaient de l'anneau de la décomposition.

*
* *

La ceinture marécageuse, constituée de bourbe et de liquide putréfié noir à la profondeur imprévisible, avait une largeur de dix-neuf kilomètres.

Ensuite, de façon presque imperceptible, elle faisait place à une jungle aux troncs énormes, embroussaillés de lianes et de buissons. Cette zone obscure envahie par une vapeur permanente qui s'élevait d'une eau bulleuse et chaude, dont des gaz empoisonnés montaient en permanence, intégrait des milliers d'îlots sur lesquels poussaient toutes sortes de formes végétales bizarres mêlant des arbustes et des arbrisseaux qui ressemblaient plus à de ternes champignons qu'à des espèces feuillues. Là-dessus pullulait une vie empoisonnée et répugnante. Cet anneau abritait également des arbres dont l'écorce se déchirait de temps à autre avec des sortes de cris assourdis, en exhalant des nuages de gaz et de fumées putrides.

Mais ni Sandal ni Tahonka-No ne se rendait encore compte de toutes ces fréquentations sympathiques qui les attendaient le lendemain.

Ils passèrent toute la journée à dormir, à manger et à boire. Ils sommeillèrent encore profondément toute la nuit suivante. Ainsi se reposèrent-ils à fond de tous les avatars passés et, découverte moins réjouissante, ils remarquèrent aussi que leurs provisions diminuaient, en qualité et en variété.

Quant au thoen, perché sur sa couronne de feuillage, il demeura invisible pendant tout ce temps-là.

Le lendemain, une heure seulement après le lever du soleil, les deux amis se retrouvèrent debout au pied de leur abri végétal, les yeux fixés sur le marais.

— L'inscription avait en partie raison, en partie tort, dit Sandal en affichant un sourire amer. Car nous sommes toujours en vie et, entre nous et l'île maudite, il n'y a plus que deux dangers. Nous avons déjà vaincu tous les autres.

— Telles que les choses se présentent, compléta Tahonka d'une voix lasse, le chemin prend fin ici. Comment allons-nous

nous déplacer d'un îlot à l'autre ? Et avec ces vapeurs nocives qui vont nous empoisonner ?

Ils étaient presque arrivés à la ligne imaginaire traçant la frontière entre les deux moitiés de la planète. Les ombres ne pouvaient guère devenir encore plus petites.

À pas lents et prudents, ils marchèrent jusqu'au bord nettement visible de l'île verte presque circulaire. Plus ils approchaient du marécage, plus la puanteur devenait abrutissante. Leurs yeux s'étaient mis à pleurer, et leurs muqueuses nasales ne cessaient de piquer.

Soudain, il y eut un nouveau claquement qui fit sursauter Sandal. Il montra du doigt le bosquet le plus proche, à une soixantaine de mètres.

— C'est l'arbre qui explose, au sens littéral du terme ! constata-t-il non sans surprise.

Un autre se mit à gonfler, puis sa mince écorce blanche se déchira sous la couronne et presque jusqu'au sol. La fente verticale s'élargit et l'écorce tomba contre l'arbre le plus proche, tel un morceau de tissu enroulé autour du tronc et soudain devenu lâche.

— Il se débarrasse de son écorce ! Comme s'il muait !

En effet, elle s'affaissa sur elle-même comme un chiffon. Sur le tronc dénudé apparurent des pores de grande taille par lesquels l'arbre souffla un gaz bleuâtre qui se répandit et remonta vivement à travers les branches. Il entraînait avec lui des fragments d'écorce et des feuilles bombées qui s'élevaient tranquillement en même temps que leur support vaporeux.

— Cette fois, nous ne trouverons plus de terrain solide où mettre les pieds. Comment allons-nous traverser cette ceinture marécageuse ? Serons-nous obligés de construire une barque ?

— Même si nous y arrivions, objecta Tas d'Os, nous serions asphyxiés par les gaz. En outre… Regarde là-bas !

Un flambeau mesurant cinquante mètres de hauteur et constitué de gaz enflammé jaillit en biais du sol, brûla quelques oiseaux et dispersa d'autres groupes de volatiles avant de s'effondrer sur lui-même. Une minute plus tard, du feu s'échappa à nouveau de ce terrain putréfié, cette fois-ci dans une direction différente.

— Avec ça, c'est perdu d'avance, se lamenta Sandal.

— Laisse-moi réfléchir ! le pria Tahonka-No.

L'Exotan grogna. Lui aussi, de son côté, cherchait désespérément une solution.

— Le gaz monte dans les airs. Il emporte avec lui des fragments d'écorce et des feuilles. Il est donc capable de les porter. Et pourquoi pas de nous porter, nous ?

— J'en doute, répliqua le squelette ambulant. Vu notre poids, il nous faudrait un énorme volume de gaz pour nous soulever !

Sandal songea aux hamacs, doublés par les couvertures et liés ensemble. De ses deux mains, il en dessina l'image.

— Trop petit !

— Qu'avons-nous de plus grand ? questionna le chasseur, vexé.

— Rien. Nous n'avons rien de plus grand.

— Si nous n'avons rien, c'est à nous de construire quelque chose, décida le chasseur-guerrier.

Il pressentait vaguement qu'à force de réfléchir au problème, ils approchaient de sa solution.

— Avec quoi ?

— Avec le matériau que nous trouvons ici en grande quantité, dit-il encore comme si c'était une évidence.

— Nous ne disposons que de boue, de brins d'herbes et d'écorces. Des écorces… Mais oui, des écorces ! (Tahonka ouvrit tout grand la bouche, bougonna comme un sonneur et se mit à crier :) Les écorces ! Voilà la solution, Sandal !

— Quelles écorces ?

— Celles dont les arbres se débarrassent eux-mêmes ! vociféra No, tout excité, en indiquant du doigt le bosquet.

— Il faudra les assembler, objecta son équipier, sceptique. Comment faire ?

— Les coudre ensemble… Non, ça n'ira pas, murmura Tahonka. Qu'est-ce la nature nous offre en guise de substance appropriée ?

L'Exotan se rappela les écorces qu'il avait connues jadis

sur sa planète-patrie. Sa nourrice qui n'arrêtait pas de rouspéter quand il revenait le soir, les doigts gluants de résine, après avoir joué et couru toute la journée dans la forêt.

Les doigts gluants...

— On va les coller ensemble ! proposa-t-il avec entrain.

— Les coller ? Avec quoi ?

— Avec de la résine. On verra bien. Nous la chaufferons, nous en badigeonnerons les écorces et nous les collerons ensemble. Ça tiendra longtemps si nous renforçons ces soudures par l'extérieur avec un filet fait de lianes ou de fibres.

— Tu as raison ! Voilà la solution ! Dans quel volume pouvons-nous emmagasiner le plus facilement un maximum de gaz ?

— Dans une sphère, répondit Sandal du tac au tac.

— Comment faire pour en construire une ? De quelle façon obtiendrons-nous la forme voulue ?

Rien n'était moins évident. Ils essayèrent plusieurs techniques en se servant de feuilles qu'ils étiraient dans les différents sens, et en conclurent finalement que la géométrie la plus pratique à réaliser serait celle d'un ellipsoïde aux extrémités pointues. Plus il serait allongé et relativement mince, plus sa portance serait grande. Mais ils n'avaient aucune envie de passer des semaines à construire cette enveloppe. Aussi fallait-il que le premier modèle remplisse à coup sûr son office.

— Est-ce que c'est la seule possibilité ? Gonfler un ballon avec du gaz et nous y suspendre ? s'enquit Tahonka-No, sceptique à son tour.

Il semblait tout d'un coup ne plus faire confiance à sa propre idée.

— Je n'en vois pas d'autre. Mais comme il n'y a ici que trois arbres, il faudra aller jusque là-bas, sur la grande île couverte de forêts.

Le squelette ambulant réfléchit un moment avant de présenter une solution.

— Nous avons aussi le thoen. Il nous portera. En trois vols : toi, puis les bagages, et moi pour terminer.

— Toi qui t'entends si bien avec lui et qui le comprends,

tu le lui expliques… suggéra encore Sandal. Au fait, qu'est-ce que nous attendons encore ?

— D'accord ! Au travail, tout de suite !

No réussit à attirer le thoen hors de son abri perché au sommet de l'arbre. Puis, tandis que l'Exotan rassemblait les bagages et les emballait dans le hamac en prenant soin de mettre les armes à part, il joua à l'animal une véritable pantomime. Apparemment, la bestiole n'eut aucun mal à saisir ce que l'on escomptait de sa part.

Le premier vol décolla quelques minutes plus tard.

Ils avaient arraché des herbes et des lianes de toutes longueurs. Tahonka-No avait eu raison de ne pas parier, car il aurait perdu ! Il saisit la main du thoen, qui croisa ses quatre jambes au-dessous de son « passager ». Avec une charge aussi lourde, il s'éleva lentement dans les airs et s'éloigna en zigzaguant jusqu'à la grande île forestière. Sandal suivit le voyage avec une certaine inquiétude : c'était un trop grand effort pour l'animal auquel il arriva à plusieurs reprises de retomber jusqu'au sol, mais chaque fois, il réussit à se reprendre à l'ultime seconde et finit par atterrir non sans brutalité à l'endroit voulu. Heureusement, lui et No s'en tirèrent chacun sans dommage.

Sandal attendit que le thoen se soit reposé pour le faire revenir.

— D'abord moi, décida le jeune homme. D'une part, les bagages sont plus légers, et d'autre part, je suis plus important qu'eux.

Il s'imagina tomber avec son porteur dans une mare de vase bouillante, puis il secoua la tête et se coucha à plat sur le sol en étreignant ses carquois et ses flèches.

Le thoen croisa ses quatre jambes sous le chasseur-guerrier, puis il l'agrippa avec son unique bras et le tint d'une poigne ferme.

Le vol en zigzag commença. L'Exotan fut obligé à plusieurs reprises de fermer les yeux, chaque fois que l'animal s'affaissait avec sa charge et se rattrapait juste au-dessus des bouillonnements d'eau boueuse pour reprendre péniblement de la hauteur. Puis le sol se rapprocha à toute allure du jeune homme qui s'arc-bouta en avant. Le thoen et lui firent plusieurs tonneaux avant de s'arrêter aux pieds de Tahonka-No qui, entre-temps, avait lesté sa corde avec une branche et l'avait tenue en main, prêt à la lancer en cas de plongeon intempestif de ses compagnons.

— Nous voilà une fois de plus sauvés par miracle. Que serait-il advenu de nous si, jadis, j'avais par erreur considéré le thoen comme une pièce de gibier bonne à chasser ou comme un prédateur à éliminer? demanda Sandal, pensif, assis sans bouger à l'endroit où il avait été déposé, hochant la tête et les genoux tremblants.

Puis leur brave transporteur alla chercher les bagages et les amena sans problème à destination.

Sa mission terminée, il se roula en boule sous un arbre et dormit ensuite pendant vingt-trois heures consécutives.

Pendant ce temps-là, les hommes construisirent leur ballon, objet de tous leurs espoirs.

Ils partirent à la recherche de morceaux d'écorce encore humides et en trouvèrent. Ils en choisirent neuf auxquels, grâce à leurs couteaux, ils réussirent à donner la forme souhaitée. Ce faisant, il s'avéra qu'un liquide laiteux coulait des blessures et séchait en quelques heures. Sandal entrecroisa un réseau de lianes autour de l'enveloppe molle en espérant ne pas s'être trompé dans les mesures.

Ils pressèrent les zones de coupure les unes sur les autres et attendirent que les larges sutures soient couvertes de lait. Il leur arriva même d'obtenir davantage de liquide visqueux qu'il n'était nécessaire, et ils en étalèrent largement sur les zones environnant les raccords.

Le réseau de lianes fut ensuite attaché à l'enveloppe.

Ils travaillèrent d'arrache-pied le premier jour. Le deuxième, ils terminèrent un ellipsoïde dont le diamètre était le triple de la taille d'un homme mais dont la forme était très irrégulière. Ce qui, en réalité, était un euphémisme.

C'est alors que commencèrent les véritables problèmes. Comment faire pénétrer le gaz dans le ballon?

— Avec un tuyau de bonne longueur dont nous allons coller l'autre bout à un arbre! proposa Tahonka-No.

— En effet, il est possible que ça fonctionne, admit son compagnon avec un soupçon de scepticisme.

Ils étaient sales et gluants des pieds à la tête, et sentaient tellement mauvais qu'ils s'en rendaient compte même dans cet enfer de gaz putrides.

En tout état de cause, ils disposaient d'un atout important : ils avaient du temps devant eux.

Ils attendirent que l'un des arbres rejette ses écorces en poussant un grand cri, les découpèrent selon leur plus grande dimension et parvinrent ensuite à recoller les morceaux jusqu'à obtenir un tuyau de vingt-deux mètres de longueur. Tahonka le raccorda à la partie inférieure ouverte de l'enveloppe à l'aide de plusieurs litres de liquide laiteux.

Alors, ils tinrent encore conseil.

Comment forcer un tronc à faire jaillir son gaz exactement dans l'embouchure du tuyau ? Ils firent un essai en creusant avec leurs couteaux des trous desquels, effectivement, un jet fusa en sifflant. Autrement dit, il leur suffisait de pratiquer des orifices plus larges qui lâcheraient un plus grand débit de gaz.

Sandal prit le risque d'utiliser brièvement son radiant pour créer une cavité profonde puis, de toutes ses forces, il pressa dessus l'ouverture du tuyau. Avec un miaulement, le gaz jaillit directement dans le tube et, à l'autre extrémité, le ballon commença à s'enfler.

Fort de ce succès, le jeune Exotan creusa au total cinquante ouvertures.

L'enveloppe molle se mit à se gonfler après avoir reçu la quantité de gaz envoyée par vingt trous. Puis elle forma peu à peu une sorte de coupole qui était encore plus disgracieuse que ne se l'étaient imaginé les deux constructeurs. Quelques orifices se révélèrent inutilisables car le gaz s'en était échappé à l'air libre, et Tahonka-No les reboucha à l'aide d'écorce et de liquide laiteux pour en assurer l'étanchéité. Un supplément de fibres resserra encore davantage les mailles du filet autour du ballon. Lorsque celui-ci fut rempli aux deux tiers, les deux aventuriers furent obligés d'interrompre le processus de gonflage.

Ils tirèrent alors la masse informe et néanmoins allégée vers le haut, à présent certains qu'une fois totalement remplie, elle porterait sans peine les deux voyageurs et leurs bagages. Il suffirait d'attacher solidement ceux-ci à l'aide d'une trentaine de cordages par ailleurs destinés à maintenir une sorte de nacelle construite à base de racines et de branches.

Pour l'instant, ces filins descendaient jusqu'au sol, à des endroits encore accessibles avec les couteaux. Ne disposant pas de pierres pour assurer le lestage, ils furent obligés de s'en passer. Mais le quatrième jour, le succès les stimula au point qu'ils tressèrent la nacelle en un temps record.

— Nous avons trouvé le moyen le plus approprié pour notre situation, déclara Sandal sans pouvoir cacher son étonnement. Sur le plan esthétique, ce n'est peut-être pas un chef-d'œuvre, mais il nous transportera en toute sécurité par-dessus ce marécage nauséabond.

Au même instant, le flambeau qui s'allumait périodiquement tout près d'eux s'enflamma une fois de plus et brûla des branches et des feuilles à proximité, parce qu'il jaillit alors presque verticalement du marais…

***

Le cinquième jour, ils étaient prêts à partir.

— Ce ballon serait capable de tirer derrière lui l'île tout entière, ironisa Tahonka-No, manifestement ravi de leur ingéniosité.

Certes, protégés pour l'instant par les couronnes des arbres, ils continuaient à travailler à l'abri. En revanche, dès qu'ils quitteraient l'îlot avec leur véhicule improvisé, ils seraient relativement plus vulnérables. Un détail, pourtant, les rassura : jusqu'alors, ils n'avaient découvert la présence de patrouilles de recherche que lorsqu'ils traversaient le désert de sable, mais jamais au-dessus du marécage.

Enfin, une fois le ballon dûment rempli, ils rebouchèrent les derniers trous. Au pôle inférieur, à côté du long tuyau, était suspendue à une soixantaine de cordages une sorte de hamac dans lequel les trois membres de l'expédition avaient la place de se loger, ainsi que les bagages. Les provisions étaient réduites à quelques sacs de noix et deux calebasses d'eau.

— Quand décollons-nous ? s'enquit Sandal.

— La nuit prochaine, quand le vent sera favorable. Nous avons besoin du vent du nord, ce qui semble assez rare dans ce secteur.

Déjà furieux, Sandal tapa du pied en s'écriant, hors de lui :

— Nous avons vaincu tous les dangers qui se sont présentés jusqu'ici, nous sommes même capables de survoler ce sacré marécage, et voilà que nous devons encore attendre le vent et risquer de mourir de faim !

— Un bon guerrier, le corrigea Tahonka avec son flegme et son bon sens habituels, attend avec une patience infinie… Cette maxime vient de toi !

Toujours aussi rageur, le jeune homme à la toison blanche lâcha un juron contraire à toute bienséance, puis il arbora finalement un sourire.

— Tu as raison… Mais je me rappelle que nous avons eu un gros orage il y a deux jours. Il s'éloignait en direction du sud avec une rare violence.

— Cela signifie-t-il que je doive prononcer une formule magique contre lui ? ironisa No.

— Tu en es capable ? fit l'Exotan, sidéré.

— Non.

Ils essayèrent de faire un brin de toilette, mangèrent quelques noix et burent de l'eau tiède. Et ils attendirent… Que pouvaient-ils faire d'autre ? Une journée entière s'écoula, ainsi que la moitié de la nuit suivante, et, lorsque le premier éclair jaillit au-dessus de la savane d'épineux, ils se réveillèrent mutuellement.

— Voilà l'orage, thoen !

L'animal, qui avait passé tout son temps en quête de nourriture et n'en avait guère découvert, sortit de derrière les arbres. Ses nombreuses paires d'yeux lançaient des regards déprimés dans l'éclairage des flambeaux allumés par les émanations du marais. Au fracas du tonnerre se joignit celui d'un arbre qui éclatait. Le ballon de gaz, lui, était gonflé comme une outre gigantesque.

— Attendons-nous que l'orage soit passé ou nous envolons-nous avant qu'il arrive par ici ?

— Si nous sommes surpris par la pluie, le ballon sera trempé et il risque de se ramollir… suggéra son compagnon.

— Bon. Allez, on file au premier coup de vent !

— Exactement, par l'Idole Jaune ! s'exclama Tahonka-No, bien déterminé.

Ils portèrent le thoen à l'intérieur de la nacelle et y grimpèrent à leur tour après avoir vérifié qu'ils n'avaient rien oublié.

La colle avait perdu son humidité et s'était transformée en une masse semblable à du caoutchouc qui, quand on l'arrachait de la peau, emportait les poils avec elle. Sandal entreprit de « s'éplucher » en râlant presque sans interruption. Mais au moins, par ce moyen, une grande partie de la saleté incrustée sous et sur ses vêtements disparut.

L'orage approchait avec force éclairs et coups de tonnerre. La lumière terne s'évanouit du ciel lorsque la pluie se déchaîna sur le désert de sable. Puis les premiers gros coups de vent firent tourbillonner les flambeaux de gaz enflammé et secouèrent les arbres.

— Il faut se détacher du sol, mais surtout très régulièrement !

— D'accord. Coupons une liane sur trois !

Avec leurs couteaux acérés, ils se mirent à l'ouvrage non sans une certaine fébrilité. Ils se chargèrent chacun d'une moitié du ballon et travaillèrent en trois phases. Les derniers filins de stabilisation se cassèrent d'eux-mêmes. Puis la sphère écarta les branches avant de foncer littéralement dans la nuit.

Presque à la verticale.

Sandal relâcha prudemment le double anneau de corde qui bouclait le long tuyau traînant derrière eux et entendit s'échapper un mince jet de gaz. Aussitôt, il referma le garrot et le ballon se stabilisa à environ cent vingt mètres d'altitude. Il pivotait sur lui-même dans la tourmente, changeait de direction, oscillait, tandis que ses passagers se cramponnaient de toutes leurs forces aux mailles du filet.

— Ça y est, on vole ! constata Tahonka-No.

Ils filaient en effet en direction sud-est, vers le spatioport dont les lumières engendraient un vague halo sur la jungle, dans le ciel lointain.

Ce fut le commencement de la véritable expédition à risques.

Une violente turbulence aérienne saisit le ballon, le fit tourner comme une plume dans tous les sens, menaçant les hommes d'être catapultés au-dehors. Puis soudain, il piqua du nez en plein sur un immense lac ténébreux à la surface parsemée de bulles qui éclataient. Le long conduit de jonction traînait à travers les herbes et la végétation, la bourbe et l'eau bouillonnante.

— Coupe donc ce maudit tuyau ! grogna Tas d'Os.

— Et notre ballon chavirera ! s'exclama le jeune Exotan dans un hurlement de rage.

La foudre frappa un gros arbre et, dans le reflet aveuglant de l'éclair, ils virent l'un des majestueux rois de la forêt se fracasser en plusieurs parties. Une bourrasque fit de nouveau tourbillonner l'aérostat vers le haut et les gaz émanant des bulles du marécage devinrent plus supportables. Les voyageurs cessèrent de tousser.

Le thoen avait gardé depuis le départ sa petite main sur ses yeux, tantôt sur les uns, tantôt sur les autres, tout en miaulant sans interruption et à haute voix.

— Nous allons devoir passer devant le flambeau !

— Saute à terre et tire-nous vers la gauche ! fulmina Tahonka-No.

La tempête et la pluie diluvienne qui balayait tout le paysage lançaient le ballon en l'air puis le faisaient redescendre. Il ne cessait de tourner sur lui-même et de se balancer. Tout d'un coup, il mit le cap en plein sur l'une des colonnes de feu sporadiques qui jaillissaient à n'importe quel endroit du marais, selon un rythme énigmatique.

Que le flambeau vienne à caresser l'enveloppe, et c'en était fait de tous : la sphère exploserait instantanément, et tout son chargement serait catapulté dans les flots putrides qui les engloutiraient.

— Nous approchons de la fin ! s'écria No d'une voix désespérée.

— Oui, mais nous sommes encore en vie ! riposta Sandal Tolk.

CHAPITRE XVI

L'orage changea de direction et la tempête redoubla de violence. Elle écrasa au sol les jets de gaz enflammés, et les rares plantes furent grillées. Des incendies se déclarèrent un peu partout.

— Les éclairs vont nous foudroyer ! s'exclama Tahonka-No.

Il tremblait de tout son corps et se cramponnait désespérément au filet qui ne pouvait pourtant pas lui garantir une sécurité absolue.

— Ne t'inquiète pas, la pluie va éteindre les feux ! répliqua Sandal, non sans ironie.

Des flux d'air tour à tour chaud et froid, humide et sec, tourbillonnaient à présent au-dessus du large anneau de bourbe, transformant l'étrange engin volant en un gros jouet malmené par les éléments. Une fois même, la sphère gonflée de gaz pivota à toute allure et menaça une fois de plus de chasser les trois occupants par-dessus bord.

Puis elle fonça vers la surface du marécage, en direction des jets d'eau qui se dressaient au-dessus des colonnes de feu. Soudain, le tuyau glissa au milieu d'un foyer. Les vestiges de gaz restés à l'intérieur explosèrent, déchirant une grande partie du conduit.

Puis une averse torrentielle aux gouttes grosses comme des noix s'écrasa sur les écorces et les ramollit. Heureusement pour les aventuriers qu'avant d'avoir réussi à se détacher, les plaques assemblées furent séchées par un vent brûlant en moins de temps qu'il ne fallait pour le dire.

De nouveau, le ballon remonta à toute allure, oscillant sans cesse comme le battant d'une cloche, et finit par être repoussé vers le bas, à ras de la surface aquatique, par la tempête qui frappait à coups de boutoir.

Nous allons nous noyer dans cette mare ! se dit Sandal.

Un énorme trou s'ouvrit dans l'eau. Les flots noirs étaient agités comme ceux d'une mer déchaînée. Dans la lueur des innombrables éclairs, les passagers du ballon voyaient le paysage réduit à un assemblage d'instantanés en proie à des changements constants.

L'extrémité effilochée du tuyau d'arrivée de gaz plongea dans l'eau sombre et traça un sillage triangulaire avant de reprendre contact avec le sol ferme. Elle s'empêtra dans les plantes, arracha de la terre molle et continua à serpenter.

Soudain, le gaz s'échappa en sifflant, de quelque part au pôle supérieur de l'aérostat.

— Nous tombons à l'eau ! hurla Tahonka-No.

Un éclair particulièrement violent et le tonnerre qui éclata à la même seconde avalèrent son dernier mot.

Le ballon perdait de plus en plus d'altitude. Quelques cordages de stabilisation se brisèrent les uns après les autres avec un claquement sec lorsque la nacelle se mit à traîner dans le bourbier. Quelques secondes plus tard, elle plongea dans un trou d'eau puis fut brutalement relevée et, cette fois, il sembla que la fin approchait effectivement.

L'enveloppe du ballon lâcha brusquement du gaz.

En même temps, dans un final spectaculaire illuminé d'éclairs incessants, la pluie et la tempête catapultèrent la sphère sur le côté, contre la muraille sombre qui se dressait au-delà de la dernière île boisée.

Le ballon continuait à perdre du gaz. Il roulait de plus en plus près du sol, à travers le bourbier, les buissons, les branches et les herbes. Un poing invisible s'en saisit, le repoussa une fois encore vers le haut et le projeta dans la couronne évasée d'un arbre gigantesque de la jungle.

Puis, après un autre éclair suivi d'un autre vacarme de tonnerre, un large rideau de pluie s'abattit sur les naufragés, le thoen et les bagages, ainsi que sur les misérables restes de leur triste véhicule.

Le vol avait pris fin – et les hardis voyageurs étaient toujours en vie !

Le choc les avait abrutis sur le moment mais, au bout de quelques minutes, l'averse glacée qui leur fouettait le visage leur rendit leurs esprits. Sandal vomit un jet d'eau boueuse, puis déclara à haute voix :

— Nous sommes plutôt à plat et à côté de nos pompes, comme disaient les jeunes au début du troisième millénaire, mais nous avons également vaincu cette zone dangereuse. Attention ! Tu es en train de tomber !

Ils restèrent plus ou moins assis ou couchés sur les morceaux ramollis de leur moyen de transport, qui se maintenaient encore ensemble grâce au filet. S'ils remuaient trop fort, l'un d'eux risquait de glisser et de s'enfoncer dans les flots peu sympathiques. La tempête continuait à secouer les cimes des arbres dans tous les sens et le crissement des branches formait une sinistre musique d'accompagnement aux éclairs et au tonnerre.

— C'est passé ! Je m'accroche. Nous avons eu plus de chance que nous pouvions l'exiger, dit à son tour Tahonka-No avant d'ouvrir toute grande la bouche pour boire de l'eau de pluie.

Avec le temps, les deux amis finirent par recouvrer leur calme.

Le thoen miaula, grimpa sur le filet en escaladant quelques pièces d'équipement et disparut dans les branchages.

Soudain, une ombre gigantesque les survola dans un bruissement d'ailes, très haut dans le ciel, et lorsqu'ils essayèrent de distinguer quelque chose dans la lueur des éclairs, ils en furent empêchés par le voile de la pluie.

Un quelconque animal, songea Sandal, *un géant de la sylve qui se dresse entre nous et le bord de la mer annulaire.*

— Qu'allons-nous faire maintenant ? voulut savoir Tahonka.

— Nous allons tenter de quitter notre position peu confortable. Sous la protection des branches des arbres, nous pouvons attacher nos hamacs et prendre un bon repas constitué par les restes de nos provisions.

— Bonne idée. Mais attendons que la pluie ait cessé !

— Bien, approuva le jeune chasseur-guerrier.

L'eau leur dégoulinait sur le crâne. Ils n'avaient plus un seul poil sec sur le corps et les insectes commençaient à les importuner.

— Qu'est-ce que c'était que cette ombre monumentale venue d'en haut ? Tu en as une petite idée ? demanda Sandal en tâtonnant pour réunir carquois et flèches.

— Une bête de la forêt, sans doute, mais une bête énorme. Il faut attendre que je la voie à la lumière et je pourrai peut-être t'en dire plus.

L'obscurité qui les environnait à présent n'était plus percée que par les éclairs qui jaillissaient encore de temps à autre dans le lointain. Ils rassemblèrent leur équipement puis grimpèrent prudemment, l'un après l'autre, sur la branche d'arbre la plus épaisse et y attachèrent les hamacs.

Ils avaient encore à parcourir un trajet de vingt à vingt-cinq kilomètres à travers une jungle dont ils ignoraient tous deux les pièges.

Mais les dangers ne seraient pas tellement différents de ceux qui épiaient les audacieux osant se hasarder dans une forêt normale, se dit l'Exotan dans un demi-sommeil. Sans songer qu'en fait de forêts, il n'en connaissait à fond qu'une sorte : le type prédominant de sa planète-patrie.

Or, il se trompait du tout au tout.

S'il avait su ce que le destin leur réservait encore… !

*
* *

Quelques heures s'écoulèrent avant que l'orage ne se fût définitivement déplacé. La pluie cessa et le ciel s'éclaircit. Le silence n'était plus troublé que par les échos occasionnels du tonnerre lointain, l'éclatement d'un tronc et la chute des dernières gouttes qui dégringolaient de feuille en feuille.

La chaleur augmenta, le vent reprit de la violence et agita les branches en passant au travers. Lorsque les deux frères d'armes furent endormis, l'énorme animal volant reprit la direction opposée et s'éloigna au-dessus des forêts vierges. C'était un ptérosaurien d'une taille au-dessus de tout ce que l'on pouvait imaginer, et dont les lourdes ailes agitèrent les cimes des arbres.

La bête disparut en direction des lumières distantes du petit astroport aux limites irrégulières.

Tahonka-No s'éveilla seulement alors que le soleil dépassait déjà la hauteur des couronnes végétales, dardant les rayons brûlants de ce qui allait devenir la canicule du jour.

— Une route pénible se prépare pour nous, partenaire, dit-il après avoir tiré Sandal du sommeil.

Ils saisirent leur équipement et descendirent de leur perchoir. Quarante mètres plus bas, le sol était jonché de feuilles fanées et fraîches, d'une fine couche de terre et d'une foule de petits insectes rampants, sautants et volants qui les firent frissonner d'effroi.

— Nous avons un besoin urgent d'eau, de provisions et d'un gros rôti, faute de quoi je ne ferai plus un pas en avant, déclara Tas d'Os.

— Je partage entièrement ton avis, camarade ! confirma l'Exotan en poursuivant sa marche lente vers le sud.

Les insectes le mettaient au supplice. Ils commencèrent déjà à le rendre nerveux et irrité au bout de quelques mètres. Ils surgissaient de partout, se posaient sur sa peau, pénétraient dans ses narines et ses oreilles, provoquant des démangeaisons désagréables sur les bras, dans le cou et sur le visage.

La situation virait à l'intenable. Le jeune guerrier ôta son arc posé sur son épaule, trois flèches du carquois et en jeta deux autres, inutilisables car elles étaient faites dans l'équivalent local du raphia.

— Je vais devenir fou ! gémit-il.

— Attention de ne pas succomber à une réaction qui pourrait s'avérer regrettable ! l'avertit Tahonka que les insectes laissaient apparemment de marbre.

Après un trajet d'environ un kilomètre, ils atteignirent une clairière qui leur parut extrêmement insolite. Une paix illusoire régnait dans cet espace d'une centaine de mètres de diamètre. Deux rochers sortaient en biais du sol et une source jaillissait d'une éminence circulaire pour former une petite mare de deux mètres de profondeur. La cuvette ressemblait au cratère consécutif à la chute d'un météorite.

Soudain, Sandal se sentit envahi d'un besoin de destruction irrésistible. Il s'arrêta, tourna la tête d'un mouvement impétueux, à la recherche de quelque chose à assaillir, à déchirer, à tuer. Il haletait et quand son regard tomba sur son compagnon d'aventures, il dressa son arc lentement et d'un mouvement incertain. La pointe de la flèche tremblait légèrement.

— Je cherche… murmura-t-il d'une voix rauque. Je cherche quelque chose… quelque chose à détruire !

D'un bond, Tahonka-No le rejoignit et abaissa l'arme vers le sol.

— Tu entends des voix… gronda-t-il sur un ton implacable. Il y a un autre piège dissimulé dans cette forêt vierge – un ordre que transmet un infime murmure des Puissants. Ils contraignent tout être pensant à exécuter des actions violentes, à attaquer et à tuer. Si tu écoutes attentivement ta voix intérieure, tu pourras saisir ces injonctions !

Déconcerté, le jeune guerrier détendit son arc et fixa son ami d'un œil stupéfait.

— Tu as raison ! dit-il enfin, soulagé. Ce sont des ordres qui vont et viennent.

— Ils envoient ainsi des directives par une sorte d'appareil radio, lui expliqua Tahonka-No sur un ton presque suppliant, en lui posant la main sur l'épaule. Peut-être même pourras-tu les entendre pour de vrai sur ton récepteur de poignet. L'émission se fait par vagues alternatives, plus fort, plus faible, et de nouveau plus fort… Moi aussi, évidemment, je la perçois tout comme toi.

L'Exotan acquiesça d'un signe de tête : il avait compris la tactique.

— Que les influx deviennent plus puissants, et tout être vivant présent dans cette jungle en attaquerait un autre. Où est le thoen ?

— Il nous suivait lorsque nous sommes descendus de l'arbre.

— Dans ce cas, il ne va pas tarder à réapparaître, conclut

Sandal. Je vais aller chercher de quoi faire un bon rôti ; toi, tu t'occupes du feu et de l'équipement, d'accord ?

— D'accord.

Le jeune homme se glissa parmi les arbrisseaux de la forêt vierge. Dans un vaste rayon autour de la clairière, là où le soleil pouvait s'insinuer, la jungle se transformait en une sorte de forêt analogue à celle qu'ils avaient déjà traversée de l'autre côté des trois massifs montagneux. Là aussi, le sol était couvert de toutes espèces de plantes.

Le chasseur-guerrier emprunta un sentier tracé par des animaux, qu'il avait repéré au bout de quelques minutes. Il le suivit sur deux cents mètres, explora les alentours de son regard pénétrant et finit par tirer sur une bête ressemblant à une gazelle dotée d'oreilles extraordinairement longues. Peu de temps après, le rôti embroché cuisait au-dessus du feu. Les deux compagnons durent toutefois reconnaître que le sel était humide et grumeleux.

Pendant que Tahonka tournait la broche, le jeune Exotan fit deux fois le tour du petit étang en fouillant tous les buissons environnants. Il coupa la tête des reptiles qui lui paraissaient dangereux et constata que pas un prédateur ni un fauve ne se cachait dans les parages. De même, les insectes n'étaient pas aussi incommodants.

Les deux aventuriers purent renouveler leurs provisions, soigner leurs corps plutôt mis à mal au cours des derniers jours, vérifier leur équipement et le réparer, si nécessaire, avant de se risquer à poursuivre l'expédition.

Ils passèrent trois jours à cet endroit. Trois jours qui se révélèrent en partie un véritable enfer silencieux et effrayant, du moins en ce qui concernait les pensées qui leur traversaient l'esprit.

Le premier jour, alors qu'il se coupait les ongles sous le soleil, Sandal se sentit de nouveau envahi par ce besoin de tuer qui s'imposait brusquement au milieu de son activité. Il sauta sur ses jambes, saisit son radiant et se sauva à toute allure, tel un possédé.

— Attends, espèce de fou ! fulmina Tas d'Os en le poursuivant à toute vitesse.

Ils coururent et trébuchèrent sur cinquante mètres à travers la forêt. Tout à coup, l'Exotan s'arrêta. Devant lui, enroulé autour d'un tronc d'arbre, se trouvait un animal énorme, une sorte de reptile qui les scrutait de ses yeux écarquillés et grondait doucement. Deux antennes fichées sur sa tête s'agitaient comme les étamines de fleurs étranges.

— Je vais te supprimer, sale bête… Je vais te réduire en morceaux ! hurla le chasseur-guerrier.

Une douleur atroce battait à ses tempes.

— Arrête ! tonna la voix de son ami.

L'animal enroula sa queue autour d'une branche, banda tous ses muscles et leva la tête d'un air à la fois menaçant et effrayé.

Sandal luttait contre lui-même. Il leva son arme, visa, puis sa main hésita et le doigt qui se courbait déjà sur la détente se mit à trembler. Le front du jeune homme était inondé d'une transpiration mauvaise qui lui coulait dans les yeux et les brûlait.

Tahonka-No lui prit la main, l'abaissa et lui frappa violemment le biceps du plat de la sienne.

— Ce sont à nouveau les ordres émanant des Puissants ! hurla-t-il, au comble de la rage. Allez, recule !

Sandal baissa la tête et murmura, plein de honte :

— Je comprends… Rien qu'un chuchotement à peine perceptible… Comment pouvons-nous nous défendre contre ça, mon ami ?

Par le plus grand des hasards, No regarda l'animal qui, à une dizaine de mètres d'eux, dodelinait de la tête d'un air inquiet en laissant pendre son long cou.

— Reviens au camp ! Il faut absolument que nous parlions, toi et moi, pour le cas où ces impulsions se manifesteraient encore.

— Elles viennent juste de cesser ! constata Sandal en se frottant le front.

La douleur s'était envolée aussi vite qu'elle l'avait frappé.

Tahonka-No entoura de son bras les épaules de son compagnon et le ramena au campement. Il était convaincu que sur l'île située de l'autre côté de la mer annulaire, il y avait un émetteur hypnosuggestif dont les influx conditionnants inondaient toutes les trois heures le secteur concerné.

Ce rayonnement avait pour fonction d'inciter des visiteurs non autorisés, dans l'éventualité où ils auraient vraiment atteint cette ceinture défensive de forêt vierge, à commettre des actions inconsidérées et agressives. Tahonka-No se réglait sur cette idée et pouvait empêcher que l'hypnose réussisse à le forcer à accomplir des actes contre sa volonté. De son côté L'Exotan en souffrait énormément.

Néanmoins, le jeune chasseur-guerrier se remit relativement vite de cette nouvelle épreuve car à présent, ils connaissaient les intervalles qui séparaient deux émissions d'impulsions.

Soudain, Sandal leva le bras en l'air, vers le ciel au-dessus de la clairière.

— Qu'est-ce que tu vois, toi ?

— Une énorme bête volante ! répondit No sans perdre son calme pour autant. Elle est vraiment gigantesque !

Ils scrutèrent tous deux avec attention le ciel dans lequel le monstre ailé tournait en rond. Il ressemblait bien peu à un oiseau, mais plutôt à ces animaux que Sandal avait vus en images à bord de la *Bonne Espérance II*. Chelifer Argas lui avait raconté qu'il s'agissait de bêtes qui avaient peuplé autrefois la planète-patrie des Terraniens, à l'aube de leur histoire.

Comment les a-t-elle appelés ? se demanda-t-il. *Ah oui… Des ptérosauriens !*

— C'est un ptérosaurien ! murmura-t-il.

— Possible ! Je ne connais pas ce genre de bestiole, commenta simplement Tahonka-No.

Ils observèrent la créature qui semblait chercher de la nourriture ou un endroit pour se reposer. Elle donnait l'impression d'être constituée de l'assemblage de trois triangles. Dans les deux intervalles séparant ses membres puissants s'étiraient d'immenses ailes. Ses principaux attributs étaient un long cou, un bec pointu et un appendice analogue à un marteau, sans compter une longue queue directionnelle.

Si l'on comparait la hauteur des arbres à l'envergure de ce

monstre, l'on arrivait à une longueur phénoménale d'environ cinquante mètres !

Il suffirait de deux exemplaires de cette espèce pour tuer toute vie dans cet anneau forestier. Où celui-ci se procurait-il sa nourriture ?

Seul un bon chasseur expérimenté peut se poser ce genre de questions…

— C'est ahurissant ! s'exclama No. Il faut le voir pour le croire ! Heureusement que cette bestiole ne nous a pas découverts cette nuit, endormis dans la couronne de l'arbre !

— Bah ! fit Sandal avec un geste méprisant du bras. Pour ce géant des airs, nous ne sommes pas plus gros que des mouches !

— Tu as raison. Alors, quand reprenons-nous notre folle équipée ?

— Dès que tous les éléments de notre équipement seront en parfait état, répondit l'Exotan du tac au tac. En outre et pour commencer, il faut que nous cherchions de quoi manger.

— Tu peux déjà aller vers là-bas, fit remarquer No. Il y a une profusion de noix dans cet endroit !

Ce disant, Tahonka-No fit un signe à l'adresse du thoen qui surgit au milieu des buissons, en balançant une petite branche.

Au lieu de répondre, Sandal sauta dans l'eau et se mit à nager.

Son corps avait acquis, avec le temps, la couleur presque brun foncé de celui de son compagnon.

Pas même le bruit trahissant le fonctionnement des propulseurs d'un vaisseau spatial ou d'un glisseur ne vint troubler les deux amis. Ils vérifièrent leurs vêtements et leurs armes, mangèrent et burent, se reposèrent et, toutes les trois heures, ils luttèrent tous ensemble contre le maudit rayonnement hypnosuggestif.

Ils finirent néanmoins par lever le camp et se mirent en marche en plein jour vers le sud.

Ils ne percevaient plus qu'un vague écho du claquement des arbres en train d'éclater derrière eux. En échange, ils savouraient de plus en plus l'air salé qui parvenait jusqu'à eux depuis la côte.

De petits animaux volaient sous leurs yeux ; les plus gros avaient l'air de ne pas oser les attaquer, même durant les phases de rayonnement hypnosuggestif.

Les deux amis se frayèrent tout d'abord un sentier au milieu des buissons, puis ils empruntèrent un chemin sinueux tracé par les habitants de la jungle et finirent par pénétrer à nouveau dans le domaine de la forêt tropicale. Le sol dansait sous les bottes de Sandal et sous la plante cornée des pieds nus de Tahonka-No comme s'il avait été monté sur des ressorts.

Le long de minces fils pendant aux branches basses coulaient des gouttes poisseuses.

Ils les écartaient, parlaient entre eux et essayaient de se garder de toute étourderie, car le rayonnement des impulsions contraignantes continuait à les perturber. Ils avançaient lentement, et le thoen les suivait à une distance respectable.

Par trois fois, ils aperçurent d'énormes sauriens volants. Lorsque ces monstres changeaient de direction, on pouvait parfaitement distinguer qu'ils avaient de puissants bras préhensiles et que le haut de leur corps était couvert d'un caparaçon crevassé d'os et de corne brillante. Excepté les extrémités de leurs membres et de leurs becs qui étaient rouges, ils étaient d'un blanc immaculé.

— Celui-ci est trop gros pour mes flèches, No ! avoua Sandal d'un air résigné.

— Et il vole aussi beaucoup trop haut, partenaire. Exceptionnellement, tu n'aurais aucune chance de le tuer s'il venait à nous attaquer.

Ce fut le lendemain de ce jour qu'ils atteignirent le bord de la mer annulaire. Ils étaient parfaitement reposés et, curieusement, ne souffraient plus des injonctions agressives.

En face d'eux, à l'horizon, se dressait l'immense coupole dorée qui miroitait de reflets rouges. À cent kilomètres de distance, par-dessus la surface de l'eau.

— Nous y sommes ! lança l'Exotan, ravi.

***

Trois événements se déroulèrent après que les deux coéquipiers et leur étrange compagnon de route eurent atteint la rive.

D'abord, un saurien surgit de l'eau, s'envola et tourna en battant des ailes d'une manière plutôt pesante au-dessus de la crique en forme de faucille dont le versant rocheux était parsemé de petites plantes, puis il s'éloigna vers l'est.

— Comment allons-nous faire pour traverser cet océan, mon ami ? s'enquit Tahonka-No sur un ton plein de sarcasme.

— Qu'est-ce que tu proposes ? À la nage ? riposta Sandal.

— Les poissons prédateurs nous auront bouffés avant que nous n'ayons quitté la baie !

— J'ai beaucoup réfléchi à ce problème, reprit le chasseur-guerrier en se lançant à l'assaut de quelques marches qui semblaient creusées dans le roc et facilitaient étonnamment l'escalade. Mais je n'ai trouvé aucune solution satisfaisante.

— En tout état de cause, il est préférable que nous ne nous fassions pas repérer par ces gardiens peu sympathiques, déclara No en guise d'avertissement.

— Oui, mieux vaut les éviter.

La côte de la mer annulaire, aussi loin qu'ils pouvaient la distinguer, avait une apparence mi sablonneuse, mi rocheuse et elle était par endroits couverte d'une végétation abondante. Vues de loin, jungle et plage se chevauchaient presque. Le dôme symbolisant en quelque sorte l'île invisible se dressait au-dessus du paysage, telle une montagne. Et à l'ouest commençait le fameux pont énergétique fortement cintré qu'ils avaient déjà eu l'occasion d'observer. Depuis l'endroit où ils se trouvaient, ce pont ressemblait à un tuyau légèrement courbé.

Le deuxième événement laissa Sandal encore plus interdit. Brusquement, son mini-appareil radio, dont il s'était servi une vingtaine de fois au cours des jours précédents, sembla avoir pris vie. Sans interruption, il captait des messages envoyés depuis l'île.

Il s'agissait d'avertissements que les deux amis ne connaissaient déjà que trop. Exigences concernant des matériaux, température des volcans et des cratères éteints ou en activité, dialogues avec quelques responsables de l'astroport, et ainsi de suite… Rien, en tout cas, qui aurait pu les aider.

Ils se préparèrent un petit campement et, soudain, l'Exotan se rendit compte que le trafic aérien avait augmenté. À de brefs intervalles, des glisseurs atterrissaient et d'autres décollaient, prenaient de l'altitude puis empruntaient le pont énergétique. Des vaisseaux spatiaux surgissaient dans le ciel étincelant de lumière, venaient se poser par-delà la première muraille de jungle dans un ultime hurlement de leurs machines et devaient s'immobiliser près de la tour monumentale.

C'était là le troisième événement notable.

Y avait-il un rapport entre les trois faits ? Est-ce que quelque chose de particulier se tramait, sur l'Île des Bienheureux, et qui devait les intéresser eux aussi ?

Comment aurait-il pu le savoir ? Tahonka-No l'ignorait également, mais il avança une proposition judicieuse.

— Chacun de nous, dit-il, va parcourir une partie de la plage. Toi vers l'ouest et moi vers l'est. Explorons l'environnement. C'est le moyen le plus intelligent de donner un sens à notre attente.

Sandal approuva d'un signe de tête. Il voyait bien que son camarade était tout aussi inquiet que lui-même.

— D'accord !

Il jeta son carquois sur l'épaule, prit une flèche en main et se prépara à grimper.

Mais il commença par arpenter le bord des criques en examinant la muraille noire constituée par la forêt et en prenant soin de lancer régulièrement un long regard vers la coupole énergétique. Au bout d'un certain temps, il huma une odeur piquante, ce qui lui donna à réfléchir.

Où l'avait-il déjà sentie ?

Évidemment là-bas, durant la traversée du marécage, lorsqu'ils avaient construit leur fameux ballon ! C'étaient de nouveau des gaz qui, cette fois, émanaient de la terre.

— La température… Voilà qu'elle augmente ! constata-t-il dans un murmure, non sans surprise.

Il s'arrêta net, car quelque chose remuait devant lui.

Quatre bonds lui suffirent pour rejoindre le rocher tiède contre lequel il se blottit. Puis il avança prudemment la tête, et ce qu'il vit alors le remplit d'effroi.

Un ptérosaurien !

Le monstre sortait de la forêt vierge. D'un mouvement vif de sa queue, il coupa un arbre au tronc de moyen diamètre et, d'une démarche lourde, s'approcha de la côte.

Ce fut seulement à partir de là que Sandal put contempler l'animal effrayant dans toute son ampleur. L'énorme bête d'un autre âge avança un peu plus vite, écarta les pattes et s'appuya sur son appendice caudal. Au moment où elle étendit ses ailes, un coup de vent repoussa en arrière les cheveux de l'observateur.

Puis le saurien prit son élan, martelant le sol de ses membres et se soulevant légèrement. Il descendit ainsi le versant, moitié volant, moitié courant. Au ras de l'eau dans laquelle il plongea son long museau, l'air s'engouffra sous ses ailes et il partit en planant.

— Fantastique ! s'exclama Sandal à mi-voix, pour lui seul. *Une centaine d'individus pourraient prendre place sur le dos d'un tel monstre !*

L'animal gagna de l'altitude, avec lenteur et difficulté. Il frôla encore une fois les vagues puis, d'un élan impressionnant, il s'envola toujours plus vite et plus haut. Il décrivit une large spirale vers le zénith et sa taille diminua progressivement, excellent symptôme de ses capacités aériennes. La bouche grande ouverte, l'Exotan suivit des yeux le colosse tout le temps où il demeura visible sous forme d'un lointain petit point blanc.

Celui-ci descendit enfin en arrivant à proximité de l'écran énergétique, à la base duquel il s'évanouit dans la brume.

Le jeune Exotan était perplexe et très intéressé.

Peu de temps après arriva un deuxième ptérosaurien, d'une autre direction.

— Une chose est certaine, ces animaux sont carnivores. Rien ne pourrait les rassasier s'ils devaient se contenter d'aliments végétaux, soliloqua le chasseur-guerrier en quittant sa cachette.

Sans faire de bruit, il s'approcha pour examiner le chemin parcouru par le reptile titanesque en provenance de la jungle, et les énormes traces de frottement qu'il avait laissées dans le sable du versant.

— C'est ahurissant ! Mais qu'est-ce qui sent tellement mauvais par ici ? se demanda encore Sandal.

Au bout d'un quart d'heure supplémentaire, il arriva auprès d'un grand trou béant d'où jaillissait une légère fumée. Il se rendit aussitôt compte qu'il s'agissait d'un petit volcan, comme il en avait vu pour la première fois lors de la chute du vaisseau discoïdal.

Ou plus précisément dans le cas présent, pas un volcan mais un cratère qui s'ouvrait au niveau du sol.

Une colonne de fumée grise ondulait lentement en montant dans l'air brûlant ; elle venait de l'orifice noir qui marquait le centre de l'entonnoir.

— Les sauriens ne cessent de voler vers là-bas, dans la même direction… Celle de l'île… réfléchit encore tout haut le promeneur. Il doit bien y avoir une raison !

Il n'eut pas de peine à la deviner : là-bas, sur l'île, on donnait à manger à ces bêtes. Et en échange, elles se chargeaient de la surveillance de la mer annulaire. Il eût suffi de dix ou vingt de ces monstres pour exterminer en quelques semaines toute la faune peuplant cette ceinture de jungle, jusqu'au dernier exemplaire.

Mais que signifiait ce volcan, par ailleurs ?

Sandal s'en approcha à nouveau.

Examinant le sable et les matières d'un vert jaunâtre qui avaient suinté au cours d'innombrables années, il n'eut pas longtemps à chercher pour distinguer les empreintes de pas de quelques sauriens.

Alors, il essaya de reconstituer leurs mouvements.

— Ils se posent ici, leur démarche est hésitante… Puis ils se tournent jusqu'à ce que leur derrière soit placé juste au-dessus de l'entonnoir. Ensuite, ils restent ainsi un long moment ! déduisit-il.

Les traces en question étaient particulièrement marquées en profondeur et en netteté.

Une onde caniculaire frappa Sandal au visage lorsqu'il s'approcha du rebord de l'entonnoir et se pencha. Il ne vit que des parois polies et des cendres empilées en strates.

Hochant la tête en signe de compréhension, il revint entre les rochers et observa de loin la jungle silencieuse qui semblait n'être habitée que d'animaux et d'oiseaux de petite taille, puis il chercha une petite grotte plongée dans l'ombre. Il ôta l'arc de son épaule, le posa près de lui, prêt à tirer, y ajouta le carquois et se coucha, la tête appuyée sur ses bras croisés.

Et il attendit.

Il patienta quatre ou cinq heures, jusqu'à ce qu'il entende au-dessus de sa tête le bruissement familier des ailes immenses. L'un des sauriens descendait et le ciel s'obscurcit. L'observateur prudent continua à se tasser encore davantage, rapidement et en silence, à l'intérieur de sa cachette.

L'animal se posa, chancela et zigzagua, se tourna à plusieurs reprises comme s'il avait perdu le sens de l'orientation et finit par reculer, les ailes repliées, en direction de la cheminée naturelle.

Puis il roula sa longue queue en l'air pour former une sorte de point d'interrogation et s'enfonça en gémissant jusqu'à la moitié du corps dans la vapeur et la fumée chaude émanant du petit volcan.

— Je n'arrive pas à le croire ! murmura Sandal.

Il se mit à réfléchir. À voir le ventre énorme et gonflé du saurien, il en déduisit qu'il s'agissait d'une femelle en fin de gestation. Mais comme les membres de cette espèce étaient des animaux ovipares, c'était donc un œuf, et pas un petit, qui approchait de la maturité au sein de son corps. Un œuf énorme, sans doute plus gros que lui-même, humain minuscule à côté du colosse.

— Ainsi, la femelle expose son œuf à la chaleur… Pour activer l'incubation, sans doute !

Il observa avec la plus grande attention la future mère. Les yeux fermés, elle remuait son long cou de haut en bas, apparemment indifférente à son environnement et, d'une certaine manière, à peine consciente. Quoi qu'il en soit, elle ne sentit même pas le caillou que l'Exotan, quelques minutes plus tard, lança sur sa longue tête reptilienne.

Curieusement, il se rappela l'attitude des poussins qu'il avait observés dans les basses-cours du château des Crater. Là, il semblait que la femelle en était à la fin de la gestation. La coquille dure de l'œuf énorme s'amollissait afin de pouvoir quitter plus facilement le corps. Un petit n'allait donc pas tarder à sortir de l'œuf ici même, à coup sûr un être nidifuge qui serait déjà capable de courir et de voler au bout d'une durée très courte.

Les oiseaux nidifuges avaient très rapidement besoin de nourriture. Dans le cas présent, de surcroît, un nouveau-né ne supporterait pas longtemps la canicule meurtrière qui émanait des entrailles de cette planète.

— Je continue à attendre, décida Sandal.

Il lui suffisait de penser à sa vengeance pour pouvoir endurer toutes les fatigues et tous les inconvénients, quels qu'ils fussent. Mais il était suffisamment intelligent et savait qu'il ne progressait qu'à petits pas pour rejoindre son but, d'autant plus qu'il ne le connaissait pas exactement. À cette situation-là, rien n'avait changé.

Le roi de l'Essaim…

Où le trouverait-il donc, celui qu'il lui fallait à tout prix contraindre à interrompre l'assaut sur les étoiles de la Voie Lactée ? Où devait-il le chercher ? Là-bas, dans la coupole ?

Peut-être…

Mais ce dôme pourrait tout aussi bien n'être qu'une autre étape encore, difficile et regorgeant de dangers mortels, sur son très long chemin.

— Cette femelle gravide devient de plus en plus nerveuse… Le terme ne va pas tarder à arriver ! songea-t-il de nouveau.

Il espérait que Tahonka-No et le thoen n'étaient pas partis à sa recherche, car le soir commençait déjà à tomber.

Une demi-heure s'écoula dans un calme pénible. Soudain, la femelle se hissa hors du trou, les yeux fermés, et passa directement sous l'abri de Sandal en se dandinant comme un gros animal pataud. Cette fois, il put observer tout à loisir les crêtes, les attributs cornés, les pointes et les crevasses qui couvraient le dos puissant de l'animal. Dans un effort inconscient, elle se dressa, battit trois fois des ailes et alla se poser à quelques centaines de mètres plus loin.

L'œuf surgit de son corps sous la forme d'une bulle longiforme.

— Et maintenant… Que va-t-il se passer ?

La curiosité du chasseur ne faisait que croître.

Un imposant nuage sombre, jaillissant du cratère vide, se glissa entre lui et le ptérosaurien femelle. Une fois qu'il se fut dissipé, l'Exotan aperçut le petit qui se déplaçait en titubant et en remuant la tête. Il déploya ses ailes et les agita, puis tourna autour de sa mère en courant et en poussant des cris perçants.

— L'enfant est encore plus laid que l'adulte… constata l'observateur en frissonnant légèrement.

L'odeur de reptile se répandait dans l'air au point qu'il en avait l'estomac retourné.

Une heure plus tard, la femelle et son petit s'envolèrent vers le sud, en direction de l'Île des Bienheureux.

Sandal sortit de sa cachette, étira ses membres ankylosés et revint à toute allure rejoindre son compagnon qu'il trouva assis auprès du petit feu soigneusement masqué. Le gibier qu'ils avaient tué à l'autre bout de la jungle tournait déjà sur sa broche.

Tahonka-No leva la tête à son approche et l'examina attentivement.

— Ton sourire m'annonce qu'il y a du nouveau, dit-il simplement.

Le chasseur-guerrier jeta un coup d'œil vigilant autour de lui et s'installa à son tour près du foyer, après avoir posé ses armes à l'écart.

— Je sais comment nous pourrons traverser la mer annulaire, annonça-t-il sans ambages.

Tahonka le scruta d'un regard étonné, puis il éclata de rire. Effrayé, le thoen fit un bond de deux mètres en agitant sa touffe de poils.

— Tu es complètement fou et tu dis n'importe quoi, hein ?

— Pas du tout, protesta l'Exotan. Nous allons faire le voyage sur le dos d'un ptérosaurien femelle !

Incapable de garder son calme et de prendre cette déclaration au sérieux, Tas d'Os se mit à rire de plus belle au point qu'il faillit laisser le rôti choir dans le feu.

— C'est bien ce que je disais, finit-il par commenter en opinant du chef. N'importe quoi ! C'est le soleil qui t'a tapé sur le crâne !

— Attends un peu avant de juger, répondit calmement son ami. Écoute bien, je vais te raconter ce que j'ai vu.

Ce qu'il fit, à la fois brièvement et dans tous les détails, sans omettre les réflexions et les déductions qui s'ensuivaient.

— Tu veux t'installer à plat ventre sur le dos d'une femelle et t'y cacher pendant qu'elle est assise sur le cratère du volcan souterrain ? voulut préciser Tahonka-No, complètement ahuri cette fois.

— Exactement, lui confirma Sandal. Il n'existe guère d'êtres vivants qui soient capables de regarder leur dos sans l'aide d'un miroir ! Pourquoi le ferait-on, d'ailleurs ? Un dos est rarement une vision de beauté.

— Je dois avouer qu'en ce moment, ton dos serait pour moi l'image appropriée à la situation… Ah, te voir filer d'ici au lieu de débiter des stupidités ! Ça me rassurerait plutôt ! Tu tiens absolument à nous tuer ?

L'Exotan sourit en regardant les gouttes de graisse flamber dans le feu.

— Pas le moins du monde. La queue de cette bête, même si elle touche le dos, ne pénétrera pas dans ses nombreuses crevasses. Elle est longue et rigide. Et les interstices entre les écailles sont bien assez larges pour nous abriter.

— Tu es tombé sur la tête, mon pauvre ami. Nous allons tous dégringoler de là-haut, voyons !

Sandal fixa son frère d'armes comme s'il doutait de ses facultés psychiques.

— Nous allons nous ligoter soigneusement, tout comme sous la sphère de gaz. Nous ne tomberons sûrement pas à l'eau mais au contraire, nous nous paierons une traversée parfaite !

— Et son petit ? S'il est affaibli par un long vol et vient à son tour atterrir sur le dos de sa mère ?

— C'est un endroit immense et plein de cachettes ! répliqua Sandal. Si jamais il nous considère comme son plat de prédilection, nous avons nos couteaux, les flèches, ton lanceur de sphères photoniques et ton radiant. Tu crois que ça ne suffira pas ?

— Ces armes et ta folie sont largement de trop, mon ami. Je ne marche pas !

— À ton aise… Moi, en tout cas, je filerai dès qu'une femelle en fin de gestation arrivera. Nous n'aurons rien à craindre !

Tahonka-No réfléchit un instant avant de prendre une sage décision.

— Commençons par manger et par dormir, proposa-t-il. Demain matin, les problèmes auront un tout autre aspect.

— C'est exact, fit Sandal sur un ton plein de sarcasme. Et nous serons réveillés par un yacht de luxe venu tout exprès pour nous recueillir !

— Certes non. Mais peut-être, d'ici là, ta démence fatale se sera-t-elle un peu atténuée ?

Ils prirent donc un léger repas et se réfugièrent chacun dans son hamac.

Au bout d'un certain temps, Tahonka-No posa une question à haute voix, afin de dominer le mugissement des vagues.

— Écoute-moi, camarade. Parlais-tu sérieusement, ou cherchais-tu seulement à m'effrayer ?

Son ami attendit quelques instants avant de répondre.

— Non, je ne plaisantais pas du tout ! J'ai l'intention, en prenant bien sûr toutes les mesures de précaution qui s'imposent, de grimper sur le dos d'une femelle et d'attendre, bien planqué là-haut, qu'elle s'envole vers l'île.

— Tu veux accomplir une traversée de plus de cent kilomètres sur le dos de l'animal le plus colossal de cette planète ? reprit Tahonka d'une voix presque suppliante. C'est le plus sûr chemin vers la mort !

Le chasseur-guerrier se coucha confortablement dans son hamac avant de répliquer avec des accents passionnés :

— Nous allons attendre en regardant ce qui se passe. Puis

nous serons encore plus prudents que jamais. Nous nous cacherons sur son dos, qui est tout juste un peu plus petit que cette crique. Et nous nous ligoterons solidement. Nous nous cramponnerons aux prises fournies par ses nombreuses crevasses et protubérances cornées et osseuses. Quand la bête s'envolera, nous serons certainement un peu secoués, voilà tout !

— Je n'arrive pas à m'imaginer ça ! Je ne crois pas que nous réussirons de cette manière, soupira Tahonka, découragé. Tu présumes trop de tes forces… et des miennes ! J'ai peur, Sandal. Je ne veux pas mourir sur le dos d'un ptérosaurien ! Je ne tiens pas non plus à plonger dans l'eau et à me noyer après avoir volé quelques kilomètres sur un moyen de transport aussi fatal !

— Je te retiendrai, promit l'Exotan. Je t'assure ! Réfléchis un peu ! Chacun des dangers que nous avons surmontés jusqu'à présent était bien pire que cette équipée !

— Tu as sûrement raison, mais rien qu'à y penser, je tremble de tout mon corps !

De son côté, le jeune Exotan ne craignait que les rayonnements hypnosuggestifs, un phénomène très pernicieux qui, sur l'île, risquaient d'être encore plus actifs que sur le continent. Là, sur la plage, ils les ressentaient encore toutes les trois heures. Mais heureusement, même lui, il arrivait maintenant à se maîtriser.

— Tu ne trembleras plus quand nous aurons démarré, crois-moi, Tahonka !

— Bon, attendons pour voir, grogna celui-ci. En tout état de cause, c'en est fini de mon sommeil avant même le début de la nuit !

— Tu ne vas tout de même pas me laisser partir tout seul ! le supplia encore Sandal en guise de conclusion. Tu sais bien que je te fais confiance, mon ami !

Peu après, des ronflements sonores furent le seul bruit qui accompagnait le roulement des vagues.

Pris de panique, le thoen disparut et grimpa en courant sur ses quatre pattes le long escalier de pierre. Arrivé en haut du rocher, il s'y creusa un grand trou, s'y installa et attendit.

*
* *

Ils furent obligés de patienter plusieurs jours avant de voir débarquer un ptérosaurien.

Ce laps de temps fut une rude épreuve pour les nerfs des deux compères. Sandal expliquait sans relâche que tout cela ne présentait pas le moindre danger, et Tahonka-No le contredisait à chaque fois. Il était convaincu qu'il allait mourir s'il acceptait de participer à cette aventure démente.

Puis le jour tant attendu arriva.

— Au fait, où est le thoen ? demanda le jeune guerrier.

— Pas la moindre idée. Il s'est sauvé durant la nuit de notre première dispute…

Quoi qu'il en soit, Sandal avait réussi à convaincre son ami de l'accompagner jusqu'à la cachette du rocher. C'est de là qu'ils observèrent l'arrivée d'un de ces colosses en vol plané. D'un mouvement las et hésitant, la femelle se tourna et recula en titubant. Puis elle se laissa tomber en arrière dans l'ouverture du cratère et ferma les yeux. De sa gueule immense sortit un genre de bourdonnement.

— Elle nous maudit ! murmura Tahonka-No.

— Non, elle chante une berceuse pour son œuf, chuchota l'Exotan, plein de respect.

L'œuf finit de mûrir à l'intérieur du corps de la mère. Lorsque Sandal reconnut les signes avant-coureurs de l'abandon du volcan, il se mit à courir et vit que Tahonka-No le suivait. Avec une certaine hésitation tout d'abord, puis de plus en plus vite, comme s'il craignait un malheur pour son ami.

Ils atteignirent le flanc de l'animal, qui se dressait devant eux comme une paroi rocheuse creusée de failles. Le jeune chasseur-guerrier y grimpa le premier et, en un temps record, disparut sous quatre énormes plaques osseuses entourées d'épais aiguillons cornés qui formaient un abri idéal sur le dos du monstre.

— Maudite soit ta folle bravoure ! grogna le squelette ambulant en l'imitant avec une hâte dictée par la panique.

Puis la femelle se secoua et se pencha en avant. Quelques secondes encore, et elle allait se mettre à courir.

— Décollage immédiat ! claironna Sandal Tolk. Il va falloir sacrément se cramponner, Tas d'Os… !

Avec l'offensive des vaisseaux-ruches, les manifestations liées à l'Essaim prennent un tour de plus en plus dramatique. Disparition de l'*Homo superior*, dévastation d'une planète déjà marquée par le destin, les catastrophes s'enchaînent et bien peu d'événements positifs viennent équilibrer le bilan. Si l'intelligence se rétablit, si Sandal Tolk semble s'approcher de l'accomplissement de sa vengeance, un autre monde pourtant tranquille connaîtra bientôt un sort funeste, peu après la rencontre du chasseur-guerrier d'Exota-Alpha avec LES AMAZONES PERDUES...

REPARTEZ AUX ORIGINES DE LA SAGA PERRY RHODAN !

Découvrez ou retrouvez les premiers épisodes et les débuts mythiques de la plus grande série de science-fiction au monde avec la réédition/compilation en volumes triples dont le numéro un est en vente dès maintenant !

« Opération *Astrée* »...

« La Terre a peur »...

« La Milice des Mutants »...

Tels sont les titres des romans originaux repris dans l'ordre de leur parution dans le **Volume I**, disponible depuis avril 2005.

La date du prochain rendez-vous historique avec le **Volume II**, composé des trois romans suivants :

« Bases sur Vénus »...

« Les Vainqueurs de Véga »...

« La Forteresse des Six-Lunes »...

vous sera communiquée en ces pages dans un délai que nous souhaitons le plus court possible.

Achevé d'imprimer sur les presses de

BUSSIÈRE

GROUPE CPI

à Saint-Amand-Montrond (Cher)
en novembre 2006

FLEUVE NOIR
12, avenue d'Italie
75627 Paris Cedex 13

— N° d'imp. : 62162. —
Dépôt légal : décembre 2006.

Imprimé en France